MATHIAS KRESSIG

MYTHOS

Thriller

diversum

ISBN 978-3-9524753-0-0

Printed in Czech Republik

Ich betrachte es als eine Aufgabe kommender Dichtergeschlechter, neue Mythen zu schaffen, und wir wollen ihnen schon vorarbeiten.

Christian Morgenstern
1871 – 1914
Deutscher Schriftsteller, Dramaturg, Journalist und Übersetzer

Prolog

Ängstlich zuckte er zusammen. Dann warf er einen letzten Blick auf sein Ziel. Jeder sah die Angst in seinen Augen. Mehrmals schon hatte er die Waffe angesetzt, aber nie abgedrückt. Unsicher blickte er nach hinten. Die Antwort war deutlich: Es gab kein Zurück mehr. Er schloss seine Lider, drückte vorsichtig den Abzug, und schon donnerte das Geschoss los. Als er seine Augen wieder öffnete, lag sein Gegenüber auf dem Boden. Blut quoll aus der Stirn, leicht zuckte es noch.

Verzweifelt rannte er los, beugte sich über den Verwundeten und versuchte, ihn wiederzubeleben.

Erfolglos.

Er war tot.

Unfreiwillig war er zum Mörder geworden. Aber er hatte keine andere Wahl gehabt.

Dieser denkwürdige Tag veränderte sein Leben und besiegelte sein Schicksal.

Zu schwer wog die Tat.

Kapitel 1

Die Klasse hatte einmal mehr vergessen, in der kleinen Pause die Fenster zu öffnen. Die Folge davon bekam Steven Weber auf unangenehme Weise zu spüren. Ein unangenehmer Duft wehte ihm beim Betreten des Zimmers sogleich entgegen. Weber hatte sich inzwischen an die Tatsache gewöhnt, dass sich die Klasse resolut der Anweisung widersetzte, das Zimmer zu lüften.
Schon nach wenigen Augenblicken hatte sich auch Webers Nase an den «Duft des Schreckens», wie er den Gestank bisweilen bezeichnete, gewöhnt. Der Klassenlehrer konzentrierte sich darauf, den Jugendlichen das Geschichtsthema der Stunde näherzubringen. Dies war jedoch gar nicht so einfach. Zwar konnte er seine Schüler in der Vergangenheit für manchen Unterrichtsinhalt motivieren, doch der Vietnamkrieg und seine Bedeutung im Rahmen des Kalten Kriegs gehörten noch nie zu den Themen, die bei den Jugendlichen auf großes Interesse stießen.
Sonst aber war die Klasse 4F sehr pflegeleicht. Disziplinarisch sorgte sie kaum für Probleme, so dass sich Weber größtenteils auf die Vermittlung des Schulstoffes konzentrieren konnte. In seinen 22 Jahren Schuldienst hatte er ohnehin meistens Glück gehabt, was die Zusammensetzung seiner Klassen betraf.
An diesem Freitag wirkten die Schüler allerdings etwas müder als an den Wochentagen zuvor. Sie beschäftigten sich in Gedanken schon mit dem wohlverdienten Wochenende.
Die 4F der Sekundarschule Laufen war ein Mix aus den verschiedensten Charakteren. Da war beispielsweise Benedict, der Klassenstreber, der wissbegierig jedes Wort des Lehrers verschlang und nicht genug an Informationen erhalten konnte. In seiner Freizeit konsumierte er sämtliche Bücher, die ihm in die Hände fielen. Sein bester Kollege war Phil, der das pure Gegenteil darstellte: unmotiviert, eher faul und stets in Gefahr, das Schuljahr repetieren zu müssen. Monika interessierte nur die Ästhetik. »Schön zu sein, ist eine Gabe«, erklärte sie ihren Kolleginnen immer wieder und erntete dafür von ihnen nur Häme. Dario war der Außenseiter der Klasse und

wegen seines Übergewichts eher unbeliebt. Kein Wunder konnte er mit seinen sportlichen Klassenkameraden nicht mithalten, trank er doch in jeder Pause einen halben Liter Eistee und verzehrte zwei Schokoriegel!
Die Liste mit Eigenschaften der Schüler hätte Weber beliebig erweitern können. Jeden einzelnen hätte er mit passenden Adjektiven beschreiben können.
»Vietnam und der ganze Krieg sind doof. Können wir nicht einen Film schauen?«, fragte Caroline, die mit Geschichte gar nichts am Hut hatte und im Zeugnis nie über eine 3,5 hinausgekommen war.
»Das ist eine tolle Idee. Gestern habe ich mir eine neue DVD gekauft. Können wir uns diese nicht anschauen?« Tims Vorschlag traf in der Klasse auf große Begeisterung.
»Jetzt hört mir mal gut zu! Angesichts eurer Leistungen in letzter Zeit müssen wir uns noch eingehender mit dem Unterrichtsstoff beschäftigen. Nächste Woche schreiben wir eine Prüfung zum Kalten Krieg. Einen wesentlichen Bestandteil dieses Themas bildet der Vietnamkrieg. Außerdem kenne ich den Geschmack von Tim, was Filme betrifft. Wenn in den ersten zehn Minuten nicht fünf Personen umkommen, ist er gleich schlecht!«
Ein Raunen ging durch die Klasse. Eigentlich hatte Weber ja Recht. Dies wussten die Jugendlichen nur zu gut. Entsprechend war die Diskussion über Tims Film schon bald im Keim erstickt.
»Es gibt auch gute Filme zum Vietnamkrieg«, beschwichtigte Weber die Klasse. Damit erreichte er, dass alle halbwegs zufrieden waren.
In der verbleibenden Unterrichtszeit hatte der Lehrer seine Ruhe. Er wusste zwar, dass ihm nicht alle Schüler zuhörten, aber er genoss es, während seiner Ausführungen nicht groß gestört zu werden.

Kapitel 2

Er nahm den Telefonhörer in die Hand und tippte die Zahlenfolge ein, die er schon vor einiger Zeit auf einem Zettel notiert hatte. Die Umstände ließen nichts anderes mehr zu. Die oberste

Instanz – wer immer dies auch war – musste über die neuste Entwicklung in Kenntnis gesetzt werden.
Innerhalb der Organisation besaß jeder die Handynummer des anderen, durfte aber niemals erfahren, welche Person sich namentlich dahinter versteckte. Der Mann im schwarzen Anzug stand in der internen Hierarchie weit oben und kannte deshalb auch die Nummer des mächtigen Anführers.
Über eine halbe Minute dauerte es, ehe die Person das Gespräch entgegennahm.
Der Anrufer wollte sie nicht lange auf die Folter spannen. Deshalb kam er gleich zur Sache.
»Ein Außenstehender weiß Bescheid«, erklärte er kurz und machte sich auf einen Wutausbruch gefasst. Vergeblich.
Der Mann am anderen Ende der Leitung wusste, dass es eines Tages soweit sein würde.
Seine Beziehungen, die er in der ganzen Schweiz pflegte, ließen ihn immer wieder Dinge erfahren, von denen die Öffentlichkeit nichts wusste. Allerdings stand für ihn dieses Mal mehr auf dem Spiel. Seine Zukunft hing davon ab, ob es gelang, die Sache geheim zu halten. Deshalb dachte er nicht lange darüber nach und formulierte unverzüglich und unmissverständlich das weitere Vorgehen.
»Kümmert euch darum! In unseren Sitzungen wurden ja die verschiedenen Vorgehensweisen besprochen!«
Obwohl er den Besprechungen niemals selber beiwohnte, wusste er, was dort diskutiert wurde. Schließlich agierte er im Hintergrund und zog die ganzen Fäden.
»Sie können sich auf uns verlassen!«
Der Mann im schwarzen Anzug schaute zu seinem Partner hinüber, der bestätigend nickte.
In letzter Zeit waren derartige Aufträge ausgeblieben, so dass ihnen wenig Geld zur Verfügung stand, um sich über Wasser zu halten. Die Zeit der Einschränkungen würde bald vorbei sein.
Beide Parteien wussten, dass die Dinge nun ihren Lauf nehmen mussten. An den Zusammenkünften wurde jeweils genügend betont, dass das Geheimnis bis in alle Ewigkeit gehütet werden musste.

Die Folgen wären von untragbarer Reichweite, würde es an die Öffentlichkeit getragen. Deshalb waren die Männer auch bereit, für das Geheimnis zu töten.

Kapitel 3

Werner Mangold war Kurator im Antikenmuseum in Basel. Seit bald 30 Jahren übte er diese Funktion nun bereits aus und hatte schon manche Spezialausstellung organisiert: Kelten, Römer, Karl der Große oder das Zeitalter der Renaissance – es gab kein geschichtliches Thema, an das sich Mangold nicht wagte. Seit nunmehr drei Wochen konnte der Besucher ägyptische Artefakte im Museum bestaunen. Auf Mangolds Initiative war diese antike Ausstellung zustande gekommen, und schon mehr als dreitausend Besucher waren seit Beginn der Sonderausstellung Gast im Museum am St. Alban-Graben gewesen.
Mangold war stolz, diese Spezialausstellungen jeweils arrangieren zu dürfen. Er machte auch keinen Hehl daraus, dass er der Projektverantwortliche war. Voller Stolz wandte er sich immer wieder an die Besucher:
»Haben Sie diese Statue gesehen? Sie stammt aus dem Tal der Könige. Ein Anruf von mir an einen Freund in Kairo genügte, und schon war das Artefakt auf dem Weg nach Basel. Meine Beziehungen reichen in die ganze Welt.«
Solche von Eigenlob strotzenden Worte waren zuletzt ausgeblieben. In den letzten Tagen hatte sich Mangold vermehrt in den Hintergrund zurückgezogen. Er wirkte nachdenklicher als sonst. Seine lockere, aufgeschlossene Art verschwand zusehends. Aus dem extrovertierten, unternehmungslustigen Mann wurde ein vergrämter, älterer Herr.
Mangold selbst bemerkte diese Veränderung bei sich selber auch. Wieso es dazu gekommen war, wusste nur er. Statt sich jemandem zu offenbaren, versuchte er sich über die Bedeutung seiner Entdeckung klar zu werden. Dies gelang ihm aber nicht. So sehr er sich den Kopf darüber zerbrach. Was er erfahren hatte, machte einfach keinen Sinn.
Die Geschichte hatte genau eine Woche zuvor ihren Anfang genom-

men. Bei einer Ausgrabung in einem Kellergewölbe im Stadtkern Luzerns, welcher der Kurator als externe Person auch beiwohnte, hatten die Projektverantwortlichen viele Schriften aus vergangenen Zeiten entdeckt. Vereinzelt waren diese über 500 Jahre alt. In einem dieser Bücher fand Mangold beim Durchblättern einige verstaubte Blätter, deren Inhalt von größter Brisanz war. Statt den Fund seinem Vorgesetzten vorzulegen, steckte er diesen ein und nahm ihn mit nach Hause.

Mangold war selber überrascht, dass er so unvermittelt eine Straftat begangen hatte. Da er aber vermutete, dass es sich beim besagten Schriftstück um eine große Entdeckung handelte, hatte er es erst einmal vorgezogen, das Relikt selber in Besitz zu nehmen. Sollte er zum Schluss kommen, dass das Objekt wertlos war und sich hinter der Botschaft eine Lüge verbarg, würde er den Fund auf jeden Fall wieder zurückgeben. Würde sich der Mythos aber als wahr erweisen, winkte ihm als Entdecker großer Ruhm. Diesen wollte er auf keinen Fall mit jemandem anderen teilen.

Die Situation hatte sich in den letzten paar Tagen zugespitzt. Mangold verbrachte schlaflose Nächte. Er war sich nicht mehr so sicher, ob er das Geheimnis für sich behalten sollte. Nach langem Nachdenken entschied er sich am Sonntagabend, einen alten Freund anzurufen. Er griff zum Telefonhörer und tippte die Nummer ein.

»Hallo Steven, hier ist Werner Mangold. Ich habe schon lange nichts mehr von dir gehört. Wie geht es dir?«

»Mir geht es bestens. Die Schüler nerven mich zwar manchmal ein bisschen. Aber das gehört zum Job. Wann habe ich das letzte Mal von dir gehört? Ach ja, damals ging es ja beim Italiener um das Spiel der Schweizer Fußball-Nationalmannschaft.«

»Stimmt. Lange ist es her. Aber ich will mit dir nicht über Fußball sprechen. Ich habe da eine Entdeckung gemacht, die mich sehr zum Nachdenken gebracht hat. Als Geschichtslehrer und alter Freund von mir solltest du dir das Ganze ansehen. Du wirst staunen, worauf ich gestoßen bin. Der Fund könnte bahnbrechende Auswirkungen haben.«

»Jetzt machst du mich aber neugierig, Werner.«

»Ich will ehrlich sein, lieber Steven. Ich habe Angst. Angst davor, dass ich beobachtet werde. Angst davor, dass mich jemand wegen meiner Entdeckung jagt. Letzte Nacht verfolgte mich ein Auto bis vor meine Haustür. Als ich oben in meiner Wohnung ankam und mich zum Fenster begab, stand das Auto mit laufendem Motor immer noch da. Außerdem erhalte ich regelmäßig mysteriöse Anrufe. Allerdings ist nie jemand am Apparat.«

»Warst du schon bei der Polizei?«

»Zur Polizei kann ich nicht. Ich werde dir unter vier Augen erzählen, wieso das so ist. Die Sache hängt auch mit meiner Entdeckung zusammen.«

»Wer weiß alles von deinem Fund?«

»Einzig einem Professor der Universität Basel habe ich davon berichtet. Der Professor ist auch ein alter Freund von mir. Ansonsten hüte ich das Geheimnis. Können wir uns baldmöglichst treffen?«

»Das ist eine gute Idee. Ich habe da ein neues Lokal kennen gelernt. Es liegt im Kleinbasel. Fernöstliches Essen magst du ja immer noch? Der Name des Restaurants lautet Hong Kong.«

»Chinesisch mag ich am liebsten, um genau zu sein. Treffen wir uns morgen Abend dort. Ich hoffe, 19 Uhr ist auch für dich in Ordnung?«

Mangold hielt kurz inne. Er atmete tief durch.

»Ich habe noch ein Anliegen. Du weißt, dass ich von Natur aus eher ein ängstlicher Mensch bin. Du kennst mich ja diesbezüglich ziemlich gut. Sollte mir etwas zustoßen, findest du einen Hinweis in der Basler Uni-Bibliothek in meinem Lieblingsbuch. Ich wünsche dir eine gute Nacht.«

Ehe Steven Weber etwas entgegnen konnte, hatte Werner Mangold das Gespräch beendet.

Weber erinnerte sich daran, dass sein Kollege tatsächlich schon immer ein ängstlicher Mensch gewesen war. Deshalb machte er sich nach diesem seltsamen Anruf auch keine großen Sorgen. Er zog seinen Pyjama an, putzte sich die Zähne und legte sich ins Bett.

Was hatte Mangold wohl gefunden? Eine bahnbrechende Entdeckung? Er hatte schon immer die Angewohnheit, ein wenig zu über-

treiben. Weber ging davon aus, dass dies wohl auch in der vorliegenden Angelegenheit wieder so war.
Er las noch etwas in seinem aufgeschlagenen Roman weiter und schlief danach ruhig ein.

Kapitel 4

Die Kirchenuhr schlug drei Mal. Es war Viertel vor eins. Im Kleinbasel waren die letzten Nachtschwärmer unterwegs. Auch in der Nacht von Sonntag auf Montag war in diesem berüchtigten Basler Stadtteil etwas los.
Die diversen Nachtclubs zogen zwielichtige Personen an, die das schnelle Vergnügen suchten. Ein paar Jugendliche torkelten über die Straße, nachdem auch die letzte Diskothek geschlossen hatte. Der Geschäftsführer der Dönerbude war ebenfalls gerade dabei, die Türen zu schließen.
Niemandem fiel der rote Lancia auf, der langsam die Haltingerstrasse entlang fuhr. Ziel der nächtlichen Fahrt war die Liegenschaft mit der Hausnummer 34. Schon am Abend zuvor waren die beiden Männer an besagter Adresse gewesen. Gestern allerdings hatten sie es vorgezogen, im Auto zu bleiben. Heute aber war der Tag der Abrechnung gekommen.
Der Wagen hielt auf einem der freien Parkplätze an. Die Insassen nickten sich aufmunternd zu.
Sie waren Profis. Nicht zum ersten Mal standen sie vor einer solchen Aufgabe. Der letzte Auftrag sei wesentlich schwieriger gewesen, in die Tat umzusetzen, hatten sie sich noch kurz zuvor gesagt. Damals sollte das Duo einen spanischen Geschäftsmann zur Strecke bringen.
Unglücklicherweise befand sich seine Familie bei ihm, als die Auftragsmörder in das Haus stürmten. Mit seiner Frau und den zwei Kindern – dem dreijährigen Sohn und der einjährigen Tochter – hatten die Berufsverbrecher nicht gerechnet. Da es galt, keine Spuren zu hinterlassen, musste auch der Rest der Familie eliminiert werden. Skrupel kannten die beiden nicht. Nach der Tat flüchteten sie so

schnell, wie sie gekommen waren. Dummerweise gerieten sie an jenem Abend in eine Polizeikontrolle. Zwei gezielte Schüsse reichten, um die Polizisten aus dem Weg zu räumen. Die Männer waren jederzeit bereit, für Geld zu töten.
Den Auftrag, den sie in dieser Nacht erledigen sollten, erhielten sie von einem Mann, der ihnen nur unter dem Decknamen «Winkelried» bekannt war. Dieser hatte sich selber stets bedeckt gehalten. Innerhalb kürzester Zeit gelang es den beiden, in der Gunst ihres Chefs aufzusteigen und relativ schnell eine führende Rolle innerhalb der Gruppe einzunehmen.
Mit einem Brecheisen stemmten sie die Eingangstüre an der Haltingerstrasse 34 auf. Werner Mangold lebte im zweiten Stockwerk. Aufträge in Mehrfamilienhäusern erforderten ein besonderes Maß an Vorsicht, befanden sich doch viele potenzielle Zeugen im Gebäude.
Leise schlichen die Männer das Treppenhaus hoch. Vor Mangolds Wohnungstür hielten sie kurz inne. Dieser schien gerade zu telefonieren. Er wirkte äußerst aufgeregt und schrie immer wieder herum. Ausgerechnet an diesem Abend war die Wohnung nicht abgeschlossen. Die Eindringlinge zogen ihre Schusswaffen aus der Jackentasche und nutzten die Gelegenheit.

Kapitel 5

Steven Weber hatte schlecht geschlafen. Obwohl er sich einredete, dass Mangold oft maßlos übertrieb, machte er sich um seinen alten Freund Sorgen. »Was, wenn wirklich jemand hinter ihm her ist?«, fragte er sich während der Fahrt zur Schule immer wieder. Außerdem dachte er eifrig über Mangolds Worte nach. Was meinte er mit «bahnbrechenden Auswirkungen»? Er musste sich auf später vertrösten. Eine Antwort würde ihm erst das Gespräch mit Mangold selber bringen.
Keine zwölf Stunden mehr, und Weber würde über die Entdeckung im Bilde sein. In der Schule war alles wie immer. Einige Schüler hatten die Hausaufgaben nicht erledigt. Außerdem wirkte die Klasse

an diesem Montagmorgen müde. Die Jugendlichen zahlten für ihre Wochenendaktivitäten Tribut.
»Kann mir denn niemand sagen, welche Parteien im Vietnamkrieg gegeneinander gekämpft haben?«
Keiner der Klasse interessierte sich für die Frage. Selbst Benedict schien heute unmotiviert zu sein.
»Ben, kennst wenigstens du die Antwort?«
Erst kürzlich hatte Weber der Klasse zu erklären versucht, dass der Vietnamkrieg einen Stellvertreterkrieg während des Kalten Kriegs darstellte.
»Weshalb fragen Sie immer mich, wenn niemand die Antwort weiß?«
Weber schien überrascht. Benedict hatte ihm noch nie so frech geantwortet. Er wollte ihn gerade zurechtweisen, ließ den Gedanken aber sogleich wieder fallen.
Eigentlich hatte Benedict ja Recht. Es durfte nicht sein, dass er immer antworten musste, nur weil die Klasse nicht gewillt war, sich mit dem Vietnamkrieg auseinanderzusetzen. Weber musste sich damit abfinden. Die Klasse wollte an diesem Morgen nicht mitarbeiten.
»Herr Weber. Hat der Vietnamkrieg auch etwas mit dem Kommunismus zu tun?«
Diesen Beitrag empfand Weber zwar nicht als sonderlich klug, aber immerhin meldete sich jemand der Klasse. Der Wert der Frage erhielt ein viel größeres Gewicht, weil sie ausgerechnet von der «schönen» Monika stammte.
»Das ist eine sehr gute Frage«, sagte Weber. Er wollte diese gerade beantworten, als es an der Tür klopfte.
Kreidebleich stand der Konrektor davor.
»Es ist etwas Schreckliches passiert«, stotterte er. »Komm sofort mit! Ich informiere dich auf dem Weg ins Lehrerzimmer.

Kapitel 6

Der grauhaarige Mann mit dem Bürstenschnitt und dem stechenden Blick genoss gerade seine Pause. Ein paar Minuten in Ruhe konnten nicht schaden. Gleich würde er wieder in sein Büro treten und seinen Geschäften nachgehen.
Kaum hatte er sich im Eingangsbereich des großen Gebäudes auf den Stoffsessel fallen lassen, klingelte sein Handy. Er kannte den Anrufer, da er ihn unter dem Namen «Proletarier 1» gespeichert hatte. Vorsichtig schaute er sich um, ob sich jemand in seiner Nähe aufhielt, konnte aber niemanden erkennen.
»Winkelried«, sprach er leise in den Hörer. Keiner durfte ihn hören, weil er nicht seinen richtigen Namen nannte.
»Guten Morgen, Herr Winkelried. Operation Mangold ist erledigt.«
»Gab es irgendwelche Zeugen?«
»Keine, Chef. Alles lief nach Plan.«
»Gut gemacht! Das Geld lasse ich im Schließfach 142 am Bahnhof in Basel hinterlegen. Den Schlüssel sende ich euch per Kurier zu.«
Die Gespräche zwischen den beiden Parteien dauerten nie sehr lange. So war es auch dieses Mal. Für Plaudereien hatte Winkelried keine Zeit.
Die beiden Männer bekamen ihren Auftraggeber nie zu Gesicht. Dies war auch im vorliegenden Fall so, obwohl die Proletarier an den Geheimsitzungen teilnahmen. Winkelried wohnte diesen Zusammenkünften allerdings nie selber bei, sondern ließ sich durch seinen «Edelhelfer» vertreten.
Würde Winkelrieds Identität auffliegen, könnte dies die Schweiz in eine tiefe Krise stürzen. Deshalb durften die beiden Profikiller nie erfahren, wer als Initiant hinter der ganzen Aktion steckte. Das wussten alle Beteiligten nur zu gut. Folglich durften sie keine Fehler begehen.

Kapitel 7

Im Zimmer des Rektors herrschte stoische Ruhe. Konrektor Ivan Wunderlich und Weber saßen sich gegenüber, und keiner sprach ein Wort. Zu groß war der Schock, den die eingegangene Nachricht hinterlassen hatte.
Die Meldung war einige Minuten zuvor im Rektorat eingegangen. Wunderlich hatte an nichts Böses gedacht, als er zum Telefonhörer gegriffen hatte. Die Tatsache, dass die Polizei am anderen Ende war, brachte ihn nicht aus der Ruhe. In letzter Zeit häuften sich die Anrufe der Gesetzeshüter, weil die Schüler immer wieder irgendetwas ausgefressen hatten. Sachbeschädigungen und Verstöße gegen das Betäubungsmittelgesetz gehörten fast schon zur Tagesordnung. Als sich die Polizei allerdings nach Steven Weber erkundigte, kam beim Konrektor ein ungutes Gefühl auf.
Die Mitteilung hatte es in sich: Webers Kollege, Werner Mangold, war tot. Die Putzfrau hatte die Leiche in der Küche seiner Wohnung gefunden. Er war mit einem gezielten Schuss in den Oberkörper liquidiert worden. Weitere Angaben zum Vorfall machte die Polizei jedoch nicht.
Für einen Moment fragte sich Weber, wie die Polizei auf ihn gekommen war. Er musste davon ausgehen, dass Mangold Webers Namen irgendwo in seiner Wohnung notiert hatte. Anders konnte er sich dies nicht erklären.
Weber plagte sein schlechtes Gewissen. Noch gestern hatte er sich eingeredet, dass Mangold wieder maßlos übertreibe und er somit nichts zu befürchten habe. Nun war sein alter Weggefährte tot.
Der Unterricht der Klasse 4F musste für den Rest des Tages ausfallen. Den Schülern gegenüber bemerkte Wunderlich nur, dass sich Weber nicht wohl fühle. »Anscheinend ist eine Grippe im Anmarsch«, erklärte er den Jugendlichen. Natürlich war die Freude bei ihnen groß, konnten sie doch bereits um zehn Uhr wieder den Heimweg antreten. »Das nennt man dann wohl Kurzarbeit«, sagte Nicola, der die Gewohnheit hatte, immer ein paar Minuten zu spät zu kommen.

Weber benutzte an diesem Tag ausnahmsweise den Hinterausgang. Er brauchte jetzt seine Ruhe. Das Letzte, was ihm noch fehlte, war ein Zusammentreffen mit dem Hauswart oder einer anderen Lehrperson. Er musste den Schock erst einmal verarbeiten und hatte keine Lust auf Rechtfertigungen dafür, warum er schon nach Hause ging.
Zu Hause öffnete Weber die Whisky-Flasche, die er von seiner Klasse zu seinem 45. Geburtstag erhalten hatte. Immer wieder hatte er in den letzten 22 Jahren von den Kindern Geschenke erhalten. Die meisten waren nicht zu gebrauchen. Die Whisky-Flasche stellte in dieser Hinsicht eine löbliche Ausnahme dar. Immer, wenn er sich schlecht fühlte, genehmigte er sich einen kleinen Schluck. Dann ging es ihm jeweils sofort etwas besser.
Am Küchentisch dachte er erneut über das gestrige Gespräch mit Mangold nach. Er versuchte, sich die Inhalte nochmals zu vergegenwärtigen. Was hatte Mangold Wichtiges erzählt? Plötzlich fiel ihm ein, dass sein Freund ihm einen Auftrag erteilt hatte. Diesem wollte sich Weber am folgenden Morgen annehmen.

Kapitel 8

Im Kamin loderten die Flammen. Auf dem Tisch stand ein Glas Wein, der Teller war noch nicht weggeräumt. Reste waren keine mehr übrig. Zu sehr hatte ihm das Abendessen geschmeckt, das ihm seine Haushaltshilfe zubereitet hatte. Lange schon hatte er keinen solchen Abend mehr erlebt. Immer wieder musste er sich zwischen Tür und Angel verpflegen, weil noch abendliche Termine anstanden. Schließlich hatte er Großes vor. Deshalb lohnte es sich, auf ruhige Abendessen zu verzichten.
Winkelried war es gewohnt, die Abende alleine zu Hause zu verbringen. Dies machte er inzwischen über drei Jahrzehnte lang. Ein wenig trauerte er der Zeit an der Universität nach, als er sich noch für das weibliche Geschlecht interessiert hatte. Deshalb dachte er wohl genau in diesem Moment an Estelle, die einzige Frau, mit der er zusammen gewesen war.

Vor seinen Augen tauchten die Bilder jenes Abends vor 32 Jahren auf, als sie sich in einer winzigen Bar in der Berner Altstadt zum ersten Rendezvous trafen. Auf dem Heimweg spazierten sie noch der Aare entlang und genossen die Aussicht auf ihre Stadt. Bern wurde zu ihrer gemeinsamen Heimat. Hier waren die beiden aufgewachsen, hier hatten sie sich kennen gelernt. Er war damals in einer führenden Position in einer Berner Firma tätig. Sie bewarb sich genau zu jenem Zeitpunkt um eine Stelle als Sekretärin. Der Zufall wollte es, dass die für die Bewerbungsgespräche verantwortliche Person an diesem Nachmittag keine Zeit hatte und Ersatz gefunden werden musste. Winkelried übernahm die vakante Aufgabe. Dieser Zufall führte die beiden zusammen. Es war Liebe auf den ersten Blick. Natürlich erhielt Estelle auch die Stelle im Betrieb. Von da an gingen die beiden nicht nur ihren beruflichen, sondern auch privaten Weg gemeinsam. Er heiratete sie genau zweihundert Tage nach ihrem ersten Treffen.
Die Liebe der beiden stand allerdings unter einem schlechten Stern. Winkelried arbeitete Tag und Nacht, während Estelle Abende lang zu Hause auf ihren Mann wartete. Knapp ein Jahr nach der Hochzeit reichte sie die Scheidung ein. Dieses Ereignis warf Winkelried vorübergehend total aus der Bahn und führte ihn kurzzeitig auch in das Drogenmilieu. Zu diesem Zeitpunkt schwor er, niemals mehr etwas mit einer Frau anzufangen. Und tatsächlich traf sich Winkelried nie mehr mit einer Frau in privatem Rahmen.
Auch an diesem Abend dauerte es nicht lange, bis das Handy wieder klingelte. Winkelried nahm den Anruf entgegen.
»Tut mir leid für die späte Störung. Aber es gibt ein Problem. Mangold hat sich jemandem anvertraut. Wie viel die Person weiß, können wir nicht beurteilen. Wir haben Mangolds ausgehende Anrufe auf seinem Handy überprüft. Er hat genau eine Minute und vierzig Sekunden mit einem Steven Weber gesprochen. Es war am gleichen Abend, an dem wir ihn aus dem Weg geräumt haben.«
»Der Name Weber sagt mir nichts. Was wisst ihr über ihn?«
»Eine unscheinbare Person. Er war verheiratet, lebt aber nicht mehr mit seiner Frau zusammen. Er hat eine 17-jährige Tochter, die das Gymnasium besucht. Weber arbeitet als Lehrer an der Sekundar-

schule Laufen im Kanton Basel-Landschaft. Unsere Recherchen haben weiter ergeben, dass er in den letzten Jahren mit Mangold nur losen Kontakt hatte. Weber muss also nicht zwingend in die Geschichte eingeweiht worden sein.«
»Wir können uns keine weiteren Fehler leisten. Besser nehmen wir Weber etwas näher unter die Lupe. Ich bin derzeit sehr beschäftigt. Deshalb erwarte ich von euch, dass ihr die Sache selber in die Hand nehmt. Ihr seid Profis. Also will ich auch entsprechende Arbeit sehen.«
Winkelried beendete den Anruf, ließ sich in seinen Sessel fallen und zündete sich eine Zigarre an. Manchmal liefen Dinge nicht so, wie sie sollten. Daran hatte er sich inzwischen gewöhnt. Man musste nur die entsprechenden Schlüsse daraus ziehen. Für ihn war klar: Über kurz oder lang musste auch dieser Weber von der Bildfläche verschwinden.

Kapitel 9

Die Person, die schemenhaft im Zimmer zu sehen war, trug verwaschene Jeans und ein weißes Hemd. Den Kopf zierte ein schwarzer Zylinder. Weber traute seinen Augen nicht. In der Gestalt erkannte er den verstorbenen Mangold. Wie war das möglich?
In Mangolds Bauch steckte ein Säbel. Das Blut tropfte auf den Boden. Ruhigen Schrittes umkreiste Mangold Webers Bett, während er unentwegt den Lehrer anstarrte. Es war kein böser, beängstigender Blick, sondern ein Blick voller Hoffnung. Immer wieder fragte Weber seinen «Gast», was dieser nächtliche Besuch zu bedeuten habe. Doch Mangold gab ihm keine Antwort. Stattdessen lächelte er vor sich hin. Weber hatte die Botschaft verstanden. »Ich werde tun, was du mir auferlegt hast«, versprach er ihm. Mangold schien glücklich zu sein. Er schwebte zum Fenster, öffnete es und sprang sofort in die Tiefe.
Weber wachte schweißgebadet auf. Er hatte nur geträumt. Dass er nachts aufwachte, war eine Seltenheit. Seine Tochter hatte einmal gesagt, dass er nicht einmal dann aufwachen würde, wenn einer das

Dach von seinem Haus entfernen würde. Er war ein Tiefschläfer. Weber realisierte, dass der Traum etwas zu bedeuten hatte. In Träumen steckte immer eine versteckte Botschaft. Das war auch in diesem Fall so, wobei er genau wusste, was Mangold von ihm erwartete. Er musste sich des Falles annehmen. Einerseits galt es, Mangolds Geheimnis zu lüften und an die Öffentlichkeit zu tragen. Andererseits musste er die Täter finden und sie hinter Gitter bringen. Er war fest entschlossen, dies zu tun. Es dauerte nicht lange, und Weber schlief wieder ein. Erneut träumte er, doch dieses Mal konnte er sich am Morgen nicht mehr daran erinnern, was sich nachts in seinem Kopf noch alles abgespielt hatte.

Das Frühstück musste ausfallen. Vor lauter Aufregung hatte er am Vortag vergessen, seine heutigen Lektionen zu planen. Er hatte der Klasse versprochen, sie über die anstehenden Bundesratswahlen zu informieren.

Weber glaubte, dass der Unterricht ein wenig Staatskunde beinhalten musste. Schließlich sollten die Jugendlichen zumindest die Grundzüge des politischen Systems der Schweiz kennen.

Dazu gehörte auch, dass man wenigstens wusste, welche Instanz wen wählte und wie die sieben Bundesräte hießen.

Er selber interessierte sich nicht so sehr für Politik, weil er die Bundesräte sowieso nur als Marionetten ihrer Partei betrachtete. Er wünschte sich, dass sie vermehrt Sach- und nicht immer nur Parteipolitik betreiben würden.

Ohnehin unterlag die schweizerische Politiklandschaft einem Wandel. Die fünf großen Parteien hatten in jüngster Vergangenheit massiv an Stimmen verloren. Neue Gruppierungen brachten an ihrer Stelle den Parteienhimmel zum Strahlen. Der zurücktretende Bundesrat Kohler gehörte dem Freisinn an. Wer seine Nachfolge antreten sollte, stand in den Sternen. Drei Ständeräten wurden gute Chancen eingeräumt, Kohlers Nachfolge anzutreten.

Erich Forrer war Mitglied der VFM, der Volksfreunde des Mittellandes. Die Partei rekrutierte ihre Mitglieder vor allem in den Kantonen, welche dem Schweizer Mittelland angehörten und war eher liberal orientiert. Der zweite Kandidat, der sich Chancen auf eine

Wahl in den Bundesrat ausrechnen durfte, war Gustav Niederhauser. Er amtete als Präsident der WTP. Die Wirtschaftlich-Traditionelle Partei strebte eine autarke Schweiz an. Importe sollten auf ein Minimum beschränkt werden. Schließlich stand auch Ständerat Patrick Zumbühl hoch im Kurs. Wie der zurücktretende Bundesrat Kohler gehörte er der freisinnigen Partei an. Zumbühl amtete als St. Galler Stadtpräsident. Er strebte eine Erneuerung der AHV an, wollte gleichzeitig aber das Rentenalter nicht erhöhen.
Sollte er den Schülern die potenziellen Bundesratskandidaten vorstellen? Oder sollte er das Augenmerk auf die National- und Ständeräte aus dem eigenen Kanton richten? Oder wäre es sinnvoller, nur das Wahlprozedere zu besprechen?
Weber war sich unschlüssig. Er entschied sich für die einfachste Variante. Die Klasse sollte selber bestimmen dürfen, was sie erfahren wollte. Entsprechend hieß die Unterrichtsmethode an diesem Morgen: Die Klasse fragt, der Lehrer antwortet.
Das frühe Aufstehen hatte Weber nichts ausgemacht. Er war diesbezüglich eindeutig eine Lerche. Webers Morgenprogramm beinhaltete neben einem ausgiebigen Frühstück und der täglichen Körperpflege auch ein paar Liegestützen, während der Fernseher lief. Morgenfitness war ein wichtiger Teil in seinem Leben. Dadurch erhoffte er sich, in guter körperlicher Verfassung zu bleiben.
An diesem Morgen fuhr er früher los. Schließlich musste er noch in der Bibliothek der Universität Basel vorbeischauen.

Kapitel 10

Tausende Bücher standen in den Regalen der Basler Universitätsbibliothek. Genau jenes zu finden, in welchem sich Mangolds Geheimnis versteckte, gestaltete sich für Weber in etwa so schwierig wie die sprichwörtliche Suche nach der Nadel im Heuhaufen.
Mangold hatte von seinem Lieblingswerk gesprochen. Als Kurator des Antikenmuseums hätte er Hunderte von Lieblingsbüchern haben können. Für nahezu jedes geschichtliche Sachbuch hatte sich Mangold interessiert.

Die Situation erschien aussichtslos. Weber wusste nicht, wo er mit dem Suchen beginnen sollte. Erschwerend kam die Tatsache hinzu, dass die Bücher in der Uni-Bibliothek nicht nach Themen geordnet waren. Der Besucher musste den Standort auf dem Computer eruieren und das Buch schließlich im jeweils angegebenen Regal suchen gehen.

Weber tippte im Zuge seiner Verzweiflung «Tutenchamun» ein, weil sich Mangold gerade einer ägyptischen Ausstellung widmete. In der Bibliothek standen 149 Bücher, in deren Titel der besagte Name vorkam. »Hoffnungslos!« Er stieß einen tiefen Seufzer aus. Zwei junge Studentinnen quittierten diesen mit einem Kopfschütteln.

Weber geriet ins Grübeln und schweifte mit seinen Gedanken ab. »Vergiss die Sache! Konzentriere dich auf deinen Job als Lehrer«, sagte er zu sich selber, während er unbewusst Mangolds Namen ins Suchsystem eintippte.

Er traute seinen Augen nicht! Es war so einfach und gleichzeitig auch einleuchtend. Wieso hatte er daran nicht gedacht? Mangold war nicht nur der Name seines ehemaligen Freundes, sondern auch jener einer Gemüsepflanze, die auch Krautstiel genannt wurde. In der Bibliothek fand sich genau ein Werk zu diesem Thema. Er kritzelte den Standort auf einen Zettel und eilte in den Bereich, wo die Bücher standen. Ein langer Korridor lag vor ihm.

Mit einem mulmigen Gefühl näherte er sich dem Ziel. Das gesuchte Werk erkannte er gleich auf den ersten Blick. Es war ein sehr alter Schinken.

Mit Sicherheit hatte in den letzten Jahren niemand mehr dieses Buch in den Händen gehalten. Mit Ausnahme von Mangold?

Vorsichtig nahm es Weber vom Regal. Er öffnete es und entdeckte auf der letzten Seite ein Notizblatt. Darauf prangte Mangolds Schrift, die er noch aus früheren Zeiten kannte. Er hatte sie stets als typisch weiblich klassifiziert, was Mangold wiederum in keiner Weise gefiel. Mangolds Lieblingsbuch war es also deshalb, weil es seinen Namen trug. Die darin gelagerte Notiz war kurz und doch voller Rätsel. Was er las, konnte unmöglich das Geheimnis sein, auf welches der Historiker gestoßen war.

Der Nahrung Grundlage so genannt,
haben einst die Reichen schon erkannt.
Als Schwand ist der gesuchte Ort bekannt,
wobei der Name wieder verschwand.

Weber verfluchte Mangold in diesem Moment. Dieses verstaubte Buch hätte in den nächsten fünfzig Jahren mit Sicherheit niemand aufgeschlagen. Es gab also keinen Grund, die Nachricht verschlüsselt zu hinterlassen.
Allerdings kannte er seinen alten Freund bestens. So versteckte er zum Beispiel seinen Kellerschlüssel jeweils im Estrich, während er den Schlüssel des Estrichs in seiner Wohnung sicher aufbewahrte. Grund für diese Maßnahme waren teure Weine, die er im Untergeschoss lagerte und um die er sich sorgte. Ähnlich handhabte er die Sache mit seinem Fund. Er hinterließ Hinweise, die früher oder später zum Ziel führen würden. Seine Vorliebe zu selbst kreierten Rätseln spiegelte sich also in der gestellten Aufgabe. Weber erinnerte sich in diesem Moment an unzählige Begegnungen mit Mangold, die stets von solchen Spielereien geprägt waren.
Allerdings fühlte er sich an diesem Tag zu alt für eine Schnitzeljagd. Zudem hatte er ohnehin auch zu wenig Zeit, um sich mit solchen Knobelaufgaben auseinanderzusetzen. Andererseits war sein Ehrgeiz zu groß, um an dieser Stelle die Flinte ins Korn zu werfen.
Die Nahrung war gemeinhin in Einkaufsläden zu finden. Diese gab es aber zu Hunderten… Was hatten solche Läden mit den Reichen zu tun? Ging es um Orte, in denen Reiche einkauften? Waren mit diesen Orten demnach irgendwelche Edel-Boutiquen gemeint oder handelte es sich um Orte in der Schweiz, in denen die Reichen verkehrten? Auch da fielen ihm einige ein: Davos, St. Moritz, Leukerbad, Zermatt, Gstaad...
Die Liste hätte er beliebig erweitern können.
Scheinbar war es der falsche Ansatz. So kam er nicht weiter. Eine andere Idee hatte er aber nicht auf Lager.
Weber war nicht der Typ, der so schnell aufgab. Aber dieses Rätsel

zerrte an seinen Nerven, zumal es mehr war als eine einfache Aufgabe. Es ging um die Auflösung eines Verbrechens und um eines der größten Mysterien der Schweiz, sofern man Mangold Glauben schenken durfte. Also versuchte er seine grauen Zellen nochmals zu aktivieren.
»Natürlich! So kann das Ganze klappen!« Weber hatte die ultimative Idee, wie er das Rätsel knacken konnte. »Warum bin ich nicht schon vorher auf diese Idee gekommen?«
Er eilte die Treppen hinunter, verließ das Bibliotheksgebäude und brauste in seinem blauen Ford davon.

Kapitel 11

Dass er ausgerechnet an diesem Dienstagmorgen erst um neun Uhr in der Schule sein musste, spielte Weber in die Karten. Bei der Stundenplanlegung wünschte er sich stets, möglichst viele Lektionen am Morgen zu haben. So konnte er den Nachmittag anderweitig verplanen. Ausgerechnet der Dienstag war jener Tag, an dem er nicht schon um 7.30 Uhr mit dem Unterricht beginnen musste. Der Besuch in der Universitätsbibliothek hatte sich deshalb an diesem Morgen gut arrangieren lassen. Auch die Fahrt von Basel nach Laufen passte perfekt in sein Zeitmanagement. Kurz vor neun Uhr betrat er pünktlich die Schulanlage.
Jugendliche waren in der Regel kreativ und erkannten Dinge, die ein Erwachsener nicht zu sehen vermochte. Diesen Umstand wollte Weber nutzen und das Rätsel seiner Klasse vorlegen. Nicht, dass er die Lösung desselben auf dem Silbertablett präsentiert erwartet hätte. Er erhoffte sich von seinen Schülern zumindest ein paar neue Ideen.
»Brainstorming! Mit dem Niederschreiben von Assoziationen zu einem Stichwort könnte es klappen!« In Webers Augen widerspiegelte sich ein kleines Stück Zuversicht. Obwohl er mit der Arbeitshaltung seiner Schüler unzufrieden war, traute er ihnen in diesem Zusammenhang einiges zu. Wie er allerdings das Rätsel seiner Klasse schmackhaft machen wollte, wusste er noch nicht. Unmöglich konnte er ihnen die Wahrheit sagen.

Eine Einbettung in das aktuelle Geschichtsthema schien ausgeschlossen. Und auch in den Sportunterricht war das Rätsel kaum zu integrieren. Etwas würde ihm schon einfallen. Wie immer sollte er Recht behalten.

In der Schule erwartete ihn eine dezimierte Klasse. Von den 21 Schülern waren vier krank. Momentan grassierte eine Grippewelle und hatte die Klassenzimmer erreicht.

Mit einer kleineren Klasse ließ sich sowieso besser arbeiten. Gleich, nachdem Weber das Zimmer betreten hatte, richtete er den Fokus auf das Rätsel.

»Hört mir mal gut zu!«, begann er seine Ausführungen. Es war der Satz, den er zu Lektionsbeginn öfters benutzte. »Ich habe gestern Abend einen spannenden Film im Fernsehen verfolgt. Leider bin ich dabei eingeschlafen.«

»So spannend kann der Film ja nicht gewesen sein. Ich habe gestern übrigens auch einen spannenden Film gesehen...«, tönte es aus der hintersten Ecke.

Die Klasse lachte. Wie immer hatte Henrik einen passenden Kommentar auf Lager. Außerdem wussten die Jugendlichen genau, welche Art von Film dieser jeweils schaute. In der Regel waren sie nicht jugendfrei.

»Dass ich eingeschlafen bin, lag weniger am Film als vielmehr an euren Analysen zum Vietnam-Krieg, die ich lesen musste und die nicht wirklich spannend waren.«

»Typisch Weber!«, rief Phil. »Hat wie immer das letzte Wort!«

»Ich möchte von euch einzig wissen, wie die Lösung des Rätsels aussieht, das im Film vorgekommen ist. Wie gesagt: Leider habe ich die Auflösung gestern verpasst. Aber ihr werdet mir ohnehin nicht helfen können...«

Die Schüler an der Ehre zu packen, war eine ideale Form, um sie zu motivieren. Getreu dem Motto: Mit Speck fängt man Mäuse. Weber arbeitete oft mit dieser Methode und hatte damit stets Erfolg.

»Lassen Sie die Katze aus dem Sack! Wir sind bereit!«, schrie Caroline in die Runde.

Wenig später prangte das Rätsel in großen Buchstaben an der Wandtafel.

Der Nahrung Grundlage so genannt,
haben einst die Reichen schon erkannt!

Weber hatte das Rätsel in zwei Tranchen aufgeteilt. Er begann mit den ersten beiden Linien.
»Da stimmt die Grammatik, speziell der Satzbau nicht!« Die Klasse empörte sich über die Art, wie der Satz formuliert war.
»Bei uns hätten Sie das Ganze rot unterstrichen und uns eine schlechte Note gegeben«, stellte Benedict fest.
Weber musste schmunzeln. Allerdings hatte er dazu eigentlich gar keinen Grund. Zu wichtig war der Hintergrund dieses Rätsels.
»Die grammatikalische Korrektheit ist heute ausnahmsweise nicht von Bedeutung«, fügte Weber an.
Die Klasse schwieg. Irgendwie schien sie das Rätsel zu verwirren. Sie hatten mit einer anderen Fragestellung gerechnet.
»Versucht es doch mal mit einem Brainstorming!«
Ein Raunen ging durch die Klasse. Brainstorming war ein Reizwort. Warum auch immer, die Klasse mochte diese Arbeitsmethode nicht. Wahrscheinlich lag es daran, dass die Technik mit Schreibarbeit verbunden war.
Nach einigen motivierenden Worten begannen die Jugendlichen dann doch, Wörter auf die zuvor verteilten leeren Blätter zu kritzeln. Nach drei Minuten stoppte Weber die Übung und begann sogleich, die Begriffe an der Wandtafel zu sammeln: Kuh, Pflanze, Brot, Schlaraffenland, Boden, Kiosk, Apfel, Mond, Schule, Bank, Boni, Manager, Bauern, König, Geld, Gold, Adel, Wissen, Anwalt, Lehrer, Lohn, Käse, Lachs...
Weber war bewusst, dass die Schüler alles notiert hatten, was ihnen eingefallen war. Das war auch das Ziel der Übung. Viele Begriffe machten im Zusammenhang mit dem Rätsel keinen Sinn. Er betrachtete sie genau. Nochmals widmete er sich den zwei Zeilen.

Der Nahrung Grundlage so genannt,
haben einst die Reichen schon erkannt!

Was hatten Nahrung und Reiche gemeinsam? Plötzlich ging ihm ein Licht auf.
»Danke, ihr habt mir sehr geholfen. Ihr seid die Besten!«
»Da sehen Sie es wieder! Wir sind doch gut«, triumphierte Henrik stolz.
In der Tat hatte Weber seinen Schülern viel zu verdanken. Er wusste genau, wie die Lösung lautete, zumal der zweite Teil seine Meinung sogleich bestätigte.

Kapitel 12

Das Internet machte vieles einfacher. Dazu gehörte auch die Suche nach Informationen zu bestimmten Personen. Der Benutzer musste nur den Namen eingeben, und schon erhielt er Adresse und Telefonnummer der gefragten Person.
Proletarier 1 und 2 saßen gemeinsam vor dem Computer in ihrer kleinen Dachwohnung. Neben dem Bildschirm stand ein Aschenbecher. Zwei Zigaretten verglühten darin. In ihrer Hand hielten die beiden eine Dose Bier. Alkohol und Nikotin: Das waren nicht ihre einzigen Laster.
An einem Abend einige Monate zuvor hatten sie in einer dunklen Gegend Berns einen Mann getroffen, der sich «Stauffacher» nannte. Das Treffen wurde von einem Hintermann vereinbart. Es war das erste Mal, dass die beiden mit einem Vertrauten Winkelrieds sprachen. Schnell war klar: Sie mussten mit dieser Gruppe zusammenarbeiten. Schließlich benötigten Proletarier 1 und 2 dringend Geld, und Winkelried brauchte jemanden, der die Drecksarbeit übernahm. Es war eine Win-Win-Situation.
»Dann wollen wir schauen, was uns das Internet über Weber erzählt«, flüsterte Proletarier 1 vor sich hin. Sein Kollege tippte Webers Namen in die Tastatur. Es verging keine Sekunde und das Such-

programm meldete 131 Treffer. »Eine ganze Menge für eine solch unscheinbare Person.« Proletarier 2 war wegen der hohen Trefferzahl sichtlich überrascht.
»Dann arbeiten wir die Beiträge von oben nach unten durch. Der Chef will schließlich ein umfassendes Bild der Zielperson haben«, fügte Proletarier 1 trocken an.
Was die zwei zu lesen bekamen, war nicht sonderlich aufschlussreich. Weber hatte ein Sport- und Geschichtsstudium an der Universität Basel absolviert, hatte dann mehrere Stellen an Basler Schulen besetzt, bevor er nach Laufen wechselte. Dort arbeitete Weber nun seit zwölf Jahren. Mittlerweile war er 46 Jahre alt. Dass er eine Tochter hatte und geschieden war, hatten die beiden schon früher in Erfahrung gebracht. Viel mehr verriet die virtuelle Welt nicht. Mit diesen Informationen waren sie also nicht viel schlauer als vorher.
»Vielleicht fühlen wir diesem Weber ein wenig auf den Zahn und finden heraus, wie viel er von unserer Sache weiß.«
Proletarier 2 war mit diesem Vorschlag einverstanden. »Es muss ja nicht immer gleich Tote geben.«
Nicht ganz klar erschien hingegen, wie sie mit der Zielperson in Kontakt treten sollten. Sie verfügten zwar über verschiedene Identitäten. Aber eine falsche Identität beispielsweise als Geschichtslehrer hatten sie nicht zur Hand. Und einen weiteren gefälschten Ausweis zu beschaffen, würde seine Zeit dauern.
Zeit war das passende Stichwort. Wenn es etwas in ihrem Job nicht gab, dann war es Zeit. Mit jeder Sekunde, die verrann, stieg die Gefahr, dass mehr Leute in das Geheimnis involviert werden würden. Dies galt es unter allen Umständen zu verhindern.
Also blieb den beiden nichts anderes übrig, als zum Telefonhörer zu greifen. Sie blickten nochmals auf den Bildschirm und wählten dann die Nummer.

Kapitel 13

Er stand gerade unter der Dusche, als das Telefon klingelte. »Dass immer in den unmöglichsten Situationen jemand anrufen muss«, ärgerte sich Weber und rannte aus dem Badezimmer, ohne sich zuvor abgetrocknet zu haben. Er eilte ins Wohnzimmer und nahm den Anruf entgegen.

»Hallo, wie geht es dir?«

Weber erkannte die Stimme zunächst nicht.

»Darf ich fragen, wer am Apparat ist?«

»Ich bin es, Papa.«

Dass Lara ihren Vater anrief, war wirklich eine Seltenheit.

Das Telefonat hatte sicherlich nichts Gutes zu bedeuten. Lara rief nur dann an, wenn sie von ihrem Vater etwas haben wollte oder wenn sie ein Problem hatte. Letzteres traf dieses Mal zu.

»Mein Freund hat mich verlassen. Ich bin am Boden zerstört!«, klagte sie.

»Das tut mir aber leid für dich«, entgegnete Weber. Insgeheim jedoch freute er sich über die Nachricht, da er mit Laras Freund nichts anfangen konnte.

Allerdings hatte er in diesem Moment auch keine Lust, sich mit den pubertären Problemen seiner Tochter herumzuschlagen.

»Was meint deine Mutter dazu?« fragte er.

»Ach, die hat ja nie Zeit für mich, seit sie mit diesem Jochen zusammen ist!«

Weber merkte, wie ihm das Blut in den Adern stockte. Er nervte sich über diese Aussage, und zwar in doppelter Hinsicht. Erstens hatte sich seine Ex-Frau Helene um seine Tochter zu kümmern. Zweitens war er immer noch eifersüchtig, wenn sich Helene mit einem anderen Mann traf. Eigentlich hatte sie einen Mann wie ihn selber gar nie verdient. Zudem würde er ohnehin bald etwas Besseres finden, sagte sich Weber immer wieder.

»Sorry, Lara, ich habe gerade Kopfschmerzen. Ich melde mich später bei dir«, log er, da er sich einfach nur Ruhe wünschte. Er legte den Hörer auf.

Es dauerte keine dreißig Sekunden und das Telefon klingelte erneut. Genervt nahm Weber das Gespräch an.
»Lara, ich habe dir doch gesagt...«
»Guten Abend, Herr Weber. Entschuldigen Sie die späte Störung. Mein Name ist Tanner. Ich bin ab heute Ihr neuer Versicherungsberater«, sprach ein Mann mit einer tiefen Stimme.
Weber hatte keine Lust, das Gespräch fortzuführen.
»Ich habe heute Abend wirklich keine Zeit.«
»Sie sollten sich aber Zeit nehmen. Es lohnt sich für Sie. Wir haben Ihre Police überprüft und festgestellt, dass Sie mindestens fünfzig Prozent an Prämienzahlungen einsparen können. Das tönt doch super! Kann ich Sie morgen Abend besuchen? Sagen wir um 19 Uhr?«
Solche Anrufe hasste Weber. Lottoscheine, Weine, Bettdecken: Alles musste an den Mann gebracht werden. Vereinzelt kam es vor, dass er sich weichklopfen ließ. Da er an diesem Abend nur seine Ruhe haben wollte, stimmte er dem Besuch widerwillig zu, nachdem er die Handynummer des Mannes zuvor erhalten hatte.
Danach kehrte in seinen vier Wänden endlich Ruhe ein. Nochmals nahm er sich des Rätsels an. Beim Lesen musste er erneut schmunzeln.

Der Nahrung Grundlage so genannt,
haben einst die Reichen schon erkannt.
Als Schwand ist der gesuchte Ort bekannt,
wobei der Name wieder verschwand.

Die Lösung war in der Tat so einfach.
Am folgenden Tag wollte sich Weber als Erstes ein Bahnticket ins Berner Oberland kaufen.

Kapitel 14

Es war zwei Minuten vor sieben. Weber stand vor dem Ticketautomaten am Laufner Bahnhof.
An diesem Morgen war es weniger warm als an den Vortagen. Den-

noch machte sich der Lehrer früh auf und trotzte nun der kühlen Morgenluft. Schließlich wollte er ein Ticket nach Adelboden erwerben.
»Adelboden war also die Lösung des Rätsels«, dachte er abermals. Eigentlich erschien ihm dies ja einleuchtend. Die Grundlage vieler Nahrungsmittel bildete der Boden. Früchte, Gemüse oder beispielsweise Getreide: Viele Dinge stammten aus unserem Untergrund. Auch der zweite Teil des Rätsels erwies sich im Nachhinein als logisch. Reich war früher derjenige, der über Boden verfügte. Dieser wurde im Rahmen des Lehnswesens von den Adligen, den Kronvasallen, den Grundherren zur Verfügung gestellt. Die Untervasallen, welche das Land erhielten, erfüllten dafür unter anderem Kriegsdienste für die Adligen. Fügte man beide Wörter zusammen, resultierte der Ortsname »Adelboden«.
Was es mit dem Begriff «Schwand» auf sich hatte, erkannte Weber erst nach einer kurzen Internetrecherche. Adelboden wurde ab dem 14. Jahrhundert auch als Schwand bezeichnet. Der Name zielte darauf hin, dass Adelboden an einem Ort entstanden war, an dem früher Wald war. Dieser wurde durch Rodung eliminiert, so dass auf der resultierenden Lichtung Adelboden entstehen konnte.
Eine Reise ins Berner Oberland stand also an. Von Basel an den Zielort dauerte die Fahrt mit der Bahn und dem Bus keine drei Stunden.
Er wollte nach der Schule mit dem Auto zu sich nach Hause fahren und sich dann von dort zu Fuß an den Bahnhof begeben. Weber zog letztlich die öffentlichen Verkehrsmittel doch vor, da er bei einer Fahrt mit dem Auto befürchten musste, rund um die Bundeshauptstadt im Stau stecken zu bleiben.
Nachdem er das Ticket gelöst hatte, machte er sich Richtung Schule auf. Schließlich musste er um halb acht vor der Klasse stehen.
Die erste Unterrichtsstunde verlief zunächst so, wie er dies erwartet hatte. Der Vietnamkrieg interessierte die Klasse immer noch herzlich wenig. Stattdessen stand schon bald wieder das Rätsel des Vortags im Mittelpunkt. Vergeblich versuchte Weber, den Fokus wieder auf das eigentliche Geschichtsthema zu richten.

»Wir sind die Besten«, meldete sich Benedict gegen Ende der Lektion.
Die Klasse pflichtete dieser Aussage unisono bei. Die Schüler der 4F verstanden es nur zu gut, sich für ihre Taten selbst zu loben. Deshalb zeigte sich Weber auch nicht überrascht davon.
»Das musste ja von dir kommen, Ben. Ich werde mich jedenfalls gleich nach Unterrichtsende nach Adelboden aufmachen...«
Kaum hatte Weber die Worte gesagt, stellte er fest, dass die Klasse aufgrund seiner Aussage hellhörig geworden war.
»Warum fahren Sie nach Adelboden? Sie verheimlichen uns doch etwas. Das Rätsel stammt gar nicht aus dem Fernsehen«, fügte wiederum Benedict resolut an. Er hatte seinen Lehrer durchschaut, wie er es meistens tat. Weber konnte Benedict nichts vormachen. Sein bester Schüler beherrschte das Lesen zwischen den Zeilen perfekt. Hätte ein anderer diese Feststellung gemacht, hätte Weber die Flucht nach vorne ergreifen und sich herausreden können. Bei Benedict war dies zwecklos.
Weber entließ die Klasse an diesem Tag etwas früher in die Pause. Er hatte mit Benedict noch etwas zu klären. Während fast alle aus dem Klassenzimmer stürmten, blieb der Lehrer mit dem schlauen Jungen zurück.
»Ben, ich will ehrlich sein. Das Rätsel stammt in Wahrheit nicht aus einem Film, sondern von einem meiner Freunde. Dieser ist in große Schwierigkeiten geraten. Er möchte deshalb, dass ich nach Adelboden fahre.«
»Darf ich Sie auf Ihrer Reise begleiten?«
Das hatte Weber noch gefehlt! Niemals würde er seine Schüler in Gefahr bringen. Entsprechend durften sie möglichst wenig von dem Rätsel und dessen Hintergrund erfahren. Andererseits war Benedict ein talentierter Junge. Er hätte Weber helfend zur Seite stehen können.
»Wenn Ben dabei ist, will ich auch mitkommen!«
Die beiden hatten nicht gemerkt, dass sie nicht alleine im Klassenzimmer waren.

Kapitel 15

Der Stuhl blieb leer. Ausgerechnet diesen Abend verbrachte Monika nicht zu Hause. Die ganze Angelegenheit erschien Familie Oberli äußerst seltsam. Es war nicht üblich, dass Monika beim Abendessen durch Abwesenheit glänzte.

Die Dinge hatten schon am Morgen begonnen, einen überraschenden Verlauf zu nehmen. Monika hatte sich, als ihre Eltern bei der Arbeit waren, nach Hause begeben und eiligst ihre Reisetasche gepackt. Neben einem Stapel an Klamotten und den wichtigsten Hygieneartikeln durften auch die Kosmetikprodukte nicht fehlen. Schließlich hatte sie nicht vor, sich ungeschminkt zu zeigen. Vom Zug aus hatte sie dann ihre Mutter angerufen. Ihre Mitteilung klang bizarr. Sie werde mit Benedict und Herrn Weber nach Adelboden fahren und frühestens am Abend, vielleicht auch erst am folgenden Morgen wieder zurückkehren. Was sie im Berner Oberland wollte, hatte sie ihrer Mutter nicht erklärt.

Fabienne Oberli wies Monika darauf hin, dass deren Schwester heute Geburtstag habe und es wichtig sei, das Abendessen gemeinsam einzunehmen. Aline wurde an diesem Tag zwölf Jahre alt. Sie war drei Jahre jünger als Monika. Diese hatte am Telefon versprochen, bald wieder zurückzukehren. Mit dieser Mitteilung hatte das Gespräch geendet.

Soeben hatte die Kirchturmuhr Viertel vor acht geschlagen. Vater und Mutter Oberli warteten zusammen mit Aline vergebens auf Monika. Deshalb versuchte Peter Oberli seine Tochter anzurufen.

Wütend knallte er das Handy auf den Tisch, nachdem er erfahren musste, dass Monikas Gerät ausgeschaltet war.

»Warte nur, bis die nach Hause kommt! Die kann was erleben...«

»Peter, sei nicht so streng. Sie ist ja mit ihrem Lehrer unterwegs«, beschwichtigte Fabienne Oberli ihren Mann.

»Das ist es ja! Diesen Weber konnte ich noch nie leiden. Und jetzt macht er sich mit unserer Tochter aus dem Staub.«

»Erstens hat er sich mit ihr nicht aus dem Staub gemacht. Sie sind zusammen nach Adelboden gereist, um dort etwas zu erledigen. Ir-

gendwelche Gründe werden sie zu diesem Entscheid bewogen haben. Zweitens ist ja auch noch Benedict dabei.«
Der Vater, der zuvor nervös im Zimmer hin- und hergegangen war, beruhigte sich ein wenig.
Dennoch zeigte er sich vom Verhalten seiner Tochter enttäuscht. Sie waren eine intakte Familie, in der man es gewohnt war, Geburtstage gemeinsam zu feiern.
Vater und Mutter Oberli sowie Aline entschieden sich, nicht länger auf Monika zu warten, auch weil eine leckere Pizza auf sie wartete. Kaum stand diese auf dem Tisch, klingelte das Telefon. Peter Oberli nahm den Anruf entgegen.
Die Stimme am anderen Ende erkannte er sofort. Sie gehörte Monika.
»Monika, ich erwarte, dass du sofort nach Hause kommst!«
»Das wird schwierig, Vater. Wir sind immer noch in Adelboden. Heute Nachmittag hat alles etwas länger gedauert. Wir werden wohl in einem Hotel übernachten müssen.«
Die Zornesröte stieg Peter Oberli in den Kopf. Sein Körper begann leicht zu zittern.
»Gib mir auf der Stelle deinen Lehrer ans Telefon! Der kann sich etwas anhören!«
»Herr Weber ist unschuldig. Ich erkläre dir morgen gerne, was vorgefallen ist!«
»Ich hoffe für dich und deinen Lehrer, dass ihr triftige Gründe habt, warum ihr in Adelboden übernachten wollt. Jedenfalls werde ich Rektor Richter nachher noch anrufen und ihn über eure Eskapaden in Kenntnis setzen.«
»Nicht nötig, Vater. Herr Richter ist über die Situation bereits informiert. Wir werden morgen früh losfahren und gegen zehn Uhr wieder in Laufen sein.«
»Ich will jetzt deinen Lehrer...«
»Er ist im Moment nicht da. Wie gesagt: Morgen früh kehren wir zurück. Mach dir keine Sorgen! Bis dann!«
Das Gespräch war beendet. Peter Oberli blieb verdutzt am einen Ende der Leitung zurück. So etwas hatte er bisher noch nicht erlebt

Kapitel 16

Das Hotel «Alpenblick» gehörte in Adelboden nicht zu den besten Adressen. Das Gasthaus aber als Absteige zu betiteln, wäre dem Hause nicht gerecht geworden. Das Inhaberehepaar Karlen war sehr bemüht, den Besuchern den Aufenthalt so angenehm wie möglich zu gestalten. Gastfreundschaft wurde im «Alpenblick» groß geschrieben.

Weber hatte für Monika, Benedict und sich selber je ein Einzelzimmer gebucht, was ihn insgesamt 360 Franken kostete. »Hotelzimmer in der Schweiz sind schon teuer«, dachte er in diesem Moment wieder. Er wusste, dass er seinen beiden Begleitern die Übernachtung bezahlen musste.

Schließlich hatte er sie in diese Situation gebracht.

Die drei saßen gemeinsam in der kleinen Bar im Eingangsbereich des Hotels, wo sie etwas zur Ruhe kommen wollten. Kurz zuvor hatten sie noch einen örtlichen Supermarkt aufgesucht und sich jeweils mit einem Sandwich eingedeckt. Hier wollten sie den spannenden, aber auch anstrengenden Tag gemeinsam ausklingen lassen. Den Jugendlichen bestellte er einen Eistee, während sich Weber selber einen Cognac gönnte.

»Nie hätte ich gedacht, dass Sie so abenteuerlustig sind. Ich dachte immer, sie seien ein richtiger Spießer!«

»Ich erachte dies als Kompliment, Monika«, lächelte Weber.

»Ihr Freund wurde wirklich ermordet?«, fragte Benedict, der zuvor minutenlang schweigend auf dem Barhocker verharrt hatte.

»Das ist leider so!«

Weber hatte sich am Nachmittag entschieden, seinen Begleitern die ganze Wahrheit aufzutischen. Sie hatten das Recht zu wissen, worauf sie sich eingelassen hatten. Nachdem er den beiden die ganze Geschichte erzählt hatte, bot er ihnen sogleich an, sie per Taxi auf direktem Weg nach Hause bringen zu lassen. Mit Vehemenz hatten sie sich gegen dieses Angebot zur Wehr gesetzt.

»Jetzt ziehen wir das gemeinsam durch!«, hatte Benedict gesagt, worauf Monika hinzufügte, dass sie nun ein Team seien.

Weber war noch immer in Gedanken versunken, als ihn eine Stimme wieder in die Realität zurückholte.
»Darf ich Ihnen noch einen Cognac bringen?«, fragte der Kellner. Anscheinend war Schichtwechsel gewesen. Seine erste Bestellung hatte der Lehrer bei einer jungen Dame aufgegeben. Der Mann, der nun vor ihm stand, trug schwarzes Haar und hatte einen Dreitagebart. Er war von großer Statur und kräftig gebaut.
»Nein, danke. Wir werden sowieso bald schlafen gehen. Es war ein langer Tag heute.«
»Sind das Ihre Kinder?«
»Nein«, lachte Weber laut heraus. »Das sind zwei Schüler meiner Klasse.«
»Zwei sympathische junge Leute«, erwiderte der Kellner.
»Das sind sie meistens, nicht immer. Kommt ihr beiden, wir legen uns schlafen. Ich wünsche Ihnen eine gute Nacht.«
Die drei standen auf und machten sich Richtung Treppe auf. Die Zimmer lagen allesamt im ersten Obergeschoss.
»Ich wünsche dir auch eine gute Nacht«, murmelte der Kellner vor sich hin, nachdem die drei Gäste gegangen waren.

Kapitel 17

Das Zimmer hatte er sich etwas größer vorgestellt. Es war wirklich spartanisch eingerichtet. Immerhin gab es einen kleinen Fernseher.
»Eine gute Alternative, wenn ich heute Abend nicht schlafen kann«, sagte sich Weber.
Das Zähneputzen musste warten. Schließlich hatte er zuerst noch etwas zu erledigen. Er kramte einen Briefumschlag aus seiner Tasche und schaute ihn von allen Seiten an.
Noch wagte er nicht, ihn zu öffnen. Vielmehr dachte er nochmals darüber nach, in welcher Situation er ihn Stunden zuvor erhalten hatte. Nachdem Weber am späten Nachmittag mit seinen beiden Schülern in Adelboden angekommen war, hatten sie sich sofort Richtung «Chuenisbärgli» aufgemacht. Weber wusste nämlich genau, wo ihn Mangold mit seinem Hinweis hinführen wollte.

Sein Freund besuchte in den letzten Jahren immer wieder die Skirennen in Adelboden. Der Riesentorlauf und der Slalom am «Chuenisbärgli» waren feste Bestandteile in Mangolds Jahresplanung. In letzter Zeit schwärmte er allerdings mehr vom ganzen Rahmenprogramm als von den Rennen selber. Die Schweizer Skifahrer lieferten aufgrund ihrer Leistungen nicht mehr so viel Gesprächsstoff wie in früheren Zeiten. Stattdessen erzählte Mangold immer wieder von den Feierlichkeiten nach den Rennen und davon, dass er vor dem Anlass stets von einem Bergbauern in dessen kleiner Hütte am Pistenrand zu einem Glas Schnaps eingeladen werden würde. Vage konnte sich Weber an den Namen des Bauern erinnern: Biedermann.
Der Bergbauer hatte die drei zwar mit offenen Armen empfangen, hatte aber keine Zeit für lange Gespräche. Er müsse seine Frau im Tal abholen, die beim Arzt sei, sagte er. Biedermann wusste genau, aus welchem Grund ihn Weber aufgesucht hatte.
»Das soll ich Ihnen von Werner Mangold geben. Er hat mir diesen Brief mit dem Vermerk zustellen lassen, ihn einem Herrn Weber zu überreichen. Ich gehe davon aus, dass Sie Herr Weber sind«, hatte er erklärt und dem Gast den Briefumschlag übergeben, den Weber nun in Händen hielt.
Im Hotelzimmer war es jetzt an der Zeit, sich dem Inhalt zu widmen. Es musste etwas Flaches darin stecken. Weber hoffte, dass der Umschlag das Geheimnis lüftete, auf welches Mangold gestoßen war. Er konnte es spüren. Etwas Großes lag in der Luft. Nach dem Kurator würde nun auch er etwas erfahren, was Geschichte schreiben könnte. Wenig später hatte er den Briefumschlag geöffnet. Was er las, ließ ihn für einen Augenblick resignieren. Schon wieder stand er vor einem Rätsel. Das Blatt enthielt folgende Textzeile:

Orte in sonnigen Lagen...

Darunter standen vier Schweizer Ortsnamen. Er kannte alle Orte. Ob dort aber wirklich immer gutes Wetter herrschte, bezweifelte er. Er legte den Briefumschlag zur Seite, da er sich zu müde fühlte, um sich des Rätsels noch an diesem Abend anzunehmen.

Wieder richtete er einen bösen Gruß zum Himmel. Mangold hatte ihm eine neue Denkaufgabe vorgelegt. Dies gefiel Weber überhaupt nicht, zumal er weder Lust noch Zeit hatte, an irgendeiner Schnitzeljagd durch die ganze Schweiz teilzunehmen.
Einschlafen konnte Weber trotzdem nicht. Irgendetwas stimmte nicht! Seit er das Hotel betreten hatte, quälte ihn ein ungutes Gefühl in der Magengegend. Er fühlte sich verfolgt. Warum dies so war, konnte er nicht sagen.
Ein Zimmer weiter schlief Monika bereits. Sie hatte sich zuvor noch kurz abgeschminkt, die Zähne geputzt und sich dann gleich ins Bett gelegt. Dort schlummerte sie nun vor sich hin. Benedict war noch wach. Wie immer las er vor dem Einschlafen noch ein wenig. An diesem Abend widmete er sich einem Polit-Thriller, den er sich neulich erst besorgt hatte. Er wollte soeben das Buch zur Seite legen, da klopfte es an seiner Zimmertür.

Kapitel 18

Die Zeitangabe auf dem Handy zeigte 02:12 Uhr.
»Wer will denn zu solch später Stunde noch etwas von mir?«, fragte sich Benedict.
Er ging zur Tür. Bevor er diese öffnete, versicherte er sich, dass kein ungebetener Gast davor stand.
»Ich bin es.«
Benedict erkannte die Stimme und öffnete die Tür sogleich.
»Ben, pack deine Sachen! Wir müssen sofort los!«
»Was ist denn passiert?«
»Keine Zeit für Erklärungen!«
Weber hastete zu Monikas Zimmer. Er pochte drei Mal an die Holztür. Nichts regte sich. Abermals klopfte er, dieses Mal stärker.
»Was ist denn los?«, murmelte Monika vor sich hin, während sie sich aus dem Bett quälte.
»Sofort öffnen!«, flehte Weber sie vom Korridor aus an.
Mit verschlafenen Augen öffnete Monika ihre Zimmertür.
»Lassen Sie mich weiterschlafen!«

»Monika, was ich dir jetzt sage, ist wichtig. Pack deine Sachen! Wir müssen sofort verschwinden!«
»Geben Sie mir eine halbe Stunde. Ich muss mich noch schminken, bevor ich das Zimmer verlasse.«
Weber platzte der Kragen. Er stemmte sich gegen die Tür, stürmte ins Zimmer und packte Monikas Utensilien eigenhändig in ihre Reisetasche.
»Ich hoffe, du siehst nun, dass es wichtig ist, dass du dich beeilst. Jetzt zieh dich sofort an! Ich gebe dir zwei Minuten!«
Weber verließ das Zimmer.
Es dauerte nicht lange, und die beiden Schüler standen reisefertig vor deren Zimmertüren.
»Ein Taxi holt uns gleich ab«, sagte Weber.
»Sagen Sie uns doch bitte, was Sie veranlasst, uns...«
Weber unterbrach Monika brüsk.
»Nicht jetzt!«
Leise schlichen sie die Treppe hinunter und eilten dem Ausgang entgegen. Das von Weber angeforderte Taxi wartete bereits. Der Fahrer verstaute die Reisetaschen im Kofferraum, während Weber, Benedict und Monika sich in den Wagen setzten. Wenige Augenblicke später fuhr der Wagen los.
»Ihr wollt wissen, warum ich euch mitten aus dem Schlaf gerissen habe?«, begann Weber. »Alles hat seinen Grund. Ihr erinnert euch doch daran, dass ich gestern vor unserem Besuch beim alten Biedermann einen Anruf auf eine Handynummer getätigt habe. Dabei habe ich meinem angeblichen neuen Versicherungsvertreter mitgeteilt, dass ich ihn nicht empfangen könne. Der unbekannte Mann wollte wissen, was mir dazwischengekommen sei. Nachdem ich geantwortet hatte, dass ich mich in Adelboden befinde, begann er, mir diesbezüglich Fragen zu stellen. Er wollte unter anderem wissen, in welchem Hotel ich sei, wer mich begleite und was ich hier zu suchen habe. Natürlich habe ich ihm eine Lüge aufgetischt. Einzig den Hotelnamen nannte ich ihm. Irgendwie erschien mir dieser Anruf merkwürdig. Gestern Abend wurde die Sache noch bizarrer. Ihr habt vielleicht

gemerkt, dass ich etwas angespannt war. Das hatte damit zu tun, dass ich mich verfolgt fühlte. Wie sich die Puzzleteile in diesem Zusammenhang zusammenfügen sollten, wurde mir erst vor wenigen Minuten klar. Entscheidend war letztlich, dass ich den Kellner von irgendwoher kannte. Äußerlich konnte ich ihn niemandem zuordnen, den ich kenne. Aber seine Stimme…«
Weber stockte der Atem.
»Was war mit seiner Stimme?«, wollte Ben wissen.
»Es war die Stimme des Versicherungsvertreters!«
Im Taxi wurde es still. Was das Ganze zu bedeuten hatte, wussten die drei nicht. Eines war aber klar. Sie wurden tatsächlich verfolgt. Dass die Sache mit dem Rätsel zusammenhängen musste, lag auf der Hand. Wer der Mann aber war, blieb offen. Auch dessen Absicht stand in den Sternen.
»Wo geht es denn nun hin?«, fragte Monika, die noch halb verschlafen auf dem Rücksitz saß.
»Wir müssen Adelboden auf jeden Fall verlassen«, entgegnete Weber.
»Am besten fahren wir zur nächsten Polizeistation.« Benedicts Vorschlag schien Weber nicht zu gefallen.
»Ich habe da ein Problem und will diesbezüglich offen zu euch sein. Wenn wir jetzt zur Polizei fahren, bin ich meinen Job als Lehrer los. Ich bin mit euch beiden durchgebrannt und habe euch in Gefahr gebracht. Die Beamten werden uns die Geschichte auf keinen Fall abnehmen. Wir brauchen also äußerst überzeugende Beweise. Außerdem wären wir den Tätern schutzlos ausgeliefert, wenn wir die Dienststelle wieder verlassen haben. Ich sehe deshalb nur einen Ausweg.«
Benedict und Monika schauten sich fragend an. Es schien mehr als fahrlässig zu sein, sich nicht der Polizei anzuvertrauen. Trotzdem wollten sie sich den Plan ihres Lehrers zumindest anhören.
»Wir können nicht belegen, was hier gerade vorgeht. Wenn wir Beweise finden sollten, können wir die Polizei aufsuchen. Dann wird diese auch handeln und uns den nötigen Schutz garantieren!«
»Dann können wir nicht nach Hause fahren«, folgerte Benedict.

Weber dachte länger über diesen Satz nach. Benedict und Monika konnte er in diesem Moment unmöglich wieder nach Hause gehen lassen. Dort könnten sie von den Verbrechern ohne großen Aufwand aufgespürt werden.
»Deine Feststellung, dass wir nun ein Team sind, trifft mehr denn je zu.« Weber schaute zu Monika nach hinten, nachdem er diesen Satz geäußert hatte.
Äußerlich zeigte diese keine Anzeichen von Angst. Sie schien noch zu müde zu sein, um die Sache richtig einordnen zu können.
»Tut mir echt leid, dass ich euch in diese Situation gebracht habe«, entschuldigte sich Weber bei seinen Schützlingen.
Zum ersten Mal in seiner Berufskarriere hatte Weber seine Schüler in Gefahr gebracht.
»Ich werde alles dafür tun, dass wir heil aus der Sache herauskommen!«
Im Taxi wurde es ruhig. Sie hatten Adelboden inzwischen einige Kilometer hinter sich gelassen.

Kapitel 19

Die beiden Männer waren in eine Zwickmühle geraten. Ihr oberstes Gebot lautete, Kinder und Frauen zu verschonen. Dass dies im vorliegenden Fall schon wieder nicht möglich war, beschäftigte Proletarier 1 mehr, als ihm lieb sein konnte.
»Wieso musste dieser Weber auch seine Schüler in die Sache hineinziehen?«, fragte er sich.
»Wir müssen diesen Umstand ausblenden. Das Geheimnis muss bewahrt werden. Wenn dafür zwei Kinder geopfert werden müssen, dann ist dies eben so.« Proletarier 2 war seit jeher der Radikalere gewesen.
Sie standen vor dem Zimmer mit der Nummer 14. In welcher Reihenfolge sie ihren Auftrag jeweils erfüllten, überlegten sie sich meistens erst vor Ort. Wichtig war nur, dass die Aufgabe letztlich erledigt war.
In dieser Nacht sollte Benedict als Erster das Zeitliche segnen. Mit

einem Stück Draht war das Schloss schnell geknackt. Sie öffneten die Türe. Der Anblick, der sie im Zimmer erwartete, überraschte die beiden. Der Raum war leer.
Hatte sich der Schüler nachts heimlich davongeschlichen und vergnügte sich in irgendeiner Bar in Adelboden? Die Antwort auf diese Frage blieb vorerst offen.
Ein Blick in die anderen beiden Zimmer würde Gewissheit bringen. Abermals kam der Draht zum Einsatz.
Wieder waren die Türen schnell geöffnet. Auch die zwei benachbarten Räume waren leer.
Weber hatte also Verdacht geschöpft.
»Dieser verdammte Weber ist cleverer, als ich gedacht habe!« Proletarier 2 zeigte sich überrascht. Ihre Aufträge waren in der Regel relativ einfach auszuführen, da sich die Opfer nicht bewusst waren, dass sie auf der Abschussliste standen.
»Versuchen wir sofort, die Verfolgung aufzunehmen. Weit können sie wahrscheinlich noch nicht gekommen sein. Züge fahren um diese Uhrzeit keine mehr. Also müssen sie zu Fuß oder per Taxi geflohen sein, da wir auch kein Auto mit Basler Nummernschild entdeckt haben. Da ich Weber als intelligenten Typen einschätze, wird er das Taxi genommen haben«, fasste Proletarier 1 die Situation zusammen.
»Ich weiß, wie wir die drei schnappen werden. Das hat nun absolute Priorität. Erst danach informieren wir unseren Chef. Fehler dürfen wir uns keine mehr leisten.«
Die beiden Männer verließen das Hotel. Auf dem Parkplatz nahmen sie das Tablet hervor. Sie wussten genau, wonach sie nun suchen mussten.

Kapitel 20

Sie waren schon fast eine halbe Stunde unterwegs, und Weber hatte dem Taxifahrer noch keinen Zielort angegeben. Ihm war selber noch nicht klar, wo die Fahrt enden sollte. Einfach weg aus Adelboden lautete die erste Devise.

Der Taxifahrer ließ nicht locker. Er wollte von Weber endlich eine genaue Ortsangabe wissen.
»Wohin soll ich Sie nun chauffieren? Haben Sie sich inzwischen entschieden?«
»Fahren wir nach Bern. Ich werde Ihnen später noch die genaue Adresse bekannt geben.«
»Was haben Sie denn in Bern vor?«, fragte der Fahrzeuglenker, der mit seinen Gästen soeben den Ort Frutigen hinter sich gelassen hatte.
»Wir besuchen dort unsere Verwandten«, log Weber.
Seit der Sache mit dem angeblichen Versicherungsvertreter war Weber misstrauisch geworden. Selbst vom Fahrer, der sehr charmant wirkte, distanzierte er sich. So war die Konversation im Taxi bald schon im Keim erstickt, und stoische Ruhe kehrte im Wageninnern ein.
Diese wurde wenige Minuten später unverhofft unterbrochen. Aus der Funkspruchanlage erklang eine weibliche Stimme.
»Wagen vier, wo befinden Sie sich im Moment?«
»Etwas nördlich von Frutigen.«
»Welches Ziel peilen Sie an?«
»Wir sind auf dem Weg nach Bern.«
»Danke für die Information.«
Neben dem Taxifahrer saß Weber und folgte dem Gespräch aufmerksam. In Gedanken analysierte er jedes Wort, das aus der Funkanlage ertönt war.
»Was hat es eigentlich mit dem zweiten Rätsel auf sich?«
Der Lehrer merkte, dass er es längst wieder vergessen hatte. Erst durch Benedicts Frage erkannte er, dass es noch kürzer als das Letzte war.

Orte in sonnigen Lagen:
Schwyz, Rapperswil, Baar, Glarus

Weber kannte die vier Orte. Alle hatte er in der Vergangenheit mindestens einmal aufgesucht. Soweit er sich erinnern konnte, war das Wetter bei seinen Besuchen aber nicht immer gut gewesen.

»In der Schweiz gibt es sicherlich sonnigere Orte als diese vier«, erklärte er den beiden Jugendlichen.
Er war sich sicher, dass es zwischen ihnen eine Verbindung geben musste. Welchen Bezug Mangold zu diesen Orten hatte, war Weber allerdings überhaupt nicht klar.
»Schwyz und Glarus sind Kantonshauptorte«, stellte Benedict folgerichtig fest.
»Schwyz und Rapperswil liegen beide an Seen«, fügte Weber hinzu. Dies alles erklärte aber noch nicht, warum es dort sonnig sein musste.
»Ich verstehe nur Bahnhof.« Monika hörte den Ausführungen ihrer männlichen Begleiter zwar aufmerksam zu, konnte sich aber ebenso keinen Reim auf die Sache machen.
»Liebe Monika. Es wird dich überraschen. Aber wir sind im Moment so ahnungslos wie du auch. Du weißt aus der Schule ja bestens, wie das ist, wenn man von etwas keine Ahnung hat.« Benedict konnte sich einen fiesen Seitenhieb nicht verkneifen.
»Lasst uns nicht streiten! Wir übersehen im Moment etwas. Es muss einen uns noch verborgenen Bezug zwischen diesen vier Orten geben. Diesen müssen wir baldmöglichst herausfinden«, betonte Weber.
Zumindest darüber waren sich alle drei einig.
Etwas Weiteres schien Weber in diesem Moment zu beschäftigen. Er rutschte unruhig auf dem Beifahrersitz hin und her.
»Fahren Sie uns an den Bahnhof in Spiez. Wir werden dann den ersten Zug nach Bern nehmen.«
Benedict wollte seinem Lehrer gerade widersprechen. Dieser kam ihm jedoch zuvor.
»Ben, es ist besser, wenn wir den Zug nehmen.«
»Wie Sie wünschen. Dann fahre ich Sie nach Spiez. Ich gebe nur noch kurz der Zentrale Bescheid.«
Das Taxi war inzwischen nur noch fünf Minuten von Spiez entfernt.

Kapitel 21

Der rote Lancia raste mit Vollgas auf der Autobahn Richtung Bern. Die beiden Insassen sprachen nicht miteinander. Sie legten ihren Fokus einzig und allein auf ihren Auftrag. Einen weiteren Fehler durften sie sich unter keinen Umständen mehr erlauben. Spätestens seit ihrem Anruf in der Zentrale von «Taxi Berner Oberland» befanden sie sich wieder auf der Gewinnerseite. Es fiel ihnen leicht, die Spur der Flüchtenden aufzunehmen. Schließlich waren in dieser Nacht nur drei Taxis dieser Betreiberfirma unterwegs. Die Dame in der Zentrale hatte Proletarier 1 bereitwillig sämtliche Fragen beantwortet. Sie konnte ja nicht wissen, wem sie gerade Auskunft gab.

Obwohl der Zug mit Weber und seinen Schülern erst in den frühen Morgenstunden in Bern ankommen würde, beeilten sich die beiden. Sie waren es gewohnt, Tatorte zuerst auszukundschaften, bevor ihre Gegner liquidiert wurden.

Den Bahnhof in Bern kannten sie zu wenig gut, um ohne Vorbereitungen zur Tat zu schreiten. Einmal erst hatten sie den Fehler gemacht, einen Auftrag ohne genauen Vorbereitungsplan auszuführen. Dreieinhalb Jahre zuvor hatten sie es vor einem wichtigen Auftrag unterlassen, den Fluchtweg genau festzulegen. Beinahe wären sie damals von der Polizei geschnappt worden. Es war dies das einzige Mal, dass sie in eine brenzlige Situation geraten waren.

Der geleaste Lancia war bereits kurz vor Bern, als Proletarier 1 entschied, ihren Chef über die neusten Zwischenfälle zu informieren. Dieser würde trotz der Panne in Adelboden mit ihrer Arbeit zufrieden sein. Schließlich standen sie kurz davor, ihren Auftrag ordnungsgemäß abzuschließen.

Nochmals diskutierten sie über das weitere Vorgehen. Im Morgengrauen wollten sie Weber und die beiden Schüler eliminieren. Aufgrund der Uhrzeit würde es nicht viele Zeugen geben. Schließlich waren um kurz vor sechs Uhr morgens noch nicht viele Leute auf den Beinen. Entsprechend erwarteten sie einen mehr oder weniger verwaisten Berner Hauptbahnhof.

Der Rufton des Telefons erklang drei Mal. Winkelried erwachte aus

seinem Schlaf. Anrufe in der Nacht hatten stets eine immense Wichtigkeit. Deshalb griff er sofort zu seinem Handy. Er hörte eine halbe Minute mit voller Aufmerksamkeit zu.
»Gut. Dieses Mal kommt er mir aber nicht mehr davon.«
Wenig später fuhr der Zug aus Spiez in den Berner Bahnhof ein. Die beiden Berufsverbrecher hatten ihre Stellung inzwischen eingenommen und beobachteten aus dem Hinterhalt, wie die Wagen zum Stehen kamen. Proletarier 2 hatte seine Pistole mit Schalldämpfer bereits zum Bahnsteig gerichtet.
»Zähl deine letzten Sekunden!« Proletarier 2 war bereit, Weber ins Reich der Toten zu befördern.

Kapitel 22

Winkelried erwartete professionelle Arbeit, denn er bezahlte die Männer für ihre Dienste gut. Im vorliegenden Fall versprach er eine besonders hohe Belohnung. Diese sollte die Ausführenden von der Wichtigkeit ihrer Aufgabe überzeugen. Winkelried hatte schon oft überlegt, gemäß dem Leistungsprinzip zu handeln und seine Angestellten erst nach erledigter Arbeit zu entlohnen. Allerdings war es in der Branche üblich, eine Vorauszahlung zu leisten. Der Großteil des Geldes floss jedoch erst nach Erledigung des Auftrags.
Das Problem im vorliegenden Fall stellte eindeutig Weber mitsamt seiner Entourage dar. »Es kann doch nicht so schwierig sein, das Problem in den Griff zu kriegen«, dachte Winkelried in diesem Moment. Schließlich hatten Proletarier 1 und 2 schon weitaus schwierigere Aufträge ausgeführt. Die Nachricht, die er in der Nacht von seinen Männern erhalten hatte, verbesserte seine Laune wieder. In Bern sollte Webers Reise enden und eine ganz andere Reise anstehen, nämlich jene ins Jenseits.
Proletarier 1 und 2 versprachen ihm, Weber bei seiner Ankunft im Berner Bahnhof zu «empfangen» und ihn mit einem gezielten Schuss niederzustrecken. Auch die beiden Schüler standen auf der Abschussliste.
Dass die drei den Zug dem Taxi vorzogen, machte die Aufgabe kei-

nesfalls schwieriger. Die beiden Auftragskiller wussten nun auf die Minute genau, wann und vor allem wo Weber mit seinen Schülern in Bern ankam. Entsprechend konnten sie dann vor Ort sein.
Der Frau in der Taxizentrale wollte Winkelried anonym einen Blumenstrauß schicken, weil sie seinen Männern so freundlich Auskunft gegeben hatte. Dass sie die beiden Männer auch über Webers Planänderung ins Bild gesetzt hatte, verdiente ein besonderes Lob. Ein paar Rosen waren da als kleines Dankeschön auf jeden Fall angebracht.

Kapitel 23

Die Türen des Zuges hatten sich soeben geöffnet, als ein lauter Knall ertönte. Erstarrt blieb Weber stehen. Hatte jemand einen Schuss abgegeben? Er erkannte sofort, dass vor ihm ein älterer Mann zu Boden gefallen war. Es dauerte ein paar Sekunden, bis dieser wusste, wie ihm geschah.
»Was ist passiert? Kann ich Ihnen helfen?« Eine ältere Dame war sogleich zur Stelle und bot ihre Hilfe an.
Der Mann blutete an der Stirn.
»Keine Sorge. Die anderen Passagiere hatten es wohl eilig. Beim Herausstürmen aus dem Zug haben sie mich umgestoßen. Deshalb bin ich hingefallen.« Nüchtern analysierte der etwa 70-Jährige den Vorfall. »Leider scheint mein Koffer kaputt gegangen zu sein.« Der Mann schaute sich das zerstörte Objekt an.
Weber war erleichtert. Er verließ mit Benedict und Monika den Bahnsteig und begab sich in eine ruhige Ecke.
Wenig später klingelte sein Handy. Auf dem Display erschien eine Nummer, die er nicht kannte. Weber nahm das Gespräch gespannt entgegen.
»Guten Tag, Herr Weber.« Die Stimme tönte im ersten Augenblick witzig. Jemand schien seine Stimme zu verstellen. In der Regel steckten hinter solchen Anrufen seine Schüler. Dieses Mal konnte er dies allerdings schnell ausschließen.
»Wer sind Sie?«, fragte Weber.

»Ich werde meinen Namen nicht preisgeben«, sagte die Person und inhalierte nochmals einen Zug Helium. »Ich bin dafür verantwortlich, dass Ihr Freund Mangold tot ist. Dass Sie noch leben, verdanken Sie wohl nur einem Zufall. Meine Männer erwarteten Sie in den frühen Morgenstunden eigentlich in Bern. Dort trafen sie aber augenscheinlich nicht ein.«
Weber hatte es die Sprache verschlagen. Es dauerte eine Weile, bis er wieder klar denken konnte.
»Warum haben Sie Werner Mangold umgebracht?«
»Das wissen Sie noch nicht? Ich dachte, er hätte Sie ins Bild gesetzt.«
»Er hat mir nur einen Hinweis auf ein verborgenes Geheimnis hinterlassen, das sehr viel Zündstoff birgt.«
»Den Fund, den Mangold gemacht hat, möchte ich gerne in meinem Besitz haben. Ich bin bereit, ordentlich dafür zu bezahlen.«
»Um Geld geht es mir nicht«, antwortete Weber. »Vielmehr möchte ich wissen, warum Sie Mangold umgebracht haben.«
»Sie sind hier in eine Sache hineingeraten, deren Tragweite Sie im Moment nicht im Geringsten abschätzen können. Einige Minuten vor seinem Tod habe ich Mangold über die Brisanz seiner Entdeckung ins Bild gesetzt. Er war völlig perplex, als er erkannte, was alles auf dem Spiel steht. Kurz darauf musste ich ihn leider töten lassen.«
»Dann haben Sie kurz vor seinem Tod mit ihm gesprochen?«
»Ich rief ihn an. Es war mitten in der Nacht. Meine Männer standen zu diesem Zeitpunkt bereits vor seiner Tür.«
Die Wirkung des Heliums ließ merklich nach. Die unbekannte Person atmete wieder einen Zug des Edelgases ein.
»Ich spreche nicht gerne mit Fremden. Sagen Sie mir doch einfach Ihren Namen.«
»Sie dürfen mich fortan Winkelried nennen.«
»Woher haben Sie überhaupt meine Handynummer?«
»Meine Beziehungen reichen bis in Ihr engstes Umfeld. Ich wünsche Ihnen noch einen angenehmen Tag. Wir werden sicherlich bald wieder voneinander hören.«

Damit war das Gespräch beendet. Weber konnte sich keinen Reim auf den Anruf machen. Eines wusste er nun aber. Mangold musste Winkelrieds echten Namen erfahren haben. Er sollte aber nicht mehr dazu kommen, dessen Identität aufzudecken. Weber ging davon aus, dass Winkelried eine Person von öffentlichem Interesse sein musste. Dies erschien ihm logisch. Sonst hätte Winkelried wohl kaum seine Stimme verstellen müssen.
Benedict und Monika hatten dem Gespräch aufmerksam zugehört.
»Wer hat Sie angerufen?«, fragte Monika.
»Ein Mann namens Winkelried«, antwortete Weber.
»Und wer ist dieser Winkelried?«
»Da musst du im Unterricht besser aufpassen!«, folgte prompt Benedicts Zurechtweisung. »Winkelried hat die Eidgenossen in der Schlacht von Sempach zum Sieg gegen die Habsburger geführt. Er soll sich in die habsburgischen Lanzen gestürzt und so den Eidgenossen einen Weg durch das gegnerische Heer geebnet haben. Es handelt sich bei Winkelried wohl um einen Mythos und nicht um eine historische Person. Ähnlich wie bei Wilhelm Tell.«
»Das hätte ich nicht besser erklären können.« Weber war mit den Ausführungen seines Schülers äußerst zufrieden.
»Und die Person, mit der Sie gesprochen haben, heißt wirklich Winkelried?«, wollte Monika wissen.
»Das kann ich mit ziemlicher Sicherheit verneinen«, lautete Webers Antwort. »Die Person will unerkannt bleiben, weil wir sie vielleicht kennen könnten. Deshalb gibt sie sich einen neuen Namen. Warum jemand ausgerechnet einen historischen wählt, weiß ich nicht. Ich gehe aber davon aus, dass sich der Unbekannte diesen Namen nicht ganz zufällig gegeben hat.«
Die drei standen vor dem Kiosk am Luzerner Bahnhof. Ihre Mägen knurrten. Es war Zeit für ein kleines Frühstück. Weber bestellte für sich und seine beiden Begleiter jeweils einen Schokoriegel und einen Orangensaft.
Das musste fürs Erste als Frühstück genügen. Dass er sich entschieden hatte, statt nach Bern nach Luzern zu fahren, hatte ihnen wohl das Leben gerettet. Davon musste Weber ausgehen. Schließlich hatte

der Unbekannte am Telefon gesagt, dass sie nur dank einem Zufall überlebt hatten. Die Reise nach Luzern hatte lange gedauert, da sie nicht den schnellstmöglichen Weg wählen konnten. Gleich an drei Orten – in Interlaken, Giswil und Alpnach – mussten sie umsteigen, wobei sie einen Teil der Strecke auch mit dem Postauto zurücklegen mussten.
Weber hatte sich im Taxi darüber gewundert, dass die Zentrale so genau über das Ziel der Fahrt Bescheid wissen wollte. Spätestens bei diesem Anruf hatte er Verdacht geschöpft und sich für das Täuschungsmanöver entschieden.
Weber wusste nun, dass es auch für ihn um Leben und Tod ging!

Kapitel 24

Zu so früher Stunde hatte Rektor Richter noch nie Elterngespräche führen müssen. Bereits um Viertel nach sieben standen Monikas Eltern vor seiner Tür. Richter kannte die Oberlis von den Elterngesprächen her. Es waren jeweils sehr angenehme Diskussionen mit ihnen. Dieses Mal aber schien Peter Oberli sehr aufgewühlt zu sein.
»Es ist eine Zumutung, was Weber mit unserem Kind angestellt hat! Ich erwarte, dass Sie meine Tochter zurückholen. Dieser Weber scheint ja seinen Verstand verloren zu haben!« Der etwas stämmige Peter Oberli, Schreiner von Beruf, nahm kein Blatt vor den Mund. Für ihn gab es in dieser Angelegenheit nur einen Schuldigen, nämlich Monikas Klassenlehrer.
»Ich bitte Sie, Ihren Tonfall etwas zu mäßigen. Wir werden dafür sorgen, dass Ihre Tochter heute nach Hause zurückkehrt. Das versichere ich Ihnen!«
»Und wie wollen Sie das anstellen? Meine Tochter hat ihr Handy ausgeschaltet. Wir wissen ja nicht einmal, ob sie sich noch in Adelboden befindet.«
Oberli biss sich auf die Zähne. Er hasste solche Gespräche. Viel zu schnell steigerte er sich jeweils in etwas hinein. Das war auch dieses Mal nicht anders als sonst.
»Lassen Sie dies unsere Sorge sein. Ich kann gerne nochmals beto-

nen, dass wir alles in unserer Macht Stehende tun werden, um Ihre Tochter gesund nach Hause zurückzuholen.«

»Wie kommt Weber eigentlich dazu, mit meiner Tochter durchzubrennen? Sie scheinen ja Ihren Laden überhaupt nicht im Griff zu haben.«

Die gute Laune verzog sich nun auch beim Rektor. So ließ er sich in seinen eigenen vier Wänden nicht behandeln.

»Legen Sie sich jetzt nicht mit der falschen Person an! Ich trage an der jetzigen Situation keine Schuld. Sicherlich hat Herr Weber einen Fehler begangen. Das ist mir auch klar. Aber Ihre Tochter begleitet ihn ja freiwillig.«

Richter erkannte in Oberlis Augenwinkeln ein nervöses Zucken. Er schien gestresst zu sein.

»Jetzt hören Sie mir gut zu! Monika ist noch nicht volljährig. Weber hat sie wohl einer Gehirnwäsche unterzogen. Ich habe genug und fahre gleich zur Polizei. Dort werde ich Anzeige erstatten.«

»Tun Sie, was Sie nicht lassen können. Ich jedenfalls warte erst einmal die Rückkehr von Herrn Weber ab. Erst dann leite ich allenfalls weitere Schritte in die Wege.«

Richter atmete tief durch. Oberli und er schauten sich tief in die Augen. Plötzlich erhob sich Monikas Vater von seinem Stuhl.

»Sie bleiben also dabei. Sie unternehmen erst etwas, wenn Weber zurück ist?«

»Das sagte ich Ihnen bereits.«

»Dann wünsche ich Ihnen noch einen angenehmen Tag«, bemerkte Oberli sarkastisch und verließ gefolgt von seiner Frau das Büro.

Richter blickte zu seiner Sekretärin hinüber, die den Kopf schüttelte.

»Was ist denn nur mit Steven los?«, fragte Cornelia Küster ihren Chef.

»Keine Ahnung, was in ihn gefahren ist«, lautete Richters Antwort.

In der Tat gab Webers Verhalten Anlass zur Sorge. Er galt als seriöser Lehrer, der sich in den ganzen 22 Jahren nie etwas hatte zu Schulden kommen lassen. Umso mehr wunderte sich Richter über Webers Verhalten. Irgendetwas musste passiert sein. Richter war fest entschlossen, der Sache auf den Grund zu gehen.

Kapitel 25

Die Sonne lachte hoch über Luzern. An der Seepromenade vor dem Bahnhof blühten rote Geranien. Einige Enten verließen schnatternd den Vierwaldstättersee und begaben sich ans Ufer zu den Leuten, die im Park auf einer Bank saßen. Kinder warfen den Enten Brotkrümel zu, welche diese schnell verschlangen. Ein weißer Schwan beobachtete aus der Ferne das Geschehen, während auf der Uferpromenade asiatische Touristen ihre Erinnerungsfotos schossen.

Neben dem imposanten Bergpanorama durfte auch ein Bild der Kappeler-Brücke nicht fehlen.

Inmitten dieses bunten Treibens verzehrten Weber, Benedict und Monika ihre Schokoriegel. Wie es weitergehen sollte, wusste keiner der drei. Immerhin hatten sie ihre Verfolger fürs Erste abgeschüttelt. Doch so richtig traute Weber dem Frieden noch nicht.

»Wir müssen so schnell wie möglich wissen, welche Entdeckung mein Freund gemacht hat. Erst dann können wir herausfinden, wer die Männer sind, die das Geheimnis hüten wollen. Sie sind auf jeden Fall bereit, dafür über Leichen zu gehen«, fasste Weber die Situation zusammen.

Seine beiden Schüler schwiegen. Sie waren müde, da sie in der vergangenen Nacht kaum geschlafen hatten.

In diesem Moment vibrierte Monikas Handy, das sie einige Minuten zuvor wieder eingeschaltet hatte. Die Nummer erkannte sie sofort. Sie gehörte ihrem Vater.

In der folgenden Minute sprach Monika kein Wort. Als das Gespräch beendet war, legte sie das Gerät in ihre Tasche und sank verzweifelt zu Boden.

»Was hast du denn? War dein Vater sehr sauer?« Benedicts Fragen prallten an Monika ab. Sie brauchte ein paar Augenblicke, bis sie wieder sprechen konnte.

»Mein Vater hat mich permanent beschimpft.« Dann wandte sie sich an ihren Lehrer. »Auch Sie kamen schlecht weg. Er hat keine besonders netten Worte benutzt, als er über Sie gesprochen hat. Er war bereits bei der Polizei. Wir werden jetzt mit nationalem Haftbefehl gesucht.«

»Dann müssen wir nun schnell entscheiden, welche Schritte wir als nächste unternehmen. Fassen wir zusammen: Wir haben ein Rätsel über vier Orte, dessen Antwort wir nicht kennen. Weiter werden wir von Ganoven verfolgt, die uns zur Strecke bringen wollen. Schließlich gibt es einen Herrn Winkelried, der für den Mord an Mangold verantwortlich ist. Nicht zu vergessen: Wir werden nun auch noch von der Polizei gejagt.«

Es folgte eine kurze Pause, in welcher niemand sprach. Als Erster hatte sich Weber wieder gesammelt.

»Monika, hat dein Vater dich gefragt, wo du bist?«

»Dazu kam er nicht mehr. Ich habe das Gespräch vorher beendet.«

»Dann haben wir zumindest den Vorteil, dass weder eure Eltern, die Polizei noch unsere Verfolger derzeit wissen, wo wir uns gerade befinden.«

»Können Sie mir nochmals die vier Orte nennen?« In Benedicts Gedanken hatte sich das neue Rätsel bereits fest eingenistet.

»Die vier Ortsnamen lauten Schwyz, Glarus, Baar und Rapperswil«, antwortete Weber.

»Die Orte liegen in den Kantonen Schwyz, Glarus, Zug und St. Gallen. Schwyz, Glarus und Zug sind meines Wissens relativ alte Kantone.« Benedict legte sein ganzes Wissen in die Waagschale.

»Richtig, Ben. Schwyz gilt als Schweizer Urkanton und trat 1291 dem Bund bei. Glarus und Zug folgten 1352. Bei St. Gallen dauerte es bis ins Jahr 1803, bis der Kanton zur Eidgenossenschaft dazu kam. Allerdings fehlt mir auch hier der Bezug zu den sonnigen Lagen.«

Die drei wurden nicht schlauer. Geographisch waren die Orte nicht weit voneinander entfernt, was man von der Sonne hingegen nicht behaupten konnte.

Weber wusste, dass er dieses Rätsel im Moment nicht lösen konnte.

»Einen neuen Ansatz könnte vielleicht der Tatort bieten. Eventuell hat uns Mangold in seiner Wohnung einen Hinweis hinterlassen. Allerdings können wir diese auf keinen Fall persönlich aufsuchen.

Zudem sind mögliche Spuren inzwischen sicherlich schon wieder verschwunden.«
Weber schaute auf das Wasser des Sees, dessen Wellen eine beruhigende Wirkung auf ihn zu haben schienen.
»Ich habe eine Idee, die uns vielleicht weiterhelfen könnte.«
Gespannt hörten die beiden Weber zu. Nachdem er ihnen seinen Plan vorgestellt hatte, wartete er auf die Reaktion. Als Lehrer war er sich gewohnt, auf Antworten warten zu müssen. Das war auch in diesem Fall so.
»Ja, das könnte klappen. Zumindest ist es einen Versuch wert!« Webers Erklärungen überzeugten zumindest Benedict. Monika schaute derweil dem Treiben der Enten zu.
»Dann lassen Sie uns das versuchen.« Nach längerem Zögern gab auch Monika ihrem Lehrer grünes Licht, was die Umsetzung des Planes betraf.

Kapitel 26

Webers Vorhaben barg ein gewisses Risiko. Er musste sich auf seine Menschenkenntnis verlassen. Sollte die entsprechende Person nicht mitspielen, wäre die Jagd nach dem Geheimnis abrupt beendet, und Weber könnte nie mehr einen Fuß in eine Schulstube setzen. Allerdings keimte in ihm etwas Hoffnung auf.
Kevin Bucher schuldete ihm noch einen Gefallen. Weber hatte seinen ehemaligen Schüler einst in einem Lager rauchend vor dem Haus erwischt. Anstatt ihn gemäß der Lagerregeln nach Hause zu schicken, ließ Weber Gnade vor Recht walten und verschwieg den Zwischenfall dem Rest der Gruppe gegenüber.
17 Jahre später war es nun an der Zeit, dass sich Kevin Bucher für diesen Dienst revanchierte.
Er machte nach der Sekundarschule eine Lehre als Zimmermann, ehe er die Polizeischule absolvierte. Inzwischen hatte er sich hochgearbeitet und eine führende Position bei der Kriminalpolizei Basel übernommen.
Die Suche nach Buchers Telefonnummer gestaltete sich nicht

schwierig. Die Tatsache, dass praktisch jedes Handy über Internetanschluss verfügte, erleichterte die Suche nach der entsprechenden Nummer ungemein. Weber entschied sich, Bucher sofort zu kontaktieren.

»Kriminalpolizei Basel, Wenger.«

Weber musste damit rechnen, dass Bucher das Gespräch nicht persönlich entgegennahm. Trotzdem war er einen Moment lang wie erstarrt.

»Guten Morgen. Hier spricht...« Weber musste kurz überlegen. »Zeller, Bruno Zeller. Tut mir leid. Ich bin etwas nervös. Man ruft ja nicht jeden Tag bei der Kripo an.«

»Verstehe ich. Wie kann ich Ihnen helfen?«

»Ich möchte gerne mit Herrn Bucher sprechen. Es geht um eine private Angelegenheit.«

»Ich stelle Sie durch. Einen Moment bitte.«

Weber wurde in die Warteschlange gelegt. Wie immer in solchen Fällen ertönte leise Hintergrundmusik. Was er bei der Polizei zu hören bekam, überraschte ihn in jeder Hinsicht. «Highway to hell» ertönte in der Warteschlaufe. Der Song passte überhaupt nicht in Webers Bild von der Polizei. Er hätte in diesem Moment viel biederere Lieder erwartet.

Eine tiefe Stimme begrüßte ihn. Sie hatte keine Ähnlichkeit mehr mit der kindlichen Stimme von früher.

»Hallo Kevin, hier ist Steven Weber.«

Weber bot seinen Schülern das Du an, sobald diese die Schule abgeschlossen hatten. Entsprechend duzte er Kevin Bucher. Dieser schien überrascht zu sein, als er Webers Stimme hörte.

»Steven, du steckst in großen Schwierigkeiten. Ich habe vor wenigen Minuten erfahren, dass du wegen Kindesentführung angezeigt wurdest. Ich rate dir, dir einen guten Anwalt zu besorgen. Alles Weitere kannst du dann auf der Dienststelle besprechen. Die Polizei hat die Geschichte noch nicht an die Öffentlichkeit getragen. Es wird erst intern nach dir gefahndet. Bei mir bist du diesbezüglich aber an der falschen Adresse gelandet. Melde dich auf dem nächsten Posten, bevor dich die Polizei schnappt.«

»Unmöglich! Mich zu stellen, kommt überhaupt nicht in Frage!«
»Ich sage es nur ungern. Meine Kollegen werden womöglich eine Handyortung durchführen lassen. Die Polizei wird dir dann dicht auf den Fersen sein.«
Bucher wollte gerade weitersprechen, wurde aber von Weber unterbrochen.
»Ich brauche deine Hilfe. Du weißt doch hoffentlich noch, dass du mir einen Gefallen schuldest. Es wäre nun an der Zeit, dass du dich bei mir revanchierst.«
Bucher wusste genau, worauf Weber anspielte.
»Egal, was du von mir verlangst: Ich riskiere meinen Job, wenn ich dir helfe. Du giltst seit heute Morgen als Verbrecher, der in der ganzen Schweiz steckbrieflich gesucht wird. Ich kann dir deshalb keinen Gefallen erweisen!«
»Wenn ich nicht gewesen wäre, hätten sie dich damals von der Schule geworfen. Neben dem Vorfall im Skilager hast du als Schüler auch Unterschriften deiner Eltern gefälscht und warst auch in eine grobe Keilerei auf dem Schulhof verwickelt, in der zwei Schüler krankenhausreif geschlagen wurden. Ich habe mich stets schützend vor dich gestellt, so dass du deine Schulzeit bei uns beenden konntest. Ohne Abschluss wäre eine Karriere bei der Polizei nicht möglich gewesen. Das weißt du genau!«
Bucher überlegte lange, ehe er sich zu einer Antwort durchrang.
»Wie kann ich dir helfen? Ich hoffe doch, dass es sich um eine Kleinigkeit handelt, die nicht von Belang ist.«
»Nur eine Kleinigkeit«, lachte Weber. »Werner Mangold, dessen Tod ihr untersucht, war ein alter Freund von mir. Kurz vor seiner Ermordung rief er mich an. Er hatte große Angst und wollte mich um Hilfe bitten. Wir vereinbarten auch ein Treffen, zu dem es aber leider nicht mehr kam. Ich brauche deshalb Bilder aus Mangolds Wohnung, also vom Tatort. Nur so kann ich herausfinden, welches Geheimnis er mir anvertrauen wollte. Ihr habt doch sicherlich ein paar schöne Fotos in der Wohnung geschossen, die du mir mailen kannst?«
»Das kann ich nicht machen!«

»Schade. Ich hätte wirklich gedacht, dass eine Hand die andere wäscht. Dass du dich so quer stellst, enttäuscht mich!«
Es dauerte wiederum eine Weile, bis Bucher antwortete.
»In Ordnung. Ich schicke dir die Fotos zu. Du weißt aber nicht, von wem du diese erhalten hast. Wir verstehen uns. Oder?«
»Ja, wir verstehen uns.«
Zehn Minuten später erhielt Weber die Tatort-Bilder als PDF-Dateien. Mit dem Handy öffnete er die Anhänge. Was er zu sehen bekam, ließ ihn zusammenzucken. Wieder einmal machte alles keinen Sinn.

Kapitel 27

Die Gerüchteküche brodelte. Spätestens seit Rektor Richter die Klasse 4F darüber informiert hatte, dass Weber heute nicht unterrichten würde und kurzfristig eine Stellvertretung organisiert werden musste, geisterten die wildesten Gerüchte umher: Weber sei mit Monika durchgebrannt, sagten die einen. Andere wiederum behaupteten, dass es sich bei der ganzen Angelegenheit um eine Entführung handelte, und Weber die beiden Schüler irgendwo gefangen halte. Dieses Gerücht wurde indessen dadurch verstärkt, dass weder Benedict noch Monika auf Handyanrufe reagierten. Ohnehin erschien es seltsam, dass Weber an diesem Morgen fehlte. Ihr Klassenlehrer war nämlich nie krank. In den ganzen 22 Jahren hatte er erst drei Tage wegen Krankheit gefehlt.
An diesem Donnerstag stand Studentin Nora Bachmann vor der Klasse. Sie hatte den undankbaren Auftrag erhalten, die Stellvertretung zu übernehmen. Die Jugendlichen wussten, dass es sich bei den Aushilfslehrpersonen oft um junge Erwachsene handelte, die weder über das volle Fachwissen noch über sämtliche didaktischen und pädagogischen Instrumente verfügten, um eine Klasse zu führen.
Die zierliche, junge Frau erschien der Klasse deshalb schon bald als willkommenes Opfer. Es dauerte nicht lange, und die Stellvertreterin sah sich plumpen Anmachsprüchen ausgesetzt.
»Haben Sie einen Freund? Wenn nicht, dann können wir ja zusammen ein Bierchen trinken gehen.« Natürlich musste der Spruch von Tim kommen.

»Erstens geht es dich nichts an, ob ich einen Freund habe. Zweitens darfst du in deinem Alter noch kein Bier trinken.«
»Wo ist eigentlich Herr Weber? Sie wissen doch sicher, was mit ihm los ist?« Melanie stellte die Frage, die allen Schülern auf der Zunge lag.
»Meines Wissens ist er krank.«
»Das glauben Sie ja selber nicht. Er ist doch mit Monika durchgebrannt!« Wieder war es Tim, der Nora Bachmann provozieren wollte. Diese ließ sich aber nicht aus der Ruhe bringen.
»Das Thema unserer Stunde ist der Vietnamkrieg. Könnt ihr mir etwas über ihn erzählen? Wer war daran beteiligt? Welche Ursache lag dem Konflikt zu Grunde? In welchen Jahren fand dieser statt?«
Schweigen herrschte im Zimmer. Niemand schien etwas zum Gelingen des Unterrichts beisteuern zu wollen.
»Wenn Benedict nicht hier ist, meldet sich sowieso niemand.« Schon folgte Tims nächste Provokation.
»Es ist äußerst bedauerlich, wenn in einer Klasse nur einer etwas weiß. Ich sehe schon, ihr wollt gar nicht arbeiten!« Resigniert ließ sie sich auf den Lehrerstuhl fallen. Es waren diese Momente, die den Beruf so schwierig machten.
Nora Bachmann konnte nun jene Lehrpersonen verstehen, die nicht mehr bereit waren, die Lektionen mit kreativen Unterrichtsideen zu füllen. So mussten sich die Pädagogen wenigstens nicht über unmotivierte Schüler ärgern. Wenn einer nicht arbeiten wollte, sollte er spätestens in der Prüfung die Quittung dafür erhalten.
»Ich hätte da eine Idee, wie Sie uns zur Mitarbeit motivieren könnten.« Selbst Phil, der in der Regel allem Schulischen mit Abneigung entgegentrat, hatte mit der überforderten Stellvertretung Mitleid.
»Ich höre!«
Wenig später diskutierte die Klasse erneut über das Rätsel, das ihnen Weber einen Tag zuvor vorgelegt hatte. Die Klasse war sich sicher, dass das Verschwinden der drei Personen etwas mit dieser Knobelaufgabe zu tun haben musste.
Dass Weber das Rätsel längst gelöst hatte und schon vor einer weiteren Aufgabe stand, konnten die Jugendlichen zu diesem Zeitpunkt nicht wissen.

Kapitel 28

Die beiden Männer waren fest entschlossen, Webers Spur wieder aufzunehmen. Dass sie von ihm hinters Licht geführt worden waren, passte ihnen überhaupt nicht. Schnell wollten sie die Flüchtenden wieder aufspüren. Wie sie dies anstellen wollten, wussten sie genau. Das Zauberwort hieß Handyortung.

Proletarier 2 kannte sich damit überhaupt nicht aus. Alles Technische legte er stets in die Hände seines Partners. »Ein Mobilfunktelefon kommuniziert automatisch mit dem am nächsten gelegenen Sendemast. Somit ist es grundsätzlich einfach, dieses zu orten.« Proletarier 1 schien trotzdem nicht rundum zufrieden zu sein. »Die Sache hat einen Haken. Nur ein Mobilfunkanbieter oder die Polizei können den Standort feststellen. Da liegt also genau unser Problem.«

Sie sahen ihre einzige Möglichkeit darin, Winkelried erneut zu kontaktieren. Dieser würde zwar über das neue Missgeschick nicht erfreut sein, aber eine andere Lösung bot sich in diesem Fall nicht an. Wenig später stand die Leitung.

»Entschuldigen Sie unseren erneuten Anruf, aber…« Proletarier 1, der das Gespräch führte, wurde jäh unterbrochen.

»Was fällt euch eigentlich ein, solch schlampige Arbeit abzuliefern? Ich habe heute Morgen sicherheitshalber bei Weber angerufen, um zu prüfen, ob ihr euren Auftrag erledigt habt. Was mich sehr verwunderte, war die Tatsache, dass er meinen Anruf entgegennehmen konnte. Ich versichere euch: Ich habe nicht mit einem Gespenst gesprochen. Also muss ich davon ausgehen, dass ihr wieder versagt habt! Lange schaue ich der ganzen Sache nicht mehr zu. Das sage ich nun zum letzten Mal: Weber muss von der Erdoberfläche verschwinden! Haben wir uns verstanden?«

»Ja, sonnenklar! Allerdings brauchen wir nochmals Ihre Hilfe. Sie verfügen über weitreichende Beziehungen. Könnten Sie diese für uns nicht noch einmal spielen lassen?«

Winkelried schien seinen Ohren nicht zu trauen. Jetzt hatten die beiden Kerle noch den Mut, ihn um einen Gefallen zu bitten.

»Ich ziehe euch einen ordentlichen Teil eures Lohnes ab! Und jetzt

sagt mir, wie ich euch helfen soll!«, schnauzte er in den Hörer. »Wir müssen Webers Handy orten lassen. Dazu brauchen wir den Netzbetreiber.«
Winkelried wusste, was nun folgte. Nicht, dass dies ein Problem darstellen würde. Er war es aber leid, immer wieder die Fehler anderer ausmerzen zu müssen.
»Ihr wollt wahrscheinlich, dass ich eine Ortung in die Wege leite.«
Die beiden Parteien hatten sich verstanden. Einmal mehr profitierte Winkelried davon, dass er im Laufe der Zeit viele Leute kennengelernt hatte.
Es dauerte nicht lange, bis er den Standort von Webers Handy erfahren hatte. Der Netzbetreiber hatte nach seinem Anruf eine Ortung mittels Triangulationstechnik durchgeführt. Das Resultat bekam Winkelried von seinem Informanten wenig später zu hören. Danach rief er seine beiden Arbeiter sofort an.
»Eure Zielgruppe befand sich vor kurzem noch in der Nähe des Luzerner Bahnhofs. Wie es scheint, haben sie in Spiez nicht den Weg nach Bern, sondern Richtung Luzern gewählt. Ich erwarte, dass ich heute Abend eine positive Vollzugsmeldung von euch erhalte. Ansonsten wird es auch für euch ziemlich ungemütlich werden. Wenn das Geheimnis an die Öffentlichkeit kommt, seid nicht nur ihr, sondern bin auch ich geliefert. Wir sind erst in Sicherheit, wenn wir Weber und seine zwei Begleiter eliminiert haben. Das ist eure letzte Chance!«
Winkelried beendete das Gespräch abrupt und setzte sich wieder an den Wohnzimmertisch. Er nahm eine Zigarre hervor und zündete sie sich an. Zweimal zog er kräftig daran, während er zum Fenster hinausschaute. Er betrachtete seinen Apfelbaum und beobachtete die zwitschernden Vögel, die darauf saßen.
Einmal mehr träumte er davon, ein Vogel zu sein. So könnte er weit weg fliegen und all seine Sorgen hinter sich lassen. Von denen hatte er nämlich mehr als genug. Für ihn stand einiges auf dem Spiel. Es ging nicht nur um eine Menge Geld, sondern auch um sehr viel Macht. So kurz vor dem Durchbruch würde er sich die Butter nicht mehr vom Brot nehmen lassen. Er hatte nun wahrlich nicht damit gerechnet, dass ein Lehrer und zwei Schüler für so viel Unruhe sorgen würden.

Kapitel 29

Die Fotos wirkten abschreckend auf die Betrachter. Monika musste sich übergeben, nachdem sie einen Blick auf Mangolds Leiche geworfen hatte. Diese lag in einer großen Blutlache in der Küche seiner Wohnung.
»Nicht sehr appetitlich«, bemerkte Benedict lakonisch.
Weber schaute sich die Fotos längere Zeit kopfschüttelnd an. Etwas gefiel ihm an der ganzen Sache nicht. Er wandte sich an seine beiden Schüler.
»Versetzen wir uns in Mangolds Lage. Ihr werdet bedroht und steht in der Küche. Ihr habt noch Gelegenheit, euch einen Gegenstand zu beschaffen, mit dem ihr euch verteidigen könnt. Wofür entscheidet ihr euch?«
»Den Küchenmixer…« Benedict brachte auch Weber kurz zum Schmunzeln. Er versuchte sich bildlich vorzustellen, wie sich Benedict mit dem Mixer gegen einen Angreifer zur Wehr setzte. »Wenn Sie mich fragen, würde ich mich für einen gefährlichen Gegenstand wie zum Beispiel ein spitzes Messer entscheiden.«
»Gut, Benedict, das sehe ich auch so. Ich wähle einen Gegenstand, der angsteinflößend wirkt, und mit dem ich mich auch verteidigen kann.«
»Dann hat sich Mangold aber für einen ungeeigneten Gegenstand entschieden«, stellte Monika fest.
»Das könnte sein«, antwortete Weber wenig überzeugt. Er schien den anderen bereits wieder einen Schritt voraus zu sein.
Auf dem Tatortfoto, das Weber gerade betrachtete, hielt Mangold eine Engelsfigur in seiner rechten Hand. Sein Hemd war blutdurchtränkt. Die Küche wirkte ordentlich aufgeräumt. Die Täter hatten den Raum also nicht durchwühlt. Auch in den anderen Zimmern deutete nichts darauf hin, dass in der Wohnung nach Wertgegenständen gesucht worden war. Also war das Ziel des Einbruchs einzig, Mangold aus dem Weg zu räumen.
»Wir können sicher sein, dass uns Winkelried die Wahrheit erzählt hat. Mangolds Wissen hat ihn das Leben gekostet. Die Männer ge-

hen also über Leichen, um das Geheimnis zu hüten«, erklärte Weber seinen beiden Begleitern.
»Dass Mangold eine Engelsfigur zur Verteidigung gewählt hat, kann reiner Zufall sein. Vielleicht hat er den erstbesten Gegenstand geschnappt. Allerdings kann ich nicht glauben, dass er nicht zum Messer gegriffen hat, das ihr im Hintergrund auf der Ablagefläche seht«, erläuterte Benedict treffend.
Sie schauten sich die Fotos genauer an. Außer ein paar Blutspuren am Küchenboden, die durch den ganzen Raum verteilt waren, konnten sie nichts Außergewöhnliches entdecken. Mangold schien nach dem Schuss des Mörders noch versucht haben, wieder auf die Beine zu kommen. Er war also nicht sofort tot.
Weber ließ sich auf die hölzerne Bank fallen. Immer wieder fragte er sich, warum er in diese Situation geraten war. Hätte er nicht so großen Wert auf Mangolds Anruf gelegt, würde er jetzt im Schulzimmer stehen und der Klasse vom Vietnamkrieg erzählen. Stattdessen musste er nun Aufgaben lösen, die wenig mit Schulstoff zu tun hatten.
Zudem musste er sich mit Monika und Benedict vor der Polizei und zwei unbekannten Verbrechern verstecken. Er atmete tief durch und schaute sich das eine Foto nochmals an.
»Warum schnappt sich Mangold ausgerechnet eine Engelsfigur, nachdem er die Verbrecher entdeckt hat?« Weber wollte nicht glauben, dass dies reiner Zufall war.
Erst jetzt erkannte der Lehrer, dass neben der Leiche ein weiterer Gegenstand lag, der nicht ins Bild passte. Ein Fisch.
Weber konnte sich keinen Reim darauf machen, warum sich der Fisch nicht im Kühlschrank befand.
Wollte sich Mangold den Fisch gerade zubereiten, als die Täter in die Wohnung eindrangen? Die Uhrzeit widersprach dieser Theorie. Außerdem sah es so aus, als ob Mangold zuerst zum Engel gegriffen hatte und sich damit wehren wollte. Erst nach dem Schuss schleppte er sich mit letzter Kraft zum Kühlschrank und griff nach dem Fisch. Die Blutspuren am Kühlschrank stützten diese These. Weber konnte sich die vorliegende Situation nicht erklären.

Kapitel 30

Nach einem Spaziergang entlang der Uferpromenade des Vierwaldstättersees, währenddessen weder Weber noch die beiden Schüler viel sprachen, entschieden die drei, dass sie gemeinsam ein Mittagessen einnehmen wollten. Es war nach all den Turbulenzen an der Zeit, durchzuatmen und sich etwas Ruhe zu gönnen. In der Nähe der Kappeler-Brücke setzten sie sich in ein Restaurant und bestellten das Tagesmenü. Sie wollten das gemütliche Ambiente nutzen, um das weitere Vorgehen zu besprechen. Zuvor galt es aber noch, die bisherigen Vorgänge Revue passieren zu lassen.

»Fassen wir nochmals zusammen: Mangold ist auf etwas gestoßen, das eine gewisse Brisanz hat. Aufgrund seines Fundes musste er sterben. Drahtzieher im Hintergrund ist ein sogenannter Winkelried. Er hat Männer unter sich, die für ihn die Drecksarbeit übernehmen. Weiter wissen wir, dass Mangold seinen Fund irgendwo versteckt hat. In diesem Zusammenhang sind wir mit dem Rätsel der vier sonnigen Orte konfrontiert. Offen bleibt auch die Frage, warum Mangold eine Engelsfigur als Abwehrwaffe zückte und wieso ein Fisch neben ihm lag.«

Vor ihnen spazierten Touristen und ältere Menschen vorbei. Weber dachte bei deren Anblick an das Rentenalter. Er freute sich bereits jetzt auf diesen Lebensabschnitt, obwohl er noch rund zwei Jahrzehnte darauf warten musste. Er würde als Rentner durch die Schweiz reisen und viele Orte besuchen, stellte er sich vor. Weber liebte zwar seinen Beruf. Allerdings hatte er sich in letzter Zeit öfters die Frage gestellt, warum er sich das Unterrichten noch antat.

Webers Blick fiel auf Benedict. Familie Herrmann kümmerte sich noch um ihren Nachwuchs. Während Günther Herrmann in einer Bank als Kundenberater tätig war, verrichtete Regula Herrmann den Haushalt. Herrmanns markierten auch an Elterngesprächen in der Schule immer wieder Präsenz und wollten wissen, wie es um Benedicts schulische Leistungen stand. Solch verantwortungsbewusste Eltern waren inzwischen zur Ausnahme geworden.

Bei Monika sahen die Verhältnisse etwas anders aus. Peter Oberli

war Schreiner. Weil sein Verdienst nicht besonders hoch war, musste auch seine Frau Fabienne halbtags arbeiten gehen. Sie tat dies als medizinische Angestellte in einer Laufner Arztpraxis. Entsprechend genoss Monika zu Hause viele Freiheiten, die sie regelmäßig auszunutzen wusste. Öfters kam sie erst spät abends nach Hause, nachdem sie den Tag bei Freunden verbracht hatte.
Die Anzahl ihrer Partner war inzwischen nicht mehr an zwei Händen abzählbar. Manche in der Klasse behaupteten, Monika wechsle den Freund ungefähr so oft wie andere ihre Socken. Weber konnte dies egal sein. In erster Linie hatten die Schüler ihre Leistung zu bringen. Was sie in der Freizeit anstellten, war ihnen überlassen.
»Etwas haben wir noch nicht in Betracht gezogen, was für das Verständnis der ganzen Sache von zentraler Bedeutung sein könnte.«
Benedicts Aussage ließ Weber aufhorchen. Wieder einmal war er mit seinen Gedanken abgeschweift.
»Ich bin ganz Ohr«, antwortete Weber gespannt.
»Eine Frage müssen wir uns zwingend stellen. Sie kann der Schlüssel zur Auflösung des Falles sein.«
»Dann raus mit der Sprache!« Auch Monika wollte nun wissen, worauf sich Benedict bezog.
»Mangold hat einen Fund gemacht, diesen aber nicht an die große Glocke gehängt. Das ist doch so?«
Weber bejahte Benedicts Frage. Er wusste nun auch, worauf Benedict hinaus wollte.
»Das ist äußerst clever, Ben.«!
Monika konnte sich noch immer keinen Reim auf die Sache machen. Benedict ließ sie nicht mehr länger im Ungewissen.
»Die Verbrecher erfuhren, dass Mangold das Geheimnis entlarvt hatte. Am Fundort wusste allerdings niemand darüber Bescheid, dass Mangold auf etwas gestoßen war. Somit kommt keiner der an der Ausgrabung beteiligten Personen als Informant in Frage. Wir müssen uns also die Frage stellen, wer noch alles davon wusste, dass Mangold etwas entdeckt hatte.«
»Dann kommen nur Sie, Herr Weber, in Frage und...« Monika wusste nun auch, zu welchem Schluss Benedict gekommen war.

»Ja, Monika, der Einzige, der neben Herrn Weber vom Fund wusste, war ein Professor der Universität Basel. Leider kennen wir dessen Namen nicht.«
Der Kellner erschien mit den Wiener Schnitzeln. Der Koch meinte es in diesem Lokal gut mit seinen Gästen. Die Portionen waren üppig. Kurz bevor sie mit dem Mittagsmahl begannen, musste Weber noch etwas loswerden.
»Ich habe mir in den letzten Stunden einige Gedanken gemacht. Ich werde in Basel zur Polizei gehen und euch dort abliefern. Dann seid ihr in Sicherheit. Ich werde versuchen, das Rätsel auf eigene Faust zu lösen. Wir fahren noch heute Nachmittag nach Basel zurück.«
Als Weber auf der anderen Straßenseite einen Polizisten erblickte, der Falschparker büßte, fiel ihm ein, dass er auf seinem Handy die GPS-Funktion noch immer nicht ausgeschaltet hatte. Noch konnten die drei auf einige Meter genau geortet werden. Weber deaktivierte die entsprechende Funktion. Seine beiden Begleiter wies er an, ihm dies gleich zu tun. Obwohl er sich bewusst war, dass er trotzdem lokalisiert werden konnte, schaltete er das Gerät nicht aus. Er wollte um jeden Preis erreichbar bleiben.
Bevor die drei den Zug nach Basel besteigen wollten, musste Weber in Luzern noch etwas erledigen.

Kapitel 31

Die Fahrt führte den Mann über die Autobahn nach Basel und von dort schließlich über eine Landstraße an den Schweizer Grenzort Riehen. In seinem Leben hatte er zwar mehrmals Basel besucht, nach Riehen hatte es ihn hingegen noch nie verschlagen. Er fuhr am Beyeler-Museum vorbei und bog die nächste Kreuzung rechts ab. Irgendwo musste das Haus mit der Nummer 23 sein.
Er parkte seinen Wagen, einen silberfarbenen Mercedes, und atmete die Landluft tief ein. »Hätten wir nicht ein Problem zu lösen, würde ich mich hier auf einen erholsamen Spaziergang begeben.«
Vor lauter Arbeit fehlte dem Mann zuletzt die Zeit, um sich zu entspannen. Was seine Pläne betraf, war nun die heiße Phase angelau-

fen. In einigen Tagen würde er auf dem Zenit der Macht stehen. Nach dem Erreichen seines persönlichen Zieles wollte er einen zweiwöchigen Urlaub in der Südsee verbringen. Schließlich hatte er sich diesen mehr als verdient.

Nach seiner Rückkehr galt es, sich bei den Geldgebern und Helfern zu revanchieren, indem er langsam begann, seine Versprechen in die Tat umzusetzen. Schließlich war sein Erfolg erst der Anfang einer Bewegung, die das ganze Land erfassen sollte.

Die Häuser der Straße entlang wurden von Vorgärten dominiert. Hecken sorgten dafür, dass die Eingänge zumeist verdeckt waren. Was sich im Innern des Gebäudes mit der Nummer 23 abspielte, konnte er nur ahnen. Allerdings würde er es bald herausfinden.

Er schaute herum. Zwei Frauen plauderten auf dem Gehsteig miteinander. Der Mann musste warten. Auch wenn es sich bei den beiden um ältere Leute handelte, musste er vorsichtig sein. Gerade Personen fortgeschrittenen Alters galten als besonders misstrauisch und waren deshalb stets auf der Hut. Es dauerte zehn Minuten, ehe sich die Frauen voneinander verabschiedeten. Der Mann passierte das Eingangstor und schritt durch den Vorgarten zur Tür. Dort klingelte er. Einige Sekunden später öffnete eine junge Frau. Der Mann zog einen Lappen aus der Jackentasche und drückte ihr diesen ins Gesicht. Die junge Frau, die ausgerechnet an diesem Donnerstag schon mittags wieder zu Hause war, sackte zu Boden. Die Wirkung des Äthers trat binnen ein paar Sekunden ein.

Wenig später saß der Mann wieder in seinem Auto. Sein Opfer hatte er auf den Rücksitz gelegt, wobei er zuvor der jungen Frau die Augen verbunden und sie an den Händen gefesselt hatte. Was er überhaupt nicht brauchen konnte, war ein aufmüpfiger Teenager.

Nachdem er einen Großteil der Strecke zurückgelegt hatte, zog er sein Handy aus der Tasche und wählte die Nummer, die er an diesem Tag bereits einmal angerufen hatte.

»Herr Weber, ich habe Ihnen heute Morgen mitgeteilt, dass wir uns schnell wieder sprechen werden. Ich möchte, dass Sie mir gut zuhören und keine Fragen stellen. Die Situation hat sich für Sie leider etwas verschlechtert. Auf meinem Rücksitz habe ich jemanden, für

den Sie sich sicherlich interessieren. Sie hört auf den Namen Lara und...«
Weber stockte der Atem. War es wirklich möglich, dass Winkelried seine Tochter entführt hatte?
»Ich glaube kaum, dass sich Lara bei Ihnen befindet.« Weber versuchte es mit einem Bluff.
»Dann passen Sie gut auf! Ich stelle mein Handy auf Lautsprecher-Modus. Ihre Tochter kann Ihnen den Sachverhalt kurz bestätigen. Danach bespreche ich mit Ihnen das weitere Vorgehen.«
Weber musste konstatieren, dass Winkelried die Wahrheit sagte. Er hatte Lara entführt. Woher er ihren Wohnort kannte, war in diesem Moment nicht von Bedeutung. Vielmehr interessierte sich Weber für Winkelrieds Forderungen.
Nachdem Weber ein paar Worte mit seiner Tochter wechseln konnte, war ihm klar, was er tun musste, um ihr Leben zu retten. Wie immer lautete die Devise, die Polizei nicht zu kontaktieren. Auch für Benedict und Monika hatte der Anruf Folgen: Winkelried verbot Weber, die beiden bei der Polizei abzuliefern. Damit war das weitere Vorgehen, das die drei festgelegt hatten, bereits wieder zur Makulatur geworden.

Kapitel 32

Als Winkelried Weber anrief, stand dieser gerade in einem Kellergewölbe in der Luzerner Altstadt. Er wollte sich genau zu diesem Zeitpunkt ein Bild vom Ausgrabungsort an der Gerbergasse 25 machen. Schließlich hatte Mangold dort eine brisante Entdeckung gemacht. Im Erdgeschoss des Fachwerkhauses hatte ein Juwelier sein Geschäft. In den oberen Stockwerken wohnten vorwiegend ältere Personen.
Weber ließ sich von Vertretern des städtischen Denkmalschutzes ins Untergeschoss des Gebäudes führen. Die beiden Schüler warteten unterdessen in einer nahegelegenen Eisdiele auf die Rückkchr ihres Lehrers. Kaum hatten die zwei Stadtbeamten mit ihrem Gast die Treppe hinter sich gelassen, klingelte Webers Telefon. Es war jener

Anruf, in welchem Winkelried ihn über Laras Entführung orientierte. Die zwei Männer vom Denkmalschutz merkten Weber nicht an, dass ihn der Anruf persönlich sehr betroffen gemacht hatte. Vielmehr erzählten sie ihm unentwegt Geschichten über die Stadt Luzern und deren Entwicklung.
Weber war froh, als sie den Keller erreicht hatten und er sich dort umschauen konnte. Der Raum wurde von Bücherregalen dominiert, die sich an allen vier Wänden befanden. Die Raummitte beherrschte ein großer Tisch, an welchem mindestens ein Dutzend Stühle standen.
»Das war einst die Zunftstube der Bäcker«, erklärte Ulrich Berger. Der Präsident des städtischen Denkmalschutzvereins blickte gerne in die Vergangenheit. »Hier fanden immer wieder wichtige Sitzungen statt, in denen die Zunftbrüder verschiedene Dinge berieten. Kürzlich durchbrachen wir eine Mauer hinter einem der Regale und entdeckten dort einen zweiten Raum, der augenscheinlich als Archiv gedient hatte. Im Laufe der Zeit wurden dort wohl wichtige Dokumente untergebracht. Bei unserer Ausgrabung sind uns alte Bücher in die Hände gefallen, von deren Existenz bisher noch niemand gewusst hat.«
»Tönt spannend. Dann haben Sie also einen großen Fund gemacht.« Weber wusste nicht, wie er auf Mangold zu sprechen kommen sollte. In der Vergangenheit hatte er stets die besten Erfahrungen gemacht, wenn er nicht lange um den heißen Brei herumredete, sondern gleich zur Sache kam.
»Ich würde gerne mit Ihnen über Werner Mangold sprechen. Er wohnte den Ausgrabungen doch auch bei?«
»Die Zahl der Teilnehmenden an dieser Ausgrabung war relativ groß. Insgesamt waren rund zwanzig Leute zugegen. Aufgrund seiner Tätigkeit als Kurator des Antikenmuseums Basel wollten wir auch Werner Mangold dabei haben. Mit seinem Wissen war er für jedes Ausgrabungsteam eine Bereicherung.« Weber folgte gespannt jedem Wort Bergers, immer in der Hoffnung, eine Information zu erhalten, die ihn weiterbrachte.
»Wer war eigentlich Leiter dieser Aktion?«

»Da dieses Gebäude unter Denkmalschutz steht, wurden wir beauftragt, das Oberkommando zu übernehmen. Wir arbeiteten schließlich mit verschiedenen Organisationen zusammen, unter anderem mit der Kantonsarchäologie Luzern.«
»Welchen Eindruck hat Werner Mangold auf Sie gemacht? Ich frage deshalb, weil mir zu Ohren gekommen ist, dass er Ihnen angeblich eine Entdeckung vorenthalten hat und einen Gegenstand mitgehen ließ«, sagte Weber.
Dieses Mal antwortete der Mann im grauen Anzug, der sich bis anhin vornehm zurück gehalten hatte.
»Um es vorwegzunehmen: Wir sind über Mangolds Tod in Kenntnis gesetzt worden. Ob dem so ist, wie Sie gerade gesagt haben, vermögen wir im Nachhinein nicht mehr zu beurteilen. Uns jedenfalls ist an Mangolds Verhalten nichts Spezielles aufgefallen.«
Antonio Gardioli, der eben gesprochen hatte, nahm einst an Ausgrabungen in Ägypten teil. Er verfügte über ein abgeschlossenes Geschichtsstudium mit dem Schwerpunkt «Alte Geschichte». Inzwischen war der 73-Jährige seit mehreren Jahren pensioniert. Da er sich von seinem Beruf nie richtig hatte distanzieren können, wurde er bei Ausgrabungen als externe Person immer wieder eingeladen.
Weber rekapitulierte die Situation. Mangold schien den Fund kurz vor seinem Anruf bei ihm gemacht zu haben. Also wusste er wohl noch nicht lange über das Geheimnis Bescheid.
»Sind Sie sicher, dass niemand von Mangolds Fund etwas wusste?«
»Sicher kann man sich diesbezüglich nicht sein. Allerdings glaube ich nicht, dass er sich jemandem aus dem Ausgrabungsteam anvertraut hat. Einen Großteil meiner Männer kenne ich persönlich. Ich lege für sie die Hand ins Feuer. Falls Mangold wirklich einen Fundgegenstand eingesteckt hat, ohne uns darüber ins Bild zu setzen, käme dies einem enormen Vertrauensmissbrauch gleich. Wir müssen unsere Sicherheitsvorkehrungen im Hinblick auf kommende Projekte auf jeden Fall nochmals überprüfen und allenfalls massiv verbessern.« In Bergers Stimme klang bittere Enttäuschung mit. Niemals hätte er sich gedacht, dass Mangold so hinterlistig sein konnte.
Weber bat darum, sich im Raum noch etwas umsehen zu dürfen.

Er passierte die aufgebrochene Wand, nachdem er das Absperrband zuvor hochgehoben hatte. Auch in der kleinen Kammer stand eine Vielzahl von Büchern.
»Wir sind gerade dabei, eine Inventarliste zu erstellen.« Gardioli informierte Weber darüber, welchen Arbeiten sie im Keller gerade nachgingen.
Berger wandte derweil seinen Blick keine Sekunde von Weber ab. Spätestens seit dem möglichen Diebstahl eines Gegenstandes aus ihrem Keller musste er misstrauischer werden. Er beobachtete Weber peinlich genau und verfolgte jeden seiner Handgriffe.
Schließlich verließ Weber das Gewölbe und eilte der Eisdiele entgegen. Er hatte den beiden Schülern versprochen, spätestens nach einer halben Stunde wieder bei ihnen zu sein. Nun hatte der Besuch fast eine Stunde gedauert.
Benedict und Monika saßen draußen an einem kleinen Tisch und genossen die Sonne. Monika hatte ihre Sonnenbrille aufgesetzt, die sie sich auf einem Shoppingtrip in Mailand gekauft hatte.
»Habt ihr bezahlt?« Die beiden Schüler nickten.
»Dann lasst uns zurück nach Basel fahren.« Weber hatte es eilig. Er wusste zwar nicht, wie er nun weiter vorgehen wollte. Aber eine innere Stimme sagte ihm, dass er sich nach Basel begeben sollte.
Dass seine Tochter entführt worden war, wollte er Benedict und Monika noch nicht mitteilen. Das Ganze sollten die beiden im Zug erfahren.

Kapitel 33

Emil Keiser saß an seinem Schreibtisch und tippte die Informationen, die er zuvor von einem seiner Mitarbeiter erhalten hatte, in den Computer ein. Seit Peter Oberli eine Anzeige gegen Weber eingereicht hatte, musste sich der Chef der Kriminalpolizei Basel mit allerlei Schreibkram beschäftigen. Keiser hasste solche administrativen Arbeiten. Eigentlich hätten diese Aufgaben von seinen Mitarbeitern erledigt werden sollen. Da aber alle an irgendwelchen anderen Fällen arbeiteten, hatte der Kripochef erklärt,

dass er die entsprechende Aufgabe für einmal übernehmen werde. Obwohl das Telefon alle paar Minuten klingelte, versuchte Keiser mit seiner Arbeit voranzukommen. Auf keinen Fall wollte er an diesem Abend wieder Überstunden machen. Er hatte seiner Frau hoch und heilig versprochen, dass sie abends eine Theateraufführung besuchen würden.
Ein weiterer Mitarbeiter kam herein und unterbrach Keiser erneut.
»Wie sieht es mit der kürzlich diskutierten Handyortung aus?«
»Von mir aus kannst du diese lancieren. Wir müssen Weber so schnell wie möglich zu fassen bekommen. Ein paar positive Schlagzeilen könnten unserem Büro nicht schaden.«
»Dann werde ich die nötigen Schritte einleiten.« Der Polizeibeamte verschwand und begann sogleich mit seiner Arbeit.
Keiser schaute wieder auf seinen Bildschirm und überflog nochmals die protokollierten Punkte. Er konnte nicht nachvollziehen, wie ein Lehrer zwei Schüler entführen konnte. Er dachte in diesem Moment an seine zwei inzwischen erwachsenen Kinder.
»Hätte mir jemand meine Kinder geraubt, ich hätte ihn umgebracht.«
Keiser war klar, dass Weber sofort aufgefunden werden musste.

Kapitel 34

Der Interregio verließ pünktlich um 14.30 Uhr den Luzerner Bahnhof. Die drei hatten also etwas mehr als eine Stunde Zeit, um sich einen neuen Schlachtplan zurechtzulegen. Zuvor musste Weber aber Benedict und Monika noch über die Entführung seiner Tochter informieren. Das Ganze fiel ihm nicht leicht.
In diesem Moment erinnerte sich Weber an das letzte Gespräch mit seiner Tochter. Lara hatte ihn wegen der Probleme angerufen, die sie mit ihrem Freund hatte. Weber musste feststellen, dass die Beziehung, die er zu seiner Tochter hatte, von immer größerer Distanz geprägt war. Tagelang hörte er von Lara nichts. Seit der Trennung von seiner Ex-Frau wurde der Kontakt zu Lara immer seltener. Er wünschte sich in diesem Moment, sich mehr um sie gekümmert zu haben.

»Was ich euch jetzt zu sagen habe, fällt mir schwer. Als ihr in der Eisdiele wart, erhielt ich einen Anruf von Winkelried. Er teilte mir mit, dass er meine Tochter entführt hatte. Außerdem hat er mir eindeutig zu verstehen gegeben, dass ich die Polizei nicht einschalten und euch dort auch nicht abliefern darf.«
»Dieses Schwein!« Benedict konnte sich ein kurzes Fluchen nicht verkneifen.
»Wir müssen weiterhin rational denken und uns nicht von unseren Gefühlen leiten lassen. Winkelried besteht darauf, dass wir ihm Mangolds Fund übergeben. Als Gegenleistung erhalte ich Lara zurück. Also müssen wir die Suche nach dem Geheimnis intensivieren.«
»Dann sollten wir uns dem Rätsel der Orte zuwenden.« Monikas Vorschlag erntete allgemeine Zustimmung. Außerdem wollte sich Weber an der Universität nach dem Professor umsehen, den Mangold kontaktiert hatte. Um diesen ausfindig zu machen, benötigte er Hinweise. Weber hoffte, einen solchen Hinweis in Mangolds Agenda zu finden, wobei er davon ausging, dass er in diesem Zusammenhang der Polizei einen Besuch abstatten musste.
Als der Zug in den Bahnhof Olten einfuhr, war das weitere Vorgehen festgelegt. Weber entschied sich für einen «Besuch» in Mangolds Wohnung. Unterdessen sollten Benedict und Monika ihre Eltern informieren, dass es ihnen den Umständen entsprechend gut gehe und sie bald nach Hause zurückkehren würden.
Mehr Informationen sollten sie ihren Eltern nicht zuspielen. Je weniger Leute von der Sache Wind bekamen, desto weniger riskant erschien Weber die Situation. Gerade die Medien würden die Angelegenheit in der Boulevardpresse breit schlagen, was in keiner Weise von den Verbrechern toleriert werden würde.
Monika blickte zum Fenster hinaus. Der Bahnhof in Olten galt als recht antiquiert. Auf dem Bahnsteig warteten an diesem Nachmittag nicht viele Passagiere. Monikas Blick fiel sofort auf vier Personen, die sich äußerlich vom Rest der Wartenden unterschieden. Die vier Männer betraten den Zug, als er zum Stillstand gekommen war. Wenig später rollte dieser wieder los.

Weber blickte zu Monika, der es die Sprache verschlagen hatte. Bleich saß sie da, den Blick zum Eingangsbereich des Wagens gerichtet. Weber merkte bald, weshalb seine Schülerin erstarrt war. Von beiden Seiten näherte sich je ein Polizist dem Abteil, in dem die drei saßen.
»Personenkontrolle der Polizei! Bewahren Sie Ruhe und halten Sie Ihre Personalausweise bereit.« Weber folgte den Anweisungen. Dass die Fahndung seiner Person galt, davon ging er aus. Wie er sich der Festnahme widersetzen konnte, wusste er allerdings nicht.
Im Abteil gegenüber saß ein junger Mann mit südländischem Aussehen. Er mochte etwa 25 Jahre alt sein und war von kräftiger Statur. Monika musterte ihn. Er war überhaupt nicht ihr Typ.
Aus seiner Jackentasche holte der Mann die Brieftasche hervor und zog seinen Ausweis heraus. Es war kein Schweizer Pass, der zum Vorschein kam.
Webers Herz begann schneller zu schlagen. Hier also würde nun sein Weg zu Ende gehen. Er hatte alles verloren: Seine Tochter Lara würde er nie wieder sehen. Außerdem neigte sich seine Lehrerkarriere dem Ende zu.
Der eine Polizist stand bereits im Abteil vor ihm und kontrollierte die dortigen Personen. Weber konnte sein Gesicht noch nicht erkennen. Eines wusste er aber nur zu gut: Seine Festnahme stand kurz bevor.

Kapitel 35

Proletarier 1 und 2 waren auf dem Weg nach Luzern, als sie Winkelrieds Anruf erreichte. Dieser hatte gute Nachrichten zu vermelden. Laras Entführung war die Chance für Proletarier 1 und 2, nochmals ins Geschäft zu kommen.
Von seinem ursprünglichen Plan, Weber sofort aus dem Weg zu räumen, war Winkelried inzwischen abgekommen. Weber sollte ihm vielmehr helfen, das verlorene Schriftstück wieder aufzuspüren. Erst dann wollte er ihn zur Strecke bringen lassen.
Winkelried versprach, sich wieder bei seinen Helfern zu melden,

sobald es etwas zu erledigen gebe. Bis dahin sollten die beiden im Hintergrund bleiben und auf weitere Befehle warten.
Seit Laras Entführung war Winkelried wieder besser gelaunt. Die Sorge, dass Weber das Geheimnis an die Öffentlichkeit tragen könnte, wich nach und nach. Überhaupt wirkte Winkelried zuversichtlicher als die Tage zuvor. Bald würde sein Tag kommen.
Lara saß zu diesem Zeitpunkt noch immer auf dem Rücksitz des Autos. Winkelried achtete darauf, dass sich der Teenager auch artig benahm. Die Gefahr, dass Lara jemanden nonverbal aus dem Auto heraus um Hilfe bat, bestand nicht. Die Fensterscheiben des Mercedes waren schwarz getönt.
»Bald sind wir da!«
»Wohin fahren Sie mich, Sie verfluchter…«
»Wir werden doch nicht so unhöflich sein.« Winkelried unterbrach Lara brüsk.
»Wer Sind Sie? Was wollen Sie von mir?«
Lara war aufgebracht. Sie wollte wissen, mit wem sie es zu tun hatte.
»Es ist unerheblich, wer ich bin. Wenn dein Vater mir gibt, was ich von ihm erwarte, bist du bald wieder frei. Wenn nicht, dann…«
»Das will ich nicht so genau wissen.« Lara unterbrach Winkelried. Das Ganze hatte sie also ihrem Vater zu verdanken. Deshalb hatte Winkelried einige Zeit zuvor ihren Vater angerufen.
Der Mercedes fuhr in Kirchberg von der Autobahn ab. Mit Lara konnte er wegen seiner Nachbarn nicht bei sich zu Hause auftauchen. Deshalb entschied er sich, das Mädchen in seinem Wochenendhäuschen unterzubringen.
Dieses stand an einem Waldrand in der Nähe des Orts Kirchberg. Dass jemand dort vorbeischauen würde, war ausgeschlossen. Zu abgelegen stand das Gebäude.
Als die beiden das etwas verfallene kleine Häuschen betraten, lagen die Handschellen schon bereit. Bevor er nach Riehen gefahren war, hatte er Laras neues Domizil schon vorbereitet.
Das kleine Häuschen war spärlich eingerichtet. Neben einem Tisch mit zwei Stühlen, einem Schrank und einer Matratze auf dem Boden stand in der einen Ecke des Zimmers ein Ofen.

Daneben lag ein Stapel Holzscheite. An der Decke hing eine antike Lampe, die den Innenraum matt erleuchtete.
Winkelried zerrte Lara zu Boden. Diese schrie auf.
»Fassen Sie mich nicht an!« Sie versuchte, ihren Widersacher zu beißen, schaffte es aber nicht.
Winkelried verpasste ihr eine Ohrfeige. Er nahm die Handschellen, legte das eine Ende an Laras rechte Hand und das andere an ein Eisenrohr, das fest in der Wand verankert war.
»Schreien bringt dir übrigens nichts! Wir befinden uns mehrere Kilometer vom nächsten Haus entfernt. Hier wirst du die folgenden Tage verbringen. Wie gesagt: Es liegt in den Händen deines Vaters, wie lange du noch hier bist.«
Lara fragte sich in diesem Moment, was ihr Vater Schlimmes angestellt hatte. Ebenso erschien ihr unklar, warum sie entführt worden war, wenn es doch um ihren Vater ging. Sie versuchte vergeblich, Antworten auf ihre Fragen zu finden.
Winkelried zog die Matratze in Laras Nähe, nahm eine Flasche Eistee aus dem Rucksack und legte ihr ein paar Getreideriegel hin. Zudem holte er für seinen Gast eine Decke aus dem Schrank.
»Es ist zwar kein Gourmetmenü, aber fürs Erste sollte das reichen. Ich rate dir an, dich gut zuzudecken. In der Nacht kann es kalt werden.«
Daraufhin begab er sich zum Ausgang. Er blickte nochmals zurück und verließ den Raum. Lara war für die nächsten Stunden auf sich alleine gestellt. Sie konnte die ganze Situation noch immer nicht einordnen.
Winkelried hingegen wusste genau, was er zu tun hatte. Sobald ihm Weber das Dokument ausgehändigt hatte, würde er dessen Tochter eliminieren. Sie hatte ihn gesehen. Also gab es keinen anderen Ausweg, als Lara früher oder später ebenfalls zu beseitigen.

Kapitel 36

Der Polizist war ein Hüne von einem Mann, hatte aber einen sanftmütigen Blick. Er trug kurz geschorene Haare, wirkte durchtrainiert und äußerst muskulös. Seine Uniform zierte das Wappen des Kantons Solothurn.
Weber wusste, dass es für ihn keinen Ausweg mehr gab. Seine Flucht würde in wenigen Sekunden beendet sein. Resigniert schloss er seine Augen und atmete zwei Mal tief durch.
Plötzlich erkannte Weber, dass es unweit von ihm laut zu und her ging. Auf den Sitzplätzen auf der anderen Seite war ein heftiger Streit entbrannt. Eine hysterische Frauenstimme war zu hören. Weber merkte nach wenigen Augenblicken, wem sie gehörte.
»Du Widerling, fass mich nie wieder an! Hilfe!« Monika war außer sich vor Wut. Das ganze Zugabteil wurde auf den Streit aufmerksam. Der südländisch aussehende Mann wusste nicht, wie ihm geschah.
»Was soll ich gemacht haben? Ich glaube, du spinnst wohl!«
»Hilfe! Er hat mich angefasst! Mach das nie wieder, du Schwein!«
Die beiden Polizisten waren sofort zur Stelle und versuchten, die Situation in den Griff zu bekommen.
»Jetzt beruhigen Sie sich erst einmal.« Der Polizist, der eigentlich Weber kontrollieren sollte, sprach schlichtend auf die beiden Streithähne ein.
Erst jetzt durchschaute Weber die Inszenierung. Er nutzte die einmalige Chance und begab sich auf direktem Weg zur Toilette, wo er sich sofort einschloss.
»Ich kenne dich gar nicht. Was habe ich dir angetan?« Der Südländer, das Opfer der Inszenierung, verstand die Welt nicht mehr.
»Ich habe ihr doch gar nichts angetan«, stotterte er unsicher vor sich hin.
Schließlich hatte Monika Mitleid mit dem Mann. Er hatte ihr wirklich nichts angetan. Aber um Weber zu retten, musste sie zu dieser drastischen Maßnahme greifen.
»Der Mann ist unschuldig. Meine Schwester hat etwas viel Alkohol konsumiert und ist nun leider etwas übermütig geworden.« Benedict

wollte, dass sowohl Monika als auch der fremde junge Mann heil aus der Sache heraus kamen.
»Ich hoffe, dass du, junge Dame, schon alt genug bist, um Alkohol zu konsumieren. Darf ich deinen Ausweis sehen?«
Benedict erkannte, dass die Notlüge Monika weiteren Ärger einbrachte. Auf die Schnelle war ihm aber keine bessere Ausrede eingefallen.
»Ich bin sechzehn Jahre alt. Folglich ist es mir gestattet, so viel Bier zu konsumieren, wie ich möchte.« Monikas Konter saß.
»Nun gut, rechtlich gesehen ist dies richtig. Allerdings finde ich es heikel, in deinem Alter bereits einen über den Durst zu trinken. Besonders bedenklich ist das Ganze, wenn dies an einem Wochentag wie heute passiert. Wir müssen wohl deine Eltern benachrichtigen!«
Die Belehrung interessierte Monika nicht im Geringsten.
»Wie viel und wann ich Bier konsumiere, überlassen Sie bitte mir. Und wenn Sie meine Eltern benachrichtigen wollen, dann tun Sie dies. Sie werden allerdings nichts dagegen haben, wenn ich mir ein oder zwei Bierchen gönne.«
Monika pokerte hoch, als sie zum Gegenangriff blies. Wenn die Polizisten ihre Eltern anriefen, würde die Reise an dieser Stelle beendet sein.
Benedict musste schmunzeln. Er selber hätte sich niemals getraut, die Polizisten verbal anzugreifen.
»Dein Gezicke geht mir tierisch auf die Nerven! Hätten wir nichts Wichtigeres zu tun, würden wir uns eingehender mit dir befassen. Jetzt geh nach Hause und schlaf deinen Rausch aus!« Dann verließen die beiden Polizisten das Abteil.
Monika konnte sich freuen. Einerseits hatte sie Weber aus seiner misslichen Lage gerettet, andererseits führte sie die Polizisten gezielt in die Irre.
Unterdessen saß Weber immer noch in der verriegelten Toilette. Er nahm sein Handy hervor und gab Monika und Benedict per Kurznachricht die nächsten Anweisungen.
Der Zug befand sich mittlerweile bereits auf halber Strecke zwischen Olten und Liestal.

Kapitel 37

Die Zusammenkunft erfolgte spontan und hatte nur einen Zweck. Monika und Benedict sollten baldmöglichst wieder zu Hause auftauchen.
Die beiden Familien trafen sich bei Herrmanns zu Hause. Regula stellte ein paar Chips auf den Tisch, und ihr Mann Günther offerierte den beiden Gästen verschiedene Getränke.
Peter und Fabienne Oberli hatten sich am Morgen bei ihnen gemeldet und ein Treffen vorgeschlagen. Um 16 Uhr saßen die beiden Parteien zusammen und diskutierten angeregt das weitere Vorgehen.
»Wir vertrauen Benedict voll und ganz. Er ist ein pflichtbewusster Junge und wird sicherlich bald wieder nach Hause zurückkehren.« Regula Herrmann war sich sicher, dass sie sich auf ihren Sohn verlassen konnte.
»Unsere Monika sorgte in letzter Zeit immer wieder für Unannehmlichkeiten. Einmal erwischten wir sie beim Rauchen, dann kam sie eine Stunde zu spät nach Hause. Den Hausarrest missachtete sie einfach. Dass sie mit Weber durchgebrannt ist, überrascht mich in keiner Weise!« Peter Oberli enervierte sich über das Verhalten seiner Tochter, gab jedoch die Hauptschuld Monikas Lehrer.
Fabienne Oberli unterbrach ihren Mann sofort, im Wissen darum, dass er wieder zu einer seiner legendären Schimpftiraden ansetzen würde.
»Ziel ist es nicht, einen Schuldigen zu finden. Wir müssen konstruktiv diskutieren.«
Regula Herrmann, die soeben mit einer neuen Flasche Orangensaft in der Hand aus der Küche kam, unterstützte Fabienne Oberli sofort.
»Vielleicht sollten wir versuchen, Herrn Weber einen Besuch abzustatten. Irgendwann muss er auch wieder zu Hause auftauchen«, hielt sie fest.
»Vielleicht sollte die Polizei in Webers Wohnung einmal nach dem Rechten sehen. Möglicherweise besitzt er ja eine Katze, die gefüttert werden muss. Oder er hat bei seiner eiligen Abreise etwas in seiner Wohnung vergessen, das er bei seiner weiteren Flucht noch brau-

chen wird. In diesem Fall müsste er nochmals in seine Wohnung kommen.« Günther Herrmanns Ausführungen ernteten ebenfalls breite Zustimmung.
»Was mich aber weiterhin irritiert, ist die Tatsache, dass unsere Kinder ihren Lehrer schützen«, bemerkte Fabienne Oberli verlegen.
»Weber setzt Monika und Benedict doch unter Druck. Die beiden können gar nicht frei sprechen. Womöglich bedroht er sie bei den Anrufen mit einer Waffe. Ich werde mir Weber jedenfalls vorknöpfen. Sobald ich mein Bier fertig getrunken habe, begebe ich mich vor seine Wohnung. Und wenn ich die ganze Nacht warten muss: Ich erwische dieses Schwein!«
Peter Oberli setzte die Flasche an und kippte den Inhalt in einem Zug hinunter. Er ließ sich von Regula Herrmann die Jacke bringen, verabschiedete sich und verließ das Haus.
In seiner Rage hatte er sogar vergessen, seine Frau mitzunehmen. Diese blieb verdutzt zurück.
»Das ist typisch Peter! Wenn er sich einmal aufregt, vergisst er sich.«
»Was passiert, wenn er Weber tatsächlich antreffen sollte?«
»Das könnte eine ordentliche Tracht Prügel hageln. Als ein Kollege unserer Tochter ihr vor einiger Zeit an den Hintern gefasst hatte, suchte mein Mann noch am gleichen Abend den Jungen auf und schlug ihm so fest ins Gesicht, dass dieser danach mit einem Nasenbeinbruch im Krankenhaus lag. Insgeheim hoffe ich deshalb, dass Monika von sich aus nach Hause kommt und Herr Weber ihm heute Abend nicht über den Weg läuft.«
Herrmanns und Fabienne Oberli saßen noch eine Weile zusammen. Man sprach gerade über vergangene Zeiten, die Zukunftspläne der Kinder und über die bevorstehenden Ferien, als plötzlich eine SMS die angeregten Diskussionen unterbrach. Die Nachricht stammte von Benedict. Günther Herrmann las die Mitteilung. Seine Gesichtszüge entspannten sich merklich. Eine große Last schien ihm von den Schultern zu fallen.
»Wie es aussieht, ist Herr Weber wirklich unschuldig. Ben meint, dass ihr Lehrer in eine Sache geraten sei, und sie ihm nun helfen müssten. Weiter schreibt er, dass wir uns keine Sorgen machen sollen.«

»Wenn die Nachricht wirklich von Ben stammt, sind das für einmal gute Neuigkeiten«, schnaufte Regula Herrmann auf.
»Ich kenne Bens Schreibstil. Die Nachricht stammt ganz sicher von ihm. Die Grußformel am Ende ist sein Markenzeichen: NLG. Die Abkürzung steht für ‚Nimm liebe Grüße' und gehört zu Bens Kurznachrichten wie das Amen in die Kirche.«
Damit war eindeutig belegt, dass Weber keine bösen Absichten hegte. Der Grund für die Flucht blieb aber ebenso unklar wie auch die Frage, warum die drei ein so großes Geheimnis um die Sache machten.
Kurz nach 17 Uhr fuhr Günther Herrmann seinen Gast nach Hause. Zur gleichen Zeit saß Peter Oberli in seinem Wagen und harrte an der Delsbergerstrasse in Basel der Dinge, die da kommen sollten. Er kannte die Situation aus verschiedenen Filmen. Observierungen wie diese konnten ihre Zeit dauern. In Krimis mussten die Detektive manchmal Nächte lang warten, bis das Zielobjekt auftauchte. War es soweit, galt es, die richtigen Maßnahmen zu ergreifen. Peter Oberli schaute auf den Rücksitz. Der Baseballschläger lag bereit.

Kapitel 38

Nachdem Weber und seine beiden Schüler den Zug in Liestal fluchtartig verlassen hatten, irrten sie zunächst ziellos im Baselbieter Kantonshauptort herum. Weber wusste nicht, wie es weitergehen sollte. Der Zeitpunkt, die Flinte ins Korn zu werfen und sich dem Schicksal zu ergeben, schien gekommen. Die Reiserei mit den öffentlichen Verkehrsmitteln zermürbte die Gruppe. Die beiden Schüler sehnten sich nach ihrem eigenen Bett, Weber nach einem sorgenfreien Abend in seiner Wohnung. Schließlich entschied man sich, per Taxi nach Basel zu fahren. Bevor Weber einen Blick in Mangolds Wohnung werfen wollte, plante er, sein eigenes Auto zu holen, um mobiler zu sein.
Ein Taxi stand am Bahnhof in Liestal zur Abfahrt bereit. Weber handelte mit dem Fahrer kurz den Preis aus, wobei ihm inzwischen egal war, wie teuer die Fahrt werden sollte. Nicht nur seine Existenz,

sondern auch sein Leben stand auf dem Spiel. Also spielte es keine Rolle mehr, etwas mehr Geld als üblich auszugeben.
Auf der Fahrt zu seiner Basler Wohnung herrschte großes Schweigen im Fahrzeug. Auch der Taxifahrer trug nicht dazu bei, dass Diskussionen aufkommen konnten. Weber störte dies wenig. Seine Gedanken drehten sich um seine Tochter und die verschiedenen Puzzleteile, die er einfach nicht richtig ordnen konnte.

Orte in sonnigen Lagen...

Was sein Freund von ihm erwartete, stellte eine Herkulesaufgabe dar. Es blieb ihm nichts anderes übrig, als seine ganze Hoffnung in den anstehenden Besuch in Mangolds Wohnung zu legen.
Der Fahrer bog in die Delsbergerstrasse ein. Monika, die halbwegs vor sich hin träumte, erkannte die Situation intuitiv richtig. Bis sie aber reagieren konnte, war es schon zu spät, und der Taxifahrer hatte mit seinem Wagen angehalten. Weber öffnete die Tür, worauf diese wie ein Blitz zurückgeschossen kam. Er schrie laut auf, weil er mit dem einen Bein bereits auf der Straße stand. »Was ist hier los!«, schrie Weber mit schmerzverzerrtem Gesicht. Die Züge, die ihn von oben herab mit Argwohn musterten, kannte er.
»Hab ich dich endlich, du Widerling!« Weber hätte sich eine etwas freundlichere Begrüßung gewünscht. Angesichts der Umstände konnte er aber gut verstehen, dass ihn Peter Oberli nicht mit einem Blumenstrauß und einer Flasche Wein willkommen hieß.
»Warte nur, bis ich dich aus dem Wagen geholt habe! Dann prügle ich dich grün und blau!« Oberli zerrte an Webers Hemd, so dass die ersten Knöpfe bereits auf den Boden schossen. Im Wageninnern verfolgten die beiden Schüler und der Taxifahrer wortlos die Szenerie.
Weber versuchte, sich am Fahrersitz festzuklammern, damit er nicht aus dem Wagen gezerrt wurde. Er wusste, dass er draußen sein blaues Wunder erleben würde. Zornesröte stieg in Oberlis Gesicht, während er mit voller Kraft an Webers Hemd weiterzog. Letzterer verlor den Halt und lag wenige Sekunden später draußen auf dem Gehsteig.
Weber sah direkt in Oberlis Antlitz, das von Hass und Rachegedan-

ken geprägt war. Gleich würde ihn die Faust oder der Fuß seines Widersachers traktieren. Wenn er Glück hatte, würde er schnell das Bewusstsein verlieren und von den Schmerzen nichts mehr mitbekommen. Er schloss die Augen.

Ein lauter Schlag ertönte. Weber tastete in Gedanken jeden Zentimeter seines Körpers ab. Noch konnte er an seinen Gliedern keinen Schmerz fühlen. Ein zweiter, wesentlich lauterer Knall folgte. So tönte also ein Knochenbruch. Wieder horchte Weber in seinen Körper hinein, wieder konnte er nicht festmachen, wo ihn der Angreifer getroffen hatte.

Im Wagen kreischte Monika. Sie hatte die Szenerie hautnah mitverfolgt.

»Hören Sie bitte auf! Es reicht jetzt! Sie sehen doch, dass er sich nicht mehr bewegt!« Monika versuchte den Angreifer zu besänftigen.

Weber öffnete die Augen. Neben ihm lag Peter Oberli und wand sich vor Schmerzen. Weber konnte nicht verstehen, warum sein Gegner mit schmerzverzerrtem Gesicht neben ihm lag.

»Papa, geht es dir gut? Sprich mit mir!« Der Anblick ihres Vaters schockierte Monika.

»Ein gezielter Schlag wirkt Wunder – eine Technik aus dem Karatetraining. In ein paar Minuten wird er wieder zu sich kommen.« Der Mann war etwa 60 Jahre alt, hatte kurze, graue Haare und trug eine blaue Jeanshose sowie ein braunes Sweatshirt. Den Kopf bedeckte eine schwarze Baskenmütze.

»Ich habe mich noch gar nicht vorgestellt. Ich heiße Alfred Meier und wollte eigentlich nur einen Freund hier besuchen. Als ich sah, dass dieser Mann Sie aus dem Auto zerren wollte, wusste ich sofort, dass ich helfen muss.« Weber konnte noch immer nicht klar denken.

»Danke… Ich… Was ist mit…« Weber stammelte vor sich hin. Er stand unter Schock.

Es dauerte eine Weile, bis Weber wieder einen klaren Gedanken fassen konnte. Er erklärte dem Mann kurz, wieso es zum Angriff gekommen war, verschwieg aber alle Hintergründe.

Nachdem er sich bei Meier bedankt hatte, zerrte er Peter Oberli seinerseits ins Taxi und wies den Fahrer an, diesen ins Krankenhaus zu

bringen. Monika hätte ihren Vater in diesem Moment gerne begleitet, verzichtete aber darauf, weil sie damit rechnen musste, dort von der Polizei gefasst zu werden.
Weber bezahlte den Taxifahrer für die anstehende Fahrt, verabschiedete sich von seinem Retter und eilte zu seinem Auto. Kurz darauf fuhr er mit den beiden Schülern in seinem blauen Ford davon. Es war inzwischen 17.30 Uhr.

Kapitel 39

In der Notaufnahme des Basler Unispitals war an diesem frühen Donnerstagabend nicht viel los. Im Warteraum saß ein Mann, der seinen Arm in einer Schlinge trug. Eine Sitzreihe weiter hinten wartete ein älterer Herr darauf, dass sein Name aufgerufen wurde. Er klagte lauthals über seinen Schwindel, der ihm zu schaffen machte. Allerdings schenkte ihm niemand auch nur einen Funken Beachtung. Nachdem sich Oberli auf den Stuhl fallen gelassen hatte, verabschiedete sich der Taxifahrer von ihm. Das Opfer des fiesen Angriffs hatte nun Zeit, genauer über den Zwischenfall nachzudenken. Oberli wusste keine Antwort darauf. Obwohl er den Mann noch nie gesehen hatte, kam er ihm bekannt vor. Er sah die Konturen des Gesichts des Angreifers klar vor sich. Niemals würde er diese Visage vergessen. Oberli war fest entschlossen, so lange nach dem Mann zu suchen, bis er ihn gefunden hatte.
»Herr Oberli, kommen Sie bitte mit!« Er folgte der jungen, überaus attraktiven Ärztin ins Besprechungszimmer.
»Mein Name ist Luzia Pechstein. Ich bin Oberärztin hier am Unispital. Jetzt erzählen Sie mir doch genau, was Sie zu uns führt.«
»Ich habe einen Schlag auf den Kopf erhalten.« Oberli wollte die genauen Details verschweigen.
»In welchem Zusammenhang haben Sie diesen Schlag erhalten?«
»Ich kann mich nicht mehr daran erinnern.« Die Notlüge wirkte wenig überzeugend. Pechstein betrachtete ihren Patienten kritisch. Indem sie die Augenbrauen hochzog, signalisierte sie Oberli, dass sie ihm die Geschichte nicht abnahm.

»Dann wollen wir schauen, wie stark Sie sich bei diesem Zwischenfall, an den Sie sich ja anscheinend nicht mehr erinnern können, verletzt haben.«
Die Untersuchung dauerte keine fünf Minuten, und Oberli sah sich mit der Diagnose konfrontiert. Neben einer Platzwunde, die mit vier Stichen genäht werden musste, und einem Nasenbeinbruch trug er auch eine leichte Gehirnerschütterung davon.
»Wir müssen Sie nicht stationär behandeln. Sie dürfen das Krankenhaus heute Abend noch verlassen. Ich verschreibe Ihnen ein Schmerzmittel. Legen Sie bitte zu Hause etwas Kühlendes auf Ihren Kopf. Dies beschleunigt die Heilung.«
Oberli wollte gerade das Untersuchungszimmer verlassen, wurde aber von der jungen Ärztin aufgehalten.
»So schnell kommen Sie mir nicht davon! Ich möchte gerne wissen, was genau Ihre Verletzungen verursacht hat. Es liegt doch auf der Hand, dass Sie mit einem Gegenstand niedergeschlagen worden sind. Wollen Sie mir nicht sagen, wie es dazu gekommen ist? Ansonsten dürfen Sie die Geschichte auch gerne der Polizei erzählen.«
Oberli knurrte mürrisch. Dass sich die Ärztin in die Sache einmischen musste, gefiel ihm überhaupt nicht. Ihm blieb nichts anderes übrig, als einen Teil der Wahrheit auf den Tisch zu legen. Er erzählte davon, dass er auf der Straße niedergeschlagen und dann vom Taxifahrer ins Spital gefahren worden war. Allerdings verschwieg er, dass er zuerst den Lehrer seiner Tochter angegriffen hatte.
Knapp einen Kilometer weiter war Weber auf der Suche nach einem Parkplatz an der Haltingerstrasse. Wieder einmal erkannte er die Vorzüge des öffentlichen Verkehrs, wenn man in der Stadt wohnte. Parkplätze waren auch abends schwer zu finden. Es dauerte zehn Minuten, bis er seinen Wagen parken konnte.
Das Haus an der Haltingerstrasse 34, in dem Mangold gewohnt hatte, gehörte zu den moderneren in der Umgebung. Im vierstöckigen Gebäude, das erst zwei Jahre zuvor komplett renoviert worden war, lebten acht Parteien. Neben Mangold, der alleinstehend war, hausten dort sechs Familien und ein älterer Mann. Erst jetzt erkannte Weber, dass sein Plan ein weiteres Problem barg. Er stand vor der Frage,

wie er ohne Schlüssel in Mangolds Wohnung gelangen konnte. Seinen Freund bei der Polizei konnte er nicht schon wieder anrufen. Mangolds Verwandte lebten in der ganzen Schweiz verteilt, allerdings niemand in Basels unmittelbarer Umgebung.

»Jemand muss doch einen Zweitschlüssel besitzen«, erklärte Weber seinen beiden Begleitern. »Wenn Mangold verreist, muss er doch die Blumen in seiner Wohnung gießen lassen. Außerdem sollte jemand seinen Briefkasten leeren. Also muss irgendwo ein Schlüssel vorhanden sein, mit dem wir in die Wohnung gelangen können, zumal Mangold immer wieder auf Reisen war. Die Frage ist nur, bei wem wir zuerst klingeln sollen.«

»Monika, deine weibliche Intuition ist gefragt«. Benedict legte die ganze Hoffnung in seine Mitschülerin.

»Ich würde es bei Franz Klaus versuchen.« Monikas Vorschlag wurde sofort in die Tat umgesetzt. Wenig später standen sie vor dessen Wohnung.

Kapitel 40

Die Tür öffnete sich nur einen Spalt breit. Ein älterer Mann spähte in das Treppenhaus und begutachtete Weber und die beiden Schüler durch seine dicken Brillengläser. Der Mann trug einen Melonenhut und einen grauen Pyjama.

»Sie wünschen zu so später Stunde?«

Weber schaute irritiert durch den Türspalt nach innen. Der Alte wirkte verwirrt. Seinem Aussehen nach hatte er das neunte Lebensjahrzehnt bereits erreicht.

»Ich heiße Steven Weber, und das neben mir sind Benedict und Monika, zwei meiner Schüler. Ich arbeite als Lehrer. Werner Mangold war ein Freund von mir.«

»Das ist ein komischer Kauz«, flüsterte Benedict Monika zu.

»Ein komischer Kauz... Junger Mann, ich höre noch ganz gut! Dann kommt mal rein, und bringt mir ja auch Geld herein!«

Weber fragte sich, warum sich der alte Mann so speziell ausdrückte. Irgendetwas stimmte nicht mit ihm.

»Ihr seid also Freunde von Werner Mangold...« Klaus begleitete die drei ins Wohnzimmer. Danach machte er sich in der Küche zu schaffen. Wenig später erschien er mit einem Tablett, auf dem vier kleine Gläser standen.
»Einen kleinen Cognac für meine drei Gäste...«
»Meine beiden Begleiter trinken heute keinen Alkohol«, versicherte Weber dem Gastgeber.
»Seien Sie kein Spielverderber. Es wäre nicht das erste Mal, dass wir uns ein Schnäpschen gönnen.« Monika verstand es, Weber davon zu überzeugen, dass auch sie sich einen Schluck des offerierten Alkohols genehmigen durften.
»Wie kann ich euch helfen?«, wollte Klaus wissen.
»Wir benötigen einen Schlüssel für Werner Mangolds Wohnung.«
Der Alte kippte den Inhalt des Glases in einem Zug hinunter. Er eilte in die Küche und füllte es erneut bis zum Rand auf. »Ein edler Cognac«, erklärte er Weber, der angesichts der Trinkfestigkeit des unfreiwilligen Gastgebers nur staunen konnte.
»Kommen wir zu der Frage nach dem Zweitschlüssel zurück. Ich habe Werner Mangold mehrfach angeboten, in seiner Abwesenheit nach dem Rechten zu schauen. Es kommt ja nicht selten vor, dass er mehrere Tage in Folge nicht zu Hause ist. Seine einzigartigen Orchideen brauchen auch entsprechende Pflege. Die wertvollen Pflanzen würden üppiger blühen, wenn man sich besser um sie kümmern würde. Ich habe jahrelange Erfahrung.«
»Das ist ja super! Ich bin ebenfalls ein großer Pflanzenliebhaber und würde mir die Exemplare gerne ansehen. Könnten Sie mir den Schlüssel kurz ausleihen?«
Klaus schaute die drei irritiert an. »Leider habe ich keinen.«
Aufgeben kam für Weber noch nicht in Frage.
»Gehe ich richtig in der Annahme, dass sich Mangolds Wohnung gleich nebenan befindet?«
»Das ist richtig.«
»Hat Ihre Wohnung einen Balkon?«
Klaus nickte.
Zumindest einen Versuch war die Idee wert, die Weber gerade hatte.

Er musste nur noch einen Vorwand finden, um sich für kurze Zeit von Klaus loseisen zu können.
»Darf ich mir vielleicht kurz eine Zigarette gönnen?« Webers Frage schien Benedict zu überraschen, weil er seinen Lehrer noch nie rauchend gesehen hatte.
»Rauchen ist ungesund. Ich habe gar nie damit angefangen, weil es tödliche Folgen haben kann. Das sollten Sie als Lehrer doch wirklich wissen. Außerdem sollten Sie für Ihre Schüler ein Vorbild sein.« Webers Interesse an einem Monolog des alten Mannes zum Thema Rauchen hielt sich in Grenzen. Deshalb unterband er das einseitige Gespräch brüsk.
»Ich gehe kurz auf den Balkon«, bemerkte Weber trocken und zwinkerte Benedict beim Hinausgehen lächelnd zu. Dieser hatte den Wink verstanden und verwickelte den alten Mann in eine Diskussion, indem er ihn nach seinen Hobbys fragte. Es folgten längere Ausführungen zu Briefmarken, denen die beiden Schüler mäßig interessiert zuhörten. Als Klaus für einen Moment eine Redepause einlegte, versuchte Monika das Gespräch in eine andere Richtung zu lenken. Sie wollte von dem alten Mann wissen, warum er sich manchmal so speziell ausdrücke. Dies hätte mit einem weiteren Hobby zu tun, dem Verfassen von lyrischen Texten, erklärte er.
Während der Orchideenliebhaber allerlei Anekdoten zu erzählen wusste und ein paar seiner Gedichttexte vortrug, stieg Weber draußen auf die Brüstung. Dabei blendete er aus, wie hoch er sich gerade über dem Boden befand. Niemals hätte er gedacht, dass er einmal in seinem Leben so einen waghalsigen Plan verfolgen würde. Mit einem mutigen Sprung gelang es ihm, den benachbarten Balkon zu erreichen. Unsanft schlug er auf dem harten Beton auf.
Ohne lange nachzudenken, hob er einen Blumentopf auf und schleuderte ihn in Mangolds Balkontür. Die Scheibe zersprang in tausend Teile, und Weber betrat die Wohnung. Alle Zimmer waren sauber aufgeräumt. Jeder Gegenstand war an seinem richtigen Platz.
Das Wohnzimmer wurde von Bücherregalen beherrscht. Ein Großteil der Literatur befasste sich mit historischen Begebenheiten: die Stände im Mittelalter, die Entstehung der Eidgenossenschaft, die Entwick-

lung des Schweizerischen Bundesstaates, die Weltkriege. Natürlich durften auch mehrere Werke zur Antike nicht fehlen. Alle Bücher waren nach Themen geordnet. Was Weber genau suchte, wusste er nicht.

Orte in sonnigen Lagen…

Die Lösung des Rätsels musste sich doch irgendwie herleiten lassen. Weber hasste es, offene Fragen nicht beantworten zu können.
Sonnige Lagen mussten etwas mit dem Wetter zu tun haben. Meteorologische Werke suchte er in Mangolds Büchersammlung allerdings vergeblich. Weber blickte an die Wände, wo Bilder verschiedener Planeten zu sehen waren. Anscheinend interessierte sich Mangold auch für Astronomie.
Ein Bild gefiel Weber besonders. Es zeigte eine Abbildung des Sonnensystems. Zu sehen waren die acht Planeten mitsamt der Sonne. Weber starrte längere Zeit auf das Bild.
Das konnte doch nicht möglich sein!

Kapitel 41

Weber rannte zur Eingangstür. Sie war abgeschlossen. Er musste sich etwas einfallen lassen, um die Wohnung wieder verlassen zu können. Der Weg zurück über den Balkon erschien ihm zu gefährlich.
Auf der Suche nach einem passenden Schlüssel irrte Weber durch die Wohnung. Er durchwühlte den Schrank im Wohnzimmer, dann die Kommode im Eingangsbereich. Ohne Erfolg! Schließlich gelangte er über den Korridor in die Küche. Dort öffnete er den Schrank mit dem Putzmaterial und stieß dabei auf drei Schlüssel, die an der Innenseite des Schrankes aufgehängt waren. Gleich der erste passte. So konnte Weber die Wohnung sofort verlassen.
Er wandte sich nach rechts und klingelte erneut bei Franz Klaus.
»Sie waren doch noch eben…«
Der alte Mann verstand die Welt nicht mehr.
»Wollen Sie nicht besser einmal nachsehen, ob sich Ihr Gast nicht

immer noch auf Ihrem Balkon befindet? Von dort kann er ja nicht verschwunden sein.« Benedict lockte den Rentner wieder in seine Wohnung zurück. Danach nutzten er und seine beiden Begleiter die Gunst der Stunde und suchten das Weite. Als der alte Mann nach längerer Zeit das Täuschungsmanöver endlich durchschaut hatte, saßen die drei bereits wieder in Webers Auto.

»Monika, reich mir bitte die Straßenkarte der Schweiz herüber.«

Das Mädchen gehorchte. Noch wussten sie und Benedict nicht, was ihnen Weber zeigen wollte.

»Jetzt passt gut auf! Ich bin mir relativ sicher, dass ich weiß, wo wir Mangolds Geheimnis lüften werden.«

Benedict schaute seinen Lehrer mit großen Augen an.

»Wir sind sehr gespannt!«

Weber versuchte, seine gewonnenen Erkenntnisse auf den Punkt zu bringen.

»In Mangolds Wohnung findet man Bücher zu nahezu allen geschichtlichen Themen. Weiter hängen an den Wänden einige Bilder.«

»Wir verstehen nicht, worauf Sie hinaus wollen. Kommen Sie endlich zur Sache!« Auch Monika wollte jetzt erfahren, was Weber herausgefunden hatte.

»Schritt für Schritt. Ein Bild zeigte das Sonnensystem mit seinen Planeten. Als Mangold das Rätsel formulierte, dachte er nicht an das Wetter selber, sondern an die Lage der Sonne im Sonnensystem.«

»Kompliment, Herr Weber. Das haben Sie genial erkannt.« Monikas Ungeduld wuchs ins Unermessliche. Im Gegensatz zu Benedict hatte sie das Rätsel noch nicht gelöst.

»Was ich sagen will: Die Sonne liegt im Zentrum des Sonnensystems. Ich bin mir ziemlich sicher, dass wir an den Ort fahren müssen, der zwischen den vier Orten liegt, die uns Mangold genannt hat. Der gesuchte Punkt muss genau im Zentrum liegen.«

Benedict markierte die Punkte, die ihm Weber nochmals vorlas: Schwyz, Rapperswil, Baar und Glarus.

Mit einem Bleistift verband Benedict diese mittels Linien. Weber sah sich die Karte genau an.

»Mangold hat wirklich an alles gedacht. Der Schnittpunkt der beiden Linien markiert eindeutig einen Ort.«
Weber vermutete Mangolds Schriftstück in Einsiedeln. Da er in dessen Wohnung viele Bücher über das Kirchenwesen im Mittelalter gefunden hatte, kam Weber zum Schluss, dass er unbedingt im dortigen Kloster vorbeischauen musste.

Kapitel 42

Als sie um 18 Uhr auf dem Weg zurück zum Auto waren, machte sich Webers Handy durch ein kurzes Surren bemerkbar. Der Blick auf das Display verriet ihm, dass der Akku bald leer sein würde. Für einmal störte dies Weber wenig.
Er hatte ohnehin vor, das Gerät demnächst auszuschalten. Zu groß schien ihm die Gefahr, von der Polizei oder den Verbrechern dadurch aufgespürt zu werden. Oft schon hatte er gehört, dass es nicht ausreichte, beim Handy nur die Standortdienste auszuschalten.
Allerdings war er sich auch bewusst, dass er erreichbar bleiben musste. Weber hatte Winkelried aufgefordert, sich immer wieder bei ihm zu melden, um ihm ein Lebenszeichen seiner Tochter zu übermitteln.
Erste Verzweiflung machte sich breit, da er noch nicht wusste, wie er das Problem lösen sollte. Den beiden Jugendlichen war auch nicht entgangen, dass Weber in Gedanken versunken war.
»Was ist los?«, wollte Monika von ihrem Lehrer wissen.
»Ich muss mein Handy ausschalten. Das Risiko ist zu groß, dass wir von der Polizei oder den Verbrechern geortet werden. Allerdings muss ich auch erreichbar bleiben.«
»Sie können mit meinem Handy telefonieren«, schlug Monika vor.
»Das ist lieb von dir, löst unser Problem aber auch nicht. Auch dein Handy wird inzwischen womöglich geortet.«
»Dann kaufen Sie sich eine neue SIM-Karte«, fügte Benedict an.
»Das ist sicherlich eine Möglichkeit. Allerdings muss ich dabei meinen Ausweis vorlegen, was wiederum auf meine Spur führen könnte.«
»Dann lassen Sie eine fremde Person den Kauf tätigen.«

Benedicts Vorschlag war gar nicht so verkehrt. Würde ihm eine fremde Person diesen Dienst erweisen, konnte er bedenkenlos die neue Nummer nutzen. Noch wusste Weber aber nicht, wem er diese Aufgabe zumuten konnte.
»Am Bahnhof sitzen doch immer so komische Gestalten. Da wird sich doch sicher jemand finden lassen, der gegen eine kleine finanzielle Entschädigung diese Aufgabe übernimmt.«
Weber wusste, wen Monika meinte. Vor dem Basler Hauptbahnhof saßen einige Obdachlose. Er hatte zwar keine Freude daran, wie Monika die Menschen betitelte, aber im Moment war dies auch nicht so wichtig. Die Idee schien durchaus erfolgsversprechend zu sein.
Nachdem sie in Webers Ford gestiegen waren, fuhren sie auf direktem Weg ins Parkhaus beim Bahnhof. Weber bat seine beiden Begleiter, im Auto zu warten und eilte alleine aus dem Gebäude heraus.
Die Obdachlosen erkannte Weber sofort. Sie saßen auf verschiedenen Sitzbänken und konsumierten das Bier, das sie nachmittags in einem nahegelegenen Supermarkt gekauft hatten. Vorsichtig näherte sich Weber einem älteren Mann mit einem langen Bart.
»Lass mich in Ruhe! Verzieh dich!« Der verwahrlost wirkende Mann gab Weber eindeutig zu verstehen, dass er ihn nicht mochte.
Weber ging ein paar Schritte weiter und setzte sich neben eine Frau, die zerrissene Jeans trug und die Haare zu einem Pferdeschwanz zusammengebunden hatte.
»Ich frage jetzt nicht, wie es Ihnen geht«, begann Weber die Konversation.
»Wir hatten schon bessere Zeiten«, antwortete sie und blickte ihn mit einer erwartungsvollen Miene an.
»Ich möchte Ihnen etwas Gutes tun. Wenn Sie mir einen Gefallen erweisen, werde ich Ihnen diesen Fünfziger hier geben.« Weber hielt der Frau die Geldnote vor die Nase. »Die Sache ist sehr einfach und nicht mit großem Aufwand verbunden.«
Er erklärte ihr, was sie zu tun hatte.
Nachdem er seine Ausführungen beendet hatte, mühte sie sich zum nahegelegenen Swisscom-Shop.

Zehn Minuten später war Weber im Besitz einer neuen Prepaidkarte.
»Ich hoffe, Sie bringen mich dadurch nicht in Schwierigkeiten. Davon habe ich nämlich schon genug.«
»Machen Sie sich keine Sorgen. Ich werde mit der neuen Nummer keine Dummheiten anstellen.«
Weber verabschiedete sich von der Frau, nachdem er ihr den versprochenen Lohn hatte zukommen lassen. Nun konnte Weber telefonieren, ohne dass ihm jemand auf die Schliche kam. Schließlich lautete die Nummer auf den Namen Isabella Wagner. Dass zwischen ihr und Weber eine Verbindung bestand, wussten nur die beiden.
Bevor Weber zum Auto zurückkehrte, orientierte er Winkelried per Kurznachricht über seine Nummer. Ebenso sollten seine beiden jugendlichen Begleiter diese erhalten.
Irgendwie kam sich Weber wie in einem schlechten Krimi vor. Nun hatte er sogar eine neue Identität angenommen.

Kapitel 43

Während seiner rasanten Fahrt nach Einsiedeln ließ Weber bereits zwei Hotelzimmer für seine beiden Schüler reservieren. Er wollte Benedict und Monika im Kloster nicht dabei haben, da sie müde und angespannt wirkten. Zudem rief er Abt Cornelius, den Vorsteher des Klosters Einsiedeln an, um ihn über seine Pläne in Kenntnis zu setzen. Bereitwillig erklärte dieser sich trotz der anstehenden Vesper bereit, abends den Gast zu empfangen.
Kurz nach 20 Uhr traf Weber auf dem Klosterhof ein. Vor ihm ragte die Kirche empor. Hinter dem Hügel schaute die Sonne noch hervor. Lange würde diese aber nicht mehr am Horizont zu sehen sein.
Er musste nur kurz warten, ehe er vom Abt empfangen wurde. Cornelius, in ein schwarzes Gewand gehüllt, erkannte Weber sofort, hielten sich doch nicht mehr viele Besucher vor den Klostertoren auf.
»Sie müssen Herr Weber sein«, begrüßte er seinen Gast.
»Guten Abend, Pater. Danke, dass Sie sich für mich Zeit genommen haben.«

»Eigentlich müsste ich nun beim Gebet sein. Gott wird mir meine Absenz aber vergeben, da Sie von einer eminent wichtigen Angelegenheit gesprochen haben.«
Weber kam entgegen, dass nicht öffentlich nach ihm gefahndet wurde. Hätte Cornelius gewusst, dass Weber auf der internen Fahndungsliste der Polizei weit oben stand, hätte er ihn mit Sicherheit nicht so freundlich empfangen.
»Es handelt sich tatsächlich um eine Sache höchster Wichtigkeit. Aber lassen Sie uns einen ruhigeren Ort aufsuchen.«
»Wir können uns in meinem Büro ungestört unterhalten«, folgte prompt Cornelius‘ Antwort. Weber gab sein Einverständnis.
Der Abt führte den Besucher ins Innere der im Jahr 1750 fertiggestellten Kirche, vorbei an der Schwarzen Madonna, die an diesem Tag ein persisches Gewand trug. Die Heiligenfigur konnte mit 40 verschiedenen Kleidern versehen werden.
»Durch die Tür da gelangen wir in den Wohntrakt, in dem die Mönche und Nonnen leben. Ebenfalls befinden sich dort die Zimmer der Klosterschüler. In diesem Bereich habe ich auch mein Büro.«
Weber hörte den Ausführungen nicht sehr aufmerksam zu. Obwohl er eigentlich direkt zur Sache kommen und über den Fund sprechen wollte, richtete er sein Augenmerk brav auf die Fresken und Stuckaturen, die im Kircheninnern zu sehen waren.
»Sie stammen von den Gebrüdern Cosmas Damian und Egid Quirin Asam«, erklärte Cornelius dem mäßig interessierten Gast, während aus dem vorderen Teil der Kirche Gebetstexte zu hören waren.
»Aber lassen Sie uns nun das Büro aufsuchen.« Der Vorsteher eilte einer Seitentür entgegen und schloss sie sogleich auf. Weber folgte dicht hinter ihm. Über eine Treppe gelangten die beiden in einen langen Trakt.
Dort angekommen, wollte nun auch Cornelius endlich wissen, was den Fremden zu ihm geführt hatte.
»Ein guter Freund von mir hat etwas entdeckt, das ihn das Leben gekostet hat. Er hat mich ausgesucht, das Geheimnis zu lüften.« Webers Ausführungen schienen den Abt tatsächlich zu interessieren.
»Wie genau kann ich Ihnen also helfen?«

»Haben Sie oder ein anderes Mitglied Ihrer Abtei in letzter Zeit ein Schriftstück von Werner Mangold erhalten, das Sie für ihn aufbewahren sollten? Wenn dem so sein sollte, wäre ich froh, wenn ich einen Blick darauf werfen könnte.«
»Herr Weber...« Abt Cornelius hielt kurz inne. »Wir haben tatsächlich ein Schreiben in unserem Briefkasten gefunden und es direkt unserem Stiftsbibliothekar gegeben, da er solche Dokumente in der Regel in Empfang nimmt. Dieser konnte sich aber keinen Reim darauf machen. Das Schriftstück beinhaltet ein paar Abbildungen, die ihm sehr merkwürdig erschienen. Er hat die vier Blätter in unserer Bibliothek archiviert. Wo er sie allerdings genau abgelegt hat, kann ich Ihnen nicht beantworten. Ich kann ihn aber gerne für Sie anrufen.«
»Danke. Sie würden mir wirklich einen großen Gefallen erweisen.«
Wenig später war der Anruf erledigt, und die Männer befanden sich auf dem Weg in die Bibliothek.
Ein paar hundert Meter weiter saßen Benedict und Monika im Hotel Bären in ihren Zimmern vor dem Fernseher und zappten durch die Kanäle. Obwohl sie müde waren, konnten beide nicht einschlafen. Sie fragten sich, ob ihr Lehrer gefunden hatte, wonach er suchte.

Kapitel 44

Abt Cornelius und Steven Weber betraten gemeinsam die Bibliothek, deren Gestaltung an die Rokoko-Zeit erinnerte. Dem Besucher präsentierten sich die Bücher an allen vier Wänden des Saales, in dessen Mitte zwei Vitrinen mit ausgewählten Folianten standen.
»Wie Sie ja wissen, sind wir ein Benediktinerkloster. Benedikt von Nursia forderte seine Gelehrten auf, sich zu bilden. Entsprechend sind Bibliotheken in Klöstern wie dem unsrigen wichtig. Wir haben in unserem Raum auch Handschriften aus der frühen Zeit des Klosters.«
Cornelius erzählte dem Gast, wie das Kloster einst entstanden war, wie sich der Benediktiner Meinrad als Einsiedler in einem Wald nur unweit vom heutigen Kloster niederließ, um Gott zu suchen und mehr Zeit für seine Gebete zu haben. Als er später umgebracht wur-

de, kamen weitere Eremiten an diesen Ort, was schließlich im Jahr 934 zur Bildung des Klosters führte.
»Der Bestand unserer Stiftsbücherei umfasst rund 230‘000 Bände«, erklärte Bibliothekar Heinrich Hertig, gleich nachdem er den Raum unbemerkt betreten hatte.
»Herzlich willkommen im Herzen des Klosters.«
Hertig war etwa 80 Jahre alt, leicht übergewichtig und kahlköpfig. Wie viele Bibliothekare hatte auch er die Angewohnheit, seine Bücherräume als den wichtigsten Platz auf Erden zu bezeichnen. Angesichts der Tatsache, dass die Schwarze Madonna im Kloster Einsiedeln untergebracht war, konnte die Bibliothek kaum wichtiger sein, dachte sich Weber, wobei er die Worte des Bibliothekars durchaus richtig einzuschätzen wusste.
Ein wenig erinnerte ihn der Mann an Mangold, der auch zu maßlosen Übertreibungen neigte.
»Herr Hertig, Sie haben da etwas erhalten, wofür ich mich sehr interessiere. Ich würde gerne einen Blick darauf werfen.«
»Abt Cornelius hat mir am Telefon bereits gesagt, dass es um die Abbildungen geht. In Mangolds Brief stand, dass ich mich niemandem offenbaren sollte, was den Inhalt betrifft. Außer seinem Freund Steven Weber.«
»Haben Sie sich an diese Anweisung gehalten?«
»Ich bitte Sie, Herr Weber, Sie sprechen hier mit einem Diener der Kirche. Es ist uns eminent wichtig, Abmachungen einzuhalten. Ich bin mir sicher, dass Pater Heinrich mit niemandem über die Abbildungen gesprochen hat«, warf Abt Cornelius postwendend ein.
»Das ist richtig! Allerdings frage ich mich schon, was diese zu bedeuten haben. Die dargestellte Geschichte habe ich anders in Erinnerung. Wenn sich diese als wahr erweisen sollte, würde dies für reichlich Diskussionen in der ganzen Schweiz sorgen. Die Auswirkungen einer Veröffentlichung sind heute nicht vorauszusehen.«
Hertigs Ausführungen machten sowohl Weber als auch Abt Cornelius neugierig.
»Was zeigen die Abbildungen genau?« Webers Ungeduld erreich-

te ihren Höhepunkt. Gleich würde er das Motiv für den Mord an Mangold erfahren. Außerdem würde er in wenigen Augenblicken vielleicht auch abschätzen können, warum seine Tochter entführt worden war.

Heinrich Hertig schritt zu einem Regal, in dem vorwiegend moderne Bücher standen. Er zog einen besonders dicken Schinken hervor und begann darin zu blättern. Schließlich zog er vier Schriftstücke aus dem Buch heraus.

»Darf ich Sie bitten, mir Ihren Personalausweis zu zeigen. Ich möchte schließlich, dass die Dokumente nicht in die falschen Hände geraten.«

Aus dem Hintergrund trat ein Mann hervor. Neben einer blauen Jeanshose trug er ein braunes Sweatshirt sowie eine goldene Kette mit einem Amulett. Sein Gesicht wurde von einer Sturmhaube verdeckt.

»Sie besitzen da etwas, wofür sich mein Arbeitgeber sehr interessiert. Ich bitte Sie, mir die vier Schriftstücke hier und jetzt zu übergeben.«

Eine beängstigende Stille beherrschte den Raum. Während sich Abt Cornelius, Stiftsbibliothekar Hertig und Weber fragten, wer sich hinter dem ungebetenen Gast versteckte, wurde dieser zusehends ungeduldiger.

»Wie Sie uns allen hier vorher ja versichert haben, weiß niemand außer Ihnen, Herr Hertig, über das Geheimnis Bescheid. Also reicht es, wenn ich Sie aus dem Weg räume.«

Dann wandte er sich an Weber. »Sie werden uns vielleicht noch einen Gefallen erweisen müssen. Deshalb werde ich Sie hier und heute ein zweites Mal verschonen.«

Weber verstand zunächst nicht, worauf sich sein Gegenüber bezogen hatte. Erst als dieser ihm erklärte, dass er Weber einige Stunden zuvor vor dessen Wohnung aufgelauert und ihn dann im Taxi gerettet hatte, verstand er die ganze Sache.

Meier und der Unbekannte, der vor ihnen stand, waren die gleiche Person. Auch erfuhr Weber, dass Alfred Meier nicht der richtige Name des Mannes war.

Der Vermummte zog hastig eine kleinkalibrige Waffe aus sei-

ner Sweatshirt-Tasche heraus und zielte eiskalt auf Hertigs Kopf. »Vor den Augen schwimmt es mir!«, schrie Hertig panisch durch den Raum.
Es sollten die letzten Worte in seinem Leben sein. Ein Schuss fiel. Der Bibliothekar zuckte zusammen und schlug mit dem Kopf auf dem Boden auf. Blut spritzte aus der Wunde über seiner Schläfe. Der Unbekannte packte die Schriftstücke, nahm Hertig den Schlüssel ab und schloss die beiden überlebenden Männer in der Bibliothek ein. Er konnte nicht wissen, dass Cornelius einen Passepartout auf sich trug.
Wenig später raste der Mann in seinem Wagen talwärts. Er wusste, dass sein Auftraggeber mit der Arbeit zufrieden sein würde. Nochmals dachte er an Weber, den er nicht beseitigt hatte. Dass er den Störenfried nicht töten durfte, bereitete ihm etwas Kopfzerbrechen.

Kapitel 45

Kurz nach 21 Uhr klingelte bei Winkelried das Telefon. Dass er nicht mehr im Besitz der vier Abbildungen war, konnte er nur schwer ertragen. Umso ungeduldiger erwartete er deshalb den Anruf seines Komplizen. Der Anrufer kam direkt zur Sache.
»Wir haben das Objekt wieder in unseren Händen. Weder Weber noch sonst jemand vom Kloster weiß über den Inhalt Bescheid.«
Winkelried seufzte in den Hörer. Was seine ersten beiden Proletarier nicht geschafft hatten, gelang der Person am anderen Ende der Leitung beim ersten Versuch.
»Allerdings musste ich den Stiftsbibliothekar eliminieren. Zudem kann ich Ihnen mitteilen, dass sich bestätigt hat, was Sie mir heute Nachmittag am Telefon erläutert haben. Entsprechend Ihrer Anweisung habe ich Weber nicht liquidiert.«
»Weber werden wir ziemlich sicher noch für etwas brauchen können. Da er nicht weiß, wer wir sind, sehe ich im Moment noch keine Veranlassung, ihn ins Jenseits zu befördern. Außerdem haben wir seine Tochter in unseren Händen. Damit haben wir vorerst einen weiteren Trumpf im Ärmel.«

Nach einer kurzen Pause widmete sich Winkelried dem getöteten Bibliothekar.
»Wie Sie wissen, bleibt uns nichts anderes übrig, als fremde Mitwisser mundtot zu machen. Unsere Sache hat eine so große Bedeutung, dass wir nicht dulden können, dass jemand von unserem Geheimnis weiß. Sie haben also richtig gehandelt. Was Weber betrifft, habe ich Proletarier 1 und 2 angehalten, diesen vorerst am Leben zu lassen.«
»Wie erfolgt die Übergabe des Objekts?«
»Ich schicke Ihnen morgen einen Boten vorbei. Er wird die Abbildungen an einem Ort deponieren, den ich ihm im Verlaufe des Tages nennen werde.«
»Die Zahlungsmodalitäten bleiben so wie vereinbart?«
»Ich bezahle das Geld anonym auf Ihr Konto ein.«
Das Gespräch endete mit einer kurzen Verabschiedung und Winkelrieds wiederholtem Dank für die zuverlässige Arbeit.
Den restlichen Abend verbrachte er bei einem guten Glas Rotwein vor dem Fernseher. Er fühlte sich wieder als Gewinner. Seinem grandiosen Erfolg stand nun wirklich nichts mehr im Weg.
In Basel erholte sich Peter Oberli unterdessen von seinem Schlag auf den Kopf. Weder der Nasenbeinbruch noch die leichte Gehirnerschütterung plagten ihn sonderlich. Vielmehr schmerzte ihn, dass er von einer unbekannten Person einfach so niedergeschlagen worden war. Demütigungen hasste Oberli wie nichts anderes auf der Welt. Rachegedanken schwirrten unentwegt in seinem Kopf herum. Irgendwann wollte er sich für diese Schmach revanchieren.
Die Ärztin hatte ihm signalisiert, dass er innerhalb der nächsten zwei Stunden das Krankenhaus verlassen dürfe.
»Sobald sich die Kopfschmerzen aufgrund der Wirkung der Medikamente etwas gelegt haben, sind Sie wieder ein freier Mann.«
Das Wort «freier Mann» gefiel Oberli. Sobald er das Krankenhaus verlassen hatte, wollte er sich seinem neuen Widersacher zuwenden.
Irgendwie musste es möglich sein, seinen Angreifer aufzuspüren.
Oberli beschlich das Gefühl, dass dieser und Weber unter derselben Decke stecken mussten.
Es konnte doch kein Zufall sein, dass die Person gerade dann in das

Geschehen eingegriffen hatte, als er selber das erste Mal auf Weber traf. Daher war es wichtig, dessen Aufenthaltsort so schnell wie möglich herauszufinden.
Eine Stunde später verließ Oberli das Krankenhaus und stieg in das wartende Taxi. Er wies den Fahrer an, ihn nach Hause zu bringen. Während der rund zwanzigminütigen Fahrt legte er sich einen Schlachtplan zurecht, den er am folgenden Morgen in die Tat umsetzen wollte. Das wichtigste Puzzleteil in seinem Vorhaben war seine Tochter.

Kapitel 46

Die beiden Schüler saßen in Monikas Hotelzimmer und zappten durch die Kanäle. Benedict hatte es vorgezogen, gemeinsam auf Weber zu warten. Das Fernsehprogramm bot an diesem Donnerstagabend nur wenig Spannendes. Am besten gefiel Benedict noch der Krimi auf einem deutschen Sender.
»Das Fernsehen ist auch nicht mehr das, was es einmal war«, flüsterte Monika vor sich hin.
»Zu Hause ziehe ich in solchen Fällen ein Buch aus dem Regal. Heute Abend mag ich aber nicht mehr lesen. Die letzten Stunden waren zu aufwühlend. Ich könnte mich sowieso nicht konzentrieren.«
»Ich frage mich, wo Herr Weber bleibt.«
»Er wird sicherlich bald zurück sein«, antwortete Benedict.
Monika genehmigte sich einen neuerlichen Schluck aus der Bierdose, die sie in der Minibar gefunden hatte.
»Übertreibe es aber nicht, Monika. Herr Weber muss ja nicht gleich merken, dass du Alkohol konsumiert hast.«
»Schon klar, Ben. Es bleibt bei diesem einen Bierchen.«
In diesem Moment klopfte es an der Zimmertür. Benedict eilte zum Eingang und öffnete das Schloss. Ohne etwas zu sagen, stürzte Weber ins Zimmer hinein.
»Der Stiftsbibliothekar ist tot! Zudem sind die Schriftstücke verschwunden!«

Weber war immer noch außer Atem. Monika forderte ihren Lehrer auf, die ganze Geschichte Schritt für Schritt zu erzählen.
Weber berichtete seinen beiden Schülern von Abt Cornelius und Hertigs Ermordung.
»Dann haben Sie aber Schwein gehabt, dass Sie vom Mörder verschont wurden.« Erst nach Monikas Worten erkannte Weber, dass er nur knapp dem Tod entgangen war.
»Mich hat allein die Tatsache gerettet, dass ich das Geheimnis noch nicht lüften konnte. Scheinbar werden nur jene umgebracht, welche die Schriftstücke zu sehen bekommen haben«, resümierte Weber.
»Sie sprechen von Schriftstücken?«, wollte Benedict genauer wissen.
»Um genau zu sein, sind es vier. Der Bibliothekar sagte, dass er die darauf dargestellte Geschichte anders in Erinnerung hatte. Zudem erklärte er, dass deren Veröffentlichung in der Schweiz für große Aufregung sorgen würde.«
»Wissen Sie genauer, was sich auf den Schriftstücken befindet?«, fragte Benedict.
»Leider nein. Noch kann ich mir keinen Reim auf die Sache machen. Hinter dem Geheimnis muss aber eine große Brisanz stecken. Mangold sprach mir gegenüber in seinem Telefonanruf einen Tag vor seinem Tod von bahnbrechenden Auswirkungen. Ebenso erklärte er mir, dass mich die Entdeckung als Geschichtslehrer interessieren könnte.«
»Wie ich das sehe«, begann Monika, »ist die Sache relativ einfach. Wenn wir das Geheimnis nicht aufdecken, wird uns nichts passieren. Also lassen wir die Finger von der Angelegenheit.«
»Leider ist es für mich nicht so einfach. Ich muss wissen, was hinter der ganzen Sache steckt. Nur wenn ich die Verantwortlichen ausfindig mache, kann ich versuchen, meine Tochter aus deren Gefangenschaft zu befreien. Deshalb werde ich alles Mögliche unternehmen, um die Leute zu finden, die Mangold und den Bibliothekar umgebracht haben. Selbst wenn ich damit mein eigenes Leben riskiere.«
»Natürlich werden wir Sie weiterhin begleiten und unterstützen, sofern uns dies möglich ist.«

»Das ist nett von dir, Ben. Aber morgen bringe ich euch nach Hause. Ich habe euch schon genug Umstände gemacht.«
Weber schaute irritiert im Zimmer umher. Monika fühlte sich ertappt.
»Es war nur das eine Bier. Das können Sie mir glauben«, versicherte Monika reumütig.
»Dass du ein Bier konsumiert hast, habe ich gar nicht gemerkt. Außerdem ist das im Moment zweitrangig.«
Es folgte eine kurze Pause.
»Etwas erscheint mir merkwürdig.«
»Merkwürdig?«, fragte Benedict nach.
»Das Ganze habe ich erst gerade realisiert. Ihr könnt mir einen riesigen Gefallen erweisen. Ich brauche euch beide als Schauspieler.«
Die beiden Schüler verstanden die Welt nicht mehr. Es war fast 22 Uhr, und Weber wollte mit ihnen irgendetwas inszenieren.
»Monika, du bist das Opfer.«
»Und wen spiele ich?«, interessierte sich Benedict.
»Du bist der Verbrecher. Nimm die Fernbedienung als Waffe.«
Während Weber genau wusste, was sich hinter dem Versuch verbarg, tappten die beiden Schüler im Dunkeln.
»Du richtest deine Waffe auf Monika und erklärst ihr, dass du sie gleich umbringen wirst. Monika reagiert so, wie man es in einer solchen Situation tut.«
»Das ist eine blöde Übung«, motzte Monika.
»Geduld, Monika! Vielleicht bringt uns die Inszenierung einen entscheidenden Schritt weiter.«
Weber betrachtete die Szenerie mit großem Interesse. Als Benedict seine Waffe auf Monika richtete, schrie diese um Hilfe.
»Dachte ich mir doch. Ihr habt mir sehr geholfen!«
»Müssen wir das verstehen?«, wollte Monika wissen.
»Ich erkläre es euch. Ein Mensch, der kurz vor seinem Tod steht, weil er mit einer Waffe bedroht wird, kann in Panik verfallen oder vor Furcht erstarren. Er schreit vielleicht oder bittet um Verschonung. Heinrich Hertig reagierte ganz anders.«
Für einen Moment kehrte Ruhe ein. Weber schien seine Gedanken richtig ordnen zu wollen.

»Ihr werdet es nicht glauben. Heinrich Hertig hat uns einen Hinweis hinterlassen, was das Geheimnis betrifft. Die Nachricht hat er uns anscheinend verschlüsselt präsentiert, damit der Mörder nicht erkennen konnte, dass er uns auf die richtige Fährte führen wollte. Hätte er den Hinweis laut herausposaunt, wären wir als Mitwisser auch tot gewesen. So aber hat der Stiftsbibliothekar unser Leben gerettet.«
»Was uns nun zu den letzten Worten Heinrich Hertigs führt«, drängte Benedict.
»Genau da liegt unser nächstes Problem. Ich weiß nicht, was sein letzter Satz zu bedeuten hat. ‚Vor den Augen schwimmt es mir'. So lauteten seine letzten Worte.«
Die drei schauten sich ratlos an. Dass sich ein Mensch vor seinem Tod für diese Worte entscheidet, konnten sie nicht nachvollziehen. Sie wussten aber, dass sie die Botschaft so schnell wie möglich entschlüsseln mussten.
Ebenso klar war ihnen, dass sie Einsiedeln sofort verlassen mussten. Wie schon in Adelboden packten sie in der Nacht ihre Sachen zusammen und verließen den Pilgerort auf schnellstem Weg. Die Fahrt führte das Trio talwärts und schließlich auf einen Parkplatz nahe der Richterswiler Jugendherberge, auf dem es die Nacht im Auto verbringen sollte.

Kapitel 47

Genau vierundzwanzig Stunden waren seit dem letzten Besuch in Rektor Richters Büro vergangen, und nun saß Peter Oberli wieder am gleichen Ort. Richters Motivation, sich erneut mit Monikas Vater zu beschäftigen, hielt sich in Grenzen.
»Ich garantiere Ihnen, dass das Maß nun voll ist! Ich lasse mir das nicht mehr bieten!«
»Zunächst wünsche ich Ihnen auch einen guten Morgen«, begann Richter beschwichtigend das Gespräch. »Und nun sagen Sie mir doch bitte, was Sie veranlasst hat, wieder bei mir vorstellig zu werden?«
»Gestern wurde ein Attentat auf mich verübt!«

»Das Sie nur knapp überlebt haben, wie ich sehe.« Richter bezog sich in seiner ironischen Antwort auf das Pflaster, das Oberlis Stirn zierte.
»Kommen Sie mir ja nicht frech«, enervierte sich Oberli. »Schließlich habe ich eine Gehirnerschütterung, einen Nasenbeinbruch und eine Platzwunde davongetragen.«
»Ich weiß beim besten Willen nicht, was Sie mir da erzählen.«
»Gestern wurde ich von einem unbekannten Mann verprügelt, der ein Komplize von Weber zu sein scheint. Sie müssen Weber per sofort vom Dienst suspendieren. Er sollte ab sofort nicht mehr unterrichten dürfen.«
»Ich muss gar nichts, Herr Oberli! Zunächst spreche ich mit Herrn Weber, danach entscheide ich, was zu tun ist.«
»Gestern versicherten Sie mir, dass Sie alles unternehmen würden, um ihn zu finden und meine Tochter nach Hause zu bringen.«
»Wir arbeiten mit Hochdruck daran, dass wir unser Versprechen einhalten können. Was wir in diesem Zusammenhang alles unternehmen, müssen Sie uns überlassen.«
»Gar nichts, muss ich!«, murmelte Oberli erbost vor sich hin. Der Rektor schien ihn nicht wirklich ernst zu nehmen. Also entschied er sich für einen neuen Plan. »Ich will sofort mit der Klasse sprechen!«
»Ich weiß nicht, ob dies eine gute Idee ist.«
»Sofort!«, schrie Oberli den Rektor an und warf das Glas, das auf dem Bürotisch stand, gegen die Wand.
»Jetzt!«
Richter sah keine andere Möglichkeit und begleitete den aufgebrachten Mann ins Zimmer der 4F. Die letzten Schüler trudelten langsam ein. Als der Gong ertönte, war die Klasse beinahe vollständig. Außer Dario saßen alle an ihren Plätzen.
»Guten Morgen zusammen«, begrüßte Richter die Klasse. »Neben mir steht der Vater von Monika. Er hat euch etwas Wichtiges zu sagen.«
»Sie sind sicherlich nicht stolz darauf, dass sich Ihre Tochter einen so viel älteren Mann als Freund geangelt hat und mit ihm durchgebrannt ist.« Tims Bemerkung trieb Oberli zur Weißglut.

»Junger Mann, ich rate dir, deine Worte genau zu wählen. Sonst kriegst du eine aufs Maul, du verdammter...«
»Jetzt reißen Sie sich zusammen, Herr Oberli! Sonst hole ich die Polizei. Und jetzt sagen Sie, was zu sagen ist!«
Richter hatte noch nie eine so aggressive Person getroffen. Dass sich Monika immer mehr von ihren Eltern distanzierte und zu rebellieren begann, konnte er bestens nachvollziehen. Ebenso fragte sich der Rektor, was Oberli eigentlich von der Klasse erwartete.
»Wer von euch Lausebengeln hat etwas von meiner Tochter gehört?«
Niemand antwortete.
»Es wird doch sicherlich jemand eine SMS erhalten haben oder nicht?«
Weiterhin war es still im Klassenzimmer.
»Wenn ihr etwas hört, erwarte ich, dass ihr euch sofort bei mir meldet! Ist das klar?«
Ein Teil der Schülerschaft nickte, der andere Teil schaute desinteressiert zum Fenster hinaus. Sie mochten Monikas Vater nicht. Entsprechend zeigten sie wenig Interesse an einer Zusammenarbeit mit ihm.
Oberli kritzelte eine Nummernfolge an die Wandtafel, wobei drei Kreiden zu Bruch gingen, weil er so verkrampft war.
»Das ist meine Nummer. Notiert diese sofort!«
Oberli verließ den Raum, der Rektor folgte ihm.
»Was haben Sie nun vor?«, wollte Richter wissen.
»Ich werde abermals versuchen, meine Tochter per Handy zu erreichen. Gelingt mir dies, dann zwinge ich sie, sofort nach Hause zu kommen. Ich drohe ihr mit einem zweijährigen Hausarrest. Das wird Wunder wirken.«
Richter schmunzelte. Er war sich sicher, dass Monika selbst bei solchen angedrohten Strafmaßnahmen niemals freiwillig zu Hause erscheinen würde. Allerdings ließ er sich gerne vom Gegenteil überzeugen.
Wenn das Mädchen wieder zu Hause auftauchte, würde er auch erfahren, warum Weber mit den beiden getürmt war.
Richter marschierte den Korridor entlang Richtung Büro. Auch am heutigen Tag wartete noch eine große Menge an Arbeit auf den Rektor.

Kapitel 48

Die Nacht war kurz und die Autositze fühlten sich alles andere als bequem an. Um fünf Uhr waren alle drei schon wach. Eine halbe Stunde später saßen sie mit einem Kaffee, den sie im Bahnhofsbistro gekauft hatten, auf einer Bank am Zürichsee. Weber hatte gehofft, in der Nacht durch eine Eingebung im neuen Rätsel einen Schritt weiterzukommen. Wie so oft blieb das ersehnte Wunder aus.
»Ich habe im Moment überhaupt noch keine Idee, was wir als Nächstes unternehmen sollen.«
Weber wollte zu seinen beiden Begleitern ehrlich sein. Monika rieb sich die Augen, um wach zu werden.
Neben ihr biss Benedict genussvoll in ein Brötchen und musterte die beiden.
»Schau mich am Morgen nicht so an, Ben! Ich weiß, dass ich Augenringe habe und nicht geschminkt bin.«
»Deine Probleme möchte ich auch haben«, zischte Benedict. »Lass einen Morgenmuffel wie mich ja in Ruhe!«
Während Benedict zu einem zweiten Brötchen griff, saßen die beiden anderen frustriert daneben. Monika ärgerte sich, dass es ihr vor dem Frühstück nicht gereicht hatte, sich adäquat zu schminken. Heinrich Hertigs letzte Worte, die er nicht einordnen konnte, kosteten Weber jeglichen Appetit.
»Warum seid ihr so träge? Schaut doch mal heraus! Die Sonne scheint, und es ist warm. Besser kann der Tag gar nicht beginnen.«
»Tut mir leid, Ben. Aber das Wetter interessiert mich im Moment am wenigsten.«
»Seien Sie nicht so melancholisch! Der Tag wird auch für Sie noch gut werden.«
Weber ärgerte sich über den Enthusiasmus, den Benedict versprühte. Seine Zufriedenheit schien ihm fehl am Platz zu sein. Der Lehrer konnte nicht nachvollziehen, warum sein Schützling so gut gelaunt war.
»Ich weiß jetzt, was die letzten Worte des Bibliothekars bedeuten.«
»Ach ja? Dann lege mal los!«

»Gestern Abend konnte ich nicht einschlafen. Ich entschied mich deshalb, mit meinem Handy etwas im Internet zu surfen. Da kam mir die Idee, Hertigs letzte Worte zu googeln.«
»Gute Idee!«
»Die Suchmaschine wandelte die Worte um. Die ersten Links bezogen sich auf den Satz: Mir schwimmt es vor den Augen.
Allerdings brachten mich die entsprechenden Suchbegriffe noch nicht weiter. Auf der zweiten Seite bin ich dann auf etwas gestoßen, das mir interessant erschien.«
»Was meinst du genau?«, wollte Weber wissen.
»Hertigs Satz stammt aus einem literarischen Werk, das Ihnen bekannt sein dürfte.«
In der Tat kannte Weber viele Werke der Weltliteratur. Am liebsten las er Werke des Österreichers Stefan Zweig, weil diese oft einen historischen Hintergrund hatten. Weiter interessierten ihn nebst Goethes Texten auch Bücher aus der Nachkriegszeit. Hertigs Worte waren ihm in diesem Zusammenhang allerdings nicht bekannt und stammten nicht von einem seiner Lieblingsschriftsteller.
»Soll ich Ihnen weiterhelfen?«
»Ja, Ben. Hilf mir mal auf die Sprünge!«
»Nach unserem Satz mit den schwimmenden Augen rufen die Frauen: Gott im Himmel. Daraufhin antwortet die Hauptperson wieder: Erlasset mir den Schuss. Hier ist mein Herz!«
Weber dämmerte es, woher der Satz stammte.
»Du meinst also Friedrich Schillers ‚Wilhelm Tell‘?«
»Volltreffer!«
Auch wenn er es nicht zugab: Weber war stolz auf seinen Schüler, der ihm einen großen Schritt weitergeholfen hatte.
»Was wissen Sie über das Werk, Herr Weber?«
Der Lehrer kannte das Buch. Er wusste, dass Schiller neben Goethe, Wieland und Herder zum Viergestirn der Weimarer Klassik gehörte. Als Idealist wollte Schiller durch seine Bücher die Welt verbessern. Wilhelm Tell war sein letztes vollendetes Werk.
»Dann bezog sich Heinrich Hertig in seinen letzten Worten also auf Schiller«, bilanzierte Monika mit stolzem Unterton.

»Oder auf Wilhelm Tell selber. Mangold sagte mir gegenüber, dass mich die Sache als Geschichtslehrer interessieren würde. Deshalb schließe ich daraus, dass es im weitesten Sinn um Wilhelm Tell geht. Ich erinnere mich an Hertigs Bemerkung, dass er die Geschichte anders in Erinnerung habe. Also stimmt an Tells Geschichte etwas nicht. Wir müssen versuchen, die Schriftstücke in unseren Besitz zu bringen. Nur so können wir erfahren, auf welches Geheimnis Mangold gestoßen ist. Hat jemand einen Vorschlag, wie wir vorgehen wollen?«
»Auch diesbezüglich habe ich mir in der letzten Nacht Gedanken gemacht. Wir müssen den Professor ausfindig machen, dem sich Mangold anvertraut hat, nicht wahr? Die einfachste Möglichkeit ist wohl, Mangolds letzte Anrufe zurückzuverfolgen. Dann würden wir wohl ziemlich schnell auf den Namen des Professors stoßen.«
»Gut mitgedacht, Ben. Nur ist dies nicht ganz so einfach. Einen Auszug der letzten Telefongespräche zu erhalten, ist unmöglich. Die Polizei würde uns diese Liste niemals aushändigen.«
»Und wenn wir persönlich in der Zentrale von dessen Telefonanbieter vorbeischauen?«, schlug Benedict seinem Lehrer vor.
»Da bräuchten wir ebenfalls eine überzeugende Geschichte. Ich erinnere dich gerne an die strengen Richtlinien des Datenschutzes, die wir in der Schweiz haben. Ich habe aber eine Idee, die uns unserem Ziel einen Schritt näher bringen könnte. Monika, du kannst uns dabei gute Dienste leisten. Wir brauchen dich als Lockvogel.«
»Als Lockvogel?«
»Ich werde euch später in meinen Plan einweihen. Für dich bedeutet es ganz einfach, dich sexy anzuziehen.«
»Das sollte dir ja nicht schwerfallen. Zieh dich wie immer an!«, provozierte Benedict seine Mitschülerin.
»Ben, du weißt, es ist Morgen. Da bin ich unausstehlich!«
Monika betrat die Bahnhofstoilette und machte sich wie besprochen zurecht. Danach setzten sie sich wieder ins Auto. Die Fahrt führte die Gruppe in Richtung Bern.

Kapitel 49

Der Morgen hätte für Winkelried nicht besser beginnen können. Beim Blick aus dem Fenster lachte ihm die Sonne entgegen. Zudem erwartete ihn ein reichhaltiges Frühstück, das er sich Minuten zuvor zubereitet hatte.

An diesem Freitagmorgen fuhr Winkelried wie schon am Vortag nicht direkt an seinen Arbeitsplatz, sondern nahm einen Umweg über Kirchberg in Kauf. Er musste Webers Tochter aufsuchen und dort nach dem Rechten sehen. Über verwinkelte Waldwege erreichte er das Häuschen, das abseits von jeglicher Zivilisation lag. Er parkte seinen Mercedes und stieg aus. Vorsichtig blickte er sich um, um zu prüfen, ob er alleine war, und betrat dann das Innere seines Wochenend-Domizils.

»Ich hoffe, du hast gut geschlafen.«

Webers Tochter saß in einer Ecke. Die Getreideriegel, die ihr Winkelried hingelegt hatte, hatte sie nicht angefasst.

»Gut geschlafen habe ich nicht. Außerdem fehlt mir jeglicher Appetit. Dummerweise habe ich mich auch noch erkältet.«

»Das ließ sich leider nicht verhindern. Ich habe dir gesagt, dass du dich gut zudecken sollst. Deshalb habe ich dir die Decke ja auch hingelegt.«

»Wie lange halten Sie mich hier noch gefangen?«

»Nicht mehr lange. Dein Vater hat uns sehr geholfen. Wir haben die Schriftstücke wieder in unserem Besitz. Jetzt brauchen wir deinen Vater nicht mehr. Und dich übrigens auch nicht!«

»Was wollen Sie damit sagen?«, fragte Lara, obwohl sie ahnte, was ihr Peiniger damit gemeint hatte.

»Das wirst du später sehen.«

Lara befürchtete, dass ihr Entführer sie umbringen lassen wollte. Winkelried propagierte selber immer wieder, dass Mitwisser konsequent aus dem Weg geräumt werden mussten.

»Hast du noch irgendwelche Wünsche?«, erkundigte er sich.

»Wünsche nicht, aber eine Frage. Was hat mein Vater eigentlich genau getan, dass Sie mich hier gefangen halten?«

»Um ehrlich zu sein, nicht viel. Er war zur falschen Zeit am falschen Ort. Ein Freund deines Vaters hat eine Entdeckung gemacht, die er nicht hätte machen dürfen. Er ist auf einen uralten Mythos gestoßen. Unsere Organisation hat sich der Aufgabe verschrieben, das Jahrhunderte alte Geheimnis für immer zu wahren. Der Mann, den wir inzwischen beseitigen mussten, hat sich mit deinem Vater über den Fund unterhalten und ihn damit zum Mitwisser gemacht. Deshalb mussten wir dich vorsichtshalber entführen, um damit Druck ausüben zu können.«

»Dann haben Sie die Schriftstücke ja wieder in Ihrem Besitz und Sie können mich laufen lassen.«

»Eigentlich könnten wir dies tun, da dein Vater tatsächlich nur weiß, dass es einen uralten Mythos gibt. Worauf sich dieser bezieht, ahnt er nicht. Andererseits hast du mein Gesicht gesehen. Du kannst dir ja denken, was das zu bedeuten hat.«

»Ich habe Ihr Gesicht bereits wieder vergessen.«

»Ein guter Versuch! Leider bringt er dir nichts. Ich gehe davon aus, dass du mich längst erkannt hast.«

Lara schaute sich den Mann genau an. Die grauen Haare und der Bürstenschnitt kamen ihr nicht bekannt vor.

Der stechende Blick hingegen fiel Lara sofort auf. Bis zu diesem Zeitpunkt konnte sie dem Gesicht keinen Namen zuordnen. Sie grübelte weiter.

Den Mann hatte sie bereits einmal gesehen! Da er nicht aus ihrem Verwandten- oder Bekanntenkreis stammte, musste es eine Person von öffentlichem Interesse sein.

In der Regel konnte sich Lara die Namen von Personen gut merken. Warum dies im vorliegenden Fall nicht zutraf, wusste sie nicht. Vielleicht war es die Aufregung? In Stresssituationen funktionierte das Gehirn nicht immer so, wie man sich das wünschen würde.

»Du kennst mich wirklich nicht?«, fragte Winkelried fast ein wenig enttäuscht.

»Nein!«

»Ich heiße mit richtigem Namen nicht Winkelried. Das ist nur ein Tarnname, wie du sicherlich schon gemerkt hast.«

Der in seinem Stolz Verletzte ließ die Katze aus dem Sack und nannte seinen richtigen Namen. Lara wurde kreidebleich. Erst jetzt erkannte sie die Tragweite der ganzen Angelegenheit.
Winkelried verabschiedete sich und verließ das Wochenendhäuschen. Er zündete sich eine Zigarre an und genoss diese in vollen Zügen.
Als er sie zu Ende geraucht hatte, kontaktierte er seine beiden Arbeiter. Proletarier 1 und 2 konnten ihm einen weiteren Dienst erweisen. Dieses Mal erwartete er aber, dass sie den Auftrag auch ordentlich ausführten.
»Sie können sich auf uns verlassen! Fehler werden keine mehr passieren«, versprach Proletarier 1 im Telefongespräch.
»Ich werde Webers Tochter an einen Ort bringen, den ich euch noch mitteilen werde. Ich erwarte von euch, dass ihr sie dann sofort beseitigt. Vermeidet jegliche Spuren. Haben wir uns verstanden?«
»In jeder Hinsicht!«, erklärte Proletarier 1.
Winkelried konnte Lara nicht in seinem Wochenendhäuschen hinrichten lassen. Er musste anonym bleiben und jegliche Spuren vermeiden. Deshalb entschied er sich, das Mädchen in einem einige Kilometer entfernten Waldstück an einem Baum festzuketten und sie dort töten zu lassen.
Schließlich setzte er sich in sein Auto. Er wollte kurz an seinem Arbeitsort vorbeischauen.

Kapitel 50

Die Swisscom-Hauptzentrale lag in Bern. Dort wollten sich Weber und seine beiden Schüler die Information beschaffen, die sie einen Schritt weiterbringen sollte.
Auf der Fahrt in die Bundeshauptstadt kreisten die Diskussionen um das Geheimnis, das sich womöglich um den Schweizer Nationalhelden rankte. Außerdem blieb weiterhin die Frage offen, weshalb Mangold vor seinem Tod ausgerechnet zu einer Engelsfigur gegriffen hatte.
Nach knapp anderthalb Stunden, kurz vor neun Uhr, erreichten die

drei ihren Zielort. Weber passierte mit Benedict und Monika den Haupteingang und eilte Richtung Empfang. Für den Rest hatte nun Monika zu sorgen, die eine hautenge Bluse trug, welche ihre Figur besonders betonte. Um den Effekt noch zu verstärken, ließ sie die beiden obersten Knöpfe offen, so dass allen ein tiefer Einblick in ihr Dekolleté gewährt wurde.
Am Empfang arbeiteten an diesem Morgen zwei Personen: eine ältere Dame und ein jüngerer Mann. Wen Monika ansprechen musste, war allen Beteiligten sofort klar. Die drei warteten darauf, bis die Dame einen Kunden bediente und mit ihm in einem Büro verschwand. Dann marschierte Monika zielstrebig auf den jüngeren Mann zu. Sie lehnte sich absichtlich tief über den Empfangstisch.
»Wie kann ich Ihnen helfen?«, fragte der Mitarbeiter, wobei er es nicht unterließ, Monika vom Kopf bis zum Becken ausgiebig zu mustern.
Monika blickte auf das Namensschild des jungen Mannes. Er hieß Sven Müller.
»Sie sind aber ein süßer Typ. Wie alt sind Sie? Oder darf ich du zu dir sagen?«
Müller war irritiert und errötete leicht.
»Ich verstehe nicht ganz.«
»Du verstehst sehr wohl. Ich finde dich süß!«
»Aber...«
»Und wie verlegen du bist! Stört es dich, dass ich so direkt bin? Aber du scheinst sehr sympathisch zu sein!«
»Das... Ich...«
»Wirklich gesprächig bist du aber nicht. Ich heiße Tanja«, log Monika.
»Ich bin Sven.«
»Das habe ich bereits herausgefunden. Bist du noch in Ausbildung?«
»Ich bin Praktikant, um genau zu sein.«
»Einen solchen wollte ich schon immer einmal haben!«
Müllers Gesicht errötete noch mehr. Monika schien zu punkten.
»Darf ich deine Handynummer haben?« Monika ließ nicht lo-

cker und setzte ihre Verführungskünste ganz gezielt weiter ein.
»Eh... Natürlich.«
Müller nannte seine Nummer, während Monika ganz andere Zahlen in ihr Handy eintippte.
Müllers Nummer wollte sie auf keinen Fall haben. Er entsprach überhaupt nicht ihrem Typ: Er war klein, hatte kurz geschnittene Haare und braune Augen. Wie sie braune Augen hasste! Sie erinnerten sie an ihren Vater.
»Wie sieht es aus? Gibst du mir deine Nummer ebenfalls?«
Jetzt war der Zeitpunkt zum Handeln. Im Hintergrund beobachteten Weber und Benedict das Geschehen.
Sie konnten zwar nicht hören, was die beiden gerade besprachen, doch irgendwie schien Monika die Situation unter Kontrolle zu haben.
»Wenn du mir einen kleinen Gefallen erweist, werde ich dir meine Nummer gerne geben.«
»Das war so aber nicht vereinbart!«
»Es handelt sich nur um einen kleinen Gefallen.«
»Und wie sieht dieser aus?«, wollte Müller wissen.
Monika erklärte ihm, dass sie einen Auszug aus den Telefongesprächen von Werner Mangold brauchte.
»Das kann ich nicht tun! Das widerspricht den Datenschutzbestimmungen. Damit riskiere ich meinen Job.«
»Du kriegst dafür ja meine Nummer. Diese gebe ich wirklich nicht jedem.«
Monika versuchte, ihren Gesprächspartner zu überzeugen. Dieser aber wollte sich nicht auf den Deal einlassen.
Weber und Benedict merkten nun auch, dass die Sache nicht so lief, wie sie geplant war. Sie steckten ihre Köpfe zusammen und berieten, was zu tun war.
»Komm Sven, gib der jungen Liebe eine Chance«, flehte Monika den jungen Mann an. Ihre schauspielerische Leistung wirkte äußerst überzeugend.
»Nein!« Müllers Antwort hätte resoluter nicht ausfallen können.
Aus dem Hintergrund kam Benedict Richtung Monika angerannt.

»Da steckst du also! Hätte ich mir denken können, dass du wieder mit einem fremden Mann flirtest. Ich habe dir tausend Mal gesagt, dass du die Finger von anderen Typen lassen sollst. Sonst muss ich wieder einen Lover von dir windelweich schlagen.«
Monika erkannte den Sinn der Inszenierung sofort. Sie merkte, dass sich die Röte aus dem Gesicht des jungen Mannes langsam verzog und er zusehends erblasste. Schockiert verfolgte er die Szene.
»Ist das der Typ, dem du jeden Abend schreibst?«
»Das ist Sven.«
»Ach, du kennst ja schon seinen Vornamen!«
»Das ist nur ein Bekannter...«
»Erzähl das dem Weihnachtsmann! Ich rate dir, die Finger von meiner Freundin zu lassen.«
»Du kannst meine Nummer wieder löschen, Sven. Du siehst ja, dass mir mein Freund den Kontakt zu dir untersagt.«
»Ich habe deine Nummer gar nicht«, stammelte Müller vor sich. Er kam sich wie im falschen Film vor.
»Das ist ja noch besser. Du besitzt schon ihre Nummer!« Benedict zückte ein Messer, das er beim Frühstück mitgehen ließ, und hielt es Müller an den Hals. Er achtete aber darauf, dass er ihm nicht zu nahe kam. Das Ganze fühlte sich falsch an. Am liebsten hätte er die Situation aufgelöst und den zitternden Praktikanten gebeten, ihm den Auszug doch einfach zu übergeben.
»Bitte.... Tun Sie mir nichts!«
»Wie mir scheint, hast du den Wunsch meiner Freundin nicht verstanden. Sie wollte doch etwas von dir. Machen wir das so: Du gibst ihr, was sie haben möchte, und ich vergesse den Vorfall mit der Nummer.«
»In Ordnung.«
Müller gab irgendwelche Befehle in den Computer ein, wobei er sich aufgrund seiner Aufregung mindestens zehn Mal vertippte. Es dauerte fast drei Minuten, bis die Liste auf dem Empfangstisch lag.
»Danke. Und nochmals: Ich rate dir, meine Freundin in Ruhe zu lassen. Ansonsten lernst du mich erst richtig kennen.«
Benedict und Monika rannten aus dem Gebäude, dicht gefolgt von

Weber. Sven Müller ließ sich resigniert auf seinen Stuhl fallen. Für ihn war dies zweifellos zu viel an Aufregung. Ehe er wieder klar denken und die Polizei alarmieren konnte, saßen Weber und seine Schüler bereits im Auto und fuhren Richtung Basel.
Benedict sah sich den Auszug mit den Anrufen an.
»Da gab es nicht sehr viele ausgehende Telefonate am besagten Datum. Die eine Nummer endet mit der Zahl 45 und stammt von Ihnen, Herr Weber. Die zweite gehört einem Benno Fröhlich.«
»Benno Fröhlich... Der Name sagt mir etwas. In der Basler Zeitung schreibt ein gewisser Benno Fröhlich Gastkolumnen über politische Begebenheiten. Ich wäre nicht überrascht, wenn dieser Herr an der Universität Basel Professor ist.«
»Dies lässt sich schnell feststellen.« Benedict tippte auf seinem Handy herum. Keine dreißig Sekunden später hatte er die Antwort.

Kapitel 51

Benno Fröhlich arbeitete als Dozent für Geschichte des Mittelalters an der Universität Basel. Im laufenden Semester hielt er mehrere Vorlesungen zu Themen aus der Schweizer Geschichte. Er war nicht verheiratet und hatte keine Kinder.
»Mehr lässt sich im Moment nicht herausfinden«, fügte Benedict an.
»Das wird unser Mann sein. Als Historiker wird er sicherlich ab und zu mit Mangold in Kontakt getreten sein. Außerdem könnte Wilhelm Tell somit wirklich im Zentrum unseres Interesses liegen.«
»Dann meinen Sie, dass Fröhlich hinter der ganzen Sache steckt?«, fragte Monika unsicher.
»Das glaube ich weniger«, hielt Weber entgegen. »Vielmehr denke ich, dass er im ganzen Puzzle nur eine kleine Nummer darstellt.«
»Egal, ob großer oder kleiner Fisch: Wir müssen diesen Fröhlich so schnell wie möglich aufsuchen.« Benedicts Vorschlag erntete einmal mehr volle Zustimmung.
»Nächstes Ziel ist also das Historische Institut in Basel«, sagte Weber.
Während ein Großteil der universitären Einrichtungen rund um das

1939 errichtete Kollegiengebäude am Petersplatz lag, fand sich das Historische Institut im Hirschgässlein in der Nähe des Bahnhofs.
»Bedeutet dies nun, dass wir in sein Büro spazieren und ihn zur Rede stellen werden?«, erkundigte sich Monika.
»Zumindest fragen wir ihn, warum Mangold ihn kurz vor seinem Tod angerufen hat. Das Geheimnis müsste Fröhlich wahrscheinlich bekannt sein, da ihn Mangold wohl in die Sache eingeweiht hat.«
Weber schaltete das Radio ein. Aus den Lautsprechern ertönte der alte Gassenhauer «Die kleine Kneipe».
»Schrecklich! Schalten Sie sofort das Radio aus!« Das Lied entsprach in keiner Hinsicht Monikas Musikgeschmack. Sie hörte lieber Rockmusik.
Weber machte keine Anstalten, das Radio auszuschalten. Er wartete das Ende des Liedes ab, ehe er sich entschloss, Monikas Wunsch nachzukommen.
»Lange müsst ihr meinen Musikgeschmack nicht mehr ertragen. Nachdem wir den Professor aufgesucht haben, müsst ihr endgültig nach Hause zurück.«
»Wenn Sie unsere Hilfe brauchen können, möchten wir Sie gerne weiterhin unterstützen.«
»Danke, Ben. Aber den Rest erledige ich nun alleine. Ihr werdet sicherlich froh sein, bald wieder...«
Weber wurde vom Klingelton eines Handys unterbrochen. Monika, die erst wenige Minuten zuvor ihr Gerät wieder eingeschaltet hatte, schaute auf die Nummer, die auf dem Display aufleuchtete.
»Mein Vater!«
Sie nahm den Anruf entgegen. Selbst Weber konnte hören, wie Oberli herumtobte.
»Ich bin bald zu Hause. Wir besuchen nur noch schnell Professor Fröhlich im Historischen Institut in Basel.«
Benedict tippte mit seinem Zeigefinger mehrmals gegen seine Schläfe. Erst jetzt merkte Monika, dass sie einen Fehler begangen hatte. Sofort beendete sie das Gespräch.
»Na toll, jetzt kommt uns gleich auch noch dein Vater besuchen«, ärgerte sich Benedict.

»Das glaube ich weniger. Erstens ist er bei der Arbeit, und zweitens weiß er nicht, wo sich das Historische Institut in Basel befindet. Du kannst dich also wieder beruhigen.«
»Wir werden in zwanzig Minuten Basel erreichen. Wichtig ist, dass wir uns beim anstehenden Besuch richtig verhalten. Am besten ist es, wir spielen nicht von Anfang an mit offenen Karten. Fröhlich muss ja nicht erfahren, dass wir vom Geheimnis wissen.«
»Welchen Grund geben wir stattdessen für den Besuch bei ihm an?«, wollte Benedict wissen.
»Ihr könntet euch für einen Studiengang im Fach Geschichte interessieren. Insbesondere Schweizer Geschichte hat es euch angetan...«
»Und dann kommen wir zufällig auf Wilhelm Tell zu sprechen und hören uns an, was Fröhlich über ihn zu berichten hat«, folgerte Benedict.
»So stelle ich mir das vor. Ich warte in den ersten paar Minuten draußen. Ihr könnt mich ja auf dem Laufenden halten. Erfindet eine Ausrede, weshalb ihr kurz das Zimmer verlassen müsst.«
Weber wusste, dass seine beiden Schüler gegenüber Fröhlich im Vorteil waren. Sie wussten mehr über ihn als umgekehrt. Das mussten sie ausnutzen.

Kapitel 52

Seine Arbeitszeit konnte Winkelried selber einteilen. Den größten Teil des Tages verbrachte er im Büro, wobei er wenig gestört wurde. Die Ruhe, die er dort tagsüber genoss, kam ihm bei der Durchsetzung seines großen Planes entgegen.
Bald würden ihn alle anhimmeln und ihn um seinen neuen Job beneiden! Nicht mehr lange und er würde auf dem Zenit seiner Macht stehen.
Lange hielt sich Winkelried an diesem Tag nicht im Büro auf. Beim Verlassen seines Arbeitsortes achtete er peinlichst genau darauf, dass er von niemandem gesehen wurde.
Eine Viertelstunde nach Betreten des Büros saß er bereits wieder in seinem Wagen und nahm Fahrt Richtung Kirchberg auf.

Der Verkehr hielt sich an diesem Morgen eingermassen in Grenzen. Winkelried nutzte die Zeit im Auto, um seinen beiden Männern per Handy den späteren Tatort bekannt zu geben. Schließlich erreichte er sein Wochenendhäuschen.
Lara saß noch immer am Boden.
»Wenigstens hast du dir inzwischen einen Getreideriegel gegönnt.«
Webers Tochter schwieg.
»Wir werden jetzt einen kleinen Ausflug zusammen unternehmen.«
»Wo führen Sie mich hin?«
»Du kannst die Natur noch etwas genießen.«
Winkelried legte Lara Handschellen an, nachdem er sie von der Eisenkette befreit hatte.
»Komm, wir gehen!«
Das Mädchen machte keine Anstalten aufzustehen.
»Los, aufstehen!«
Erneut widersetzte sich Lara dem Befehl ihres Peinigers. Winkelried riss sie an den Haaren, so dass ihr nichts anderes übrig blieb, als zu gehorchen.
»Sorge doch wenigstens dafür, dass Onkel Winkelried dich als braves Opfer in Erinnerung behält.«
»Onkel Winkelried kann mich mal!«
»Deine vulgäre Sprache wird dich nicht retten. Dein Schicksal ist besiegelt.«
Lara fehlte die Kraft, sich weiter zur Wehr zu setzen. Die Gefangenschaft hatte ihr eine Menge an Energie geraubt. Irgendwie hatte sie sich damit abgefunden, dass sie an diesem Tag sterben musste. Zwar hoffte sie noch auf ein Wunder in letzter Minute, doch dieses schien in weiter Ferne zu sein.
Der Gang zum Auto erinnerte sie an den Film «The Green Mile». So also mussten sich Gefangene vorkommen, auf die der Tod auf dem elektrischen Stuhl oder der Tod durch die Injektion eines Nervengifts wartete.
Grausam dieses Gefühl! Lara hoffte, dass das Ganze nur ein böser Traum war.
Winkelried zerrte sie in seinen Mercedes und setzte sie auf den

Rücksitz. Die Fahrt dauerte nicht lange und führte durch unwegsames Gelände. Nach wenigen Minuten kam das Auto im dichten Wald zum Stillstand.
»Hier wären wir. Ein idyllischer Ort zum Sterben!«
Winkelried führte Lara zu einem Baum, an den er sie mit der gleichen Eisenkette festband, die er zuvor schon in seinem Wochenendhäuschen benutzt hatte.
»Die Würfel sind gefallen. Der Henker ist bereits unterwegs.«
Die Abschiedsworte hätten passender nicht sein können. Winkelried würde den Tatort gleich verlassen und an seiner Stelle sollten Proletarier 1 und 2 seinen Plan vollenden.
Vor Laras Augen lief ihr Leben als Film vorüber. Sie hatte doch noch nichts von der Welt gesehen. Auch eine Familie wollte sie noch gründen und dereinst in einem kleinen Haus mit Garten leben. Dies alles würde sie nun nicht mehr erleben.
Von weitem war ein Motorengeräusch zu hören. Dies war Laras letzte Chance auf Rettung. Saß im Wagen der Henker, wie Winkelried kurz zuvor ankündigt hatte, neigte sich ihr Leben nun endgültig dem Ende zu. Der Anblick der beiden Männer, die aus dem Wagen stiegen, verhieß nichts Gutes. Lara erkannte gleich, dass die Mörder soeben erschienen waren.
In diesem Moment hassten Proletarier 1 und 2 ihre Aufgabe. Sie wussten nicht, dass sie einen so jungen Menschen zur Strecke bringen mussten. Kinder und Jugendliche waren in der Regel tabu. Außerdem war das Mädchen, das vor ihnen auf dem Boden kauerte, an der Gesamtsituation unschuldig. Trotzdem musste der Auftrag erledigt werden. Nochmals durften sie ihren Job nicht vermasseln.
»Lass uns das Ganze kurz und schmerzlos hinter uns bringen«, sagte Proletarier 1 zu seinem Partner. Dieser zückte ein Messer und signalisierte seinem Kollegen durch ein Zunicken die Bereitschaft, Lara zu töten. Er setzte das Messer an ihre Kehle. Schon spürte sie den Druck der Klinge an ihrem Hals.
Lara hatte mit ihrem Leben in diesem Moment abgeschlossen. Sie hoffte auf einen schnellen Tod.

Kapitel 53

Im Historischen Institut waren an diesem Freitagmorgen weniger Personen anzutreffen als an den Vortagen. Vereinzelt widmeten sich die Studierenden bereits ihren Wochenendaktivitäten. Weber kannte das Studentenleben noch aus früheren Zeiten. Böse Zungen hatten schon damals behauptet, dass Hochschüler ihren Tag erst dann begannen, wenn andere bereits von der Arbeit wieder nach Hause zurückkehrten. Auch stereotype Ansichten, wie diese, dass man pro Tag nie mehr als eine Vorlesung besuchen durfte, prägten das Leben der Studenten bis heute. Angesichts der Tatsache, dass das Institut beinahe wie ausgestorben wirkte, lagen solche Klischees auf der Hand.

»Uns kommt gelegen, dass hier heute wenig Betrieb herrscht«, hielt Weber fest.

Fröhlichs Büro lag im zweiten Stock am Ende des Korridors. Er teilte sich den Raum mit einem zweiten Professor. Nathan Steiger dozierte über die jüdische Geschichte. So zumindest stand es an der Tür, vor welcher Weber und seine beiden Schüler nun standen.

»Dann liegt es jetzt an euch beiden, euch einen ersten Überblick zu verschaffen. Haltet eure Karten zunächst verdeckt«, bläute Weber den Jugendlichen nochmals ein.

Kurz danach zogen sich Benedict und Monika die Baseballmützen, die sie Minuten zuvor in einem Sportladen nahe des Historischen Instituts gekauft hatten, tief über ihre Stirn. Sie wollten von niemandem erkannt werden. Die Kopfbedeckung sollte diesbezüglich als Tarnung genügen.

Schließlich klopften sie an die Tür und wurden von einer freundlichen Stimme angewiesen, das Büro zu betreten.

»Wie kann ich Ihnen helfen?«

Benedict und Monika waren überrascht, dass sie vom Mann mit der modischen Lesebrille nicht geduzt wurden.

»Wir interessieren uns für ein Studium in Geschichte«, eröffnete Monika das Gespräch, das aber sogleich wieder zu enden drohte.

»Für Studieninformationen bin ich leider nicht zuständig. Sie müs-

sen an den jeweiligen Informationsveranstaltungen vorbeischauen. Tut mir leid.«
»Können Sie uns nicht kurz schildern, welche Schwerpunkte ein Geschichtsstudium hat?«
Monika versuchte, die Diskussion in Gang zu bringen, während Benedict Fröhlich genau musterte. Irgendwoher kannte Benedict den Professor.
»Ich will nicht unhöflich sein, aber leider fehlt mir die Zeit, um Ihnen ein umfassendes Bild über unseren Studiengang zu vermitteln. Fragen Sie doch einen Kommilitonen hier im Gebäude. Dieser wird Ihnen sicherlich kurz Auskunft geben.«
»Beinhaltet ein Studiengang auch Schweizer Geschichte, insbesondere den Mythos Wilhelm Tell?«, fragte Benedict.
Fröhlich begann an seinem Fingerring zu drehen. Die Frage schien ihn zu überraschen.
»Warum kommen Sie ausgerechnet auf Wilhelm Tell?«
»Ich interessiere mich seit jeher für unseren Nationalhelden.«
»Ja, Tell ist sicherlich auch ein Thema, das während des Studiums das eine oder andere Mal angesprochen wird.«
»Ich sollte kurz auf die Toilette. Wo in diesem Gebäude finde ich…«
»Gehen Sie den Korridor entlang. An dessen Ende finden Sie auf der rechten Seite eine Toilette.«
Benedict eilte aus dem Büro, während Monika keine Anstalten machte, den Raum zu verlassen.
Fröhlich versuchte immer noch, Monika loszuwerden. Die junge Frau aber erwies sich als äußerst hartnäckig.
»Sie unterrichten also Schweizer Geschichte?«
»Ja«, murrte Fröhlich vor sich hin.
»Sind Sie schon lange an der Universität Basel angestellt?«
»Seit ein paar Jahren.«
»Und lieben Sie Ihren Job?«
»Natürlich.«
»Sind Sie etwas genervt?«
»Es tut mir wirklich leid, aber ich muss jetzt wieder meiner Arbeit nachgehen.«

Erneut klopfte es an der Tür. Dieses Mal betrat Benedict zusammen mit Weber den Raum.
Fröhlich begrüßte den neuen Gast. Diesem kam die Stimme sofort bekannt vor. Er brauchte aber einige Momente, um sie einer Person zuordnen zu können. Die goldene Kette mit dem Amulett bestätigte ihn in seiner Meinung.
»Das gibt es ja nicht!« schrie Weber den Professor an.
»Was gibt es denn nicht?«, erwiderte Fröhlich, wohl wissend, worauf sich Weber bezog.
»So schnell sieht man sich wieder.«
»Ich weiß nicht, wovon Sie sprechen.«
»Gestern Abend haben wir uns schon einmal getroffen. Allerdings stand das Treffen unter keinem guten Stern. Einerseits endete unser Zusammentreffen mit einem Toten, andererseits bedienten Sie sich eines Objekts, das Ihnen nicht gehört.«
Fröhlich erhob sich und blickte Weber tief in die Augen.
»Der Tote war so nicht vorgesehen.«
»Nicht vorgesehen?«, wunderte sich Weber.
»Wären die Abbildungen niemals aufgetaucht, würden Mangold und der Stiftsbibliothekar beide noch leben! Seien Sie froh, dass ich Sie nicht getötet habe. Sie verdanken Ihr Leben einem Zufall.«
»Sie haben neben Heinrich Hertig auch Ihren Freund Werner Mangold auf dem Gewissen! Was sind Sie für ein Mensch?«
»Werner habe ich nicht umgebracht. Das schwöre ich bei allem, was mir lieb ist. Diesen Auftrag haben andere übernommen.«
»Auftrag? Gibt es also einen Auftraggeber?«
»Niemand hier ist sich der Dimension bewusst, welche die Angelegenheit hat. Natürlich gibt es eine oberste Instanz, welche die ganze Aktion lenkt.«
»Sie werden mir den entsprechenden Namen nicht nennen. Sehe ich dies richtig?«
»Ich kenne den Mann selber nicht. Oberstes Credo in unserem Zirkel lautet, dass niemand den Anführer zu Gesicht bekommen darf.«
»Obwohl Sie ihn nicht kennen, sind Sie bereit, für ihn zu töten?«
»Die Fragerunde ist beendet.«

Fröhlich öffnete die mittlere Schublade seines Schreibtisches und zog eine kleinkalibrige Waffe mit Schalldämpfer heraus. Ebenso kramte er einen Umschlag hervor, den er sogleich in seine Umhängetasche steckte.
»Sie wollen uns hier in Ihrem Büro beseitigen? Wie wollen Sie das der Öffentlichkeit erklären?«
»Meine Pläne sehen so oder so vor, dass ich mich ins Ausland absetzen werde. Der Auftrag von gestern wird gut bezahlt. Ich werde die nächsten Jahre irgendwo in Übersee verbringen und später einmal mit einem falschen Pass in die Schweiz zurückkehren. Bis dann ist Gras über die ganze Sache gewachsen.«
Fröhlich bewegte sich Richtung Ausgang und wies seine Gegner an, sich hinter seinem Pult hinzustellen.
Weber begann, um Hilfe zu schreien. Die beiden Schüler unterstützten ihren Lehrer dabei lauthals. Der Professor legte seinen Finger an den Abzug und zielte auf Webers Kopf.
In diesem Moment wurde die Tür brüsk aufgestoßen. Fröhlich geriet aus dem Gleichgewicht und zielte an Weber vorbei.
»Verdammt! Was ist denn los?«, fluchte er vor sich hin.
Der Historiker drehte sich um und erkannte das Gesicht sofort. Ehe er reagieren konnte, donnerte eine Faust in sein Gesicht. Fröhlich ging zu Boden. Der Besucher trat ein paar Mal mit seinen Füssen nach, worauf Fröhlich sofort das Bewusstsein verlor. Aus seinem Mund und seiner Nase strömte Blut. Er schien schwer verletzt zu sein.
»Sie sind der Nächste, der sich eine einfängt!«
Peter Oberli war außer sich vor Wut.
»Lass Herrn Weber in Ruhe! Er ist unschuldig. Ich kann dir alles erklären«, versuchte Monika ihren Vater zu beruhigen.
»Du musst mir nichts erklären. Dieses Schwein hier am Boden ist Webers Komplize.«
»Nein, Papa, es ist alles ganz anders.«
»Ich gebe dir eine Minute, mir zu erklären, weshalb ihr euch aus dem Staub gemacht habt. Ist die Zeit um, kassiert dein Lehrer eine aufs Maul.«

Monika legte sofort mit ihren Erklärungen los, und Weber hoffte, dass die Erläuterungen überzeugend wirkten. Er hatte keine Lust, wie der Professor zu enden.

Kapitel 54

Monika hatte ihren kurzen Monolog soeben abgeschlossen. Ihr Vater achtete peinlichst genau darauf, dass sie die vorgesehene Zeit nicht überzog. Weber wunderte sich darüber, wie viel Informationen ein Mensch in einer Minute loswerden konnte.
»Ist das wirklich so gewesen, wie es mir meine Tochter geschildert hat?« Peter Oberli wandte sich an Benedict, der die Ausführungen ebenfalls wortlos mitverfolgt hatte.
»Auch wenn dies wie in einem Krimi tönt, kann ich Ihnen versichern, dass alles so passiert ist.«
Oberli schüttelte den Kopf. Er konnte die Geschichte nicht glauben. Draußen ertönten Sirenen. Reifen quietschten.
»Ich möchte euch darauf hinweisen, dass die Polizei im Anmarsch ist. Herr Weber, ich überlasse es den Gesetzeshütern zu beurteilen, ob die Geschichte der Wahrheit entspricht oder reine Fantasie ist. Der Sache stehe ich weiterhin skeptisch gegenüber.«
»Ich hoffe, dass Sie einen Krankenwagen angefordert haben«, sagte Weber, während er einen Blick auf den Professor warf, der noch immer regungslos auf dem Boden lag.
»Jemand soll diese Aufgabe übernehmen«, lautete Oberlis prompter Befehl. Weber wollte sich sogleich darum kümmern. Er begab sich Richtung Fröhlich und beugte sich über ihn.
»Was tun Sie da?«, wollte Oberli wissen.
»Der Akku meines Handys ist leer. Deshalb möchte ich sein Handy für den Notruf benutzen.«
Es dauerte nicht lange, bis Weber das Gerät aus dessen Hosentasche herausgeholt und den Krankenwagen alarmiert hatte.
»Du hast den Mann aber böse zugerichtet.« Monika zeigte sich angesichts der Aggressivität ihres Vaters einmal mehr empört. »Gewalt ist doch keine Lösung.«

»Wenn du wüsstest, dass mir dieser Typ eine Gehirnerschütterung, einen Nasenbeinbruch und eine Platzwunde am Kopf zugefügt hat, könntest du meine Reaktion nachvollziehen.«
Plötzlich ging die Tür auf, und zwei Polizisten platzten herein.
»Alle Hände hoch!«
Die beiden Gesetzeshüter konnten die Situation nicht auf Anhieb einschätzen.
»Keiner rührt sich!«
»Wenn ich mich vorstellen darf. Ich bin…«
»Schnauze! Es wird nur gesprochen, wenn ich dies sage!« Der größere der beiden Polizisten wies Oberli an, nicht zu sprechen.
»Ist einer von Ihnen Peter Oberli?«
»Das bin ich.«
»Sie haben uns angerufen und uns mitgeteilt, dass Ihre Tochter in Gefahr schwebt. Ist sie das?« Der Polizist zeigte auf Monika.
»Ja, das ist meine Tochter.«
»Wer ist der Mann, der dort auf dem Boden liegt?« Während der eine Polizist die Fragerunde weiterführte, widmete sich der kleinere, aber kräftigere Beamte dem Opfer. Er fühlte den Puls und gab dann den Befehl, sofort einen Krankenwagen anzufordern.
»Das ist schon erledigt worden«, erklärte Weber.
»Wer sind Sie?«
»Ich bin Steven Weber.«
»Wenn das so ist, sind Sie verhaftet. Sie werden mit nationalem Haftbefehl gesucht. Ihnen wird vorgeworfen, zwei Kinder entführt zu haben. Aber Sie kennen die Anklage sicherlich besser als wir alle hier im Raum.«
Weber schwieg. Stattdessen meldete sich Benedict zu Wort.
»Das ist alles Quatsch. Unser Lehrer ist unschuldig. Als imaginäres Entführungsopfer kann ich Ihnen versichern, dass wir niemals gezwungen worden sind, mit Herrn Weber mitzugehen. Im Gegenteil: Er wollte uns bei seinen Aufgaben gar nicht dabei haben. Wir haben ihn angefleht, dass wir ihn begleiten dürfen. Ist doch so, Monika?«
»Was Ben sagt, entspricht der Wahrheit. Herr Weber ist unschuldig.«
Peter Oberli ärgerte sich über die Aussagen der beiden Ju-

gendlichen, die den Lehrer gerade massiv entlastet hatten. »Ob schuldig oder unschuldig: Herr Weber wird uns in die Zentrale begleiten müssen. Er kann dort seine Aussage machen.«
Die Sache missfiel Weber gehörig. Er hatte nicht die Geduld, sich mit den Polizisten herumzuschlagen. Die Zeit eilte, zumal sich seine Tochter immer noch in den Händen des Entführers befand.
Weber konnte sich indessen immer noch nicht vorstellen, wer der Drahtzieher hinter der ganzen Sache war. Der Einzige, der ihm vielleicht hätte Auskunft geben können, lag bewusstlos am Boden. Oberli hatte ihm diesbezüglich einen Bärendienst erwiesen.
Wieder heulten Sirenen auf. Dieses Mal stammten sie aber nicht von einem Polizeiauto, sondern von einem Krankenwagen.
Zwei Notärzte erschienen sogleich mit einem Rettungskoffer und einer großen Liege im Büro.
»Gibt es noch weitere Opfer außer diesem hier auf dem Boden?«, wollte einer der beiden wissen. Er prüfte Fröhlichs Puls und Atmung und testete dessen Reflexe.
»Das Herz des Patienten schlägt etwas unregelmäßig, und er atmet sehr schwach. Wir müssen ihn mit Sauerstoff versorgen. Frank, hol doch bitte das Sauerstoffgerät im Krankenwagen.«
Der zweite Arzt verließ den Raum und eilte zum Rettungswagen.
»Was ist genau passiert?«, wollte der Notarzt wissen, der sich dem Opfer widmete.
Es folgte keine Antwort.
»Mein Vater hat dem Mann die Faust ins Gesicht geschlagen. Beim Opfer handelt es sich um einen Mann, der gestern einen Mord verübt hat.«
»Die Geschichte wird ja immer spannender«, meldete sich der größere Polizist. »Dann werden Sie, Herr Oberli, uns ebenfalls aufs Präsidium begleiten. Gegen das Opfer wird zu einem späteren Zeitpunkt ermittelt.«
Oberli war nicht mehr zu halten. Er dachte gar nicht daran, mit den Beamten mitzugehen.
»Da liegt der Täter. Mich als Unschuldigen zu verhaften, ist das Letzte. Ihr Bullen seid einfach Schweine!«, fluchte Oberli, wäh-

rend er gezielt in Richtung des einen Uniformierten spuckte. Mit dem letzten Satz und der vulgären Geste war Oberli zu weit gegangen. Die beiden Polizisten packten ihn und legten ihm Handschellen an.
Weber nutzte die Gunst der Stunde, bemächtigte sich des Umschlags, der noch immer in Fröhlichs Umhängetasche steckte, und ergriff die Flucht. Benedict folgte ihm, blieb aber plötzlich wie angewurzelt vor der Türe stehen. Der kleinere Polizist nahm die Verfolgung auf.
»Wo ist er hin?«, schrie er Benedict an.
»Er ist zur Treppe gelaufen und hat den Weg nach oben eingeschlagen.«
Der Gesetzeshüter rannte den Korridor entlang und eilte in das nächste Stockwerk, während Benedict zufrieden vor sich hin lächelte.

Kapitel 55

Der Polizist stand im Treppenhaus in der dritten Etage des Gebäudes. Er wusste, dass es für Weber keinen anderen Fluchtweg als über die Treppe gab. Folglich musste er nur warten, bis Verstärkung im Anmarsch war. Dann konnten die Polizisten Raum für Raum untersuchen und würden schließlich früher oder später auf Weber stoßen.
Draußen eilte ein Mann die Straße entlang. Er stieg in seinen Wagen und startete den Motor. Dann atmete er zweimal tief durch.
Das war knapp. Wieder hatte ihn Benedict dank einem seiner Geistesblitze gerettet.
Noch eine Minute zuvor hatte sich Weber am Ende des Korridors auf der Toilette versteckt. Dank Benedicts Hilfe konnte Weber schließlich unbehelligt das Gebäude verlassen.
Er fuhr mit seinem blauen Ford Richtung Autobahn. Wohin ihn der Weg führte, wusste er noch nicht. Nach kurzem Nachdenken entschied er sich, im Basler St.-Jakob-Park einen Zwischenhalt einzulegen. Dort würde er in der Menschenmasse untertauchen können. Nachdem er in der dortigen Tiefgarage geparkt hatte, zog er zuerst Fröhlichs Handy, das er ebenfalls eingesteckt hatte, aus der Tasche und schaute sich die ausgehenden Anrufe an. Nur eine der gewählten

Nummern war nicht mit einem Namen versehen. Weber entschied sich, die unbekannte Person anzurufen.
»Ja?«
»Spreche ich mit Winkelried?«, kam Weber sofort zur Sache. Ein tiefes «Ja» ertönte aus dem Hörer.
»Jetzt hören Sie mir gut zu. Hier spricht Steven Weber. Sie werden vielleicht überrascht sein, dass ich im Besitz von Fröhlichs Handy bin. Allerdings muss ich Ihnen mitteilen, dass ich nicht nur sein Handy in den Händen halte, sondern auch die Schriftstücke, für die Sie sich so interessieren. Heute Morgen habe ich den Professor im Historischen Institut besucht und ihm die Schriftstücke abgenommen.«
Winkelried wusste, dass Weber nicht bluffte. Schließlich besaß er Fröhlichs Telefon und wusste auch seinen Namen sowie seinen Arbeitsort.
»Dann wissen Sie Bescheid?«, fragte Winkelried, der bemüht war, seine Stimme tiefer erscheinen zu lassen.
»Noch nicht. Aber ich werde die Dokumente gleich nach unserem Gespräch mit großem Interesse begutachten. Dass die Sache mit Wilhelm Tell zu tun hat, davon gehe ich inzwischen aus.«
»Können wir einen Deal eingehen?«, wollte Winkelried wissen.
»Bevor ich nicht mit meiner Tochter gesprochen habe, werde ich mit Ihnen sicherlich nicht über irgendwelche Dinge verhandeln.«
»Wenn ich Sie mit Ihrer Tochter sprechen lasse, wären Sie also bereit, eine gemeinsame Lösung zu finden?«
»Das würde ich mir dann überlegen. Rufen Sie mich an, sobald die Verbindung mit Lara steht.«
So endete das Gespräch.
Winkelried ging davon aus, dass das Mädchen inzwischen tot war, da er seine beiden Arbeiter auf sie angesetzt hatte. Also konnte er Webers Wunsch nicht mehr nachkommen. Er ließ dennoch keine Zeit verrinnen und rief sofort Proletarier 1 an. Schließlich musste er Gewissheit haben, was Laras Schicksal betraf. Lange musste er warten, ehe der Anruf entgegengenommen wurde.
»Wir werden unseren Auftrag gleich beendet haben!«, entschuldigte sich Proletarier 1. Die beiden Killer plagten erstmals in ihrem Leben

Gewissensbisse bei der Durchführung eines Jobs. Laras unschuldiges, unglückliches Gesicht sorgte dafür, dass sie sich noch nicht geeinigt hatten, wer als Erstes zustechen sollte. Seit einigen Minuten diskutierten sie nun schon und hatten noch keinen Konsens gefunden.
Winkelried freute sich in diesem Moment, dass Proletarier 1 und 2 ihren Auftrag erneut nicht wie vereinbart ausgeführt hatten. So blieb er im Geschäft, was die Rückholaktion der Schriftstücke betraf.
»Jetzt hört mir gut zu! Lara darf nicht getötet werden«, erklärte Winkelried.
»Wie bitte? Sie sagten doch... Das verstehe ich jetzt nicht«, stotterte Proletarier 1.
»Wir haben ein neues Problem, für dessen Lösung wir Lara noch brauchen werden.«
»Sie hat uns aber gesehen und könnte uns später identifizieren.«
»Ich habe nicht gesagt, dass wir sie am Leben lassen werden. Wir verzichten aber vorerst darauf, sie zu töten. Lasst sie angekettet und verschwindet sofort. Ich werde sie gleich wieder abholen.«
Winkelried beendete das Gespräch und setzte sich in seinen Wagen. Er hätte nicht gedacht, dass er Lara noch einmal lebendig sehen würde. Proletarier 1 und 2 konnten sich keinen Reim auf die neue Situation machen. Ihnen kam es nicht ungelegen, dass der Mord vorerst vertagt worden war. Somit wurde ihnen die Entscheidung abgenommen, wer Lara umbringen sollte.
»Da hat die junge Dame aber nochmals Glück gehabt«, sprach Proletarier 2 zu Webers Tochter, die zitternd auf dem Boden saß.
»Gleich wirst du abgeholt«, fügte Proletarier 1 an und hieß seinen Kollegen, ihn ins Auto zu begleiten. Mit Vollgas fuhren sie los. Lara verstand nicht, was ihr letztlich das Leben gerettet hatte. Ebenso wusste sie nicht, wer hinter der Person steckte, die sie gleich abholen würde. Also blieb ihr einmal mehr nichts anderes übrig, als abzuwarten.

Kapitel 56

Das Schinkenbaguette schmeckte vorzüglich. Ohnehin liebte Weber die kleine Bar, die im ersten Stockwerk des St.-Jakob-Parks lag. Schinkenbaguettes verdienten dort ihren Namen noch, weil nicht an Fleisch gespart wurde. Nachdem er es verschlungen hatte, wandte er sich dem Umschlag zu.

Zwei Personen mussten sterben, weil sie den Inhalt dieses Umschlags zu Gesicht bekommen hatten. Seit er im Besitz der Abbildungen war, stand er mit großer Wahrscheinlichkeit auch auf der Todesliste. Gleich würde er ein großes Geheimnis zu sehen bekommen.

Weber überkam ein mulmiges Gefühl. Dennoch öffnete er den Umschlag und zog vier Blätter aus ihm heraus. Er erkannte die dargestellte Szene sofort. Auf dem ersten Blatt entdeckte er zwei Personen, die sich einem Holzstock mit einem Hut darauf näherten.

Also doch! Die Schriftstücke behandelten die Tell-Sage. Er lag mit seiner Vermutung demnach goldrichtig.

Das zweite Blatt zeigte, wie sich Walter den Apfel auf den Kopf setzte und Tell die Armbrust auf seinen Sohn richtete. Er legte das zweite Blatt auf den Stuhl nebenan und wandte sich dem dritten Schriftstück zu.

»Das kann doch nicht wahr sein«, sprach Weber erstaunt vor sich hin.

Er verstand nicht, was er soeben gesehen hatte. Tells Geschoss traf nicht den Apfel, sondern die Stirn seines Sohnes Walter.

Irritiert warf er einen Blick auf das letzte Bild. Dieses zeigte unter anderem ein Holzkreuz mit Walters Namen. Tell schien seinen Sohn beim Apfelschuss getötet zu haben.

Die anschließende Fahrt auf dem Urnersee, der Tell-Sprung und der Tyrannenmord in der Hohlen Gasse wurden überhaupt nicht erwähnt.

Nachdem er den ersten Schock verdaut hatte, richtete Weber seinen Blick auf die Texte, die unter den Abbildungen zu sehen waren. Als Geschichtslehrer fiel es ihm nicht schwer, das Mittelhochdeutsch

zu entziffern und zu verstehen. Die Texte bestätigten, was die Abbildungen zeigten. Tell war der «Mörder» seines Sohnes!
Weber ging davon aus, dass es sich bei den Bildern um Fälschungen handeln musste. In keinem der Bücher, in denen über Tells Geschichte berichtet wurde, war der Apfelschuss derart dargestellt. In allen Werken wurde Tell zum Nationalhelden erhoben. Es schien ausgeschlossen, dass die Geschichte tatsächlich so endete, wie er dies auf den vier Schriftstücken soeben gesehen hatte.
Dennoch erschien ihm eines klar: Früher oder später musste er herausfinden, ob es sich bei den Dokumenten um historische Relikte handelte oder sich dahinter ein Fantasiegebilde versteckte.
Weber hatte erst kürzlich gelesen, dass es möglich war, das Alter eines Schriftstückes ungefähr zu eruieren. Die diesbezügliche Altersbestimmung erfolgte durch eine Analyse der Schreibmittel auf den Schriftträgern.
Man benötigte dafür Tintenproben vom Dokument. Weber hatte die Methode zwar nicht in allen Einzelheiten verstanden, konnte sich aber merken, dass der Sache die Durchführung einer Hochleistungs-Dünnschichtchromatographie und die Auswertung mit Hilfe eines TLC-Scanners zu Grunde lagen.
Diese relative Altersbestimmung kam zuletzt in der Kriminalistik immer mehr zur Anwendung. So gelang es Kriminalbeamten vor einigen Wochen, eine Betrügerbande auffliegen zu lassen, die falsche Testamente angefertigt hatte. Die Beamten konnten den Männern nachweisen, dass die Unterschriften unter den handschriftlichen Verträgen von den betagten Personen älter als die Texte selber waren und somit blanko gesetzt worden waren.
Um eine Altersbestimmung vornehmen zu können, brauchte Weber aber ein Vergleichsobjekt. Sofort erinnerte er sich an seinen alten Mentor, der ihn während seiner Studienzeit begleitet hatte.
Felix Grafenberg arbeitete früher als Gymnasiallehrer. Weber lernte ihn während eines Praktikums kennen, das er bei diesem absolvieren musste.
Grafenbergs Wissen war in allen Bereichen gleich universell, wobei er sich damals sehr für die Geschichte der Eidgenossenschaft inte-

ressiert hatte. Die beiden blieben noch lange nach dem Praktikum in Kontakt. Erst als Grafenberg pensioniert wurde, verloren sie sich aus den Augen.
Zumindest war es einen Versuch wert, sich mit Grafenberg in Verbindung zu setzen. Mit Hilfe seines Handys gelangte er schnell an dessen Nummer.
Grafenberg wohnte in Sissach. Weber tippte die Nummer sofort ein. Heidi Grafenberg nahm den Anruf entgegen. Weber begrüßte sie freundlich und bat darum, Felix sprechen zu können. Danach rief sie quer durch ihre Wohnung. Ihr Mann packte seine Gehhilfe und hinkte zum Telefon.
Weber begrüßte freundlich seinen ehemaligen Mentor und erzählte ihm sofort von seinem Anliegen. Er stieß bei Grafenberg auf offene Ohren.
Die beiden vereinbarten sogleich ein Treffen. Da die Sache eilte, wollte Weber Grafenberg sofort aufsuchen und mit ihm über den Fund sprechen.

Kapitel 57

Grafenberg bewohnte mit seiner Frau eine spartanisch eingerichtete Dreizimmerwohnung im Dorfkern Sissachs. Aufgrund seiner Gehbehinderung hatte das Ehepaar seine Wohnung vor anderthalb Jahren behindertengerecht umbauen lassen. Grafenberg verzichtete aber mehrheitlich auf seinen Rollstuhl und quälte sich stattdessen mit seinen beiden Gehhilfen durch die Wohnung. Als Weber eintraf, wurde er gleich ins Wohnzimmer gebeten.
»Schön sehen wir uns wieder. Wie geht es dir, Steven?«
»Ging schon mal besser«, antwortete Weber. Er erzählte von den beiden Morden, der Entführung seiner Tochter und davon, dass er nicht nur von Verbrechern, sondern auch von der Polizei verfolgt wurde.
»Dann befindest du dich aber nicht gerade in einer komfortablen Lage«, fasste Grafenberg lakonisch zusammen.
Heidi Grafenberg stellte Kekse auf den Tisch und servierte Tee.

»Wie kann ich dir nun helfen?«, wollte der alte Mentor endlich wissen.
»Die ganze Situation hängt mit der Sache zusammen, die sich in diesem Umschlag befindet. Ich möchte, dass du dir den Inhalt anschaust. Allerdings bitte ich dich um strengste Geheimhaltung.« Weber legte den Umschlag auf den Tisch.
Grafenberg öffnete ihn und musterte die vier Abbildungen. Nach nicht einmal einer Minute legte er sie beiseite.
»Was meinst du dazu?«
»Es gibt zwei Möglichkeiten. Entweder es handelt sich hierbei um ein wertloses, von einem Laien erstelltes Fantasiegebilde oder…«
»Die Schriftstücke sind echt«, fuhr Weber dazwischen.
»So ist es. Wenn du mich fragst, glaube ich nicht, dass es sich um einen historisch wertvollen Fund handelt. Aber das sagt mir nur mein Bauchgefühl, und dieses ließ mich in letzter Zeit öfters im Stich.« Grafenberg fuhr sich mit der einen Hand über seinen Bauch. Weber erkannte erst jetzt, dass er massiv an Gewicht zugelegt hatte.
»Wo und wann wurde Tell eigentlich erstmals erwähnt?«
»Im Weißen Buch von Sarnen«, erklärte Grafenberg. »Aber beginnen wir die Geschichte von vorne. Im 15. Jahrhundert gab es in der Zentralschweiz einen Mann namens Hans Schriber. Er amtete als Obwaldner Landschreiber und beschäftigte sich auch mit Abschriften der eidgenössischen Bundesbriefe und anderer wichtiger Urkunden, die er in einem Buch zusammentrug. Dieses Werk ging später als ‚Das Weiße Buch von Sarnen' in die Geschichte ein. Die Chronik wurde zwischen 1470 und 1474 fertiggestellt. Am Ende des Buches ist die älteste und somit erste Erzählung über den Schweizer Nationalhelden Wilhelm Tell zu lesen. Die Tell-Sage passt in die Chronik, da sich darin viele Befreiungsgeschichten der Innerschweiz finden. Die Eidgenossen begannen sich damals bekanntlich gegen die Habsburger aufzulehnen.«
»Dann wurde Tell erstmals fast 200 Jahre nach dem angeblichen Apfelschuss erwähnt?«
»Das ist so. Allerdings gibt es auch in anderen Ländern Figuren, die ähnliche Heldentaten wie Wilhelm Tell begangen haben sol-

len. So schrieb bereits im 12. Jahrhundert der dänische Geistliche Saxo Grammaticus eine Geschichte nieder, die in fast allen Details mit derjenigen Tells übereinstimmt. In der nordischen Sage heißt der Held Toko und musste ebenfalls einen Apfel vom Kopf seines Sohnes schießen. Auch er hielt einen zweiten Pfeil bereit. In Saxos Erzählung findet der Tyrann am Ende den Tod durch Tokos Pfeil. Schribers herausragende Leistung bestand darin, die Geschichte aus dem Lateinischen zu übersetzen und auf die Schweiz zu adaptieren, so dass sie im Zusammenhang mit der Befreiungsgeschichte stand.«

»Dann ist dies ja der Beleg dafür, dass es Tell niemals gegeben hat«, resümierte Weber.

»Das kannst du so sehen. Allerdings weiß wohl jedes Kind, dass Tell einen Mythos darstellt. Im Laufe der Zeit wurde er zum Helden, zu einem Vorbild für viele Schweizer. Ob er wirklich gelebt hat, spielt eigentlich keine Rolle mehr.«

»Wenn es aber einen Tell gegeben hat, der nicht zum Helden avancierte, sondern seinen Sohn auf dem Gewissen hat, könnte dies schon für reichlich Gesprächsstoff sorgen.«

Grafenberg wollte dies nicht abstreiten. Auch er wusste, dass der Armbrustschütze allgegenwärtig war. Tell war ein beliebtes Werbeobjekt, fand sich nach Ansicht vieler Schweizer auf dem Fünffrankenstück und war der Liebling vieler Menschen, vor allem der jüngeren Generation. Er war vergleichbar mit Uncle Sam bei den Amerikanern, Marianne bei den Franzosen oder dem Deutschen Michel. Er stand sinnbildlich für die Schweiz und hatte wohl noch eine größere Bedeutung als Helvetia, die auf den meisten Schweizer Münzen zu sehen ist. Beides waren Nationalallegorien. Sie verkörperten das Wesen der Schweiz.

»Was würde sich am Bild der Schweiz ändern, hätte Tell nie gelebt oder wäre er gar ein Antiheld?«, wollte Weber wissen.

»Einige dürften darauf beharren, dass die Geschichte in den vielen Werken, in denen Tell vorkommt, neu geschrieben werden muss. Ich erinnere dich daran, dass nahezu jede Schweizer Chronik die Tell-Geschichte aus dem Weißen Buch von Sarnen übernommen hat.

Auch große Schriftsteller wie Friedrich Schiller nahmen Schribers Chronik als Grundlage für ihre Geschichten. Sein Werk ‚Wilhelm Tell' erlangte Weltruhm.«
»Schiller selbst wird nicht mehr erfahren, ob die ursprüngliche Version der Sage Tell als Mörder seines Sohnes darstellt.«
Nach einer kurzen Pause ergriff Grafenberg das Wort.
»Anscheinend agieren einige Personen im Untergrund, die alles dafür tun, um Tells Image des treffsicheren Schützen und Nationalhelden zu wahren.«
»Ich kann mir überhaupt nicht vorstellen, wer dafür zu töten bereit ist.«
»Ich wirklich auch nicht«, fügte Grafenberg bei.
Weber dankte ihm für seine Ausführungen. Schließlich wollte er noch wissen, wo er das Weiße Buch von Sarnen finden würde.
»Das Buch liegt im Staatsarchiv des Kantons Obwalden in Sarnen.«
»Dann werde ich dort vorbeischauen müssen.«
»Was hast du genau vor?«, wollte Grafenberg wissen.
Weber erläuterte ihm seine Pläne.
»Das ist doch verrückt! Damit würde dich bald die ganze Schweiz jagen.« Grafenberg versuchte, Weber seinen Plan auszureden. Dieser aber wollte die Sache durchziehen. Schließlich stand das Schicksal seiner Tochter auf dem Spiel. Und außerdem konnte es ihm egal sein, wenn er den einen oder anderen zusätzlichen Feind hatte.

Kapitel 58

Im Büro der Basler Kriminalpolizei arbeiteten nur wenige Beamte. Die meisten waren an diesem Tag für die Spätschicht vorgesehen. An Freitagabenden mussten die Polizisten in Basel nämlich besondere Präsenz markieren. Zwar kam es in den vergangenen Monaten nur vereinzelt zu schweren Übergriffen, bei denen sich Menschen verletzten. Allerdings hat die Zahl der Sachbeschädigungen und Ruhestörungen in letzter Zeit markant zugenommen. Mit größerer Polizeipräsenz und strengeren Personenkontrollen wollten die Basler Gesetzeshüter die Situation wieder in den Griff kriegen.

Benedict, Monika und der mit Handschellen versehene Peter Oberli saßen in einem der Besprechungsräume und berichteten über die Vorfälle der letzten Tage.
»Ihr sagt also, dass euer Lehrer unschuldig ist und ihr ihn freiwillig begleitet habt. Allerdings könnt ihr mir nicht genau erklären, weshalb ihr mit ihm mitgegangen seid. Ist das richtig so?«, resümierte Emil Keiser, der Chef der Kriminalpolizei Basel.
Die beiden Schüler nickten. Weder Benedict noch Monika hatten Interesse daran, mit der Polizei über die Hintergründe der Angelegenheit zu sprechen.
Sie wussten, dass sie ihrem Lehrer damit keinen Gefallen erweisen und auch Webers Tochter in noch größere Schwierigkeiten bringen würden.
»Ihr habt vorher erzählt, dass ihr plötzlich von zwei Männern verfolgt wurdet und deshalb untergetaucht seid. Wer sie sind und warum sie hinter euch her waren, wisst ihr wahrscheinlich immer noch nicht?«
Keiser erntete nur ein Kopfschütteln.
»Nachdem ihr in Adelboden übernachtet habt, seid ihr nach Einsiedeln gefahren, wo Herr Weber im Kloster vorbeischaute. Dort gab es dann das Blutbad, bei dem der Stiftsbibliothekar ums Leben kam.«
»Wir haben nicht viel davon mitbekommen, da wir uns zu diesem Zeitpunkt im Hotel Bären aufgehalten haben«, erklärte Monika.
»Der Abt hat der Polizei gegenüber glaubhaft versichert, dass Herr Weber mit dem Mord nichts zu tun hatte und den Täter auch nicht kannte.«
Schließlich wollte Keiser wissen, was die beiden Schüler und deren Lehrer in Benno Fröhlichs Büro zu suchen hatten.
»Herr Weber ist ja Geschichtslehrer und hat uns immer von einem Studium vorgeschwärmt. Da hat Monika ihn gefragt, ob er uns nicht einmal die Universität Basel zeigen könne. Speziell interessierte sie sich für das Historische Institut. Dort hat uns Herr Weber auch hingeführt«, erzählte Benedict.
»Das ist totaler Blödsinn. Meine Tochter hat sich noch nie für die Schule interessiert. Das ist die größte Lüge, die mir je aufgetischt

worden ist.« Peter Oberli hatte lange geschwiegen. Jetzt aber platzte ihm der Kragen.
»Herr Oberli, zu Ihnen kommen wir gleich«, beruhigte ihn Keiser. Dann widmete er sich wieder den Schülern.
»Ich nehme euch die Geschichte überhaupt nicht ab. Allerdings glaube ich euch, dass Herr Weber euch nichts angetan hat und ihr ihn tatsächlich freiwillig begleitet habt. Der Haftbefehl gegen ihn wird aber aufrechterhalten, solange wir nicht die ganzen Hintergründe kennen.«
Dann wandte sich Keiser Peter Oberli zu, der nun die Gelegenheit erhielt, seinen Standpunkt darzulegen. Monikas Vater sprach nochmals davon, dass Weber seine Tochter entführt hatte und dass er von Fröhlich auf der Straße ohne ersichtlichen Grund angegriffen worden war.
Er erzählte von seinen Verletzungen, die er bei diesem Zusammentreffen erlitten hatte. Schließlich betonte er erneut, dass Fröhlich und Weber womöglich unter einer Decke steckten.
»Jetzt hör aber auf, Papa! Herr Weber kannte den Professor bis vor knapp zwei Stunden selber noch nicht.«
»Mich würde interessieren, was sich heute Morgen im Büro des Professors genau zugetragen hat«, sagte Keiser.
»Ich habe mich für Fröhlichs Angriff revanchieren wollen. Er schlug mich gestern ja auch nieder.«
»Ich muss Ihnen wohl nicht erklären, Herr Oberli, dass man eine Straftat nicht mit einem Revancheakt sühnt. Die Bestrafung liegt immer im Kompetenzbereich der Justiz, also beim Gericht.«
Oberli schwieg betroffen, da er insgeheim wusste, dass Keiser Recht hatte.
»Die Verletzungen, die Sie Herrn Fröhlich zugefügt haben, waren massiv und sprechen für einen großen Hass ihm gegenüber.«
Wieder antwortete Oberli nicht.
Ein zweiter Polizist trat in den Raum und übergab Keiser eine Notiz.
»Um Klarheit zu bekommen, müssten wir eigentlich mit Herrn Fröhlich sprechen. Er könnte sicherlich etwas Licht ins Dunkel bringen.«

»Sie sagten eigentlich«, stellte Benedict sofort folgerichtig fest. »Unsere Abteilung hat soeben mit dem Krankenhaus telefoniert. Herr Fröhlich liegt im Koma und ist nicht ansprechbar. Die Ärzte meinten, er schwebe in Lebensgefahr.«
Oberli schien die Nachricht nicht sonderlich zu interessieren. Er murmelte etwas vor sich hin.
»Ich hoffe für Sie, Herr Oberli, dass Fröhlich durchkommt, und er keine bleibenden Schäden davon trägt. Sonst müssen Sie mit einer Anzeige wegen Mordes oder versuchten Mordes rechnen.«
»Das ist die Höhe!«, schrie Oberli empört. »Das Schweizer Rechtssystem ist eine Farce! Da wird man angegriffen und setzt sich zur Wehr. Nun habe ich eine Anzeige wegen Mordes am Hals! Das lasse ich mir nicht bieten!«
»Wie ich sehe, sind Sie schnell in Rage zu bringen. Ihre Reaktion ist maßlos übertrieben. Wenn Sie sich bei der Sache mit Fröhlich auch so hineingesteigert haben, lässt dies Ihre brutale Reaktion durchaus erklären. Ihre extreme Emotionalität stimmt mich äußerst nachdenklich. Haben Sie schon einmal an eine Verhaltenstherapie gedacht?«
Keisers belehrende Worte waren zu viel. Wieder spuckte Oberli auf den Boden und beleidigte den Polizeichef aufs Gröbste. Keiser ließ ihn deshalb sogleich abführen und in eine Zelle sperren. Benedict und Monika beobachteten, wie zwei Polizisten Oberli mitnahmen. Wieder einmal war sie von ihrem Vater enttäuscht worden.

Kapitel 59

Das Weiße Buch von Sarnen befand sich im sogenannten Hexenturm im Obwaldner Kantonshauptort. Der Burgturm, der in unmittelbarer Nähe des Rathauses lag, wurde vor der Entstehung der Eidgenossenschaft im Jahr 1291 erstellt und ging 1308 in den Besitz des Kantons Obwalden über. Seit dem 15. Jahrhundert diente er als Gefängnis, Archiv, Verhörkammer, Aufbewahrungsort des Staatsschatzes, Pulverlager und als Museum.
Weber beabsichtigte, einen Blick in das Weiße Buch von Sarnen zu werfen. Da der Archivturm aber nicht öffentlich zugänglich war,

entschied er sich, um eine Privatführung zu bitten. Er wollte sich persönlich beim Staatsarchivar des Kantons Obwalden für eine Führung am nächsten Tag anmelden. Deshalb griff er zu seinem Handy und wählte die entsprechende Nummer, während Grafenberg nur staunend zuschauen konnte.

»Staatsarchiv Kanton Obwalden. Richterich am Apparat.«

»Guten Tag, Herr Richterich. Tschopp ist mein Name«, log Weber, der inzwischen wusste, dass nun auch öffentlich landesweit nach ihm gefahndet wurde.

»Ich bin Redaktor bei der ‚Historischen Zeitschrift der Schweiz'. Wir sind ein neues Magazin, das mit einer Auflage von 50'000 Exemplaren erscheint.«

Manfred Richterich staunte. Erstens hatte er noch nie von dieser Zeitschrift gehört. Zweitens überraschte ihn die hohe Auflage. Auf jeden Fall reichten Webers Erklärungen bereits aus, um ihn zu ködern.

»Wie kann ich Ihnen helfen?«, wollte Richterich wissen, der sich um Bescheidenheit bemühte.

»Wir würden gerne den Hauptartikel unserer nächsten Ausgabe dem Weißen Buch von Sarnen widmen.«

»Das hört man gerne. Gehe ich richtig in der Annahme, dass Sie diesbezüglich Informationen von mir benötigen? Ich könnte Ihnen nächste Woche einen Termin anbieten.«

»Leider eilt die Sache. Sie kennen ja die Journalisten. Wir stehen immer unter Zeitdruck. Ist es Ihnen nicht möglich, mich morgen zu empfangen?«

»Lassen Sie mich überlegen. Ich habe morgen einen Termin. Aber… Ja, ich schicke Ihnen unseren wissenschaftlichen Mitarbeiter vorbei.«

Besser hätte es für Weber nicht laufen können. Das Treffen stand fest: Samstag, 9.30 Uhr. Das bedeutete, dass er noch über zwanzig Stunden Zeit hatte, bis er in Sarnen sein musste.

»Hast du deinen Termin?«, wollte Grafenberg wissen, der gespannt das Gespräch verfolgt hatte.

»Dank einer kleinen Notlüge ist es mir gelungen, morgen Vormittag ein Treffen zu arrangieren«, erklärte Weber seinem Freund.

Kaum eine Minute, nachdem er das Telefonat mit dem Staatsarchivar beendet hatte, klingelte sein Handy bereits wieder. Weber verkroch sich auf die Toilette, weil er nicht wollte, dass Grafenberg etwas vom Gespräch mitbekam. Der Anrufer kam sofort zur Sache.
»Jetzt hören Sie mir gut zu, Herr Weber. Ihre Tochter sitzt neben mir, und Sie werden gleich mit ihr sprechen können. Es soll aber keine längere Konversation werden. Sobald Sie gehört haben, dass es ihr gut geht, werde ich Lara das Telefon wieder wegnehmen. Bevor Sie aber Gelegenheit erhalten, mit Ihrer Tochter ein paar Worte zu wechseln, erläutere ich Ihnen die Spielregeln. Wenn Sie Lara lebendig zurück haben möchten, verschweigen Sie erstens die Botschaft des Fundes sowohl der Polizei als auch der Presse gegenüber. Zudem erwarte ich, dass ich spätestens am Sonntag wieder im Besitz der Abbildungen bin. Ort und genaue Zeit der Übergabe werde ich Ihnen noch bekannt geben.«
»Es liegt nicht nur an Ihnen, Forderungen zu stellen. Da ich etwas besitze, das Sie unbedingt zurück haben möchten, erwarte ich auch ein paar Dinge von Ihnen. Ich fordere, dass ich täglich ein Lebenszeichen von meiner Tochter erhalte.«
»Abgemacht!«, brummte der Mann am anderen Ende in den Hörer. »Und nun sprechen Sie mit ihr. Aber unterlassen Sie Fragen, die ich nicht hören möchte. Sie wissen schon, welche ich meine.«
Winkelried übergab das Telefon seiner Geisel.
»Hallo Papa.«
»Geht es dir gut?«
»Den Umständen entsprechend.«
»Kenne ich den Mann, der dich entführt hat.«
»Ja!«
Winkelried wurde wütend und riss Lara den Hörer sofort aus der Hand.
»Das war‘s!«
Er kannte Winkelried also. Irgendwie musste es ihm gelingen, dass ihm Lara einen unbemerkten Hinweis gab. Noch wusste er nicht, wie dies gehen sollte.

»Keine guten Nachrichten?«, fragte Grafenberg seinen Freund, nachdem dieser das Wohnzimmer wieder betreten hatte.
»Doch, alles im grünen Bereich.«
Danach verabschiedete sich Weber von seinem einstigen Mentor und verließ die Wohnung.

Kapitel 60

Seine Reise nach Sarnen wollte Weber noch am gleichen Tag antreten. Im Obwaldner Kantonshauptort beabsichtigte er, sich ein Zimmer zu suchen und wieder einmal einen stressfreien Abend zu verbringen. Dies tönte allerdings einfacher, als es war. Schließlich hatte Winkelried Lara entführt, und er selber wurde gleichzeitig von der Polizei und von Berufskillern verfolgt. Weiter drohte ihm die Entlassung an seiner Schule, da er dort seine Aufgaben im Moment nicht mehr wahrnahm. Die einzige Möglichkeit, alle Probleme in den Griff zu bekommen, lag darin, diejenigen Personen ausfindig zu machen, die das Geheimnis um Tell bewahren wollten. Insofern würde es ihm nicht leicht fallen, den Abend wirklich zu genießen.
Weber entschied sich, seinen Wagen in einem Luzerner Parkhaus abzustellen. Schließlich wusste die Polizei, mit welchem Fahrzeug und mit welcher Autonummer er unterwegs war. Nachdem er den Ford geparkt hatte, suchte er einen Laden auf, der Feuerwerkartikel verkaufte.
Weber besorgte sich zwei Kracher, wobei er sich genau erkundigte, wie groß der Knalleffekt sein würde. Der Verkäufer erklärte ihm, dass mit den Objekten ein ohrenbetäubender Lärm verursacht werden könne. Diese Antwort reichte Weber. Er bezahlte die beiden Böller, eilte zum Bahnhof und stieg in den nächsten Zug, der Richtung Sarnen fuhr.
Genau dreißig Minuten dauerte die Fahrt mit der S-Bahn. Während er im Zug saß, informierte er sich bereits über das Hotelangebot. Die Entscheidung war schließlich schnell gefallen.
Das Hotel Perle hatte Weber auf Anhieb überzeugt. Die Website versprach eine gute Aussicht und einen entspannenden Aufenthalt.

Außerdem bot die Wellnesswelt ein Caldarium, eine Sauna und ein Soledampfbad. Um sich etwas vom Stress zu erholen, reichte dies allemal aus.
Weber checkte unter dem Namen Zehnder ein, wobei er dem Mann an der Rezeption erklärte, dass er seinen Ausweis im Auto liegen gelassen hätte. Der Hotelfachangestellte ignorierte das fehlende Dokument, zumal das Hotel an diesem Tag ohnehin nur mäßig ausgelastet war. Entsprechend freute man sich über jeden Gast.
Weber zog sich auf sein Zimmer zurück und blickte aus dem Fenster. Vor ihm präsentierte sich die Burg Landenberg, das Wahrzeichen und zugleich historische Zentrum des Kantons Obwalden. Er öffnete das Fenster und atmete die frische Luft tief ein. Dabei genoss er es, den Trubel für ein paar Stunden hinter sich lassen zu können.
Nachdem er das Fenster wieder verriegelt hatte, wollte er seinen Koffer auspacken. Erst jetzt merkte er, dass er diesen im Auto liegen gelassen hatte. Er ging zum Schrank und öffnete diesen. Ein Bademantel und Flip Flops waren darin untergebracht. Zumindest einem Besuch in der Wellnesswelt stand nichts im Weg.
Er zog seine Kleider aus, schlüpfte in den Bademantel und holte sich im Badezimmer ein Badetuch.
Die Wellnesslandschaft erwies sich als idyllischer Ort, wo es sich der Besucher gut gehen lassen konnte. Weber ließ keine Zeit verstreichen und nutzte als Erstes die finnische Sauna. Schwitzen bei 90 Grad war angesagt. Nach zwölf harten Minuten – die Sanduhr kannte kein Erbarmen – verließ er die heiße Stube und gönnte sich eine kalte Dusche, ehe er es sich auf einem Liegestuhl bequem machte.
Neben ihm lag ein Ehepaar, das sich rege unterhielt. Obwohl Weber ein wenig zu schlafen versuchte, kam er nicht darum herum, dem Gespräch zu folgen. Anscheinend diskutierten der rund 60-jährige Mann und die wesentlich jüngere, schlanke Frau über die beiden Morde, die im Moment das Gesprächsthema Nummer eins in der ganzen Schweiz waren.
»Reich mir bitte mal die Zeitung! Ich will lesen, was die Medien über die beiden Morde berichten«, forderte die Frau ihren Gatten auf. Wortlos übergab dieser ihr die Zeitung.

»Typisch, wie die Medien das Verbrechen wieder darstellen. Die Geschichten müssen heute nur blutrünstig tönen.«
Weber versuchte einen Blick auf die Frontseite der Zeitung zu werfen. Es gelang ihm, zumindest den Titel und den Lead zu entziffern.

Zwei Morde erschüttern die Schweiz. Stiftsbibliothekar fand in heiligen Hallen einen schrecklichen Tod.

In einem weiteren Artikel auf der Titelseite erkannte er sein eigenes Bild. Das Foto stammte von der Website der Schule. Ebenso handelte eine weitere Frontgeschichte von ihm. Mit Mühe konnte er die dazugehörige Überschrift erkennen.

Lehrer mit zwei Schülern weiter auf der Flucht. Was hat Steven W. (46) mit den beiden Morden zu tun?

Dass er es ausgerechnet in diesem Zusammenhang auf die Frontseite einer der am meisten gelesenen Zeitungen der Schweiz schaffte, hätte er sich selbst in den schrecklichsten Albträumen nicht ausgemalt. Bis er von jemandem erkannt werden würde, war es also nur eine Frage der Zeit.
Weber verzichtete auf einen weiteren Saunagang und verzog sich auf sein Zimmer. Er betrat das Badezimmer und musterte sich im Spiegel. An seinem Äußeren musste er unbedingt etwas verändern. Er schaute auf die Uhr. Es war kurz vor sechs. Noch reichte die Zeit für einen Kurzbesuch beim Friseur. Weber zog sich an und marschierte Richtung Dorfkern.
Im erstbesten Friseursalon nahm er auf dem Stuhl Platz. Er bat die junge Friseurin, ihm einen Sommerlook zu verpassen. Weber erklärte ihr, dass er einen ganz kurzen Schnitt präferiere, woraufhin Barbara – so nannte sich die junge Frau – zur Maschine griff und diese auf vier Millimeter Länge einstellte. Zehn Minuten später war das Werk vollbracht, und Weber war nicht wieder zu erkennen. Von den braunen Locken war nichts mehr zu sehen.
Bei der Rückkehr in sein Hotel legte er einen Zwischenhalt am ört-

lichen Kiosk ein, in dem er sich eine aktuelle Tageszeitung kaufte. Schließlich wollte er in allen Einzelheiten wissen, was über ihn und die Morde berichtet wurde.
Vorbei an der Rezeption, an welcher der Hotelfachangestellte seinem Gast nur verwirrt nachblickte, gelangte Weber wieder in sein Zimmer. Er setzte sich auf den Bettrand und las die Artikel genauer.

Zwei Morde erschüttern die Schweiz. Stiftsbibliothekar fand in heiligen Hallen einen schrecklichen Tod.
Es war ein grauenhafter Anblick, der sich der Mordkommission der Schwyzer Polizei gestern gegen 21 Uhr im Kloster Einsiedeln bot. Auf dem Boden lag die Leiche von Stiftsbibliothekar Heinrich H. (80). Er war vor den Augen zweier Zeugen erschossen worden. Ausgerechnet in seinen Räumen, wo er seit Jahrzehnten jeweils einen Großteil des Tages verbrachte.
Abt Cornelius musste mitansehen, wie einer seiner Mitarbeiter hingerichtet wurde. »Ich werde diese Bilder niemals vergessen. Der Mörder kam aus dem Hinterhalt. Er sprach nur wenig. Dann schritt er zur Tat.«
Cornelius erklärte, dass Heinrich H. vor kurzem einen Umschlag erhalten hatte. Über den Inhalt sprach der Stiftsbibliothekar nicht. Dort läge wohl auch das Motiv, sagte der Klostervorsteher. In die Sache sei auch der flüchtige Lehrer Steven W. (46) involviert. Dieser befindet sich immer noch auf der Flucht. Der Lehrer hätte sich auch für den Inhalt des Umschlags interessiert. Sowohl Werner M. (62), der in der Nacht von Montag auf Dienstag umgebracht wurde, als auch Heinrich H. standen mit Steven W. in Kontakt.
Die ganze Schweiz fragt sich, wer das nächste Opfer sein wird. Julian Gerolf, Polizei-Pressesprecher der Kantonspolizei Schwyz, vermeldete, dass es keinen Grund gebe, in Panik zu verfallen. »Die Morde hängen wohl mit dem ominösen Umschlag und dessen Inhalt zusammen. Wer diesen nicht zu Gesicht bekommt, hat nichts zu befürchten.«
Die Polizei plant, die Medien heute um elf Uhr näher zu informieren.
Der Artikel erschien Weber für einmal äußerst sachlich. Auch mit der Feststellung, dass nur jene in Gefahr gerieten, welche den verän-

derten Tell-Mythos zu Gesicht bekamen oder davon hörten, lag die Zeitung goldrichtig.
Weber richtete sein Augenmerk auf den zweiten Artikel der Frontseite, der sich mit ihm selber beschäftigte. Er erfuhr darin, dass er sich noch immer auf der Flucht befand und die beiden Teenager ihn dabei begleiteten.
Zeitungen waren meistens einen Tag langsamer als das Geschehen selber. Seine Schüler waren mittlerweile nicht mehr auf der Flucht. Von den neusten Ereignissen würden die Zeitungen also erst am kommenden Tag berichten.
Er las weiter. In der Zeitung wurde gemeldet, die Anzeichen hätten sich verdichtet, dass es sich nicht um eine Entführung handelte, sondern dass die beiden Jugendlichen ihren Lehrer freiwillig begleitet hätten. Zitiert wurden diesbezüglich der Laufner Schulleiter und Benedicts Vater, die sich schützend vor Weber stellten. Zum Schluss war zu lesen, dass man sich an die Polizei wenden müsste, falls man die flüchtige Person sehen sollte.
Er legte die Zeitung weg und schloss für einen Moment seine Augen.

Kapitel 61

Der Keller wirkte düster. An den Wänden hingen alte Gemälde, welche die Visagen historisch unbedeutender Personen zeigten. Auf dem großen Tisch inmitten des Raumes brannten zwei Öllampen. Schwarze Rauchschwaden schwängerten die Luft, während sich ein Ölgeruch ausbreitete. Das Gemäuer machte einen gruseligen Eindruck.
Die Versammlung, die in wenigen Augenblicken beginnen sollte, wurde kurzfristig einberufen. Winkelried hatte im Vorfeld seinen ersten Untergebenen informiert, der sofort mit der Organisation des Anlasses begonnen hatte. Er hatte alle erreicht und sie auf die Dringlichkeit der Sitzung aufmerksam gemacht. Entsprechend waren sie fast vollzählig anwesend an diesem Abend.
Neben Winkelrieds Edelhelfer, der sich Stauffacher nannte, trafen

die Proletarier im Keller ein. Insgesamt zählte die Organisation 19 Proletarier, also Arbeitende, wobei sich nur Proletarier 1 bis 3 direkt mit Winkelrieds Aufträgen auseinandersetzten. Proletarier 4 bis 19 agierten im Hintergrund und hatten die Aufgabe, Augen und Ohren offen zu halten und Unstimmigkeiten an Stauffacher zu melden.
Bisher war es nur einmal vorgekommen, dass sich die Proletarier bei einem Problem nicht beim Edelhelfer gemeldet, sondern sich direkt mit Winkelried in Kontakt gesetzt hatten. Proletarier 1 und 2 wussten noch genau, wann dies der Fall gewesen war. Fröhlich hatte sie darüber informiert, dass Mangold auf die Schriftstücke gestoßen war. Aufgrund der Tragweite dieser Information hielten sich die beiden nicht an die Weisung, alles Wichtige zunächst Stauffacher weiterzuleiten. Stattdessen riefen sie Winkelried persönlich an.
Von den Proletariern wusste niemand, wer sich hinter Winkelried verbarg. Einzig Stauffacher genoss das Privileg, den Boss persönlich zu kennen.
Die beiden hatten sich 25 Jahre zuvor in einer Bar in Berns Stadtkern getroffen. Stauffacher hatte seinen Kollegen an der Theke von seiner nationalen Gesinnung erzählt, der Liebe zu Tell und dem Wert der eidgenössischen Traditionen. Winkelried, der sofort auf das Gespräch aufmerksam geworden war, nahm im Laufe des Abends mit Stauffacher Kontakt auf. Sie vereinbarten weitere Treffen und merkten bald, dass sie ein ähnliches Gedankengut hegten. Bereits bei ihrer vierten Zusammenkunft offenbarte Winkelried seinem neuen Freund den Mythos, der im Moment gerade für viel Aufregung sorgte. An diesem Abend gab Winkelried seinem neuen Freund auch den Namen Stauffacher.
Dieser erschien ihm äußerst passend, wollte er doch den Namen eines bekannten Eidgenossen wählen. Werner Stauffacher aus Schwyz gehörte der Sage nach neben Walter Fürst von Uri und Arnold von Melchtal aus dem Kanton Nidwalden zu den Ureidgenossen. Als Abgesandte der drei Urkantone schlossen diese einst auf der Rütliwiese einen Bund gegen die Habsburger. Dieser Mythos ging als Rütlischwur in die Geschichte ein.
Stauffacher klopfte mit einer Gabel an das Weinglas, das vor ihm

stand. Im Saal kehrte Ruhe ein. Gebannt warteten die Proletarier auf seine Worte.

»Geschätzte Bewahrer von Tells Erbe! Wir sind heute hier, weil wir in eine ungemütliche Situation geraten sind.«

Alle schauten ihren Vorgesetzten ernst an. Die wenigsten wurden über die Ereignisse der letzten Tage in Kenntnis gesetzt.

»Ich werde euch gleich bekannt geben, was sich zugetragen hat. Allerdings werde ich es unterlassen, euch in alle Details einzuweihen. Vielmehr legen wir den Fokus auf die Frage, was wir tun müssen, um wieder Herr der Lage zu werden. Unsere Schriftstücke, die wir einst verloren haben, sind in einem Luzerner Keller bei einer Ausgrabung wieder zum Vorschein gekommen. Es ist uns gelungen, diese vorübergehend wieder in unseren Besitz zu bringen. Seit heute Morgen befinden sie sich aber erneut in fremden Händen.«

Stauffacher blickte in die Runde. Während die einen die neusten Nachrichten mit Kopfschütteln quittierten, erstarrten die anderen vor Schreck.

»Unsere großen Ziele können wir immer noch erreichen. Wir wissen, wer die Schriftstücke im Moment besitzt. Bei der Person handelt es sich um einen Lehrer namens Steven Weber. Wir haben dessen Tochter entführen lassen, so dass wir nun ein Ass im Ärmel haben.«

Die Mienen der Anwesenden erhellten sich ein wenig. Noch war nicht alles verloren.

»Oberste Priorität hat nun, dass wir die Schriftstücke wieder in unseren Besitz bringen. Winkelried wollte Weber vorerst nicht umbringen, weil er dachte, dass er ihn noch benötigte.«

»Wer weiß alles vom Mythos?«, erkundigte sich ein Mann.

»Diesbezüglich sieht die Sache gut aus. Einzig Weber und womöglich die beiden Schüler wissen Bescheid, wobei die Jugendlichen die Tragweite sicherlich nicht einschätzen können. Außerdem hat sich Weber von ihnen getrennt. Wir wissen aus zuverlässiger Quelle, dass die zwei Schüler bisher kein Wort über die Abbildungen verloren haben. Auch die Polizei und die Medien tappen im Dunkeln. Sie wissen einzig, dass Schriftstücke gefunden wurden, die als Motiv für die Morde herhalten könnten.«

Schließlich kam Stauffacher auch auf die beiden Morde zu sprechen, die derzeit in den Medien aus jedem Winkel beleuchtet wurden.
»Die Toten gehen übrigens auf unser Konto. Werner Mangold stieß bei der Ausgrabung auf die Abbildungen. Er schickte diese dem Stiftsbibliothekar Heinrich Hertig, der sie ebenfalls zu sehen bekam. Proletarier 1 und 2 eliminierten schließlich Mangold, während Proletarier 3 Hertig tötete.«
Die Anwesenden schauten sich um. Niemand von ihnen wusste, wer sich hinter Proletarier 1, 2 und 3 versteckte. Alle besaßen Nummern, gaben diese aber niemals preis. Nur eines war klar: Personen in ihrem Kreis hatten zwei Morde begangen.
»Manchmal lässt die Entwicklung der Ereignisse keine andere Möglichkeit zu«, erklärte Stauffacher. »Die Morde dienten unserer Sache. Ich kann euch bereits jetzt mitteilen, dass die nächste Tat schon morgen stattfinden wird.«
Die versammelten Patrioten schauten sich erstaunt an. Sie verstanden zwar, dass sie zu radikalen Maßnahmen greifen mussten, um den Mythos zu wahren. Allerdings dachten die meisten dabei nicht an Mord.

Kapitel 62

Das Abendessen nahm er im Hotelrestaurant ein. Auch wenn er eigentlich keinen Appetit hatte, verpflegte er sich kurz am Salatbuffet. Danach begab er sich an die Hotelbar.
Vor ihm stand ein bis zum Rand gefülltes Glas. Weber hatte nicht einen doppelten, sondern einen dreifachen Whisky bestellt. Der Kenner hatte in der außerordentlich reich ausgestatteten Bar einen hervorragenden Tropfen erspäht.
Neben Weber saß ein rund 70-jähriger Mann mit kurzen, grau melierten Haaren, der ihn sofort in ein Gespräch verwickelte.
»Gewinnt unsere Schweizer Nationalmannschaft das morgige Spiel gegen Dänemark?«, wollte er wissen.
Weber schaute nicht auf, sondern blickte auf sein Glas. Er war nicht

sonderlich darauf erpicht, mit dem Mann über Fußball sprechen zu müssen.
»Ich glaube fest daran, dass wir gewinnen. Ich denke, das Spiel endet zwei zu eins für uns.«
Weber musste einmal mehr feststellen, dass die Leute sich immer als Bestandteil des Teams ansehen mussten und in der Wir-Sprache kommunizierten, wenn es um Fußball ging.
»Ich denke auch, dass die Schweiz einen Sieg landet«, antwortete Weber knapp und in der Hoffnung, dass der Mann die Diskussion bald beenden würde.
»Da sieht man, dass wir beide Fußball-Fachleute sind.«
Weber hatte keine Lust mehr, sich mit dem älteren Mann zu unterhalten, zumal ja noch sein Telefonat mit Winkelried anstand. Also verabschiedete er sich und eilte in die Hotellobby, wo er Winkelrieds Nummer wählte. Dieser nahm den Anruf sofort entgegen.
»Zuerst möchte ich mit meiner Tochter sprechen!«, begann Weber das Gespräch.
»Schon gut. Aber Sie haben nur wenige Sekunden Zeit!«
Winkelried stellte sein Handy auf den Lautsprecher-Modus und signalisierte danach Weber, dass er sprechen könne.
»Lara, geht es dir gut?«
»Den Umständen entsprechend. Ich hoffe, dass ich meinen Geburtstag am 14. Juli wieder zu Hause verbringen kann.«
Damit war die Konversation beendet. Dann wandte sich der Entführer erneut an Weber.
»Rufen Sie mich morgen wieder an. Und denken Sie daran: Kein Wort über den Mythos an die Presse oder die Polizei!«
Weber blieb verwirrt zurück.
Stand seine Tochter womöglich unter Drogen? Nun kannte sie nicht einmal mehr ihr Geburtsdatum. Sie feierte diesen doch im Januar!
Er verstand die Welt nicht mehr. Sogleich fragte er sich, worauf sich der 14. Juli bezog. Dieser war erst in vier Wochen. Er hatte die leise Ahnung, dass Lara ihm einen Hinweis auf den Entführer gegeben hatte. Allerdings konnte er mit dem Datum noch nicht viel anfangen.

Er kehrte an die Bar zurück und kippte den Whisky in einem Zug hinunter. Beleidigt ignorierte ihn der ältere Herr.
Bevor Weber sich schlafen legte, tätigte er nochmals einen Anruf. Er wählte Benedicts Handynummer.
»Schön, dass Sie mich anrufen. Wo befinden Sie sich im Moment?«
»Ich bin im Hotel Perle in Sarnen. Am Nachmittag besuchte ich meinen alten Mentor, der mir erklärte, dass ich die älteste Darstellung Wilhelm Tells im Weißen Buch von Sarnen finden würde. Deshalb bin ich hierher gefahren. Morgen Vormittag werde ich einen Blick auf das Buch werfen, sofern alles so abläuft, wie ich mir dies vorstelle.«
»Ich verstehe nicht, was das bringen soll«, entgegnete Benedict.
Erst jetzt erkannte Weber, dass er seinem Schüler noch gar nichts von den Abbildungen erzählt hatte.
»Das musst du im Moment noch nicht verstehen. Ich habe aber eine andere Frage. Was verbindest du mit dem Datum des 14. Juli?«
Als Erstes fiel Benedict der französische Nationalfeiertag ein, der sogenannte quatorze juillet, der an den Sturm auf die Bastille im Jahr 1789 erinnerte. Benedict ging allerdings davon aus, dass zwischen dem vorliegenden Fall und dem französischen Nationalfeiertag kein Zusammenhang bestand. Weber hörte, wie sich sein Schüler am Computer zu schaffen machte.
Wenig später wusste Weber, weshalb er dies tat.
»Es gibt da eine ganze Reihe von politischen, wirtschaftlichen und kulturellen Ereignissen, die im Laufe des letzten Jahrhunderts an einem 14. Juli stattgefunden haben. Allerdings sehe ich nirgends einen Bezug zu unserer Sache.«
»Ich glaube auch nicht, dass wir in der Geschichte suchen müssen. Meine Tochter sagte mir am Telefon, dass sie am 14. Juli wieder zu Hause sein möchte, da sie dann Geburtstag feiern würde. Dies stimmt so nicht, da sie im Januar geboren wurde.«
»Da kann ich Ihnen im Moment leider auch nicht weiterhelfen.«
»Schon gut, Ben. Ist bei euch alles in Ordnung?«
»Wir wurden von der Polizei noch lange vernommen. Die Kriminalbeamten wissen einzig, dass es einen Umschlag gibt, der mit den

Morden in Verbindung stehen könnte. Was sich darin verbirgt, haben wir ihnen natürlich verheimlicht, da wir Ihre Tochter nicht in Gefahr bringen möchten.«
»Herzlichen Dank dafür. Jetzt will ich dich nicht länger stören. Ich melde mich wieder. Bis morgen.«
»Geben Sie auf sich Acht! Gute Nacht.«
Benedict legte sein Handy weg und begab sich wieder in sein Bett. Er konnte aber lange nicht einschlafen. Erfolglos suchte er eine Erklärung für das erfundene Geburtsdatum.

Kapitel 63

Weber hatte vergessen, den Wecker zu stellen. Deshalb wachte er erst kurz vor neun Uhr auf. Das Frühstück musste ausfallen, da er sich um halb zehn Uhr beim Hexenturm verabredet hatte. Zuvor musste er unbedingt noch etwas erledigen, damit er seinen anstehenden Plan in die Tat umsetzen konnte. Für die Realisierung seines Vorhabens benötigte er zwei Jugendliche, die für ein kleines Taschengeld bereit waren, ihm für ein paar Minuten zur Verfügung zu stehen.
Diese fand Weber schon nach wenigen Augenblicken. Als er das Hotel verlassen hatte, fuhren zwei 14-jährige Jungen mit ihren Skateboards an ihm vorbei. Im ersten Moment nervte sich Weber wieder einmal darüber, dass diese wie so viele Gleichaltrige ihre Hosen viel zu tief trugen und ihre Boxershorts zum Vorschein kamen. In der Schule sprach der Lehrer seine Kinder jeweils darauf an und erklärte ihnen, dass sie sich an einem Arbeitsort befänden und sich dementsprechend zu kleiden hätten. Zum jetzigen Zeitpunkt interessierte Weber die Kleidung aber weniger.
Er erklärte den beiden, was er von ihnen erwartete und gab ihnen jeweils zwanzig Franken bar in die Hände. Schließlich ging er mit ihnen Richtung Hexenturm. Fünfzig Meter vor dem Gebäude blieb er stehen.
»Dort drüben geht ihr in Stellung.« Er deutete auf einen Baum, der sich neben dem Gebäude befand. »Ihr wisst, was zu tun ist?«
Die Jugendlichen nickten.

Weber schlenderte in gemütlichem Tempo zum Turmeingang, wo ein junger Mann bereits auf ihn wartete.
»Sie müssen Herr Tschopp sein? Ich bin Leo Gerber, wissenschaftlicher Mitarbeiter im Staatsarchiv des Kantons Obwalden. Herzlich willkommen.«
Weber, der weiterhin einen falschen Namen verwendete, begrüßte Gerber freundlich und bedankte sich für das Treffen.
»Dann lassen Sie uns loslegen. Ich schlage vor, dass wir uns gleich dem Innern des Turmes zuwenden. Den Schwerpunkt meines Artikels lege ich auf das Weiße Buch von Sarnen«, erklärte Weber.
»Dann werfen wir doch gleich einen ersten Blick darauf.«
Sie stiegen die Treppe hoch und gelangten in einen kleinen Raum.
»Ich nehme an, dass Herr Richterich Ihnen erklärt hat, dass dieser Turm für die Öffentlichkeit nicht zugänglich ist. Deshalb legen wir auch keinen Wert darauf, dass der Raum optisch den höchsten Ansprüchen genügt.«
Weber schaute sich um. In der Tat diente der Turm mehr als Abstellkammer als repräsentativen Zwecken.
»Geben Sie mir kurz Zeit. Ich werde Ihnen das Buch gleich bringen.«
Gerber verschwand hinter einem Regal. Es dauerte nicht lange, ehe er mit einem Buch in den Händen wieder erschien.
»Da hätten wir das Objekt Ihrer Begierde.«
Vor Weber lag das Buch, das einen unschätzbaren Wert hatte.
»Viele Historiker haben dieses herangezogen, um über die Entstehungsgeschichte der Schweiz Klarheit zu gewinnen«, erläuterte Gerber. »Es besteht aus einem mehrere hundert Seiten langen Urkundenteil und weiteren zehn Seiten, die sich mit Wilhelm Tell befassen und dessen Geschichte erzählen. Das Buch besaß bis ins Jahr 1930 einen Deckel aus Pergament, der inzwischen entfernt worden ist. Schriber, der Verfasser dieser Chronik, hat den Textteil einst mit römischen Zahlen versehen. Im 20. Jahrhundert erhielt das ganze Buch arabische Ziffern.«
»Könnten Sie mir die Seiten zeigen, auf denen wir Tells Geschichte finden?«, schlug Weber vor.

Gerber blätterte vorsichtig die Seiten um, während er dem angeblichen Journalisten weitere Informationen zukommen ließ.
»Es gibt einige Historiker, die dieses Buch als Geschichtsquelle nicht akzeptieren. Sie verweisen darauf, dass die Chronik von Sarnen kein authentischer Bericht ist, sondern reine Fiktion. In jüngster Vergangenheit ist eine Diskussion darüber entbrannt, wie viel Wahrheit hier drin steckt.«
Der Lehrer wusste, dass über den Wahrheitsgehalt der Chronik keine Klarheit herrschte. Dies aber machte gerade den Reiz von solchen Werken aus.
»Wissen Sie eigentlich, wann dieses Buch gefunden wurde?«
Weber schüttelte den Kopf. Das genaue Datum kannte er nicht.
»Das vor uns liegende Werk wurde erst im Jahr 1855 entdeckt. Es gab übrigens mehrere Abschriften von Schribers Chronik, so auch jene des Schweizer Historikers Aegidius Tschudi. In seiner ‚Chronicon Helveticum' nahm er Bezug auf die Jahre 1000 bis 1470. Grundlage seiner Ausführungen bildete unter anderem das Weiße Buch von Sarnen.«
»Ich verstehe nicht ganz, wie Schiller sein Buch über Wilhelm Tell schreiben konnte, wenn die hier vorliegende Chronik erst im Jahr 1855 entdeckt worden ist.«
»Schiller benutzte als Grundlage nicht das Weiße Buch von Sarnen, sondern die Chronicon Helveticum von Tschudi.«
Der junge Mann schien sich mit der Sarner Chronik bestens auszukennen.
»Also hat sich Schiller auf Tschudi bezogen, der sein Wissen wiederum dem Weißen Buch von Sarnen entnahm.«
»Das sehen Sie richtig. Vielleicht interessiert es Sie auch, woher Schriber sein Wissen hatte?«
Obwohl das Weiße Buch offen vor ihm lag und er nur darauf wartete, seinen Plan umzusetzen, interessierten Weber die Ausführungen des wissenschaftlichen Mitarbeiters.
»Grundlage des Weißen Buches von Sarnen ist die Berner Chronik von Justinger aus dem Jahr 1420. In dem Buch wird erstmals der Widerstandskampf der Waldstätte gegen die Habsburger thema-

tisiert. Zweite Quelle von Schriber bildete die in Latein verfasste Schrift von Felix Hemmerli mit dem Titel ‚De nobilitate et rusticitate dialogus'. Er berichtet darin über die Entstehung der Eidgenossenschaft. Einige der darin enthaltenen Episoden finden sich auch in diesem Werk hier.«

Gerber beendete seine Ausführungen und widmete sich dem vor ihnen liegenden Werk, während Weber ungeduldig auf seine Uhr blickte.

»Haben Sie es eilig?«, wollte Gerber wissen.

»Nein, in keiner Weise.«

»Auf Seite 447 finden wir übrigens die Stelle mit dem Apfelschuss«, erklärte der Experte.

Weber beugte sich über das Buch und begann zu lesen:

Nu was der Tall gar ein güt Schütz er hat oüch hübsche kind die beschigt der herre zü imm / vnd twang den Tallen mit sinen knechten / das der Tall eim sim kind ein öpfel ab dem höupt müst schiessen.

»An dieser Stelle befassen wir uns mit einer der berühmtesten Szenen der mythologischen Schweizer Geschichte«, erzählte Weber, der wiederum einen Blick auf seine Uhr warf. Das Verhalten des Lehrers schien Gerber zu irritieren.

»Wirklich alles in Ordnung bei Ihnen?«

Weber nickte, und Gerber fuhr mit seinen Ausführungen fort.

»Schriber hat seine Chronik zwischen 1470 und 1472 vollendet und in den beiden folgenden Jahren noch weitere Beiträge angefertigt. Von 1481 bis 1607 gab es fünf weitere Nachträge, die in das Buch integriert wurden. Die hier vorliegende Geschichte Tells findet sich in Justingers Chronik übrigens nicht.«

Nun war Weber in jeder Hinsicht informiert. Auch das Timing passte auf die Sekunde genau.

Plötzlich ertönte draußen ein ohrenbetäubender Knall. Ein zweiter folgte gleich hinterher. Gerber eilte zum Fenster und schaute hinaus, um zu prüfen, was passiert war.

Für einen Moment ließ er das wertvolle Werk aus den Augen. Weber nutzte die Gelegenheit, riss zwei Ecken aus dem Buch heraus und ließ diese in seiner Hosentasche verschwinden. Er besaß nun ein Stück Papier des Urkundenteils und eines der Tell-Geschichte. Nachdem er die beiden Schnipsel versteckt hatte, schlug er das Buch zu. Gerber hatte nicht mitbekommen, was Weber soeben getan hatte.

»Seit kurzem kann man übrigens Tells Geschichte, wie Sie sich Ihnen vor wenigen Sekunden präsentiert hat, in der virtuellen Handschriftenbibliothek ‚e-codices' nachlesen«, erläuterte der Kenner, worauf sein Gegenüber ihm versicherte, dass er dies auf jeden Fall noch tun werde.

Schließlich erklärte Weber, dass er genügend Informationen für einen Artikel hätte. Er versprach dem wissenschaftlichen Mitarbeiter auch, ihm den Bericht zum Gegenlesen zu übermitteln. Dieser bedankte sich bereits jetzt für die wohlwollende Berichterstattung.

Weber fühlte sich nicht wohl dabei. Er erhielt einen Dank, obwohl er sich unrechtmäßig als Journalist ausgegeben, Gerbers Zeit in Anspruch genommen und einen Teil des Weißen Buches von Sarnen zerstört hatte.

Ihn beschlich ein schlechtes Gewissen. Aber er hatte keine andere Möglichkeit. Schließlich ging es um Leben und Tod.

Kapitel 64

Die Ärzte äußerten sich Fröhlichs Gesundheitszustand betreffend vorsichtig optimistisch. An einer Pressekonferenz orientierten sie die Medienschaffenden über den Grad der Verletzungen und den anvisierten Heilungsverlauf. Die Pressekonferenz musste einberufen werden, weil immer wieder Journalisten im Krankenhaus aufgetaucht waren und wegen einer Exklusivstory angefragt hatten. Das Medieninteresse war so groß, dass die Ärzte und das Pflegepersonal während ihrer Arbeit immer wieder gestört wurden und ihren Job deshalb nicht mehr gewissenhaft erledigen konnten.

Luzia Pechstein hatte einen anstrengenden Nachtdienst in der Basler Uni-Klinik erlebt. Von den fast zwanzig Patienten, die sich in

der vorigen Nacht auf der Notfallstation eingefunden hatten, musste sie sich gleich mit deren sieben selber herumschlagen. Bei zwei Patienten stellte sie eine Alkoholvergiftung fest, weitere zwei waren in eine Keilerei in einer berüchtigten Basler Bar verwickelt, ein Mann hatte die Kontrolle über sein Mofa verloren und zog sich diverse Schürfungen und Prellungen zu. Eine ältere Frau klagte über Schmerzen in der Brustgegend und vermutete einen Herzinfarkt, was sich aber nicht bewahrheitete. Am meisten blieb ihr hingegen jener Mann in Erinnerung, der behauptete, Gespenster gesehen zu haben und deshalb total verwirrt war. Pechstein vermutete, dass die Halluzinationen vom Drogenkonsum herrührten.
Um neun Uhr morgens begann schließlich die Pressekonferenz, bei der Pechstein und zwei Kollegen den Journalisten Rede und Antwort stehen mussten. Nach vierzig Minuten verließen die Presseleute den kleinen Raum wieder, in welchem der Anlass stattgefunden hatte.
Pechstein nutzte die ruhige Minute, um mit Oberarzt Dieter Klimm Patient Fröhlich einen Besuch abzustatten. Dieser lag noch immer auf der Intensivstation, verkabelt und von Monitoren überwacht. In seinem Arm steckte eine Nadel, durch die er ein Schmerzmittel verabreicht bekam.
»Guten Morgen, Herr Fröhlich«, sprach Doktor Klimm. Er wusste, dass Patienten im Koma mehr von der Umwelt mitbekamen, als man gemeinhin dachte. »Sie machen Fortschritte. Ihre Atmung hat sich stabilisiert und auch Ihr Herz schlägt wieder regelmäßiger. Vielleicht können wir noch heute die künstliche Beatmung einstellen.«
»Er macht tatsächlich enorme Fortschritte«, freute sich auch Luzia Pechstein.
»Wir schauen später wieder vorbei«, verabschiedete sich der Oberarzt vom Patienten nach der Kurzvisite.
Pechstein und Klimm verließen die Intensivstation und schritten den Korridor entlang. In diesem Moment begegnete ihnen ein Mann, den sie zuvor noch nie gesehen hatten. Sie gingen davon aus, dass es sich um einen etwas älteren Studenten handelte, der einem Arzt über die Schulter schauen durfte. Der Fremde trug eine Jeanshose und einen weißen Ärztekittel. Die Brille mit den runden Gläsern auf

seiner Nase war längst außer Mode. Dies interessierte den Mann jedoch nicht, zumal er das Accessoire nur zur Tarnung benutzte.
Vor dem Eingang zur Intensivstation blieb er stehen. Dass er einen eigenen Mann ausschalten musste, missfiel Stauffacher. Aber Winkelried hatte ihm den entsprechenden Auftrag gegeben, und er wollte seinen Vorgesetzten nicht enttäuschen.
Die Gründe für Fröhlichs Beseitigung konnte Stauffacher nachvollziehen. Der Professor stand unter Beobachtung und würde früher oder später bei der Polizei aussagen müssen. Um für sich mildernde Umstände geltend machen zu können, würde Fröhlich womöglich auspacken. Dies wollte Winkelried zwingend verhindern. Deshalb war er auch bereit, seinen Mitarbeiter dafür zu opfern. Die Zeit von Proletarier 3 namens Fröhlich war abgelaufen.
Stauffacher betrat den Raum, in dem rund ein Dutzend Patienten lagen. Fröhlichs Abteil befand sich zuhinterst im Saal. Vom falschen Arzt nahm niemand Notiz, weil die Vorhänge rund um die Abteile einen Blick ins Innere verhinderten. Er zog den hintersten Vorhang auf und näherte sich dem Bett.
Er nahm den Tropf und goss eine Flüssigkeit hinein. Lange hatte er gesucht, bis er das perfekte Gift gefunden hatte. Letztlich entschied er sich für Tetrodotoxin, das sich bei intravenöser Verabreichung innert Kürze im gesamten Nervensystem ausbreitete und eine Atemlähmung zur Folge hatte. Die hochgiftige Substanz war natürlicherweise unter anderem in Kugelfischen zu finden. Tetrodotoxin wirkte zehntausend Mal tödlicher als Zyankali.
Wenige Augenblicke später versagte Fröhlichs Atmung. Stauffacher hatte zum ersten Mal in seinem Leben einen Menschen auf dem Gewissen. Als das Krankenhauspersonal den Tod des Professors feststellte, saß Stauffacher bereits in seinem Auto und orientierte seinen Chef über die geglückte Mission.
Im Krankenhaus ahnte noch niemand etwas von dem Mord. Vielmehr führten die Verantwortlichen Fröhlichs Tod auf die Folgen der Verletzungen zurück, die er bei der Auseinandersetzung mit Peter Oberli erlitten hatte. Die Situation, in der sich Monikas Vater seit Fröhlichs unerwartetem Ableben befand, wurde zusehends unge-

mütlicher. Oberli erwartete nun nicht mehr nur eine Anzeige wegen schwerer Körperverletzung, sondern auch wegen Körperverletzung mit Todesfolge.

Kapitel 65

Die Rückkehr vom Hexenturm führte Weber wieder am Kiosk vorbei, an dem er sich am Vortag eine aktuelle Tageszeitung gekauft hatte. Wiederum entschied er, sich das Boulevardblatt zu besorgen. Ebenso hatte er kurz zuvor beschlossen, noch einen Tag länger in Sarnen zu bleiben. Er wollte sich am Nachmittag über das weitere Vorgehen klar werden.
Die beiden Teile des Weißen Buches konnte er erst am Montag zur Analyse ins Labor bringen. An Samstagen und Sonntagen arbeiteten die Männer, die er kannte und welche die Analyse durchführen sollten, nicht. Deshalb musste er sich diesbezüglich auch nicht beeilen.
Im Hotel Perle angekommen, setzte er sich wieder an die Theke, an der er bereits den Vorabend verbracht hatte. Der ältere Mann war an diesem Tag nicht da. Weber bestellte sich einen Kaffee und zog die Zeitung aus der Tüte.
Die erste Schlagzeile, die er auf der Frontseite zu lesen bekam, freute ihn.

Lehrer unschuldig! Kinder wieder zurück und wohlauf!

Der Artikel, der sich unter dieser Überschrift fand, widmete sich den Ereignissen des Vortages. Er erzählte von dem Besuch bei Professor Fröhlich, Peter Oberlis Attacke und Webers neuerlicher Flucht. Weshalb der Lehrer getürmt war, konnten sich die zu Wort kommenden Personen nicht erklären. Allerdings hieß es erneut, dass ein Umschlag mit einem darin enthaltenen Geheimnis im Mittelpunkt der beiden Morde stehen könnte. Die letzten Sätze interessierten Weber besonders, da sie sich mit ihm selber beschäftigten.

»Unser Lehrer ist unschuldig. Wir hätten jederzeit nach Hause

zurückkehren können«, sagt Monika O. (15). Die Polizei hat den Haftbefehl wegen Entführung zwar aufgehoben. Allerdings wird die Suche nach dem 46-Jährigen intensiviert. Solange der Inhalt des Umschlags nicht bekannt ist, wird das Morden weitergehen. »Zumal«, erklärt ein Beamter der Kriminalpolizei Basel, »Weber selber die Botschaft aus dem Umschlag kennen und somit ebenfalls auf der Abschussliste stehen dürfte.«

Weber wollte sich nach der Lektüre etwas frisch machen. Als er unter der Dusche stand, kam ihm plötzlich seine Ex-Frau in den Sinn. Irgendwie fühlte er sich verpflichtet, sie über Laras Situation zu unterrichten. Nachdem er sich abgetrocknet hatte, griff er zum Handy. »Hallo Helene. Ich hoffe, ich störe nicht.« Seit dem Tag der Trennung vor rund vier Jahren beschränkten die beiden den Kontakt auf das Nötigste. Es war kurz vor Weihnachten im Jahr 2013, als Helene ihrem Mann eröffnete, dass sie sich neu ausrichten wolle und sie fortan getrennte Wege gehen sollten. Erst Monate später hatte Weber erfahren, dass Helene schon zum Zeitpunkt der Trennung eine neue Beziehung begonnen hatte. Nicola Spaar war fünf Jahre jünger als Helene und arbeitete in einem Malergeschäft. Steven Weber konnte bis zum heutigen Tag nicht nachvollziehen, warum sich seine Ex-Frau so von ihrer neuen Liebschaft angezogen fühlte. Spaar wirkte ungepflegt und hatte die Angewohnheit, sich stets bis am späten Abend in Kneipen aufzuhalten. Lange dauerte es nicht, bis Helene ihre Nächte mehr bei ihrem neuen Liebhaber als in ihrem eigenen Heim verbrachte. Seit diesem Zeitpunkt begann Lara ihre neu gewonnene Freiheit auszunützen.
Steven Weber versuchte immer wieder, seine Tochter auf den rechten Weg zurückzubringen. Es kam aber alles anders. Lara wechselte nach der Primarschule in die progymnasiale Abteilung eines Basler Gymnasiums. Allerdings endete ihr dortiger Weg nach der neunten Klasse, weil ihre Leistungen nicht ausreichten, um in die Oberstufe übertreten zu können. Dank den Beziehungen ihres Vaters fand Lara schließlich eine Lehrstelle auf einer Bank.

»Endlich meldest du dich. Ich habe versucht, dich auf dem Handy zu erreichen. Dieses war aber immer ausgeschaltet. Weißt du, wo sich unsere Tochter aufhält?« Helenes Stimme war aufgebracht.
»Woher sollte ich dies wissen? Du bist doch diejenige, die für die Erziehung zuständig ist und den Umgang zwischen Lara und mir auf das Minimum beschränkt hat.«
»Es ist Laras Entscheidung, wie oft sie dich sehen möchte. Darauf habe ich keinen Einfluss. Das weißt du genau. Aber was viel wichtiger ist: Lara ist seit Donnerstag verschwunden. Ihr Lehrmeister hat mich heute angerufen und hat mir mitgeteilt, dass sie gestern nicht bei der Arbeit war.«
Steven Weber kochte vor Wut. Lara war seit zwei Tagen nicht mehr zu Hause und seine Ex-Frau hatte erst heute festgestellt, dass sie verschwunden war.
»Wunderbare Erziehung«, murmelte Weber in das Telefon, wobei er genau wusste, dass er an der Gesamtsituation eine große Mitschuld trug.
Helene quittierte die Antwort mit Schweigen.
»Ich muss dir etwas Wichtiges sagen«, erklärte Steven Weber schließlich stockend. »Ich weiß zumindest, warum Lara seit ein paar Tagen nicht mehr zu Hause aufgetaucht ist. Am Donnerstag erhielt ich einen Anruf und dabei die Mitteilung, dass jemand Lara entführt hat.«
»Das ist nicht wahr! Du lügst!«
In Helenes Stimme spiegelte sich blankes Entsetzen. Sie glaubte ihrem Ex-Mann kein Wort.
»Leider ist das die Wahrheit. Ein Mann hat mich angerufen und mich über die Entführung unterrichtet. Ich habe mit Lara gesprochen. Sie hat die Sache bestätigt.«
»Warum erzählst du mir das erst jetzt?«, schnauzte Helene empört in den Hörer.
»Das ist im Moment nebensächlich. Wichtig ist, dass wir weder die Polizei noch dic Presse über die Entführung informieren. Wir brächten Lara so in eine lebensgefährliche Situation. Hast du mich verstanden?«
»Ja. Aber…«

»Es gibt kein Aber, Helene. Die Weisungen des Entführers waren klar. Keine Polizei, keine Presse!«
»Können wir uns treffen?«
»Im Moment ist dies schwierig, da ich mich in Sarnen aufhalte.«
»Was machst du in Sarnen?«, fragte Helene sichtlich überrascht.
Weber wollte seiner Ex-Frau zunächst antworten, dass es sie nicht zu interessieren habe, was ihn nach Sarnen geführt habe. Allerdings wusste er, dass es in der aktuellen Situation besser war, zu kooperieren.
»Ich kann dir wirklich keine Details verraten. Das Ganze hängt aber mit der Entführung zusammen. Ich weiß, dass unser Kontakt in den letzten Monaten nicht mehr der Beste war. Bitte schenke mir nun aber etwas Vertrauen, da wir beide das gleiche Ziel verfolgen. Unsere Tochter soll gesund nach Hause zurückkehren. Kannst du mir vertrauen?«
Auch wenn es Helene schwer fiel. Sie wusste, dass ihr Ex-Mann ihr gemeinsames Kind über alles liebte und nichts unversucht lassen würde, um Lara zurückzuholen. Deshalb wollte sie sich vorerst an die Anweisung halten, die Polizei nicht einzuschalten.

Kapitel 66

Nach einem weiteren obligatorischen Anruf bei Weber, den er auch dieses Mal wieder einige Stunden zu spät gemacht hatte, zog sich Winkelried in sein Büro zurück. Obwohl Samstag war, wartete ein Stapel Dokumente darauf, bearbeitet zu werden. Er wusste, dass eine weitere Nachtschicht anstand. Angesichts der Umstände musste er diesbezüglich in den sauren Apfel beißen.
Immerhin verlief das Gespräch mit Laras Vater gut, da Weber darin versichert hatte, weder Polizei noch Presse in die Sache einzuweihen. Winkelried hatte während des kurzen Anrufs ebenfalls erfahren, dass Weber seine Ex-Frau über die Entführung informiert hatte.
Beim vorangegangenen Anruf hatte Winkelried peinlichst genau darauf achtgegeben, dass Lara nur kurz zu Wort kam. Er ließ sie einen Satz vorlesen, den er zuvor notiert hatte. Darin erklärte Lara, dass

es ihr gut gehe. Dass sie im vorletzten Gespräch ihren Vater auf den eigenen Geburtstag aufmerksam gemacht hatte, verwunderte Winkelried.

Er konnte nicht verstehen, wie das Mädchen in seiner Situation an den eigenen Geburtstag denken konnte. Stets rechnete er damit, dass in Nachrichten Informationen versteckt sein konnten. Er schloss deshalb nicht aus, dass Lara ihrem Vater einen heimlichen Tipp gegeben hatte.

Die Ereignisse der letzten Tage missfielen Winkelried. Dass inzwischen drei Menschen getötet werden mussten, passte so gar nicht in seinen ursprünglichen Plan.

Er wollte ohne Nebengeräusche sein Ziel erreichen. Inzwischen berichteten nicht nur nationale, sondern auch internationale Medien von den jüngsten Zwischenfällen.

Wichtiger als die Arbeit erschienen Winkelried in diesem Moment die vier Schriftstücke, die er zurück haben wollte. Dass er sie ausgerechnet in jenem Buch versteckt hatte, das bei der Ausgrabung im Luzerner Keller gefunden worden war, erwies sich im Nachhinein als unglücklicher Umstand.

Niemals hätte er gedacht, dass in diesem veralteten, seit Jahren nicht mehr betretenen Raum eine Ausgrabung stattfinden würde. Solche Unternehmungen kannte er ohnehin nur aus Filmen, wobei diese oft in Gräbern in Ägypten spielten.

Warum hatte seine Gruppe die Dokumente nicht längst vernichtet? Man wäre nie in diese Situation geraten.

Wäre es nach Winkelried gegangen, würden die Aschenreste der Schriftstücke jetzt in irgendeinem Kamin liegen.

In seinem Kreis saßen aber Leute, die trotz der Problematik, die sich hinter den Abbildungen verbarg, eine Vernichtung derselben ablehnten, da es sich trotz allem um historische Dokumente handelte.

Winkelried wusste, dass diese Leute die Realität verkannten. Die Authentizität der Schriftstücke war stark zu bezweifeln. Er wollte die Lüge deshalb für immer aus der Welt schaffen. Wenn er und seine Männer vor Mord nicht zurückschreckten, dann si-

cherlich auch nicht vor der Vernichtung von vier Schriftstücken, die eine Lüge in der Welt verbreiteten.
Winkelried griff zum Telefon und wählte Stauffachers Nummer. Die Anweisungen, die er an seinen Edelhelfer richtete, enthielten eine klare Botschaft. Stauffacher versprach, sich der Sache sofort persönlich anzunehmen.

Kapitel 67

Weber genoss die Ruhe in seinem Zimmer. Nachdem er die Bar verlassen hatte, verlängerte er seinen Hotelaufenthalt um eine weitere Nacht und kaufte im örtlichen Supermarkt die wichtigsten Utensilien ein, weil er seine persönlichen Gegenstände im Auto hatte liegen lassen. Neben einer Zahnpaste, einer Zahnbürste, Unterwäsche, einem neuen Hemd, einer Badehose und einem Pyjama besorgte er sich auch eine Schweizer Karte. Ob er diese brauchen würde, wusste er allerdings noch nicht.
Wie am Vortag schlüpfte er später wieder in den Bademantel und begab sich in den Wellnessbereich. Dieses Mal plante er, länger im Saunabereich zu bleiben.
Die erste Runde im türkischen Dampfbad dauerte fünfzehn Minuten, wobei sich Weber jeden Schweißtropfen hart erkämpfen musste. Dass es in Finnland Leute gab, die an Sauna-Weltmeisterschaften teilnahmen und stundenlang darin verharren konnten, verstand er nicht. Für ihn gab es nichts Schöneres, als sich nach einem Saunagang hinzulegen und ein Buch zur Hand zu nehmen. Die nächste Runde in der Hölle, wie er die Sauna aufgrund der Temperaturen hin und wieder bezeichnete, durfte mindestens eine halbe Stunde warten. Die Wellnesslandschaft wirkte an diesem Samstagnachmittag wie ausgestorben. Wahrscheinlich schreckten die sommerlichen Temperaturen die Menschen von einem Aufenthalt dort ab. Das Freibad war der geeignetere Ort, um den heißen Nachmittag zu verbringen. Das sonnige Wetter hinderte Weber nicht daran, mehrmals die Sauna und das Dampfbad aufzusuchen. Für einen Moment dachte er nicht an seine Tochter, die in größter Gefahr schwebte.

Nach knapp zwei Stunden stand er wieder vor der Tür zu seinem Zimmer. Er kramte den Schlüssel aus der Tasche seines Bademantels hervor und öffnete das Schloss. Dabei hörte er gerade noch, wie sein Handy einen letzten Ton von sich gab und dann verstummte. Weber warf einen Blick auf das Display. Acht Anrufe in Abwesenheit wurden angezeigt, wobei sämtliche Anrufe von der gleichen Person stammten. Er kannte die Nummer nicht. Aufgrund der Hartnäckigkeit des Anrufers entschied er sich, zurückzurufen.
»Ich habe soeben auf dem Display gesehen, dass Sie mich mehrfach zu erreichen versucht haben.«
»Dem ist so«, antwortete der Mann am anderen Ende langsam und mit künstlich verzerrter Stimme. »Sie kennen mich noch nicht. Gestatten, dass ich mich kurz vorstelle? Mein Name ist Stauffacher.«
Als Geschichtslehrer wusste Weber, wer Stauffacher war.
»Aufgrund Ihres Namens und der Tatsache, dass Sie meine neue Handynummer kennen, gehe ich davon aus, dass Sie Winkelrieds Clan angehören.«
Weber fand auch diesen Namen bizarr, vermied es aber, seinen Gesprächspartner genauer darauf anzusprechen.
»Ich würde unsere Gruppierung zwar nicht als Clan bezeichnen, aber immerhin liegen Sie richtig in der Annahme, dass ich in Winkelrieds Auftrag anrufe.«
»Dann gehören Sie also auch zu den ihm hörigen Personen«, bemerkte Weber zynisch.
»Hörigkeit ist ein gewagter Begriff. Ich würde stattdessen davon sprechen, dass wir alle ein gemeinsames Ziel anvisieren. Außerdem bin ich Winkelrieds rechte Hand, und damit bin ich der Einzige, der seine wahre Identität kennt.«
»Damit heißen Sie auch die Morde gut, die Winkelried begangen hat und noch begehen wird.«
»Die Morde dienen nur dem einen übergeordneten Ziel«, hielt Stauffacher unmissverständlich entgegen.
»Ich verstehe Ihre Gruppierung nicht. Da steht ein Mann an der Spitze, der sich Winkelried nennt.«
»Danach folge ich in der hierarchischen Anordnung. Darunter ste-

hen schließlich unsere Arbeiter, die wir als Proletarier bezeichnen.«
»Ich gehe davon aus, dass diese auch die sogenannte Drecksarbeit übernehmen. Das Ganze geht aus dem Namen hervor, den Sie Ihren Arbeitern geben. In Ihrer Gruppe erledigen diese Aufträge, indem sie Menschen töten.«
»Im Dienst der Sache.« Stauffacher versuchte, die Morde zu legitimieren, stieß aber bei Weber auf wenig Gehör.
»Das ist Quatsch! Morde können nicht gutgeheißen werden. Wir leben in einem Rechtsstaat, in dem es verboten ist, anderen Menschen Schaden zuzufügen. Mich würde noch interessieren, wie Ihre Gruppierung die Arbeiter akquiriert? Sie müssen den Leuten doch etwas versprechen.«
»Ich hatte nicht vor, mit Ihnen über unseren Zirkel zu sprechen. Allerdings halte ich es für richtig, Sie in ein paar Dinge einzuweihen, weil Sie ja schon das eine oder andere erfahren haben.«
Weber hörte gebannt zu.
»Sie sind als Lehrer sicherlich im Bild, was die Geschichte von Wilhelm Tell betrifft.«
»Die Sage von unserem Nationalhelden kenne ich bestens.«
»Ich spreche nicht gerne von einer Sage, weil der Begriff signalisiert, dass zumeist übernatürliche Kräfte vorkommen und damit schon betont wird, dass die Geschichte irreal ist.«
»Jedes Kind weiß, dass Tell eine fiktive Person darstellt und niemals existiert hat.«
»Tell ist kein Hirngespinst, sondern ein Mythos. Er versinnbildlicht die Schweiz und ist der Urvater unserer Eidgenossenschaft.«
»Wenn ich den Abbildungen Glauben schenken darf, die ich vor mir liegen habe, ist Tell kein Nationalheld, sondern eine tragische Person, die ihren Sohn auf dem Gewissen hat.«
»Das ist eine Lüge, die einst verbreitet wurde. Die beiden Relikte gehören verbrannt!«
»Sie sprechen von zwei?«, wunderte sich Weber.
»Die vier Schriftstücke, die Sie gefunden haben, gehören zusammen mit einem weiteren dazu passenden Dokument zu einem Lügenkonstrukt, das seit Jahrhunderten besteht. Unser Zirkel hat sich

dieser Funde angenommen. Im Zuge der Ausgrabungen im Luzerner Keller sind uns die vier Schriftstücke abhanden gekommen. Zudem sind wir seit rund hundert Jahren nicht mehr im Besitz des anderen Relikts. Auch dieses haben wir unfreiwillig aus unseren Händen gegeben. Herr Weber, die Schriftstücke gehören uns.«

Es folgte eine kurze Pause, ehe sich Weber wieder zu Wort meldete.

»Bevor wir über die Schriftstücke sprechen, möchte ich noch wissen, warum alle Leute in Ihrem Zirkel solch kranke Ideen verteidigen.«

»Winkelrieds Gedankengut ist visionär und kcinesfalls krankhaft. Außerdem verspricht unser Anführer seinen Mitgliedern Ruhm und Ehre. Wirtschaftlich lohnt es sich auch, wenn man Mitglied unseres Zirkels wird. Sie werden aber sicherlich verstehen, dass ich Ihnen in diesem Zusammenhang keine Details nennen darf.«

»Sie haben vorher davon gesprochen, dass Ihr Clan der Eigentümer der Schriftstücke ist. Soweit ich das aber beurteilen kann, sind die Schriftstücke historische Dokumente, die in ein Museum gehören.«

»Sie wollen es nicht verstehen, oder? Das sind keine historischen Relikte, sondern Ammenmärchen. Wir müssen die Öffentlichkeit vor diesen schändlichen Bildern und Texten beschützen. Ich schlage Ihnen zum letzten Mal einen Tausch vor. Sie geben uns die vier Abbildungen. Im Gegenzug erhalten Sie Ihre Tochter zurück.«

Für Weber war klar, dass das Überleben seiner Tochter und ihr Wohlergehen wichtiger waren als alles andere. Deshalb ging er auf die Abmachung ein. Stauffacher gab ihm kurze Anweisungen zur Übergabe und sagte, dass er sich am nächsten Tag auf seinem Handy melden würde.

Nachdem das Gespräch beendet war, beschlich Weber ein ungutes Gefühl. Er traute seinem Verhandlungspartner in keiner Art und Weise.

Kapitel 68

Auf dem Tisch standen an diesem Abend ausnahmsweise nur drei Teller. Der Duft von gebratenem Fleisch strömte von der Küche ins Wohnzimmer, wo Aline und Monika schweigend am Esstisch saßen. Fabienne Oberli kam aus der Küche und setzte sich zu ihren beiden Kindern.

»Bis das Essen fertig zubereitet ist, dauert es noch ein paar Minuten.«

»Wir haben Zeit«, antwortete Monika, während Aline ihre Schwester böse anblickte.

»Was ist los?«

»Du bist schuld, dass Papa im Gefängnis sitzt.«

Fabienne Oberli wies ihre jüngere Tochter darauf hin, dass ihr Mann vorerst nur in Untersuchungshaft sei.

»Was passiert jetzt mit Papa?«, wollte Monika wissen.

»Er wird sich wegen Körperverletzung mit Todesfolge verantworten müssen. Ich gehe davon aus, dass ihn der Staatsanwalt nicht wegen Mordes anklagen wird.«

Fabienne Oberli verschwand in der Küche. Wenig später kehrte sie mit einem Braten und Kartoffelgratin zurück.

Der Appetit war den beiden Kindern vergangen. Während Aline ihren Vater vermisste, sorgte sich Monika mehr um die Tochter ihres Lehrers.

»Was ist eigentlich an diesem Abend genau vorgefallen, als euer Vater von diesem Mann angegriffen wurde?«, fragte Fabienne Oberli.

Monika überlegte lange, bis sie sich zu einer Antwort durchringen konnte.

»Papa wollte sich Herrn Weber vorknöpfen. Ein Passant, der zufällig vorbeikam und die Szene beobachtete, griff ein und verpasste Papa einen Schlag. Der Mann stellte sich als Alfred Meier vor und verschwand danach sofort wieder von der Bildfläche. Wie die Geschichte weiterging, weißt du ja.«

Das Nicken ihrer Mutter bestätigte ihr, dass diese über den weiteren Verlauf im Bilde war. Peter Oberli stürmte tags darauf ins Büro des Professors und erkannte diesen sofort. Es folgten die Schläge, an denen der

Professor, der in Wahrheit Fröhlich hieß, später verstarb. So jedenfalls präsentierte sich der Sachverhalt Fabienne Oberli zu diesem Zeitpunkt.

»Kannst du uns nicht verraten, warum du und Benedict euren Lehrer begleitet habt? Vielleicht hilft dies deinem Vater weiter.«

»Helfen? Unser Vater braucht selber Hilfe. Es war ja nur eine Frage der Zeit, bis er wieder austickt. Er muss lernen, für die Dinge geradezustehen, die er vermasselt!«

Auch wenn Fabienne Oberli diesbezüglich ihrer Tochter beipflichten musste, konnte sie ihrem Mann nicht derart in den Rücken fallen.

»Natürlich ist Peter manchmal etwas aufbrausend. Aber er meint es ja nur gut.«

»Er tötet einen Menschen, weil er es gut meint?«

Monikas Mutter wischte sich eine Träne aus den Augen. Dass ihre Tochter so über ihren Vater sprach, enttäuschte sie maßlos.

»Mir würde es helfen, wenn ich wüsste, was hinter der ganzen Sache steckt«, erklärte Fabienne Oberli abermals und hoffte, dass Monika die Katze endlich aus dem Sack ließ.

Diese schaute ihre Mutter an, die in diesem Augenblick sehr unglücklich wirkte. Eine weitere Träne lief ihre Wange hinunter. Aline gab ihrer Schwester anhand eines Zeichens zu verstehen, dass sie ihrer Mutter zumindest diese eine Frage beantworten sollte.

Man konnte Dinge besser ertragen, wenn man erkannte, warum sie geschehen waren. Menschen, die verlassen worden waren, konnten ihren Ex-Partner eher vergessen, wenn sie wussten, warum dieser einen Schlussstrich gezogen hatte. Und sei es, dass eine neue Liebe dafür verantwortlich war.

»Du musst mir versprechen, dass du niemandem sagst, was ich dir jetzt verrate.«

»Versprochen!«

Fabienne Oberli bat ihre jüngere Tochter, kurz das Wohnzimmer zu verlassen.

Ein letztes Mal atmete Monika tief durch, ehe sie ihrer Mutter alles erzählte.

Kapitel 69

Der Beamer warf einen hellen Lichtschein auf die Leinwand am Ende des kleinen Saales. Die Fenster waren auf allen Seiten abgedunkelt. Das Hotelpersonal hatte die Stühle so hingestellt, dass jeder Besucher seinen Blick direkt auf die große Leinwand richten konnte. Auf dem Bild erschien Moderator Tobias Hauser mit dem Fußballexperten Maxi Greulich. Weber fand Hauser äußerst inkompetent. Er sei ein «Schwätzer», der bei seinen Moderationen meist um den heißen Brei herumrede und mehr Smalltalk betreibe als Spiele analysiere. Auch mit dem anderen Mann konnte sich Weber nicht anfreunden. Greulich, der vor mehr als zwanzig Jahren selber für zwei Spiele das Trikot der Schweizer Nationalmannschaft getragen hatte, wertete das Niveau der Sendung keineswegs auf. Seine Anspielungen auf den Fußball von früher empfanden viele Zuschauer als peinlich, weil er immer wieder darauf hinwies, dass früher das Niveau der Spiele höher gewesen sei.

Weber musste schmunzeln, als er die beiden «Fußballexperten» auf dem Sofa sitzen sah. Im Vorbericht diskutierten sie über das anstehende Spiel der Schweiz gegen Dänemark und richteten den Fokus auf die taktische Marschrichtung der beiden Teams.

Neben Weber saßen rund zehn weitere Besucher im Saal und warteten auf den Anpfiff. Unter den Gästen fanden sich allerlei selbst ernannte Fachleute, darunter auch der ältere Mann, den Weber einen Abend zuvor an der Bar getroffen hatte. Seine Kommentare, die mehr peinlich als fachkundig waren, drangen bis zu Weber hinüber, der sich absichtlich weit entfernt von ihm hingesetzt hatte. Auch der alte Mann schien das Fußballspielen erfunden zu haben.

Die Mannschaften liefen unter dem tosenden Applaus der Menge ein. Jeder Besucher im Stadion schwenkte ein kleines Fähnlein mit dem Schweizer Kreuz. Das Stade-de-Suisse in Bern verwandelte sich in ein Fahnenmeer. Die Choreographie erzeugte bei den Zuschauern patriotische Gänsehaut.

Im Sport präsentierte sich die Schweiz einmal mehr als Einheit.

Nun standen die Spieler für die Nationalhymne bereit. Ein Blitz-

lichtgewitter ergoss sich über die beiden Mannschaften, die sich in Blickrichtung der Haupttribüne aufgestellt hatten. Als Erstes erklang die Hymne des Gastes aus Dänemark, gespielt von der Berner Stadtmusik.
Im Saal wurde es still. Aus Respekt gegenüber dem Gegner schwiegen die Hotelgäste die kommenden neunzig Sekunden und verfolgten die dänische Hymne. Als wenig später der Schweizerpsalm ertönte, standen alle Besucher im Saal auf und sangen mit kräftiger Stimme die Hymne mit.
Kurz darauf rollte der Ball bereits über den grünen Rasen und das Spiel nahm seinen Lauf. Inmitten der ersten Schweizer Druckphase wurde Weber vom Klingeln seines Handys aufgeschreckt. Er verließ den Saal und begrüßte den Anrufer.
»Endlich melden Sie sich wieder einmal!«
»Verpflichtungen, Herr Weber, Verpflichtungen.«
Winkelried entging nicht, dass im Nebensaal das Fußballspiel lief.
»Wie ich höre, schauen Sie sich das Spiel unserer Nationalmannschaft an«, ertönte Winkelrieds durch Helium veränderte Stimme. »Darf ich Ihnen eine Frage stellen?«
Weber bejahte die Frage.
»Sind Sie bei unserer Nationalhymne aufgestanden und haben mitgesungen?«
»Das gehört sich ja«, erwiderte Weber trotzig.
»Typisch! In dieser Hinsicht präsentieren Sie sich wieder als Eidgenosse. Aber wenn es um die Unwahrheiten rund um Tell geht, heißen Sie diese Lügen gut und schaden damit dem Image der Schweiz. Ich kann dies nicht verstehen.«
»Ob ich die Hymne mitsinge oder nicht, überlassen Sie bitte mir.«
»Sie singen in der Hymne von den Schönheiten der Schweiz, vom Strahlenmeer, vom Alpenfirn, der sich rötet. Vom hehren Vaterland. Auf der anderen Seite schaden Sie unserem Vaterland durch Ihre Taten.«
»Was in der Hymne steht, ist nebensächlich. Durch das Mitsingen signalisieren wir die Zugehörigkeit zu unserem Land, in dem wir leben. Es ist Teil des Patriotismus. Außerdem dürfte Ihnen nicht ent-

gangen sein, dass gewisse Gruppen sich dafür einsetzen, uns eine neue Hymne zu geben.«
Winkelried hatte offensichtlich nicht damit gerechnet, dass sich Weber so gut mit der Geschichte der Schweizer Hymne auskannte.
»Mir persönlich hat die alte Hymne übrigens besser gefallen«, fügte Weber hinzu.
»Eine Kopie der Melodie der britischen Hymne. Aufgrund dieses Umstands gab es an Großveranstaltungen immer wieder Verwechslungen.« Winkelried nahm wieder einen Zug Helium ein. »Es konnte nichts Besseres geschehen, als dass der Schweizerpsalm als Hymne ausgewählt worden war. Die Schweiz ist etwas Besonderes und braucht entsprechend ihre eigene Hymne. Ich rufe Sie aber nicht wegen der Hymne an. Ich gebe Ihnen kurz Ihre Tochter, damit Sie sehen, dass ich als wahrer Eidgenosse meine Versprechen einhalte.«
Winkelried übergab Lara das Handy, wies sie aber darauf hin, keine unbedachten Äußerungen zu machen.
»Hallo Lara. Geht es dir gut?«
»Ja! Vergiss bitte meinen Geburtstag nicht!«
Winkelried fluchte Lara an.
»Du sollst deinem Vater einzig mitteilen, dass es dir gut geht.«
Winkelrieds Worte waren die letzten, die Weber zu hören bekam. Sofort beendete dieser den Anruf. Kurz danach ließ Weber das Gespräch nochmals Revue passieren.
Irgendwie war dieser Mann eigenartig. Er schien ein Patriot durch und durch zu sein.
Weber vergegenwärtigte sich auch nochmals Laras letzte Bemerkung. Mit dem Hinweis auf ihr falsches Geburtstagsdatum wollte sie ihn erneut auf etwas aufmerksam machen. Noch aber erkannte er den Hintergrund ihrer Botschaft nicht.
Weber blickte auf die Leinwand, auf der soeben zu sehen war, wie die Schweizer den Führungstreffer erzielten. Eine Flanke hatte Tilo Keller wuchtig eingeköpft. Wenigstens in dieser Hinsicht lief alles nach Plan.

Kapitel 70

Das Treffen hatte der Bildungsdirektor des Kantons Basel-Landschaft am Vorabend telefonisch vereinbart. Eduard Wepf amtete seit drei Jahren als Vorsteher der kantonalen Bildungs-, Kultur- und Sportdirektion und galt bei seinen Angestellten als loyaler Chef. Die Vorfälle, in die Steven Weber verwickelt war, machten ein Treffen mit dessen Rektor unvermeidlich.

Konrad Richter lud Wepf zu sich nach Hause ein. Richter bewohnte mit seiner Frau und seiner 19-jährigen Tochter ein Einfamilienhaus in Laufen. Inzwischen hatte sich der gebürtige Innerschweizer in seinen jetzigen Wohnort und seine neue Heimat verliebt.

Eduard Wepf war ein großgewachsener Mann mit einem von Narben überzogenen Gesicht. Diese stammten von einem Autounfall, in den er zwei Jahre zuvor verwickelt war. Wepf wurde, nachdem er geklingelt hatte, sofort ins Wohnzimmer geführt, wo er auf eine weitere Person traf.

»Das dürfte Ihr Sohnemann sein.« Wepf begrüßte den jungen Mann.

»Sie werden überrascht sein. Ich habe keinen Sohn, sondern eine Tochter. Diese liegt aber noch immer im Bett, da es gestern Nacht bei ihr etwas spät geworden ist. Der junge Mann heißt Benedict und besucht unsere Schule.«

Der Bildungsdirektor stellte fest, dass er den Schüler von den Bildern in den Zeitungen her kannte.

»Ich verstehe nicht ganz, warum er hier ist. Wir wollten doch ein Gespräch unter vier Augen führen«, gab Wepf Richter zu verstehen.

»Ich glaube, dass es von Vorteil sein kann, wenn Benedict auch etwas zur Sache beitragen darf.«

Wepf verstummte. Es passte ihm gar nicht, dass noch weitere Personen an ihrer Unterredung teilnahmen. Andercrseits konnte er Benedict nicht wieder nach Hause schicken. Nachdem sie über die Vorfälle generell gesprochen hatten, richtete Wepf sein Gespräch auf Webers Verhalten.

»Wie Sie sich vielleicht denken können, stehe ich Webers Verhalten sehr skeptisch gegenüber. Ein Lehrer, der mit zwei seiner Schüler

tagelang ohne ersichtlichen Grund verschwindet, ist grundsätzlich nicht länger tragbar. Wenn dann noch hinzukommt, dass er etwas mit den Morden zu tun hat, muss ich Webers Entlassung fordern.«
»Herr Weber hat nichts mit den Verbrechen zu tun. Es war unsere Entscheidung, ihn zu begleiten. Sie können höchstens Monika und mich vom Schulunterricht suspendieren.«
Benedict wusste, dass er niemals von der Schule fliegen würde, hatte doch jedes Kind Anrecht auf neun Schuljahre.
»Wenn Sie mich fragen, wäre es besser zu warten, bis Steven Weber wieder aufgetaucht ist. Wir sollten ihm die Chance geben, sein Verhalten zu rechtfertigen.«
Wepf überlegte kurz, ehe er sich zu einer Antwort durchrang.
»Ich weiß zwar nicht, warum Sie sich so schützend vor Herrn Weber stellen. Angesichts der Tatsache, dass es noch keine großen Reklamationen seitens der Eltern gab und er sich noch nie etwas zu Schulden kommen ließ, kann ich dieses Vorgehen widerwillig gutheißen. Allerdings wird sich Herr Weber warm anziehen müssen, wenn er wieder hier ist. Ich werde ein Untersuchungsverfahren einleiten, bei dem alle Aspekte des Falls beleuchtet werden. Ich gebe ihm wenig Chancen, dass er seinen Job behalten kann.«
Benedict und Rektor Richter waren mit dem Verlauf des Gesprächs zufrieden. Sie saßen noch eine Weile zusammen, sprachen über das sich im Wandel befindende Schulwesen, die bald anstehenden Ferien und das Fußballspiel des Vorabends.
Vor Richter lag die Sonntagszeitung, die den Sieg der Eidgenossen auf dem Titelblatt auskostete. Über eine halbe Seite wurde der Schweizer Fußball-Nationalmannschaft gewidmet. Darunter folgten eine Vorschau auf die anstehende Bundesratswahl und ein Bericht über einen Anschlag in Beirut. Zum Thema Weber fand sich an diesem Sonntag zumindest auf der Frontseite keine Schlagzeile. Richter hoffte insgeheim, dass in dieser Angelegenheit langsam wieder Ruhe einkehren würde.

Kapitel 71

Das Handy piepste kurz. Es war vollständig aufgeladen. Weber hatte das Gerät am Vorabend mit der Steckdose verbunden. Was er an diesem Tag nicht brauchen konnte, war ein leerer Akku. Stauffacher hatte am Vortag versprochen, sich im Laufe des Vormittages bei ihm zu melden.

Weber hatte sich entschieden, früh aufzustehen. Auf keinen Fall wollte er den Anruf verpassen. Zu viel stand auf dem Spiel. Einen Schlachtplan für den heutigen Tag hatte er noch nicht geschmiedet. Er wollte spontan entscheiden, wie zu handeln war.

Nervös ging er im Raum auf und ab. Bis elf Uhr durfte er sich im Zimmer, das er schon am Vorabend bezahlt hatte, aufhalten. Danach musste er dem nächsten Gast Platz machen. Weber ertappte sich, wie er an einem Fingernagel kaute. Er konnte seine innere Unruhe nicht verbergen.

Das Handy klingelte erst gegen Viertel nach elf, über vier Stunden nachdem der Wecker ihn aus den Träumen gerissen hatte.

»Wo befinden Sie sich?« Der Anrufer verzichtete darauf, Weber zu begrüßen. Letzterer beantwortete die Frage postwendend, ehe sich wieder der Mann am anderen Ende zu Wort meldete.

»Jetzt hören Sie mir gut zu! Sie fahren nun mit Ihrem Auto Richtung Luzern«, wies der Anrufer Weber an.

»Das wird schwierig. Mein Auto steht in einer Tiefgarage in Luzern.«

»Dann nehmen Sie eben ein Taxi. Ich erwarte, dass Sie in dreißig Minuten in Luzern angekommen sind. Weitere Informationen folgen.«

Weber wusste nicht, wer ihn angerufen hatte. Mit Sicherheit handelte es sich weder um Winkelried noch um Stauffacher. Er hatte keine Zeit, lange über den Anruf nachzudenken. Sofort eilte er an die Rezeption und bat die junge Hotelfachfrau, ihm ein Taxi zu bestellen. Keine drei Minuten später war dieses da.

Die Fahrt nach Luzern bot Weber ausreichend Zeit, einen Anruf zu erledigen, den er schon am Vortag tätigen wollte.

»Habe ich dich geweckt?«

»Guten Morgen, Herr Weber. Nein, überhaupt nicht. Ich bin seit acht Uhr wach und versuche, meine wirren Gedanken etwas zu ordnen. Die Sache mit dem 14. Juli lässt mir keine Ruhe. Vielleicht besteht trotz allem ein Bezug zum französischen Nationalfeiertag. Solche Tage werden vor allem von Patrioten gebührend gefeiert. Bei uns ist der erste August ja auch ein Feiertag. Kinder zünden ihr Feuerwerk, und die Erwachsenen zelebrieren den Tag, in dem sie Lampions aufhängen, die oft das Schweizer Kreuz zieren. Vielleicht verbindet den Entführer etwas mit Frankreich. Vielleicht ist er ja Franzose.«
Weber erschien dies fragwürdig. Winkelried war ein Schweizer Chauvinist. Einen Bezug zu Frankreich konnte er sich nur schwerlich vorstellen.
»Was gibt es sonst Neues?«, wollte Weber wissen.
»Bei uns nicht viel. Ich war heute Morgen bei Ihrem Rektor eingeladen. Allerdings war ich nicht alleine dort. Der Bildungsdirektor saß ebenfalls am gleichen Tisch.«
Weber wollte von Benedict wissen, was dieser bei Richter zu suchen hatte.
»Die beiden sprachen über Sie. Die gute Nachricht vorne weg: Unser Rektor steht voll hinter Ihnen. Und auch Herr Wepf wird vorerst darauf verzichten, Ihre Freistellung zu beantragen.«
»Da habe ich noch einmal Glück gehabt. Hast du Ihnen etwas von den Schriftstücken und der Entführung meiner Tochter erzählt?«
»Natürlich nicht. Sie können sich auf mich verlassen.«
»Ich treffe mich heute übrigens mit dem Entführer. Wir haben ausgehandelt, dass ich ihm die Schriftstücke übergebe. Als Gegenleistung wird Lara freigelassen.«
»Wo findet die Übergabe statt? Kann ich Ihnen dabei helfen?«
»Der Ort ist im Moment noch unbekannt. Ich befinde mich derzeit in einem Taxi und fahre Richtung Luzern.«
»Halten Sie mich auf dem Laufenden. Viel Glück! Und passen Sie auf sich auf!«
Weber dankte Benedict nochmals und beendete den Anruf. Keine dreißig Minuten, nachdem sie Sarnen verlassen hatten, passierte das Taxi das Ortsschild der Stadt Luzern.

Das Parkhaus, in dem Webers Auto stand, lag gleich bei der Autobahnausfahrt. Er wies den Fahrer an, den Wagen zu stoppen und bezahlte die Rechnung. Danach eilte er zum Kassenautomat. Kurz nachdem er die Kosten für das Parkticket beglichen hatte, läutete sein Handy wieder.
»Haben Sie Luzern erreicht?«
Weber bejahte die Frage.
»Dann nehmen Sie nun Kurs Richtung Bern. Benutzen Sie die Autobahn A2 und wechseln Sie dann bei Egerkingen auf die A1.«
Die Anweisung ärgerte Weber. Von Sarnen aus wäre Bern wahrscheinlich schneller zu erreichen gewesen als von Luzern aus. Der Anrufer spielte mit ihm und lotste ihn in der Schweiz umher. Weber vermied es, sich mit dem Anrufer anzulegen und folgte dessen Befehlen.
Proletarier 2, der Weber soeben angerufen hatte, genoss den Energydrink, den er in einem großen Supermarkt in Bern gekauft hatte. Ihm und seinem Partner blieb noch ausreichend Zeit, sich auf das Treffen mit Weber vorzubereiten. Stauffacher hatte den beiden ausführlich erklärt, wie und wo die Übergabe stattzufinden hatte.
Proletarier 1 begutachtete die Pläne der Lokalität, die vor ihm lagen. Der große Deal sollte am Nachmittag an einem Ort über die Bühne gehen, der passender nicht hätte sein können. Ein guter Fluchtweg war auch vorhanden.
Gerade weil Tausende von Menschen anwesend sein würden, konnten die beiden nach vollendeter Übergabe in der Menge untertauchen und unerkannt den Übergabeort verlassen.
Dass Winkelried ebenfalls in der Nähe sein würde, machte den Auftrag einzigartig. Noch nie hatten sie eine Aufgabe vor den Augen ihres großen Chefs ausgeführt.
Winkelrieds Plan entbehrte nicht einer gewissen Genialität. Er, der Eidgenosse, der Patriot, wählte jenen Ort aus, an dem Tausende von Gleichgesinnten versammelt waren. Der Showdown fand in einem rundum patriotischen Rahmen statt.

Kapitel 72

In der Ecke des Raums stand ein großes Flipchart, auf dem die wesentlichen Erkenntnisse festgehalten waren. Die Rubriken «Opfer», «Tatort», «Täter», «Motiv» und «Tatwaffe» waren mit handschriftlichen Notizen versehen. Am runden Tisch in der Mitte des Zimmers saßen sieben Polizeibeamte am Computer und arbeiteten mit Eifer am vorliegenden Fall. Einsatzleiter Gregor Bieri begab sich von einem Beamten zum nächsten und warf einen Blick über deren Schultern.
Als Chef der Sonderkommission «Geheimer Umschlag» übernahm er die Koordination der Aufgaben. Seit gestern bestand die neu formierte Gruppe, wobei die Fortschritte bei den Ermittlungen feststeckten. Seit wenigen Minuten hatte sich die Situation allerdings grundlegend verändert.
Ein weiterer Toter war der Sonderkommission gemeldet worden. Noch hatte Bieri die neusten Entwicklungen nicht am Flipchart-Brett zusammenfassen können.
»Hört mir alle gut zu!«, unterbrach Bieri sein Team. Das Tippen auf die Computertasten hörte sofort auf.
»Ich habe vor wenigen Momenten einen Anruf aus dem Krankenhaus erhalten. Wir haben ein weiteres Mordopfer, mit dem wir uns beschäftigen müssen.«
Auch der letzte Beamte, der soeben noch mit seiner Computermaus gespielt oder im Internet recherchiert hatte, hörte nun gebannt zu.
»Professor Fröhlich ist nicht an den Folgen der massiven Schläge gestorben, sondern durch ein Gift, das ihm verabreicht worden ist. Somit müssen wir auch diesen Fall in unsere Abklärungen miteinbeziehen.«
Die Meldung, wonach er ermordet worden war, stammte von Doktor Luzia Pechstein aus dem Basler Unispital. Sie erklärte Bieri, dass die Obduktion ergeben hatte, dass Fröhlich mit dem Gift Tetrotodoxin getötet worden war.
Auf dem Flipchart schrieb Bieri den Namen des Gifts neben Fröhlichs Bild. In der Rubrik «Tatwaffe» waren zwei Pistolentypen vermerkt. Mangold wurde mit einer Makarov, einer russischen Neun-Millime-

ter-Pistole erschossen. Dies hatten die Ballistiker im Labor inzwischen herausgefunden. Hertig traf eine Kugel aus einer Walther P99.
»Es kann durchaus möglich sein, dass die Person, die Mangold getötet hat, nicht für den Mord an Hertig verantwortlich ist, da wir zwei verschiedene Waffentypen vorliegen haben«, fasste Bieri nochmals zusammen.
»Ob einer der ersten beiden Morde oder sogar beide mit jenem an Fröhlich zusammenhängen, vermuten wir zwar. Erwiesen ist die Sache aber nicht.«
Der Einsatzleiter blickte ein weiteres Mal auf das Flipchart-Brett. Große Fragezeichen dominierten die Rubriken «Täter» und «Motiv».
»Beim Motiv wissen wir zumindest, dass ein ominöser Umschlag der Grund für die Taten sein könnte. Dessen Inhalt ist uns bis dato unbekannt. Mangold hat diesen Umschlag Heinrich Hertig zugesandt, woraufhin dieser vor den Augen des Lehrers und des Abts erschossen wurde. Fröhlich wiederum wurde von Oberli niedergeschlagen. Oberli ist der Vater von Monika, mit der Weber, der Lehrer, auf der Flucht war.«
Die Beamten am runden Tisch nickten alle zustimmend. Der Einsatzleiter ging weiter im Raum herum, während er seine Ausführungen fortsetzte.
»Steven Weber ist mit Sicherheit nicht der Mörder des Stiftbibliothekars, da dies Abt Cornelius bezeugen konnte. Allerdings müssen wir einen der Schwerpunkte darauf ausrichten, mit Weber schnellstmöglich in Kontakt zu treten. Schließlich hat er sich in Fröhlichs Büro den Fragen der Polizei durch seine Flucht entzogen. Also muss er etwas zu verbergen haben. Andy, Noah, ihr kümmert euch um die Suche nach Steven Weber. Er kann sich doch nicht in Luft aufgelöst haben. Michelle, Marco, ihr widmet euch nochmals dem Abt. Er soll euch in allen Details schildern, was er weiß. Roman, Kevin, ihr sucht nach Gemeinsamkeiten zwischen den drei Opfern. Es muss einen gemeinsamen Nenner zwischen ihnen geben. Anna und ich beschäftigen uns nochmals mit den beiden Tatwaffen und dem Gift. Und denkt daran: Ich will Ergebnisse sehen. An die Arbeit!«

Kevin Bucher wurde bei der Sache mulmig. Er hatte drei Tage zuvor Weber Fotos des Tatorts zugespielt. Seit dieser Aktion plagte ihn das schlechte Gewissen, zumal er als bester Mann der Kriminalpolizei Basel nun Einsitz in der Sonderkommission genoss.
Er war froh darüber, dass er nicht Einsatzleiter Bieri zugeteilt war. Dessen strengen Blick, der auch manchem erfahrenen Polizeibeamten Angst einjagen konnte, hätte er nicht ertragen können.
Bucher liebte die Gerechtigkeit. Deshalb hatte er Weber auch geholfen, da dieser ihn einst auch unterstützt hatte. Andererseits hatte er unerlaubt gehandelt, als er die Tatortfotos seinem ehemaligen Lehrer übermittelt hatte. Würde die Sache ans Tageslicht kommen, musste er mit seiner Entlassung rechnen. Er tat also gut daran, sich unauffällig zu verhalten.
Bucher starrte auf die Notizen, die sich im Laufe der letzten 24 Stunden angesammelt hatten. Er konnte nicht glauben, dass sein ehemaliger Lehrer etwas mit den Morden zu tun hatte. Allerdings hatte Bieri zuvor verdeutlicht, dass zwischen den drei Opfern und Weber Parallelen zu erkennen waren.
»Dann wollen wir uns nochmals etwas eingehender mit den Opfern befassen. Ich würde sagen, wir konzentrieren uns auf Werner Mangold und Professor Fröhlich. Schließlich begann die Mordserie mit Mangolds Ableben. Er war auch die Person, die den Inhalt des ominösen Umschlags zuerst gesehen und dann weitergeleitet hat«, erläuterte Roman Haller.
Bucher teilte die Ansichten seines Partners und machte sich an die Arbeit.

Kapitel 73

Auf der Wiese reihte sich Fahrzeug an Fahrzeug. Dort, wo sonst die Landwirte ihre Felder bestellten, lag an diesem Sonntag der Parkplatz, den die Besucher des Großanlasses schon am frühen Morgen rege in Anspruch genommen hatten. Weber parkte seinen Ford an der ihm zugewiesenen Stelle. Er ging davon aus, dass mindestens zweitausend Fahrzeuge auf der großen Wiese geparkt waren.

Dass er ausgerechnet an diesen Ort gelotst worden war, überraschte ihn. Vielmehr hatte er damit gerechnet, dass das Treffen im Geheimen, abseits von jeglicher Bevölkerung stattfinden würde. Am Ort, an dem er sich nun befand, waren mehrere tausend Menschen zugegen. An möglichen Zeugen würde es beim Treffen mit dem Entführer also nicht mangeln.
Der Anruf, in dem Weber der Übergabeort mitgeteilt worden war, hatte ihn eine Stunde zuvor erreicht. Er hatte sich kurz vor Bern befunden, als sein Handy klingelte. Als endgültiger Zielort wurde ihm Münsingen genannt. Ohne dass die beiden Proletarier Weber erklären mussten, wo sie sich genau treffen würden, wusste der Lehrer gleich, wo er in der genannten Ortschaft hinfahren musste. Der Ort hätte passender nicht sein können.
Dies wusste auch Winkelried, der genau in diesem Moment auf der Haupttribüne saß und auf die Wettkampfstätte blickte. Inmitten seiner Freunde fühlte er sich wohl. Er befand sich an einem der Orte, die den Geist des schweizerischen Patriotismus am besten widerspiegelten. Der Übergabeort war einer jener Plätze, an denen sich die Besucher als wahre Eidgenossen präsentierten.
Neben Winkelried saßen fünf junge Männer im Edelweißhemd. Im Hintergrund erklang die berühmte Melodie «Im Örgelihuus», und die Besucher trällerten die Ländlerhymne lauthals mit. Neben der Wettkampfstätte lag der Gabentempel, in dem sich mehrere Besucher aufhielten und die Kostbarkeiten bestaunten. Im Gehege daneben befand sich der Muni, der am Ende des Anlasses dem Sieger überreicht werden sollte.
Dies war der Ort, den wahre Eidgenossen aufsuchten. Ein Ort, an dem die Traditionen der Schweiz verinnerlicht wurden. Ein Anlass, an dem keine Polizei anwesend sein musste. Ein Event, der die Schweizer vereinte.
Winkelried hatte in seinem Leben schon manchen Sportanlass besucht. Keiner hatte ihn aber derart nachhaltig geprägt wie die Schwingfeste. Schon in seiner Jugendzeit wohnte er diesen Anlässen bei. Nachdem er erstmals ein Eidgenössisches Schwingfest vor Ort miterleben durfte, war es um ihn geschehen. Fortan verpasste er

kaum mehr einen Event und reiste in der ganzen Schweiz herum, um die Schwinger bei ihrem Sport zu verfolgen.
Weber hatte in der Zeitung am Vortag ein paar Zeilen über das Bernisch-Kantonale Schwingfest gelesen. Die besten Schweizer Schwinger wollten sich am heutigen Tag in Münsingen messen. Entsprechend war ein Sieg am Bernisch-Kantonalen in Schwingerkreisen besonders wertvoll, weil in diesem Jahr kein großes Fest anstand.
Die Organisatoren hatten drei gigantische Tribünen aufgebaut, auf denen jeweils zweitausend Personen Platz finden konnten. Neben den Sitzplätzen konnte der Besucher auch Tickets im Stehplatzbereich erwerben. Weber vermutete, dass sich am frühen Nachmittag über zehntausend Besucher auf dem Festgelände aufhielten. Er wusste aber auch, dass das Bernisch-Kantonale Schwingfest im Vergleich zu den drei großen, traditionsreichen Anlässen, dem Eidgenössischen, dem Unspunnenfest und dem Kilchberger Schwinget, einen Klacks darstellte.
Ein Raunen ging durch die ganze Menge und riss Weber aus seinen Gedanken. Der Lokalmatador hatte soeben seinen vierten Gang gewonnen. Karl-Peter Hornbach war es gelungen, seinen Gegner mit einem Brienzer mit dem ganzen Rücken auf den Boden zu drücken.
Als Sieger des Duells hatte er mindestens die Note 9,5 auf sicher. Hornbach lag damit noch immer auf Kurs. Noch ein Gang stand an. Bei einem weiteren Sieg war ihm die Teilnahme am Schlussgang nicht mehr zu nehmen.
Über die Lautsprecher ertönte die Durchsage, dass der große Favorit, der amtierende Schwingerkönig, seinen vierten Gang nur gestellt hatte. Alfons Breitenreiter war der unumstrittene Favorit auf den Festsieg. Die Besucher freuten sich über dessen gestellten Gang, der wiederum Hornbach in die Karten spielte. Noch nie hatte einer aus den eigenen Reihen den Sieg erringen können.
Weber hatte sich ein Ticket für die Haupttribüne gekauft. Von dort wollte er sich einen Überblick über das Festgelände verschaffen. Er stieg die steile Treppe hinauf und begab sich zu seinem Platz. Dieser lag in der Mitte der provisorisch errichteten Zuschauerränge. Das

Organisationskomitee hatte zwei Wochen gebraucht, um die aus Stahlträgern bestehenden Tribünen aufzurichten.
Drei Reihen hinter Weber saß ein Mann in einem Poloshirt, auf dessen linker Brustseite ein Schweizerkreuz aufgenäht war. Auf seinem Kopf trug er die Baseballmütze, die den Besuchern am Eingang als Werbegeschenk übergeben worden war. Eine dunkle Sonnenbrille verdeckte sein Gesicht. Dass Weber drei Reihen unter ihm Platz genommen hatte, wusste Winkelried nicht, da er nach einem Mann mit dunklen Locken Ausschau hielt.
Webers Handy klingelte. Da soeben die Pause zwischen dem vierten und fünften Gang anstand, konnte Weber den Anweisungen von Proletarier 2 in allen Details folgen. Kaum war das Gespräch beendet, zwängte sich Weber wieder durch die Menschenmenge zur Tribünentreppe. Endlich würde er seine Tochter wieder in seine Arme schließen können.

Kapitel 74

Weber hetzte durch die Menschenmenge, vorbei am Eingang des großen Festzelts, dem Mann an der Softeismaschine und am Samariterzelt. Schließlich erreichte er die Toi-Toi-Toiletten, bei denen er nach einer großen Eiche Ausschau hielt. Rund dreißig Meter hinter der Toilettenanlage, am Ende des Festareals, erblickte er den gesuchten Baum. Er schaute sich um, konnte aber niemanden erkennen. Letztlich entschied er sich, die letzten Meter Richtung Zielort zu gehen. Kurz darauf wurde er von zwei unbekannten Männern angesprochen.
»Guten Tag, Herr Weber. Vielleicht kennen Sie mich noch.«
Weber wusste, dass er das Gesicht bereits einmal gesehen hatte. Nach kurzem Nachdenken konnte er die markanten Gesichtszüge einer Person zuordnen.
»Sie sind der Kellner aus dem Hotel Alpenblick in Adelboden«, platzte es aus dem Lehrer heraus.
Der Mann zog eine Waffe aus seiner Tasche und richtete diese auf Webers Gesicht.

»Wir haben telefoniert. Bringen wir die Sache schnell hinter uns. Sie geben uns die Schriftstücke, und dafür lassen wir Sie wieder laufen.«

»Das entspricht nicht unserer Abmachung. Wo ist meine Tochter? Ich will sie sofort sehen.«

»Sie werden verstehen, dass wir sie nicht mitnehmen konnten. Sobald wir die Schriftstücke haben, veranlassen wir Laras Freilassung.«

Weber glaubte den beiden Männern kein Wort. Während Proletarier 1 den Gesprächsverlauf zu diktieren versuchte, hielt sein Partner die Waffe unter seiner Jacke versteckt auf Weber gerichtet.

Die beiden Männer würden Lara nicht freilassen. Dies wusste Weber mit Gewissheit. Wenn er ihnen die Schriftstücke übergab, hatten sie, was sie wollten, und sie konnten das Mädchen umbringen. Solange er aber die Schriftstücke besaß, konnten sie Lara wahrscheinlich nicht beseitigen.

Weber wollte verhindern, dass die Schriftstücke den Männern in die Hände fielen. Angesichts der Bedrohung durch die Waffe gestaltete sich dies schwierig. Im allgemeinen Tumult fielen die beiden und deren Waffe den Besuchern nicht auf.

Webers Blick richtete sich auf den Bereich, wo die Schwinger die Kampfarena verließen. Er konnte feststellen, dass der Lärmpegel etwas anstieg und eine ganze Gruppe Kinder Richtung Wettkampfstätte spähte. Alfons Breitenreiter hatte nach seinem gestellten Gang das Sägemehl verlassen. Sofort heftete sich das Fernsehteam von Tele Bern an die Fersen des amtierenden Schwingerkönigs. Dieser wollte sich abseits des Rummels kurz ausruhen.

Weber nutzte die Gelegenheit und rief Breitenreiter dessen Vornamen zu. Sofort durchschauten Proletarier 1 und 2 den Plan des Lehrers, konnten diesen aber nicht mehr verhindern.

Der Spitzenschwinger blickte Richtung Weber, worauf Proletarier 2 seine Waffe sofort in seiner Jackentasche verschwinden ließ. Der Lehrer eilte in großen Schritten auf den Schwingerkönig zu, während die Kamera des Berner Fernsehsenders direkt auf den heraneilenden Weber hielt.

»Wir sind live auf Sendung. Bitte stören Sie unsere Übertragung nicht«, erklärte der sichtlich erboste Kameramann.
Weber hatte nicht gewusst, dass das Fernsehen den Wettkampf live übertrug.
»Ich wollte doch nur kurz meine Sympathie für den Schwingerkönig zum Ausdruck bringen«, beteuerte Weber äußerst überzeugend.
Dieser dankte für die netten Worte, ehe er sich verabschiedete und in einem kleinen Zelt verschwand, wo sein Masseur auf ihn wartete. Die beiden Proletarier verloren Weber in diesem Moment wieder einmal aus den Augen.
Dass Weber das Festgelände inzwischen vielleicht bereits verlassen hatte, konnten sie nicht ausschließen, weil es zwei Ein- und Ausgänge gab. Proletarier 1 und 2 mussten damit rechnen, dass Weber die Flucht gelungen war. Folglich blieb ihnen nichts anderes übrig, als ihren Chef zu benachrichtigen.
Die ersten Schwinger hatten den fünften Gang soeben begonnen, als Proletarier 1 zum Telefon griff und seinen Chef anrief. Da der Lärmpegel wieder zugenommen hatte, wollte Winkelried das Gespräch nicht von der Tribüne aus, sondern in einer ruhigen Ecke weiterführen.
Mit einem Lächeln im Gesicht stieg Winkelried die Treppe hinunter und freute sich auf die Nachricht, dass die Schriftstücke wieder in ihrem Besitz waren. Er eilte zum Gabentempel, in dem sich nur wenige Besucher aufhielten, und hörte sich die Ausführungen von Proletarier 1 an. Mit einem Zähneknirschen und einem Ballen der Fäuste registrierte er dessen Bericht.
Die Lage hatte sich weiter zugespitzt. Weber wusste nun, dass Winkelried und seine Männer nicht kooperationsbereit waren und sich nicht an Abmachungen hielten.
Frustriert entfernte sich auch Winkelried von der Wettkampfstätte, verließ das Festareal und begab sich zu seinem Fahrzeug. Er wusste, dass eine weitere Krisensitzung einberufen werden musste. Auch Lara musste er vorerst noch am Leben lassen.
Während die beiden Proletarier am Rande des Wettkampfareals standen, blickten sie auf die drei großen Tribünen und hofften, We-

ber irgendwo auszumachen. Angesichts der Menschenmenge war die Chance darauf klein.
Zum gleichen Zeitpunkt saß Weber in der hintersten Ecke des Hauptzelts und schaute in das Programmheft. Er suchte den Lageplan, um die Fluchtmöglichkeiten zu prüfen. Stattdessen war darin eine Abhandlung über die Geschichte des Schwingsports enthalten.
Schließlich fand er den Plan, den er gesucht hatte. Zwei Ausgänge waren eingezeichnet.

Kapitel 75

In Laufen saß Benedict mit seinen Eltern im Garten und genehmigte sich einen Schluck der eisgekühlten Limonade. Während Günther Herrmann die Zeitung durchblätterte, blickte Regula ihren Sohn besorgt an.
»Du sagst uns, wenn wir etwas für dich machen können.« Die Worte seiner Mutter nahm Benedict nicht wahr. Zu sehr war er in seine Arbeit vertieft.
»Was machst du da?«, wollte seine Mutter wissen.
»Ich recherchiere ein wenig. Ist nicht weiter von Bedeutung.«
Dass die Suche wichtiger war, als seine Mutter nun dachte, konnte er ihr nicht anvertrauen.
Benedict fragte sich einerseits, was es mit Laras falschem Geburtsdatum auf sich hatte. Andererseits schweiften seine Gedanken auch zu den Tatort-Fotos aus Mangolds Wohnung. Die dort liegende Engelsfigur und der aufgetaute Fisch gingen ihm nicht aus dem Kopf. Benedict fokussierte seine Gedanken auf die Symbolik dieser beiden Gegenstände.
Im Internet hatte er kurz zuvor gelesen, dass der Fisch für die christliche Gesinnung der Menschen stand. Er stellte in diesem Zusammenhang eines der ältesten Symbole für Jesus Christus dar. Benedict fragte sich deshalb, ob der Mörder in der Kirche zu suchen war. Schließlich war auch der Engel ein religiöses Symbol.
In diesem Zusammenhang fragte sich der Schüler auch, warum Mangold die Schriftstücke im Kloster Einsiedeln verstecken ließ.

Dies wertete Benedict als weiteres Indiz dafür, dass die Kirche irgendwie in die Sache involviert sein musste.
»Willst du uns nicht endlich sagen, was in den letzten Tagen alles vorgefallen ist?« Regula Herrmann drängte ihren Sohn zu einer Antwort.
»Ich kann euch nicht erzählen, was passiert ist. Vertraut mir einfach. Allerdings könnt ihr mir einen Gefallen erweisen.«
Günther und Regula Herrmann nickten. Benedict blickte seinen Eltern tief in die Augen.
»Woran würdet ihr denken, wenn ihr eine Engelsfigur und einen Fisch nebeneinander liegen seht?«
Herrmanns verstanden die Frage nicht.
»Fische leben im Wasser, Engel im Himmel«, antworte Regula Herrmann.
Benedict erkannte, dass seine Mutter der Symbolik keine Bedeutung zumaß. Stattdessen nannte sie das Erste, was ihr eingefallen war. Vielleicht erwies sich dies als besserer Ansatz. Benedict fragte sich, ob er nicht zu komplex dachte. Vielleicht lag die Lösung viel näher, als er im Moment noch glaubte. Er wandte sich mit einer weiteren Frage an seinen Vater.
»Gibt es einen Bezug zwischen Wilhelm Tell, einer Engelsfigur und einem Fisch?«
»Ich sehe da keinen unmittelbaren Zusammenhang. Tell fuhr als Gefangener von Geßler mit einem Boot auf dem Urnersee herum, in dem es auch Fische gibt, aber…«
»Das ist viel zu weit hergeholt!«, unterbrach Benedict seinen Vater und suchte im Internet nach weiteren Hinweisen.
Wichtiger erschien ihm der Fisch, der neben der Leiche lag. Die Engelsfigur hätte ganz einfach eine Verteidigungswaffe darstellen können. Wäre es so gewesen, hättc Mangold nicht bewusst zur Figur gegriffen, sondern instinktiv.
»Habt ihr gewusst, dass Jesus Christus seine Jünger Menschenfischer nannte? Christen werden schon in sehr alten Texten als Fische bezeichnet. Vielleicht erinnert das Fischsymbol auch an das Wasser der Taufe.«

»Du gehst doch sonntags nie zur Kirche und interessierst dich auch nicht für die Bibel«, wunderte sich Günther Herrmann.
»Ein Mensch kann sich ändern«, antwortete Benedict wenig überzeugend. Sein Interesse war jedenfalls geweckt, nachdem er etwas Weiteres im Internet gefunden hatte.
»Hier steht, dass Kaiser Nero nach einem Großbrand in der Stadt Rom im Jahr 64 die Christen verfolgen ließ. Diese versteckten sich im Untergrund, wo sie sich zum Gottesdienst trafen. Um Versammlungsorte zu markieren, verwendeten die Christen das Fischsymbol. Eingeritzte Fischzeichen gibt es heute nicht nur in Roms Katakomben, sondern an vielen anderen antiken Orten. «
»Du machst mir Sorgen, Ben.« Regula Herrmann erkannte ihren Sohn nicht wieder. Sie war es zwar gewohnt, dass er auch sonntags Bücher in die Hand nahm und deren Inhalt wissbegierig verschlang. Dass er aber ein Interesse an religiösen Dingen entwickelte, verwirrte sie.
»Keine Angst, Mama. Ich möchte Herrn Weber einen Gefallen erweisen und muss mich deshalb etwas in die Materie einlesen.«
»Weißt du eigentlich, wo sich dein Lehrer im Moment aufhält? Er scheint ja in großen Schwierigkeiten zu stecken.«
»Er ist in eine Sache hineingeraten, die eine unglückliche Entwicklung genommen hat. Wo er sich aufhält, weiß ich wirklich nicht. Heute Morgen habe ich kurz mit ihm telefoniert. Er befand sich zu diesem Zeitpunkt auf dem Weg nach Bern.«
»Das musst du der Polizei melden«, forderte sie ihren Sohn sogleich auf.
»Ich kann das nicht tun. Die Sache würde damit nur noch schlimmer werden.«
Regula Herrmann wusste, dass sie ihn nicht umstimmen konnte. Er hatte einen sturen Kopf. Deshalb ließ sie ihn weiterlesen.
Eine weitere Information erweckte schließlich Benedicts volle Aufmerksamkeit.
»Wisst ihr, was ein Akronym ist?«, fragte er seine Eltern, ohne eine bestätigende Antwort zu erwarten. Er hatte soeben gelesen, dass es einen weiteren Zusammenhang zwischen dem Fischsymbol und Jesus Christus gab. Dies musste der Schlüssel zur Lösung des Rätsels sein.

Kapitel 76

Die Sonnenstrahlen prallten mit voller Kraft auf das Dach des großen Festzeltes, wodurch im Zeltinnern eine immense Wärme entstand. Weber wischte sich den Schweiß von der Stirn. Die Hitze sowie die stressigen Gesamtumstände setzten ihm zu. Gerne hätte er sich in diesem Moment unter eine kalte Dusche gestellt und sich etwas erfrischt.

Einige Kilometer entfernt herrschte große Aufregung. Der Anruf, der im Büro der Sonderkommission «Geheimer Umschlag» zehn Minuten zuvor eingegangen war, erregte höchste Aufmerksamkeit. Eine Frau hatte angerufen und behauptet, sie habe Steven Weber im Fernsehen auf Tele Bern gesehen. Sofort hatte Einsatzleiter Bieri den Fernseher eingeschaltet, konnte aber den Gesuchten nicht erkennen. Dennoch nahm er den Anruf ernst und alarmierte sofort die örtliche Polizei in Münsingen über den Anruf. Unverzüglich wurden Polizeikräfte ans Schwingfest beordert.

Weber blickte noch immer auf den Plan und überlegte, welchen Ausgang er wählen sollte. Der Durchgang, durch den er das Festgelände betreten hatte, bot einen kürzeren Weg zu den Fahrzeugen. Allerdings musste er damit rechnen, dass seine Widersacher dort auf ihn warteten. Deshalb zog er es vor, den zweiten Ausgang zu benutzen.

Weber marschierte schnellen Schrittes durch das verwaiste Festzelt, vorbei am Grillstand, von wo ihm der Duft von Bratwürsten und fettigen Pommes Frites entgegenströmte. Draußen tauchte er in der Menschenmenge unter. Der erste Schritt war geschafft.

Von weit her ertönten Sirenen. Weber erkannte sofort den Ernst der Lage. Wahrscheinlich war er während des kurzen Auftritts im Fernsehen von einem Zuschauer erkannt worden. Er wusste, dass er schnellstmöglich das Gelände verlassen musste.

Die Polizei begann derweil, die Zugänge abzuriegeln. Der Polizeichef von Münsingen koordinierte mit seinem fünfköpfigen Team den Einsatz. Die Anweisungen tönten simpel: Wenn sich der Gesuchte tatsächlich auf dem Festgelände aufhielt, musste er geschnappt werden.

Weber stand vor der Tribüne und blickte auf die Kreise aus Sägemehl, auf denen sich die Athleten zu besiegen versuchten. Er malte sich aus, dass ihn niemand bemerken würde, wenn er einen anderen Ausgang suchte. Die Menge folgte konzentriert dem Geschehen in der Arena.

Eine Ordnungsperson wies den Besuchern ihre Plätze zu. Nur wer das Eintrittsticket vorlegte, durfte die provisorische Konstruktion betreten. Alle anderen wurden zurückgewiesen.

Weber wusste, dass ihn der Mann niemals unter die Zuschauerränge gehen ließe. Zu gewissenhaft verrichtete dieser seine Arbeit. Die Zeit drängte. Weber musste sich sofort etwas einfallen lassen und warf einen Blick durch die Arena. Auf der anderen Seite der Wettkampfstätte erspähte er Polizeikräfte, die sich im Eiltempo der Haupttribüne näherten.

Weber betrat die Treppe und stieg einige Stufen empor. Menschen drängten sich an ihm vorbei und begaben sich an ihre Plätze. Mehrmals wurde er von den Vorbeigehenden leicht touchiert.

Die Tribüne war so konzipiert, dass sie möglichst vielen Besuchern Platz bot. Dies betraf aber nicht die Treppenbereiche. Dort konnten einander zwei Personen beinahe nicht kreuzen, ohne sich zu berühren.

Von oben näherte sich Weber eine attraktive Frau. Sie hatte rote Haare und war etwa 40 Jahre alt. Schon von weitem blickte sie ihm tief in die Augen. Als sie sich auf gleicher Höhe befand und an dem Lehrer vorbeidrängeln wollte, kam sie plötzlich ins Straucheln. Mit letzter Kraft gelang es ihr, sich an Webers Oberarmen festzuhalten, so dass sie einen Sturz vermeiden konnte. Die Frau entschuldigte sich bei ihm und begab sich Richtung Treppenende. Erst jetzt erkannte er, dass sie beim Zusammenstoß ihre Brieftasche verloren hatte.

Da die Polizei immer näher rückte, konnte er der Unbekannten nicht folgen, um ihr diese zurückzugeben. Trotzdem hob er sie auf und steckte sie ein.

Immerhin wusste Weber nach diesem Zwischenfall, wie er aus der Arena flüchten konnte, ohne einen der beiden öffentlichen Zugänge benutzen zu müssen.

Er wartete auf der Treppe und schaute zum Platzanweiser, bis dieser seinen Blick erwiderte. Daraufhin ließ Weber sein Handy vorsichtig fallen, so dass es zwischen den Treppentritten auf den darunter liegenden Rasen klatschte.
Kopfschüttelnd nahm der Platzanweiser den Zwischenfall zur Kenntnis. Sein Pflichtbewusstsein veranlasste ihn, Weber seine Hilfe anzubieten. Er schob ein Absperrgitter zur Seite und ließ den Lehrer passieren.
Weber zwängte sich zwischen zwei Gitterstangen hindurch unter die Tribüne. Er hob sein Handy auf und begab sich ans hintere Ende der Konstruktion. Vor ihm ragte eine Mauer aus Schaltafeln empor.
Weber holte Anlauf, schwang sich empor und kletterte über das Hindernis in die Freiheit.
Zur gleichen Zeit kontrollierte je ein Polizist die beiden Zugänge. Die Ordnungshüter wussten, dass Weber in der Falle saß, wenn er sich noch immer auf dem Festgelände aufhielt.

Kapitel 77

Weber saß in seinem Auto und fuhr auf der Autobahn Richtung Bern zurück. Er wusste, dass er sich nur mit Glück einer Festnahme entzogen hatte. Dass er seine Tochter nicht in seine Arme schließen konnte, damit hatte er gerechnet.
Der Entführer wäre blöd gewesen, hätte er Lara ans Schwingfest mitgenommen. Weber wurde abermals bestätigt, dass die Männer über Leichen gingen.
Die beiden Gesichter der Mörder prägten sich tief in sein Gedächtnis ein. Während er den einen bereits in Adelboden gesehen hatte, war der andere eine ihm noch gänzlich unbekannte Person.
Nachdem Weber Bern passiert hatte, führte ihn sein Weg auf der Autobahn weiter Richtung Egerkingen. An der Raststätte Grauholz legte er eine Kaffeepause ein und nutzte die Gelegenheit, Benedict über die neuste Entwicklung in Kenntnis zu setzen. Er wählte dessen Nummer und musste nicht lange warten, bis dieser das Gespräch entgegennahm.

»Hat die Übergabe geklappt?«, wollte Benedict sofort wissen, ohne Weber zuvor gegrüßt zu haben.
»Nein, leider nicht. Beinahe hätten mich die beiden Entführer beseitigt.«
»Hauptsache, Sie sind noch am Leben. Haben Sie die beiden Männer gekannt?«
»Der eine war unser Kellner in Adelboden an der Bar. Den anderen habe ich noch nie gesehen.«
»Ich habe auch Neuigkeiten«, hielt Benedict entgegen. »Es geht um die Engelsfigur und den Fisch in Mangolds Wohnung.«
Gespannt wartete Weber auf die weiteren Ausführungen.
»Wir müssen uns mit der Symbolik der beiden Figuren befassen. Wofür der Engel steht, muss ich Ihnen nicht erklären. Der Fisch ist ein religiöses Symbol und kennzeichnet aufrichtige Christen. Ein weiterer Zusammenhang ergibt sich diesbezüglich auch zum Versteck der Schriftstücke im Kloster. Alles deutet demnach auf eine religiöse Komponente hin.«
Insgeheim hatte Weber darüber auch schon nachgedacht.
»Ich weiß nicht, ob Sie mit der griechischen Sprache vertraut sind. Wenn Sie diese ein wenig kennen, wissen Sie vielleicht, dass das griechische Wort für Fisch ‚Ichthys' heißt. Ich habe im Internet etwas recherchiert und festgestellt, dass Ichthys ein Akronym darstellt.«
Für einmal konnte Weber den Ausführungen seines Schülers nicht folgen.
»Das I des Wortes Ichthys steht für Iesous, das CH für Christos, das T für Theou, das Y für Hyios und das S für Soter.«
»Wenn mich meine Griechisch-Kenntnisse nicht im Stich lassen, würde ich meinen, die Begriffe stehen für Jesus, Christus, Gott, Sohn und Erlöser«, erklärte Weber.
»Vollkommen richtig! Der Fisch ist demnach eine Art Geheimcode, für manche sogar ein ganzes Glaubensbekenntnis.«
»Dann meinst du, dass wir den Täter in Kreisen der Kirche suchen müssen und uns diesbezüglich auf die höchsten Kirchenkreise beschränken sollten?«
»Ich gehe nicht davon aus, dass wir dem Vatikan einen Besuch ab-

statten müssen. Es wird aber eine Person von öffentlichem Interesse sein. Ansonsten würde unser Mann seine Stimme nicht immer künstlich verzerren. Kürzlich habe ich gelesen, dass wir bald einen neuen Bischof erhalten werden.«

Tatsächlich sollte der lokale Klerus in wenigen Wochen einen neuen Vorsteher für das Bistum Basel wählen. Einzig hier und jenem in St. Gallen liefen die Wahlen so ab, dass der Papst das Ergebnis einzig noch bestätigen konnte. Der Klerus besaß demnach hier mehr Macht als in anderen Bistümern, was die Ernennung des Bischofs betraf.

»Du meinst also, dass der angehende Würdenträger in die Sache verstrickt sein könnte?«

Benedict überlegte lange, bis er antwortete.

»Irgendwie schreckt mich diese Vision ab. Allerdings sprechen zu viele Indizien dafür, dass die Kirche irgendwie in die Sache involviert sein muss. Außerdem sagte Winkelried Ihnen, dass er die Schweiz erlösen will, was immer das heißt. Soter bedeutet, wie bereits erwähnt, Erlöser. Ich weiß aber auch, dass der Bezug des griechischen Wortes für Fisch zum neuen Bischof von Basel weit hergeholt ist.«

»Wir dürfen nichts außer Acht lassen und müssen jede mögliche Spur weiterverfolgen. Allerdings erwarte ich von dir, dass du morgen wieder den Unterricht besuchst. Ich werde mich der Sache mit dem Bischof annehmen.«

Weber verabschiedete sich von seinem Schüler und leerte den inzwischen kalt gewordenen Kaffee in einem Schluck hinunter. In Gedanken memorierte er nochmals die neuen Erkenntnisse. Er hatte kürzlich einen Artikel zur anstehenden Wahl gelesen. Als Favorit auf die Nachfolge des verstorbenen Bischofs John Reinhard galt Ramon Peyer. Außer dem Namen blieb Weber in diesem Zusammenhang nichts im Gedächtnis haften. Er wusste nicht einmal, aus welcher Region der Kronfavorit stammte.

Weber fühlte sich müde, weshalb er sich einen zweiten Kaffee besorgte. Als er an der Kasse die Rechnung begleichen wollte, erinnerte er sich an die Brieftasche der rothaarigen Frau, die noch immer in seiner Jeanstasche steckte. Neugierig zerrte er sie hervor. Es überraschte ihn, dass diese kaum Gewicht hatte. Er war es gewohnt, dass die Geldbörsen von

Frauen stets mit unnützen Belegen und Karten bis zum Überquellen gefüllt waren. Beim Exemplar, das er nun aufmerksam musterte, war dies nicht der Fall.
Vorsichtig öffnete er sie und erwartete, irgendeine Karte mit dem Namen der Frau zu finden. Was er im Innern aber erblickte, ließ ihn zusammenzucken. Die ganze Geschichte wurde immer mysteriöser.

Kapitel 78

Die Anweisungen, die Stauffacher von seinem Chef erhalten hatte, waren eindeutig. Wieder musste er eine Versammlung des Zirkels einberufen, weil die Dinge nicht so abliefen, wie es der Plan vorsah. Im Keller herrschte eine nervöse Stimmung. Die Proletarier, die auch an diesem Abend beinahe vollzählig erschienen waren, hatten noch nicht genau erfahren, warum sie sich schon wieder treffen mussten. Stauffacher erhob sich punkt acht von seinem Stuhl und begrüßte die Anwesenden.
»Gut, dass ihr alle hier seid. Seit unserer letzten Sitzung vor zwei Tagen haben sich einige Dinge grundlegend geändert.«
Alle Teilnehmer blickten gebannt zu ihrem Vorgesetzten.
»Ihr habt sicherlich mitbekommen, dass Fröhlich einem feigen Attentat zum Opfer fiel. Eine unbekannte Person hat ihn im Krankenhaus aufgesucht und vergiftet. Früher oder später müssen wir den Mord sühnen. Es kann und darf nicht sein, dass wir Opfer von Anschlägen werden.«
Stauffacher beherrschte das falsche Spiel wie kein anderer. Dass er selber für Fröhlichs Tod verantwortlich war, konnte er seinen «Arbeitern» nicht verraten. Viele von ihnen hätten ein Verbrechen an einem Mitglied des Zirkels niemals gebilligt.
»Lasst uns eine Schweigeminute für unseren verstorbenen Kollegen abhalten.« Alle Anwesenden erhoben sich von ihren Stühlen. Während sie eine halbe Minute lang schwiegen, schaute Stauffacher um sich. Viele Blicke der Proletarier verrieten Unsicherheit, andere Angst. Wahrscheinlich vermuteten die meisten bereits, dass ein Mann aus den eigenen Reihen für den Mord an Fröhlich verantwort-

lich war. Sie mussten davon ausgehen, dass es auch sie als Nächstes treffen konnte.
»Die Situation präsentiert sich wie folgt«, begann Stauffacher. »Die beiden Kinder, mit denen Weber ein paar Tage unterwegs war, scheinen keine Gefahr darzustellen. Wüssten sie Bescheid, hätten sie der Polizei sicherlich reinen Wein eingeschenkt.
Weiter gehen wir davon aus, dass Weber niemandem von dem Geheimnis erzählt hat. Allerdings ist uns ein Fehler unterlaufen. Die Übergabe der Schriftstücke hat nicht geklappt. Als wir sie in unseren Besitz bringen wollten, gelang Weber die Flucht. Er wird uns nicht mehr vertrauen, so dass nun abzuwarten ist, wie er reagieren wird.«
»Wir müssen sofort etwas unternehmen!«, ertönte es von der anderen Tischseite.
»Im Moment wissen wir nicht, wo sich Weber befindet. Wir haben versucht, ihn anzurufen. Da er wohl weiß, dass Handyortungen möglich sind, hat er das Gerät ausgeschaltet.
Ich werde mich morgen persönlich der Sache annehmen. Wie ich Weber kenne, wird er mir meinen Wunsch nicht ausschlagen können.«
»So kurz vor dem Ziel dürfen wir nicht Schiffbruch erleiden! Wir haben viel Geld in das Projekt gesteckt. Uns wurden vertraglich Millionen zugesichert, sobald der große Tag da sein wird. Wenn wir nun scheitern, haben alle an diesem Tisch eine Menge Geld in den Sand gesetzt.«
Beipflichtende Bemerkungen waren aus dem Rund zu hören.
»Ich verstehe euch. Auch ich gehe ein großes Risiko ein. Wir alle tun dies. Allerdings werden wir eines Tages fürstlich für unsere Bemühungen belohnt werden. Das verspreche ich euch.«
Die Worte waren Balsam auf die blutenden Seelen der anwesenden Proletarier.
»Warum wir hier sind, ist einfach. Ihr habt alle eure Beziehungen in der ganzen Schweiz. Ich bitte euch heute Abend einzig darum, diese spielen zu lassen. Weber kann sich nicht in Luft aufgelöst haben. Wir müssen ihn endgültig aus dem Weg räumen. Die Zeit eilt.«

Dass diese tatsächlich knapp wurde, wussten alle Beteiligten. Deshalb leiteten sie sofort alle Maßnahmen in die Wege, um Weber aufzuspüren.

Kapitel 79

Der Bischofsvikar saß vor dem Fernseher und zappte durch das Abendprogramm. Das sonntägliche Programm bot viel Unterhaltung. Allerdings interessierte sich der Mann weniger für die Spielfilme, die über den Bildschirm flimmerten, als vielmehr für die Nachrichten, die über das nationale und internationale Geschehen berichteten. Schwerpunkt der Sendungen auf den Schweizer Kanälen bildeten die anstehenden Bundesratswahlen sowie das Fußball-Länderspiel des Vorabends. Weiter erfuhr er, dass die USA einen weiteren Vergeltungsschlag im Nahen Osten planten und die Russen eine Marsmission mit Kosmonauten ins Auge fassten. Über sich selber erfuhr er in den Nachrichten nichts. Schließlich dauerte es noch über eine Woche, bis die Bischofswahl stattfinden würde. Ramon Peyer hatte sich einige Monate zuvor bereit erklärt, das Amt des abtretenden Bischofs Reinhard zu übernehmen. Lange musste er nicht überlegen, bis er sich zu diesem Schritt entschieden hatte.
Peyer war in Bern aufgewachsen, wo er zunächst in der Privatwirtschaft eine Stelle antrat. Dort lernte er auch eine Frau kennen. Nach ein paar Monaten ging die Beziehung in die Brüche. Peyer entschied sich daraufhin, Priester zu werden und begann ein Theologiestudium, das er nach vier Jahren erfolgreich abschloss. Danach amtete er zunächst als Vikar in der Kirchgemeinde eines Berner Vororts, ehe er die Priesterweihe erhielt. Peyer blieb seiner Kirchgemeinde treu. Nachdem er fast zwanzig Jahre als Priester tätig war, wurde er Bischofsvikar im Bistum Basel. Als rechte Hand des Bischofs hatte er zusammen mit Reinhard die Verantwortung für die Leitung der Kirche im ganzen Gebiet. Als Bischofsvikar installierte er neue Pfarrer und nahm auch die Firmspendungen vor.
Peyer wusste, dass die Zeit für den nächsten Schritt reif war. Er wollte das Bischofsamt übernehmen. Insgeheim galt als sicher, dass

Peyer Reinhards Nachfolger werden würde. Dass es einige Personen innerhalb der Kirche gab, die sich gegen ihn als Bischof aussprachen, störte ihn nicht, da seine Lobby groß genug schien.
Der Bischofsvikar schaltete den Fernseher aus und begab sich in die Küche, um sich einen heißen Kräutertee zuzubereiten. Eines von zwei abendlichen Ritualen sah vor, dass er vor dem Schlafengehen einen gesunden Tee trank. Seit er dies tat, schlief er besser und wachte nicht mehr so oft von Albträumen geplagt auf. Das andere Ritual hing mit einer Waffe zusammen, die er in seinem Schrank aufbewahrte. Jeden Abend holte er diese hervor und legte sie auf seinen Nachttisch. Seit er ein paar Jahre zuvor von einem Unbekannten überfallen worden war, diente die Waffe Verteidigungszwecken und vermittelte ihm ein Gefühl von Sicherheit.
Als er wenig später im Bett lag, dachte er nochmals über sein großes Ziel nach.
Er stand kurz vor dem Triumph, den er sich schon lange ersehnt hatte. Seine Helfer und er hatten lange darauf hingearbeitet, dass sie diesen Tag einmal erleben durften. In etwas mehr als einer Woche sollte er auf dem vorläufigen Zenit seiner Macht angelangt sein.
Peyer schlief auch in dieser Nacht tief und fest. Schließlich lief trotz allem das meiste so, wie er sich dies vorgestellt hatte. Alles was schief ging, konnten seine Leute ohnehin noch irgendwie gerade biegen. Dies war in der Vergangenheit schon oft der Fall gewesen.

Kapitel 80

Weber saß an einem kleinen Tisch im Hotel Kreuz in Oensingen. Vor ihm lag die Brieftasche, welche die Frau am Schwingfest verloren hatte. Weber hatte noch in der Raststätte festgestellt, dass diese kaum Inhalt barg. Einzig eine von Hand geschriebene Botschaft konnte er im Innern entdecken. Der Absender des kurzen Briefes war unbekannt. Nochmals las Weber die wenigen Zeilen durch:

Sehr geehrter Herr Weber
Entschuldigen Sie die Art und Weise, wie ich mit Ihnen Kontakt

aufgenommen habe. Allerdings werden Sie verstehen, dass ich mich nicht persönlich bei Ihnen melden kann. Deshalb habe ich einen Lockvogel engagiert, um Sie in den Besitz meiner Nachricht zu bringen. Versuchen Sie nicht, mich oder die junge Frau ausfindig zu machen. Die Frau kenne ich nicht. Ich habe sie zufällig am Schwingfest getroffen und ihr mitgeteilt, dass sie Ihnen diese Notiz zustellen soll. Sie hat auch eine nette finanzielle Entschädigung für ihren Dienst erhalten.

Ich werde Ihnen nun etwas anvertrauen, das strengstens geheim ist. Neben den Schriftstücken, die Sie ja bereits besitzen, gibt es ein weiteres Dokument, das ebenfalls verloren gegangen ist. Wo sich dieses befindet, ist unserem Zirkel unbekannt. Es soll aber die Authentizität Ihrer Schriftstücke belegen. Es heißt, dass sich der Fund tief im Innern unseres Nationalhelden befindet. Das Versteck sei stilvoll und patriotisch zugleich.

Ich bin entrüstet, dass unser Zirkel über Leichen geht. Deshalb habe ich mich Ihnen anvertraut. Wer die Hintermänner sind, tut nichts zur Sache. Mein geleisteter Eid verbietet es mir, Ihnen Namen zu nennen. Wer der große Anführer ist, wissen wir ohnehin nicht.

Ich wünsche Ihnen bei Ihrer Mission noch alles Gute. Sorgen Sie für Gerechtigkeit.

Gruß von einem Mann, der einen großen Fehler gemacht hat und dem Zirkel einst beigetreten ist.

Der Zusammenstoß mit der rothaarigen Frau entsprach demnach keinem Zufall, sondern war Teil eines Plans. Jemand wollte, dass diese Information Weber in die Hände fiel.

Der Lehrer wähnte sich in diesem Moment im falschen Film. Jede Person, der er begegnete, sorgte für weitere Unklarheiten im ganzen Puzzle.

Mangold hinterließ mit der Engelsfigur und dem Fisch ebenso eine verschlüsselte Botschaft wie seine Tochter mit dem falschen Geburtsdatum. Zudem wies ihn eine unbekannte Person auf ein Dokument hin, das in Tells Innerem liege und stilvoll und patriotisch zugleich sei.

Obwohl es schon nach 22 Uhr war, rief Weber seinen ehemaligen Mentor an. Letzterer lag noch nicht im Bett, sondern saß am Küchentisch und widmete sich einem Sachbuch über das Bild der Frau in anderen Religionen.

Weil Grafenberg das Werk eher langweilig fand, las er darin weiter. Er war es gewohnt, auch wenig interessante Bücher zu Ende zu lesen. Der Anruf war für Grafenberg eine willkommene Abwechslung.

»Entschuldige die späte Störung. Aber du weißt ja, dass ich in Schwierigkeiten stecke.«

»Hast du dir Teile des Weißen Buches von Sarnen unter den Nagel reißen können?«

»Ja, das hat geklappt. Ich werde die Dokumente morgen bei einem alten Freund, einem Uni-Professor, prüfen lassen. Dann wissen wir mehr. Allerdings gibt es noch ein weiteres Relikt, das die Echtheit meiner Schriftstücke belegen könnte.«

»Dann musst du dieses ja nur finden.«

»Du bist gut, Felix. Genau da liegt das große Problem. Niemand weiß, wo genau es versteckt ist, nicht einmal meine Gegner.«

»Dann ist die Situation hoffnungslos«, seufzte Grafenberg in den Hörer.

»Nicht ganz! Es gibt einen Hinweis auf das Versteck. Das Objekt soll im Innern unseres Nationalhelden liegen und stilvoll und patriotisch zugleich sein.«

Grafenberg legte den Hörer zur Seite. Weber konnte hören, dass sich dieser an etwas zu schaffen machte. Schließlich kehrte er nach mehr als zwei Minuten an den Hörer zurück.

»Dann wollen wir schauen, was uns mein Kunstbuch zu diesem Thema sagt.«

Grafenberg blätterte darin herum. Er suchte nach Bildern von Gemälden, die Wilhelm Tell zeigten. Es dauerte wieder ein paar Augenblicke, ehe er Weber antwortete. Das Buch über berühmte Maler lag geöffnet vor ihm auf dem Tisch.

»Stilvoll sagt mir, dass wir es mit Kunst zu tun haben müssen. Vielleicht geht es um Künstler, die Bilder gemalt haben. Es gibt zahlreiche Personen, die im Laufe ihres Lebens Wilhelm Tell gezeichnet haben. Eines der berühmtesten Gemälde stammt von Salvador Dali und gehört zu seinen umstrittensten. Das Werk zeigt Tell als lächelnden Lenin, der auf dem Boden kniet und sein überdimensioniertes Gesäß entblößt hat. Einige kommunistisch eingestellte Surrealisten fanden an Dalis Gemälde keine Freude und forderten deshalb den Ausschluss des Künstlers aus ihrem Kreis. André Breton, der wichtigste Theoretiker des Surrealismus, bezichtigte Dali gar als Befürworter von Hitler. Dali verteidigte sich, indem er verlauten ließ, dass er mit seinen Bildern die Betrachter verstören wolle. Er erklärte immer wieder, dass es sich bei der Person um seinen Vater handeln würde, der ihn fressen möchte. Er stellte so sein gestörtes Verhältnis zu ihm dar. Einem Ausschluss aus der Bewegung der Surrealisten ist Dali am Ende übrigens knapp entgangen.«

»Danke für die kurzen Schilderungen zu Salvador Dali. Allerdings interessiert mich mehr, ob sich mein gesuchtes Objekt in der Nähe dieses Gemäldes befinden könnte.«

»Oder direkt in ihm versteckt.«

Weber überlegte. Vielleicht hatten die Personen, die das Dokument zuletzt besaßen, dieses hinter dem Gemälde versteckt. Oder es war gar in den Rahmen des Bildes integriert worden?

»Allerdings muss ich dir mitteilen, dass es noch viele Künstler gegeben hat, die Tell ebenfalls abgebildet haben. Die Wahrscheinlichkeit, dass du bei Dali fündig werden wirst, ist verschwindend klein. Außerdem gibt es da noch ein weiteres Problem.«

Als Weber davon hörte, verwarf er den Gedanken sogleich wieder, Dalis Gemälde aus unmittelbarer Nähe zu betrachten.

Das Kunstwerk «Das Rätsel Wilhelm Tells» hing im Moderna Museet in Stockholm. Eine Reise nach Schweden war ihm zeitlich nicht möglich. Weber legte seinen Fokus deshalb auf die beiden anderen Fragen, auf die er ebenfalls noch keine Antwort gefunden hatte.

Kapitel 81

In der Sekundarschule Laufen überstürzten sich am Montagmorgen die Ereignisse. Rektor Konrad Richter hatte soeben von Webers Stellvertreterin erfahren, dass Benedict und Monika wieder nicht im Unterricht saßen. Noch am Vortag hatte Richter mit den Eltern der zwei Schüler telefoniert und vereinbart, dass diese den Unterricht zu besuchen hätten. Während Richter fluchend durch sein Büro stampfte, versuchte seine Sekretärin die beiden Familien telefonisch über die Absenz in Kenntnis zu setzen. Der Rektor wusste genau, wem er zu verdanken hatte, dass die beiden Jugendlichen in der Schule erneut fehlten: Steven Weber.
Richter griff zu seinem Telefon und wählte Webers Nummer, wobei er mit der Sprachbox verbunden wurde. Er verzichtete darauf, eine Nachricht zu hinterlassen und verschob das Gespräch auf einen späteren Zeitpunkt.
»Steven gerät immer mehr in die Bredouille«, ärgerte er sich. Richter konnte sich vorstellen, wie ungezogen Peter Oberli reagieren würde, wenn er von der neuerlichen Absenz seiner Tochter erfahren würde.
Er entschied sich deshalb, allfällige Anrufe der Familie Oberli zu ignorieren. Die Nummer kannte er inzwischen auswendig, so dass dies kein Problem darstellte.
Benedict und Monika saßen zu diesem Zeitpunkt in einem Café am Basler Bahnhof. Auf dem Weg zur Schule hatten die beiden eine Stunde zuvor kurzerhand beschlossen, dem Unterricht fernzubleiben. Stattdessen kehrten sie zum Bahnhof zurück und bestiegen den nächsten Zug Richtung Basel.
Benedict rührte mit dem Löffel in seinem Kaffee, der inzwischen kalt geworden war, herum. Monika, die Benedict dabei genau beobachtete, eröffnete nach einer langen Phase des Schweigens das Gespräch.
»Wir müssen unserem Klassenlehrer helfen.«
Benedict pflichtete ihr nickend bei, wusste aber nicht, wie sie in diesem Zusammenhang vorgehen sollten.
»Am besten rufen wir Herrn Weber an und fragen ihn, wie wir ihn unterstützen können«, schlug sie vor.

In diesem Moment ertönte Monikas Handy. Der Anruf stammte von ihrer Mutter.
»Wir haben doch gestern vereinbart, dass du die Schule heute wieder besuchst. Die Sekretärin hat mir telefonisch mitgeteilt, dass du nicht in der Schule bist.«
»Das ist so. Ben und ich möchten Herrn Weber bei seinen Problemen gerne helfen.«
»Ihr seid nicht dafür verantwortlich, die Probleme von Erwachsenen zu lösen. Außerdem mache ich mir große Sorgen um euch.«
»Du sollst dir keine Sorgen machen. Ben und ich sind vorsichtig. Uns wird nichts passieren.«
Monika beendete das Gespräch, während Benedict, der inzwischen einige Minuten nicht mehr gesprochen hatte, immer noch mit dem Löffel herumspielte.
»Ich glaube, wir müssen einem Mann einen Besuch abstatten.«
Monika verstand nicht, worauf sich Benedict bezog.
»Als ich gestern etwas recherchiert habe, bin ich auf eine Person gestoßen, die in die Sache involviert sein könnte. Vielleicht sagt dir der Name Ramon Peyer etwas. Dieser amtet derzeit noch als Bischofsvikar im Bistum Basel.«
»Du meinst also, dass der Bischofsvikar als Drahtzieher fungiert?«
»Kann sein, zumal die ominöse Person die Schweiz von den negativen Einflüssen erlösen will. Dies hat der Unbekannte Herrn Weber in einem Anruf so mitgeteilt. Vielleicht weist uns der Fisch am Tatort auf Peyer, den großen Erlöser, hin. Ich hoffe, dass ich mich diesbezüglich nicht irre.«
»Wo finden wir Peyer?«, wollte Monika wissen.
»Der Sitz des Bischofs des Bistums Basel liegt in Solothurn. Es wäre gut, wenn wir dort vorbeischauen und Peyer einen Besuch abstatten würden.«
»Sollten wir nicht die Polizei einschalten? Schließlich handelt es sich bei Peyer womöglich um die Person, die drei Menschen auf dem Gewissen hat.«
»Diesbezüglich gebe ich dir Recht. Allerdings bringen wir damit Herrn Webers Tochter in Gefahr. Außerdem wissen wir nicht, ob der

Bischofsvikar wirklich hinter den Morden steckt. Eine falsche Anschuldigung könnte fatale Folgen haben und ihn sein Amt kosten.«
»Dann fahren wir nun nach Solothurn!«
Um 09.04 Uhr saßen die beiden im Zug, der den Bahnhof Basel verließ. Der Plan, den Benedict und Monika in kurzer Zeit entwickelt hatten, tönte einfach: Sie wollten Peyer auf den Zahn fühlen.

Kapitel 82

An diesem Montag kannten die Zeitungen nur ein Thema: Die Nacht der langen Messer. Im Vorfeld der am Mittwochmorgen stattfindenden Bundesratswahlen spekulierten die Zeitungen darüber, wer neues Exekutivmitglied werden würde. Politiker meldeten sich in den verschiedenen Zeitungen zu Wort und sprachen über ihre Favoriten. Noch schien das Rennen um den freien Platz in der Regierung völlig offen.
Auch Bischofsvikar Peyer warf an diesem Montagmorgen einen Blick in die Zeitungen. Wer letztlich den Platz im Bundesrat besetzen würde, war ihm egal. Für ihn waren die Kirche und die Politik zwei gänzlich unterschiedliche Schuhe. Deshalb interessierte er sich viel mehr dafür, wer das höchste Amt im Vatikan und die Bischofsämter in der Schweiz innehatte als für die Frage, wer in der Schweizer Exekutive Einsitz hielt.
Es klopfte an der Tür. Reinhard trat ein und grüßte seinen designierten Nachfolger freundlich.
»Was steht heute an?«, wollte der Bischof wissen.
»Der übliche Papierkram. Außerdem haben wir einen Termin mit dem Kirchenboten für ein Interview.«
»Die Medien haben im Moment sicherlich über Wichtigeres zu berichten als über meinen Abgang in ein paar Wochen.«
»Die Zeitungen sind voll mit Berichten zur Bundesratswahl vom Mittwochvormittag. Schließlich steht morgen Abend die Nacht der langen Messer an. Dann setzen sich die Präsidenten der großen Parteien in der Bar des Hotels Bellevue zusammen und besprechen nochmals die Strategie für die Wahl vom Mittwoch.«

»So ist es. Damit wird eigentlich schon festgelegt, wer am Mittwoch gewählt werden wird.«
Die beiden blätterten die Zeitungen durch und überflogen die Nachrichten. Die meisten Printmedien sahen Erich Forrer von den Volksfreunden des Mittellandes in der Pole-Position, was die Wahl betraf. Knapp dahinter vermuteten sie Gustav Niederhauser, den Kandidaten der WTP. Nur Außenseiterchancen wurden Patrick Zumbühl eingeräumt, der mit einer unbedachten Äußerung zur Asylpolitik am Wochenende die Gemüter erhitzt und damit wohl viel Kredit verspielt hatte.
Für einen der Kandidaten auf den Bundesratssitz wartete am Mittwoch der große Tag. Auch Peyer würde bald einen ruhmreichen Tag erleben. Seine Stunde würde ebenfalls bald schlagen. Auch er sollte demnächst die Lorbeeren für alle seine Bemühungen ernten. Lange hatte er warten und verschiedene Hindernisse aus dem Weg räumen müssen.
Peyer griff nach dem Croissant und biss hinein. Es schmeckte ihm ausgezeichnet. Schließlich lief wieder alles nach Plan.

Kapitel 83

Weber hatte schlecht geschlafen. Immer wieder musste er an Salvador Dalis Gemälde denken. Er musste davon ausgehen, dass ein entscheidendes Puzzleteil in der ganzen Angelegenheit nicht zur Verfügung stand. In seiner Jugendzeit war es oft vorgekommen, dass bei Puzzles Teile gefehlt hatten. Das Werk schien so am Ende jeweils unvollendet, und Weber hatte dabei immer ein ungutes Gefühl beschlichen, da er die Aufgabe nicht zu hundert Prozent gelöst hatte.
Der Plan für die folgenden Stunden stand fest. Weber wollte endlich Gewissheit haben, was die Abbildungen betraf. Eine Dünnschichtchromatographie sollte aufzeigen, ob die Schriftstücke mit der gleichen Tinte geschrieben worden waren wie die Tell-Geschichte im Weißen Buch von Sarnen. Zudem wollte Weber mit einer C14-Untersuchung, einer Radiokohlenstoffdatierung, das Alter des Fundes und der ausgerissenen Seiten des Buches bestimmen.

Waren die gefundenen Schriftstücke jünger als der ausgerissene Teil der Tell-Geschichte im Weißen Buch von Sarnen, hatte Schriber die Geschichte später geschrieben, was wiederum bedeutete, dass die Tell-Geschichte schon bestand, als Schriber eine neue Version kreierte. Über die möglichen Beweggründe für ein solches Handeln wollte sich Weber noch nicht den Kopf zerbrechen.
Allerdings war es aber auch möglich, dass die gefundenen Schriftstücke älter waren als Tells Geschichte im Weißen Buch von Sarnen. Wäre dies der Fall, könnte sich die heute in den Büchern stehende Geschichte Tells mit dem erfolgreichen Apfelschuss als Lügenkonstrukt erweisen und Tell wirklich der Mörder seines Sohnes sein.
Weber wusste genau, dass er im Laufe des Tages eine Antwort auf diese Frage erhalten würde, vorausgesetzt, ein guter Freund von ihm erfüllte ihm den entsprechenden Wunsch. Die Nummer, die Weber gerade wählte, hatte er auf seinem alten Handy gespeichert.
Nico Affolter saß in seinem Büro, als es klingelte. Er zögerte einen Moment, den Anruf entgegenzunehmen, weil er die Nummer nicht kannte. Schließlich war er erstaunt, als sich sein Freund Steven Weber bei ihm meldete. Nachdem Affolter seine Freude bezüglich des Anrufs kundgetan hatte, fragte er sogleich nach dem Grund der Kontaktaufnahme.
»Wie du sicherlich schon den Zeitungen entnehmen konntest, bin ich in eine Geschichte verwickelt, die immer merkwürdigere Züge annimmt. Du hast vielleicht auch gelesen, dass einige Schriftstücke im Zentrum der drei Morde stehen könnten. Diese Papiere liegen vor mir auf dem Tisch. Ich kann dir bestätigen, dass sie ein Geheimnis bergen, wofür eine Macht zu töten bereit ist.«
Affolter stellte schnell fest, in welche Richtung sich das Gespräch entwickeln sollte. Der Anruf musste mit seinem Beruf zu tun haben. Affolter amtete an der Universität Basel als Professor für Biogeochemie im Departement Umweltwissenschaften.
»Ich gehe davon aus, dass du meinen Rat als Professor brauchst«, brachte es Affolter auf den Punkt.
»Nicht nur deinen Rat. Heute ist es doch möglich, das Alter von

diversen Gegenständen ungefähr zu bestimmen. Dafür benötigt man aber entsprechende chemische Verfahren. Sehe ich das richtig?«
»Das stimmt. Dann möchtest du also, dass ich mich etwas mit den Schriftstücken beschäftige?«, fragte Affolter seinen alten Gefährten. Der Professor kannte Weber gut genug, um dessen Gedanken lesen zu können. Schon im Jugendalter konnte er seinem Freund keinen Wunsch ausschlagen. Als sich Weber mit dreizehn Jahren in Affolters Freundin verliebt hatte, verließ Letzterer diese, so dass Weber freie Bahn hatte. Affolter wusste, dass er seinem Freund solche Wünsche heute sicherlich nicht mehr erfüllen würde.
»Könntest du die Schriftstücke mittels der C14-Methode analysieren und mir deren Alter nennen? Oder ist diese Methode bei Schriftstücken gar nicht anwendbar?«
»Ich nehme an, dass du weißt, wie die Methode genau funktioniert. Sie beruht auf dem Zerfall des radioaktiven Isotops C14, das von allen Lebewesen auf der Erde aufgenommen wird. Stirbt ein Organismus ab, nimmt er kein neues C14 mehr auf. Stattdessen nimmt die Menge an radioaktiven C14-Isotopen gemäß dem Zerfallsgesetz ab. Es ist möglich, den Zeitpunkt zu bestimmen, in dem ein Organismus seinen Stoffwechsel eingestellt hat. Für diese Messung benötigen wir den aktuellen C14-Gehalt der Atmosphäre, die Halbwertszeit des radioaktiven Isotops, die übrigens 5730 Jahr beträgt, und die C14-Konzentration der Probe.«
»Dann kannst du mir also helfen, die Schriftstücke zu datieren.«
»Im Grunde genommen schon. Allerdings ergibt sich diesbezüglich ein Problem.«
Das Wort «Problem» existierte in Webers Wortschatz nicht mehr. Und wenn ein solches in einem Zusammenhang doch resultierte, musste es gelöst werden. Entsprechend neugierig fragte Weber nach dessen Ursache.
»Die Methode ist nur brauchbar, wenn es um Zeiten geht, bei denen eine Abweichung von ein paar Jahrzehnten keine Rolle spielt. Deshalb gehe ich davon aus, dass die Methode für dich nicht von Relevanz sein wird. Ich muss dir deshalb eine wichtige Frage stellen, nämlich jene nach dem Alter deiner Schriftstücke.«

»Ich meine, dass diese aus der Zeit um das Jahr 1470 herum stammen müssten.«
Affolters Antwort ließ nicht lange auf sich warten.
»Eine ungefähre Altersbestimmung kann ich dir anbieten. Allerdings wird dir diese nicht groß weiterhelfen. Am Schluss bleibt nämlich eine Messungenauigkeit von mindestens 40 Jahren. Grund dafür sind statistische Schwankungen und Ungenauigkeiten der Instrumente. Ich erläutere dir das Problem gerne an einem Beispiel. Kritiker waren der Meinung, dass der Bundesbrief eine Fälschung aus dem 14. Jahrhundert darstellt. Fälschungen von Dokumenten wurden im Mittelalter viele angefertigt. Der Bundesbrief gehört hingegen nicht in diese Kategorie. Dank der C14-Methode konnte nachgewiesen werden, dass der Bundesbrief zwischen 1252 und 1312 entstanden sein musste.«
»Immerhin konnte damit ausgeschlossen werden, dass es sich um eine Fälschung handelt«, resümierte Weber.
»Nicht ganz. Wir können belegen, dass er aus der Zeit zwischen 1252 und 1312 stammt, was aber wiederum noch keinen Beweis für dessen Authentizität darstellt. Außerdem beträgt die Bandbreite der möglichen Entstehungszeitpunkte sechzig Jahre.«
Affolters Ausführungen missfielen Weber. Er hatte gehofft, dass er mittels der C14-Methode den Herstellungszeitpunkt seines Schriftstücks genau definieren konnte.
»Selbst wenn ich den Zeitpunkt der Entstehung ungefähr eruieren würde, entspräche die Datierung nicht wissenschaftlichen Grundlagen und wäre entsprechend wertlos.«
Ein lautes Fluchen hallte durch den Hörer, so dass Affolter gezwungen war, ihn für kurze Zeit hinzulegen.
»Entschuldige meine Wortwahl, aber die Angelegenheit ist enorm wichtig. Wäre es möglich, mittels einer Dünnschichtchromatographie zu überprüfen, ob zwei Schriftstücke mit dem gleichen Schreibwerkzeug angefertigt worden sind?«
Affolter überlegte kurz, bevor er Weber antwortete. Noch einen verbalen Ausfall Webers wollte er nicht mitanhören.
»Die Chromatographie ist eine sehr leistungsfähige Trennmethode.

Dabei werden die in Tinten oder anderen Schreibmaterialien enthaltenen Farbstoffgemische aufgetrennt. Wenn wir zwei verschiedene Proben haben, können wir die beiden letztlich miteinander vergleichen. Die Chromatographie ist ein Verfahren, das selbst Schüler im Unterricht vereinzelt kennen und anwenden lernen. Deshalb bin ich gerne bereit, dir diesbezüglich zu helfen.«
Am Horizont keimte ein Hoffnungsschimmer auf. Nachdem er nach den Ausführungen zur C14-Methode bereits leicht resigniert hatte, strahlte Weber wieder ein wenig Zuversicht aus.
»Dann werde ich heute Nachmittag gerne bei dir vorbeischauen.«
Affolter freute sich auf den Besuch seines Kollegen. Neben dem Wunsch, den er ihm erneut nicht ausschlagen konnte, sollte auch Zeit bleiben, sich bei einem gemeinsamen Treffen auf den neusten Stand zu bringen. Schließlich hatten sie sich zwei Jahre lang nicht mehr gesehen.

Kapitel 84

Im kleinen Häuschen nahe von Kirchberg saß Lara in der Ecke und starrte ins Leere. Seit über 24 Stunden hatte sie ihren Entführer nicht mehr gesehen. Immerhin hatte Winkelried ihr genügend Proviant zur Verfügung gestellt, so dass sie nicht hungern musste. Nahrung hin oder her: Lara wusste, dass es für sie kein Entrinnen mehr gab. Sie verdankte einem Zufall, dass sie überhaupt noch lebte. Warum die beiden Männer sie damals im Wald nicht getötet hatten, wusste Webers Tochter noch immer nicht genau.
Als sie kurz davor war, wieder einzuschlafen, hörte sie das Motorengeräusch eines Autos, das wenig später verstummte. Nach einigen Augenblicken wurde die Tür geöffnet, und Winkelried trat ein.
»Ich hoffe, du hast gut geschlafen. Es wird nicht mehr lange dauern, bis dein Martyrium vorbei sein wird.«
»Sie meinen, bis Sie mich aus dem Weg räumen werden.«
»Das liegt ganz in den Händen deines Vaters. Wenn er uns gibt, was wir von ihm fordern, könnte es für dich dennoch ein Happy End geben.«

»Sie glauben doch selber nicht, dass Sie mich laufen lassen werden. Ich habe Sie gesehen und könnte Sie jederzeit verraten. Bald werden Sie ja eine Person von öffentlichem Interesse sein, zumindest wenn für Sie alles nach Plan verlaufen wird.«
Mit dieser Aussage hatte Lara ins Schwarze getroffen. Er konnte sie unmöglich laufen lassen.
»Brauchst du noch etwas?«, fragte Winkelried.
»Nichts, das Sie mir bieten könnten.«
»Dann rufen wir jetzt deinen Vater an. Hüte dich davor, ihm irgendwelche Hinweise zu geben.«
Winkelried wählte Webers Handynummer.
»Ihre Tochter sitzt neben mir. Es geht ihr gut«, begann Winkelried das Gespräch.
»Ich möchte mit Lara sprechen.«
Winkelried gab dieser letzte Anweisungen, ehe er das Handy wieder auf den Lautsprecher-Modus stellte.
Bevor Weber überhaupt sprechen konnte, hatte Lara bereits die Initiative übernommen.
»Mir geht es gut, Vater. Aber denk doch bitte an meinen Geburtstag...«
Winkelried verpasste Lara eine Ohrfeige.
»Ich habe dir gesagt, dass du solche Spielchen unterlassen sollst! Dein Geburtstag interessiert im Moment niemanden.«
Er schaltete den Lautsprecher-Modus wieder aus.
»Wie Sie sehen, geht es Ihrer Tochter gut. Das muss für Sie als Information reichen. Meine Männer werden sich bezüglich der Schriftstücke bald wieder bei Ihnen melden. Überdenken Sie tunlichst Ihr Handeln. Das Leben Ihrer Tochter steht auf dem Spiel.«
Damit hängte er auf.
Während Weber seine Autofahrt Richtung Basel fortsetzte, wandte sich Winkelried wieder dem Entführungsopfer zu.
»Ich habe deine Spielchen satt. Ich weiß zwar nicht, warum du immer wieder deinen Geburtstag erwähnst, aber ich werde es noch herausfinden. Falls du deinem Vater damit eine versteckte Botschaft hinterlassen wolltest, kannst du dich auf etwas gefasst machen.«

Lara ignorierte die drohenden Worte. Sie wusste, dass ihre einzige Überlebenschance darin bestand, dass ihr Vater den Drahtzieher der Geschichte entlarvte und ihr Versteck fand. Mehrmals hatte sie schon darüber nachgedacht, den Namen des Entführers preiszugeben. Lara wusste aber, dass dies ihr Todesurteil bedeutet hätte.
Mit ernstem Blick verließ Winkelried das kleine Häuschen und setzte sich in seinen Mercedes mit Solothurner Kennzeichen. Nochmals dachte er über Laras Bemerkung bezüglich ihres Geburtstags nach. Noch verstand er nicht, was sie damit bezweckt hatte.

Kapitel 85

In der Ambassadorenstadt Solothurn spazierten Benedict und Monika durch die verwinkelten Gassen. Neben ihnen ragten einige der schönsten Barockbauten der Schweiz in die Höhe. Zum ersten Mal in ihrem Leben befanden sie sich im solothurnischen Kantonshauptort. Mittels eines GPS-Apps auf dem Handy bewegten sie sich auf direktem Weg Richtung Bischofssitz. Einen Plan, wie sie mit Bischofsvikar Peyer in Kontakt treten wollten, hatten die beiden nicht. Als sie sich vor dem Gebäude einfanden, in dem der Bischofsvikar seiner Arbeit nachging, überlegten sie nochmals, ob der Mann wirklich hinter der Sache stecken konnte. Die Symbolik des Fisches wies auf eine kirchliche Komponente hin. Daran bestand für Benedict kein Zweifel mehr.
Die beiden passierten das Eingangstor und gingen Richtung Haustür. Noch zögerte Benedict, als er seinen Zeigefinger auf den Klingelknopf legte. Monika zog Benedicts Hand weg und betätigte die Türklingel eigenhändig. Nun gab es kein Zurück mehr.
Als Sekunden später ein schmächtiger, junger Mann die Tür öffnete, war den Jugendlichen sofort klar, dass es sich dabei nicht um den Bischofsvikar handelte. Ihnen war bewusst gewesen, dass dieser sicherlich nicht persönlich die Tür öffnen würde. Deshalb waren sie auf die Situation vorbereitet. Sie gaben an, Peyer in einer äußerst wichtigen Angelegenheit, die mit der Schule zu tun habe, sprechen zu müssen. Der junge Mann stutzte erst, da er nicht wusste, ob sich

Peyer für die Besucher Zeit nehmen wollte. Er zog sein Handy aus der Tasche und rief ihn an. Kurz darauf konnte er den Gästen mitteilen, dass der Bischofsvikar einem Besuch zugestimmt habe.
Wenige Augenblicke später erschien ein großer, hagerer Mann mit schütterem Haar hinter ihnen und bat die zwei mitzukommen. Er führte sie ins Besprechungszimmer, wobei er einen irritierten Eindruck hinterließ. Er wusste nicht, wer die jungen Personen waren und warum sie geklingelt hatten. Besucher, die sich ohne Termin bei ihm meldeten, waren eher die Ausnahme, umso mehr als es sich bei den beiden um Jugendliche handelte.
»Herzlich willkommen im Bischofssitz des Bistums Basel. Ich heiße Ramon Peyer und arbeite hier als Bischofsvikar. Euer Besuch überrascht mich etwas. Ich darf euch doch duzen?«
Benedict und Monika waren von der Begrüßung positiv überrascht. Peyer strahlte eine angenehme Wärme aus. Seine offene Art behagte den beiden. Allerdings wusste Benedict, dass das Ganze auch nur eine Show sein konnte. Winkelried war ein Profi, der sicherlich imstande war, Menschen zu täuschen.
Deshalb begegneten Benedict und Monika der Person mit einer gewissen Vorsicht.
»Selbstverständlich dürfen Sie uns duzen. Wir sind Schüler eines Gymnasiums in Grenchen und müssen eine Arbeit über die anstehenden Bischofswahlen schreiben«, log Benedict.
»Die Bischofswahlen werden in der Schule noch thematisiert? Das freut mich natürlich sehr. Ich dachte, dass kirchliche Dinge kaum mehr Platz im Schulunterricht fänden. Heute habe ich zwar noch Termine, kann euch aber sicherlich noch eine halbe Stunde lang etwas zu den Bischofswahlen erzählen.«
Zufrieden nahmen die beiden Peyers Worte zur Kenntnis.
»Vielleicht erzählt ihr mir zunächst, was euch genau interessiert. Anschließend werde ich euch noch ein paar wissenswerte Dinge zu den Wahlen und zum Amt des Bischofs erzählen.«
»Das finde ich gut«, antwortete Benedict und stellte eine erste Frage. »Ist es richtig, dass Sie der Kronfavorit hinsichtlich der Nachfolge von Bischof Reinhard sind?«

»Bei Wahlen können immer viele Dinge passieren. Deshalb ist es gefährlich, von einem Favoriten zu sprechen. Bei den letzten Papstwahlen hatte kaum einer den neuen Würdenträger auf der Rechnung. Letztlich entscheidet das 18-köpfige Domkapitel, wer der Nachfolger von Bischof Reinhard werden wird. Dabei handelt es sich um ein Beratungsgremium des Bischofs.«
Für einen kurzen Zeitpunkt kehrte im Büro Ruhe ein.
»Es war schon immer mein Traum, einmal Bischof zu werden. Diese Chance erhältst du in deinem Leben kein zweites Mal.«
»Was wären Ihre Ziele als neuer Bischof des Bistums Basel?«, fuhr Monika die Fragerunde fort.
»Grundsätzlich gilt es nicht, alles zu verändern, was wir in den letzten Jahren und Jahrzehnten erarbeitet haben. Ich würde den Weg des abtretenden Bischofs weiterverfolgen und dessen Visionen umsetzen. Allerdings wäre es mir ein Anliegen, zumindest unser Bistum von gewissen negativen Entwicklungen zu befreien.«
»Also sehen Sie sich sozusagen als eine Art von Erlöser?«, brachte es Benedict auf den Punkt.
»Nicht unbedingt als Erlöser. Aber wir haben in unserer katholischen Kirche gewisse Dinge, die ich so nicht gutheißen kann.«
Benedict und Monika wussten nicht, worauf ihr Gesprächspartner hinaus wollte. Schließlich interessierten sie sich nicht für kirchliche Belange. Was ihnen der Bischofsvikar vermittelte, genügte ihnen als Information. Außerdem hatten sie einen ersten wichtigen Eindruck von Peyer erhalten.
Als das Gespräch schließlich zu Ende war, blickten sich die beiden Parteien an und lächelten gleichzeitig. Peyer hatte zwei interessierte und anständige junge Menschen kennengelernt, während Benedict und Monika ihr Ziel ebenfalls erreicht hatten: Der erste Kontakt zum Bischofsvikar stand. Jetzt mussten die beiden nur noch die richtigen Schlüsse aus dem Gespräch ziehen.

Kapitel 86

Weber parkte sein Auto in der Tiefgarage des Universitätsspitals, wandte sich Richtung Treppenlift und fuhr mit ihm zum Ausgang. Nach wenigen Metern stand er schon vor dem Gebäude an der Bernoullistraße. Er ging hinein und schlug den direkten Weg in Richtung Sekretariat des Instituts für Umweltwissenschaften ein.
Als er vor der gesuchten Tür stand, musste er an seinen letzten Besuch an der Universität Basel zurückdenken. Einige Tage war es erst her, als er sich im Büro von Professor Fröhlich eingefunden hatte und die Situation völlig außer Kontrolle geraten war. Dank Benedicts List konnte er damals der Polizei knapp entkommen.
Weber dachte in diesem Moment an Benedict und Monika, die einmal mehr dem Unterricht ferngeblieben waren und sich jetzt irgendwo in der Schweiz aufhielten. Er wollte eigentlich verhindern, dass die beiden zu sehr in die Sache hineingerieten. Dieses Vorhaben misslang in jeder Hinsicht. Nicht nur um seine Tochter und sich selber musste sich Weber Sorgen machen, sondern auch um die zwei Schüler.
Weber betrat das Sekretariat und erklärte der Frau am Computer, dass er Nico Affolter zu sprechen wünsche. Sie wählte sofort dessen Nummer. Wenig später erschien ein rund 45-jähriger Mann mit ungekämmten Haaren. Er war unrasiert. Unter den eckigen Brillengläsern erkannte Weber die Augen seines Jugendfreundes Nico Affolter.
»Schön, dass du da bist«, begrüßte Affolter den Gast und bat ihn in Richtung Büro.
Wortlos folgte Weber dem vorauseilenden Professor. Schon bevor sie ins Büro eintraten, entschuldigte sich Affolter für die Unordnung.
»Wie ich dich kenne, hast du wie immer wenig Zeit. Das war schon in unserer Jugend so. Oder hat sich diesbezüglich etwas verändert?«
»Ich bin immer noch der Junge von früher, was mein Zeitmanagement betrifft. Allerdings will ich dir kurz schildern, wie ich in diese Situation geraten bin.«
Weber erzählte kurz von Tells Schriftstücken sowie den Morden an

Mangold, am Stiftsbibliothekar und an Fröhlich sowie von den verschiedenen Gruppen, die ihn verfolgten.
»Da bist du in eine üble Situation geraten«, resümierte Affolter.
»Deshalb brauche ich mehr denn je deine Unterstützung. Die ominösen Schriftstücke und Fetzen aus dem Weißen Buch von Sarnen habe ich dabei.«
»Du hast das Weiße Buch von Sarnen beschädigt?«, fragte Affolter entsetzt.
»Ich habe dir die Geschichte nur oberflächlich geschildert. Dass ich Seitenteile aus dem Weißen Buch von Sarnen herausgerissen habe, fand ich nicht wesentlich.«
Der Professor schüttelte den Kopf. Dann nahm Affolter die Schriftstücke in seine Hände und las sie gespannt durch.
»Das sind mit Sicherheit Abbildungen, die ein paar Jahrhunderte alt sind. Was den Inhalt betrifft, bin ich etwas erstaunt, da ich Tell als Helden in Erinnerung hatte und nicht als Mörder seines Sohnes. Auch von einem Selbstmord Tells war nie die Rede.«
»Du kannst dir vorstellen, dass auch ich perplex war, als ich die Abbildungen zum ersten Mal gesehen habe. Allerdings würde es mich nicht überraschen, wenn hinter den Abbildungen ein Stück Wahrheit stecken würde. Ansonsten wären Unbekannte wohl nicht bereit, dafür einige Morde zu begehen.«
Webers Erläuterungen leuchteten Affolter ein. Er nickte Weber kurz zu und verließ mit den Schriftstücken und den beiden Papierfetzen den Raum.
Während Weber auf seinen Jugendfreund wartete, musterte er die Wände. Überall hingen Urkunden. Affolter hatte sich im Laufe der letzten Jahre unzählige Titel zugelegt. Es dauerte keine zwei Minuten, bis der Professor wieder in seinem Büro eintraf.
»Meine Doktoranden untersuchen die Proben. Tells Schriftstücke habe ich ihnen nicht gezeigt, sondern ihnen nur einen kleinen Teil einer Seite überreicht, so dass sie niemals herausfinden können, welch antikes Schriftstück sie vielleicht in Händen halten.«
»Was denkst du? Wie lange brauchen deine Leute, bis ein Resultat vorliegt?«

»Gib ihnen eine halbe Stunde. In der Zwischenzeit können wir ja bei einer Tasse Kaffee über vergangene Tage plaudern.«
»Diese Zeit nehme ich mir gerne«, antwortete Weber erfreut. Kurz darauf waren die beiden in ein intensives Gespräch vertieft.

Kapitel 87

Den beiden Jugendlichen lachte die Sonne entgegen, als sie den Bischofssitz in Solothurn verließen. Das Gespräch mit dem Bischofsvikar behielten sie positiv in Erinnerung. Sie hatten eine angenehme Wärme und viel Offenheit im Gespräch mit Peyer gespürt. Der designierte neue Bischof erwies sich als aufgeschlossener und gesprächsbereiter Mann. Seine Ausführungen hatten Hand und Fuß und waren auch für sie als Laien gut verständlich.
»Was hältst du von Peyer?«, fragte Monika ihren Mitschüler, während sie sich auf dem Rückweg zum Bahnhof befanden.
»Ich hatte mir den Bischofsvikar ganz anders vorgestellt«, bilanzierte Benedict.
»Für einen Mörder macht er einen äußerst sympathischen Eindruck.«
»Ob Peyer die Menschen wirklich auf dem Gewissen hat, wissen wir nicht.«
»Du zweifelst also an seiner Schuld?«
»Ich will nicht ausschließen, dass er etwas verbrochen hat. Mein Bauchgefühl sagt mir aber, dass Peyer ein Geheimnis mit sich trägt. Ob dieses mit den Morden und dem Mythos um Tell zu tun hat, darüber bin ich mir nicht sicher.«
»Hätte uns Peyer nicht erkennen sollen, wenn es sich bei ihm um Winkelried handeln würde?«
»Ich glaube nicht, dass Winkelried weiß, wie wir aussehen, weil unsere Bilder nie in der Zeitung zu sehen waren«, antwortete Benedict.
»Sofern Peyer wirklich Winkelried ist, stellt sich die Frage nach dem Motiv für die Morde.«
»Klar scheint, dass Peyer alles dafür tun würde, um Bischof zu werden. Welches gemeinsame Element das Amt des Bischofs und die Tell-Schriftstücke verbindet, erkenne ich leider nicht. Ob es einen

Zusammenhang zwischen ihm und den drei Opfern gibt, wissen wir auch nicht. Fakt ist, dass uns Mangold einen Hinweis hinterlassen hat in Form des Fisches, dessen Symbolik uns zu Peyer geführt hat. Letztlich wäre da noch ein Punkt. Peyer sieht sich zwar nicht als der klassische Erlöser der Schweiz, gibt aber zu, dass das Bistum von negativen Entwicklungen gesäubert werden muss.«

»Wir sind also nicht viel schlauer als vor dem Besuch«, meinte Monika entmutigt.

»Das stimmt. Also müssen wir morgen nochmals bei Peyer vorbeischauen.«

Monika wusste, dass ihnen nichts anderes übrig blieb. Schließlich mussten sie unbedingt erfahren, ob Peyer etwas mit den Morden zu tun hatte.

Während die beiden weiter Richtung Bahnhof eilten, nahm Peyer den Telefonhörer zur Hand und tippte die Nummer ein, die er zuletzt mehrfach gewählt hatte. Die Stimme am anderen Ende grüßte ihn freundlich. Inzwischen kannte er sie bestens.

»Ich hoffe, es läuft weiterhin alles nach Plan. Oder gibt es neue Probleme?«

Die Person versicherte Peyer, dass bezüglich ihres Projekts alles im grünen Bereich lag.

Zufrieden beendete Peyer den kurzen Kontrollanruf, ehe er nochmals über die unangekündigten Besucher nachdachte. Es wunderte ihn, dass sich die Jugendlichen so interessiert gezeigt hatten. Ihn beschlich ein leises Gefühl, dass mehr hinter dem Besuch steckte, als er zuerst angenommen hatte. Ihm wurde klar, dass er mehr über die zwei erfahren musste. Außer den Vornamen war ihm jedoch nichts bekannt. Also musste er hoffen, dass sich die interessierten Schüler wieder mit ihm in Verbindung setzen würden.

Er richtete sich zum Kreuz, das an der Wand hing.

»Lieber Gott, verzeih mir meine Taten und gib mir viel Kraft auf dem weiteren Weg, so steinig er auch werden wird.«

Nach dem kurzen Gebet setzte sich Peyer wieder auf seinen Bürosessel und widmete sich dem anstehenden Interview mit dem Kirchenboten.

Kapitel 88

Die Anekdoten, die Nico Affolter seinem alten Kollegen zu erzählen wusste, ließen die Zeit wie im Flug verrinnen. In den letzten Jahren hatte er auf seinen Reisen viel erlebt. Er wollte auch Weber an seinen Erinnerungen teilhaben lassen. Als sich die Zimmertür öffnete, endete Affolters Vortrag prompt. Sofort sprang er aus seinem Sessel auf und nahm vom Doktoranden ein Blatt Papier entgegen.
»Haben wir ein Resultat?«, fragte Affolter. Der Studierende nickte. Der Professor faltete das Blatt auf und begann zu lesen. Als Erstes folgten die formalen Begebenheiten der Analyse. Das Resultat war in Großbuchstaben notiert.
Affolters Miene verzog sich beim Lesen des Analyseergebnisses merklich. Weber war natürlich äußerst gespannt, was die Verantwortlichen im Labor herausgefunden hatten.
»Bevor wir uns der Auswertung widmen, möchte ich dich fragen, welches Ergebnis du dir wünscht.«
Darüber hatte Weber noch nicht nachgedacht. Zwar hatte er sich den Kopf darüber zerbrochen, welche Erklärungen die verschiedenen Resultate nach sich ziehen würden. Was er selber aber erwartete oder sich wünschte, wusste er nicht genau.
»Wenn ich die Sache richtig einschätze, muss ich davon ausgehen, dass wir nun an einem bedeutenden Punkt angelangt sind. Wir werden in wenigen Augenblicken erfahren, ob die Dokumente authentisch sein könnten oder eine Fälschung darstellen«, stellte Affolter klar.
»Geben die Resultate Spielraum für Spekulationen?«
»Eine eindeutige Antwort gibt das hier vorliegende Resultat sicherlich nicht. Aber einen Schritt wirst du damit auf jeden Fall weiterkommen. Ich will dich aber nicht weiter auf die Folter spannen.« Er atmete kurz tief durch.
»Die Analyse hat ergeben, dass die gefundenen Schriftstücke mit derselben Tinte verfasst worden sind wie die Hauptseiten des Weißen Buches von Sarnen. Tells Geschichte dagegen, wie sie heute darin zu lesen ist, wurde gemäß der durchgeführten Probe definitiv mit einer

anderen Tinte festgehalten als der Rest des Buches.« Weber versuchte sich ein Bild von den Resultaten zu machen.
»Wir müssen also davon ausgehen, dass Schriber die Tell-Geschichte, wie sie heute im Weißen Buch von Sarnen steht, entweder vor dem Jahr 1470 oder erst später niedergeschrieben hat«, resümierte er.
»Richtig. Hans Schriber dürfte die neue Version von Tells Geschichte, die du gefunden hast, demnach zwischen 1470 und 1474 erstellt haben. Dies belegt die Tinte, die damals verwendet wurde und mit jener im Weißen Buch von Sarnen identisch ist. Fakt ist somit auch, dass die heute überall verbreitete Version der Tell-Sage, die ebenfalls von Schriber stammt, erst später Bestandteil des Werkes wurde. Den entsprechenden Zeitpunkt kennen wir aber nicht.«
Affolter runzelte die Stirn. Es dauerte einen Augenblick, bis er seine Ausführungen fortsetzte.
»Schriber hat also auch die Sage festgehalten, in welcher Tell seinen Sohn tötet. Ob er die Geschichte selbst kreiert oder auf ein vor 1470 schon bestehendes Dokument zurückgegriffen hat, können wir nicht abschließend beurteilen. Die ganze Situation ist demnach äußerst mysteriös. Wenn Schriber wirklich seine Tell-Sage umgeschrieben hat, muss er dafür triftige Gründe gehabt haben.«
»Vielleicht ist er von jemandem gezwungen worden, die Sage neu festzuhalten, weil es damals einigen Leuten nicht gefallen hat, dass Tell in der Geschichte zum Mörder seines Sohnes wurde«, entgegnete Weber.
»Ich glaube nicht, dass die Eidgenossen früher viel Wert auf solche Geschichten gelegt haben. Das Nationalbewusstsein dürfte damals noch nicht so ausgeprägt gewesen sein wie heute. Außerdem kann ich mir nicht vorstellen, dass es Leute gegeben hat, die Schriber gezwungen haben, eine neue Tell-Sage zu verfassen.«
»Wenn eine Gruppe von Menschen im Zusammenhang mit der Geschichte heute über Leichen geht, kann es durchaus sein, dass damals auch versucht wurde, Tell in ein besseres Licht zu rücken. Ein Schweizer Nationalheld durfte schon damals nicht zu einem Antihelden werden. Letztlich werden wir aber nie herausfinden, wie das Ganze wirklich ablief«, stellte Affolter enttäuscht fest.

»So schnell geben wir nicht auf. Einen letzten Trumpf habe ich noch im Ärmel. Allerdings müsste ich dafür nach Stockholm fliegen.«
Weber erzählte Affolter von der merkwürdigen Begegnung mit der Frau am Schwingfest und der Notiz, die sie ihm zurückgelassen hatte. Auch wenn Affolter nicht viel von Kunst verstand, kannte er Salvador Dali zumindest vom Hörensagen.
»Ist es nicht möglich, dass sich das besagte Rätsel auf einen anderen Künstler bezieht?«, fragte Affolter.
Über die Frage hatte Weber auch schon nachgedacht. Allerdings hielten sich seine Kunstkenntnisse sehr in Grenzen.
»Oder zielt der Hinweis gar auf das Tell-Denkmal in Altdorf?«, mutmaßte Affolter weiter.
»Der Fund befindet sich tief im Innern des Nationalhelden. Das Versteck ist stilvoll und patriotisch zugleich«, sprach Weber leise vor sich hin.
Dieses Rätsel musste gelöst werden. Ohne das entsprechende Schriftstück kam Weber keinen Schritt weiter. Nachdem er bereits so viele Hindernisse aus dem Weg geräumt hatte, ließ er sich auch von den bevorstehenden Herausforderungen nicht entmutigen.

Kapitel 89

Im Büro der Sonderkommission herrschte Hochbetrieb. Die Beamten saßen vor ihren Computern und protokollierten, was sie in den vergangenen Stunden herausgefunden hatten.
Am meisten interessierten Einsatzleiter Bieri die Notizen, die Andy Thommen und Noah Sander in diesem Moment zusammenfassten. Nachdem er deren Protokoll begutachtet hatte, rief er die beiden Verantwortlichen zu sich.
»Ihr habt euch also mit Webers Chef Konrad Richter unterhalten.«
Die beiden Polizeibeamten nickten gleichzeitig.
»In eurem Bericht schreibt ihr, dass Richter keinen Kontakt mehr zu Weber hat. Trotzdem stellt sich der Rektor schützend vor seinen Angestellten.«
»Richter ist felsenfest davon überzeugt, dass Weber nichts mit den

Morden zu tun hat. Außerdem bestätigten die beiden Jugendlichen ebenfalls, dass sie von Weber nicht entführt worden sind. Deshalb gibt es für Richter keinen Grund, Weber nicht zu vertrauen«, erläuterte Sander.

»In der Schule ist er seit letzter Woche nicht mehr aufgetaucht?«

»Das ist richtig. Der Bildungsdirektor des Kantons Basel-Landschaft ist über den Sachverhalt in allen Einzelheiten informiert. Er will Webers Rückkehr abwarten, ehe er entscheidet, welche Maßnahmen ergriffen werden müssen«, erklärte Sander.

»Habt ihr mit den zwei Jugendlichen ebenfalls gesprochen?«

»Das wollten wir tun. Allerdings sind die beiden bereits wieder verschwunden. Niemand weiß, wo sie sich im Moment aufhalten.«

Bieri missfiel, dass die Schüler in Eigenregie handelten und sich in seine Arbeit einmischten.

»Ich will, dass ihr diesem Treiben ein Ende setzt. Benedict und Monika sollen den Unterricht besuchen und nicht Hobby-Detektiv spielen.«

Bieri kaute nervös an seinem Kugelschreiber herum. Der Verlauf der Geschichte entsprach nicht jenem, den er sich wünschte. Er wusste, dass er seinen Vorgesetzten Resultate liefern musste. Bis jetzt waren er und seine Männer aber keinen Schritt weitergekommen. Eine vierte Leiche konnten sie nicht mehr brauchen.

An einem weiteren Computer saß Kevin Bucher neben seinem Kollegen Roman Haller und versuchte, die neu gewonnenen Erkenntnisse in einem Bericht zusammenzufassen. In den vergangenen Stunden hatten sich die beiden mit den Beziehungen der drei Opfer untereinander auseinandergesetzt. Viele Stichwörter fanden sich jedoch nicht auf dem Notizblock. Fakt war, dass sich die drei Opfer nicht kannten. Davon zumindest mussten Bucher und Haller nach ihren Recherchen ausgehen. Nur eine einzige Verbindung konnten sie erkennen. Der gemeinsame Nenner hieß Steven Weber. Dieser hatte zu allen drei Opfern Kontakt. Mangold gehörte zu Webers erweitertem Kollegenkreis. Bei Hertigs Ermordung war Weber sogar zugegen, schied als Mörder aber definitiv aus. Ein Treffen zwischen Fröhlich und Weber fand kurz vor dem Tod des Professors statt.

Der aktuelle Stand der Ermittlungen löste bei Bieri nicht gerade Freudentänze aus. Alles, was Bucher und Haller zu Papier gebracht hatten, war bereits bekannt. Der Einsatzleiter forderte lauthals Fortschritte. »Was ihr herausgefunden habt, ist kalter Kaffee!«, enervierte er sich.
Insgeheim wusste er, dass seine Männer vollen Einsatz leisteten. Der Fall war zu verworren, um stündlich Neuigkeiten zu erwarten.
Ein Klingeln riss Bieri aus seinen Gedanken. Der Anrufer wollte auf jeden Fall anonym bleiben. In der Regel wies der Einsatzleiter solche Gespräche zurück. Sein Bauchgefühl sagte ihm aber, dass er die Person anhören sollte.
»Jetzt passen Sie gut auf! Ich habe Informationen, die Sie interessieren dürften. Es geht um die Mordserie, die derzeit die Schweiz in Atem hält.«
Die Stimme klang resolut.
»Was ich Ihnen zu sagen habe, sollten Sie nicht an die Presse weiterleiten. Ansonsten werde ich Sie nicht mit weiteren Informationen beliefern.«
Bieri blieb nichts anderes übrig, als diesen Wunsch zu respektieren.
»Ich weiß, wer der Mörder des Stiftbibliothekars ist.«
Der Einsatzleiter erkannte einen Hoffnungsschimmer am Horizont. Sollte tatsächlich ein anonymes Telefonat neue Bewegung in den Fall bringen? Gespannt wartete er die weiteren Worte ab. Es dauerte keine Minute, bis das Gespräch beendet war.
Sofort rief er seine Beamten an den runden Tisch und verkündete ihnen, was er kurz zuvor erfahren hatte.
»Wenn wir dem anonymen Informanten glauben können, ist Fröhlich Hertigs Mörder.«
Alle begannen zu tuscheln.
»Aber Fröhlich ist doch tot«, konstatierte Noah Sander und erntete dafür aus dem Plenum nickende Zustimmung.
»Wenn wir unserer Quelle vertrauen können, müssen wir davon ausgehen, dass Fröhlich für den Mord am Stiftsbibliothekar verantwortlich ist. Allerdings dürfte er nur als Auftragskiller gehandelt haben. Die Hintermänner kennen wir nicht.«

Jetzt erst erkannte Bieri, welche große Chance ihnen damals entgangen war.
»Ich bemerke das nur ungern. Hätten wir Fröhlich im Krankenhaus etwas besser bewacht, wäre er heute noch am Leben und könnte uns die Namen seiner Auftraggeber nennen.«
Dass die frisch gewonnenen Erkenntnisse eine neuerliche Nachtschicht nach sich zogen, war den Beamten klar. Bieri gab ihnen neue Aufgaben, und die Polizisten legten sofort mit den entsprechenden Abklärungen los.
Eine der Hauptaufgaben bestand darin, den anonymen Anrufer ausfindig zu machen. Angesichts der Tatsache, dass der Hinweis aus einer Telefonzelle eingegangen war, schien die Lösung der Aufgabe fast unmöglich.

Kapitel 90

Nachdem er das Institut für Umweltwissenschaften verlassen und sein Auto in der Tiefgarage abgeholt hatte, verließ Weber Basel auf direktem Weg. Er hatte sich entschieden, seinem einstigen Mentor nochmals einen Besuch abzustatten.
Als Weber an dessen Haustür in Sissach klingelte, saßen Heidi Grafenberg und ihr Mann am Küchentisch und tranken gemeinsam einen Tee. Letzterer bediente sich seiner Gehhilfe und quälte sich zur Tür.
»Überrascht mich zu sehen?«
»Sie haben dich immer noch nicht verhaftet?«, folgte die prompte Gegenfrage.
»Wie du siehst, bin noch immer auf freiem Fuß.« Grafenberg bat Weber in die Küche, wo seine Frau den Gast freundlich empfing.
»Wie geht es Ihnen?«
»Danke, gut. Entschuldigen Sie, dass ich schon wieder störe. Aber Ihr Mann muss mir noch einmal ein wenig helfen.«
»Lasst euch nicht stören«, sagte sie lächelnd und verließ die Küche.
Nachdem ihm Felix Grafenberg ebenfalls eine Tasse Tee offeriert hatte, erzählte Weber in allen Details, was sich zuletzt zugetragen hatte. Besonders verwies er auf die Nachricht, die er am Schwingfest erhalten hatte.

»Ich habe dir ja schon mitgeteilt, dass sich Dalis Gemälde in Stockholm befindet«, erläuterte der ehemalige Mentor abermals.
»Ob sich das Rätsel wirklich auf Dali bezieht, wissen wir nicht zwingend.«
»In der Tat! Leider erinnerte ich mich anlässlich unseres Telefonats nur an dieses Tell-Gemälde.«
»Das Bild soll auch patriotisch sein«, fügte Weber nochmals an.
Grafenberg begann, das Rätsel von einer anderen Seite her zu betrachten.
»Ich bin bisher davon ausgegangen, dass das Wort patriotisch auf unseren Nationalhelden selber verweist. Tell galt sicherlich als Patriot. Wäre es nicht aber auch möglich, dass sich das Adjektiv patriotisch nicht auf Tell, sondern auf den Maler bezieht?«
Kurz einige Gedanken darüber zu verlieren, machte in Webers Augen durchaus Sinn.
»Kannst du mir vielleicht einen kurzen Überblick über die bekanntesten Schweizer Künstler geben?«, wollte Weber wissen.
Eine Antwort ließ auf sich warten.
»Ich bin sicherlich nicht ein Kunstexperte, besuche aber regelmäßig Ausstellungen. Entsprechend kann ich dir etwas dazu erzählen. Als berühmtester Schweizer Maler gilt Paul Klee, obwohl er niemals Schweizer Bürger war. Internationale Berühmtheit erlangten im 20. Jahrhundert auch Alberto Giacometti und Meret Oppenheim. Mit seinen Figuren aus Altmetall machte sich Jean Tinguely einen Namen. Als weitere Künstler fallen mir Albert Anker und Ferdinand Hodler ein.«
Sofort unterbrach Grafenberg seine Ausführungen und erhob sich aus seinem Stuhl. Mit seiner Gehhilfe mühte er sich ins Wohnzimmer, wo er den Schrank öffnete und nach etwas zu suchen begann. Wenig später rief er Weber zu sich.
Grafenberg hatte sich inzwischen auf das Sofa gesetzt. Das schelmische Lächeln verriet Weber, dass sein ehemaliger Mentor bezüglich der offenen Frage anscheinend einen wichtigen Schritt weitergekommen war.
»Die einfachsten Antworten zu finden, ist meistens am schwierigs-

ten, weil du nicht erkennst, dass sie direkt vor deinen Augen liegen.«
»Was meinst du damit?«, fragte Weber gespannt.
»Es gibt in der Schweizer Kunstszene einen Maler, der als Nationalmaler in die Geschichte einging. Den Namen wirst du sicherlich schon gehört haben: Ferdinand Hodler.«
Allerdings weckte dieser in Webers Gedächtnis wenige Erinnerungen. Er wusste einzig, dass Hodler einer der wichtigsten Künstler des Übergangs vom 19. Jahrhundert ins Zeitalter der Moderne war. Außerdem hatte er einige Jahre zuvor in der Zeitung gelesen, dass ein von Hodler angefertigtes Bild des Genfersees für fast elf Millionen Franken versteigert worden war.
»Ich kann dir gerne das eine oder andere über Ferdinand Hodler erzählen. Erst kürzlich habe ich wieder eine Ausstellung seiner Werke besucht. Berühmt sind seine expressionistisch anmutenden Darstellungen der Alpenwelt sowie seine Begeisterung für Frauen und den Tod in seinen Bildern. Den Durchbruch verdankt Hodler seinem Gemälde ‚Die Nacht' aus dem Jahr 1889. Es ist ein düsteres Bild, das schlafende Figuren zeigt. Für Hodler war der Tod allgegenwärtig. Außerdem galt der Maler als Perfektionist. Für sein Gemälde ‚Rückzug der Schweizer aus Marignano' mietete er eine Scheune außerhalb Berns, um eine Vorlage der Landschaft zu haben.«
»Dann sind die beiden genannten Werke seine bekanntesten?«
»Ich glaube, du wärst enttäuscht, wenn ich die Frage bejahen würde.«
»Da liegst du genau richtig, mein Freund.«
»Ich kann dich beruhigen. Es gibt da zwei weitere Gemälde, die eng mit Hodler verbunden sind. Das eine heißt ‚Der Holzfäller'. Das andere wurde in der Leinwandfassung sowohl im In- als auch im Ausland oft präsentiert. Durch das Werk wurde Hodler endgültig zum Schweizer Nationalmaler.«
»Schön wäre, wenn das Bild unseren Nationalhelden zeigen würde«, hoffte Weber.
»Heute scheint dein Glückstag zu sein.« Grafenberg öffnete das vor ihm liegende Buch und zeigte ihm Hodlers «Wilhelm Tell».
»Wenn du dir sein Gesicht anschaust, wirst du vielleicht feststellen, dass Hodler im Nationalhelden seine eigenen Züge festgehalten hat.«

»Ich kenne dieses Bild aus verschiedenen Geschichtsbüchern«, stellte Weber erstaunt fest.
»Nur die wenigsten wissen, dass das Bild vom wohl berühmtesten Schweizer Nationalmaler stammt. Wie du siehst, tritt Tell auf den Betrachter zu. Hodler zeigt den Nationalhelden stark vereinfacht. Vielleicht wurde das Werk genau deshalb so berühmt und in den letzten hundert Jahren immer wieder gebraucht, sei es anlässlich der Schweizer Landesausstellung 1939 oder bei verschiedenen Abstimmungskampagnen. Linke wie Rechte oder Gruppen, die zum Widerstand aufriefen und andere, die traditionelle Werte bewahren wollten, setzten die Figur in der Vergangenheit bewusst ein.«
»Dann ist dies unser gesuchtes Werk!«, rief Weber euphorisch.
»Ich möchte dir keine falschen Hoffnungen machen. Allerdings ist die Chance größer, das richtige Werk gefunden zu haben, weil mehr Bezüge für Hodlers Werk sprechen. Außerdem musst du nicht nach Stockholm fliegen.«
Als Grafenberg erzählte, wo sich das Werk befand, hellte sich Webers Miene schlagartig auf. Das Glück war ihm scheinbar wieder gut gesinnt.

Kapitel 91

Benedict und Monika wurden auf ihrem Schulweg jeweils von einem in zivil gekleideten Polizeibeamten begleitet. Es sollte an diesem Dienstagmorgen nicht mehr vorkommen, dass die beiden noch einmal das Weite suchten.
Diese Begleitung verdankten sie ihren Eltern, die sich sofort mit der Polizei in Verbindung gesetzt hatten, nachdem die Schüler am Vorabend zu Hause wieder aufgetaucht waren. Weder Benedict noch Monika mussten sich jedoch böse Worte ihrer Eltern anhören. Während Peter Oberli seine Tochter mit Nichtbeachtung zu bestrafen versuchte, redeten Herrmanns intensiv auf ihren Sprössling ein. Obwohl dieser die Sorgen seiner Eltern nachvollziehen konnte, bat er sie, ihm zu vertrauen. Er wünschte sich noch einen weiteren Tag Zeit, um die Sache zu Ende zu bringen.

Mit den entsprechenden Erklärungen hatte er unbewusst die Neugier seiner Eltern geweckt. Die Situation verbot es ihm aber, über seinen Verdacht zu sprechen. Inzwischen war sich der Jugendliche sicher, dass Ramon Peyer der gesuchte Mann war. Der heutige Tag sollte ihm Recht geben und den Bischofsvikar hinter Gitter bringen. Was das Ganze für Webers Tochter zu bedeuten hatte, wusste Benedict nicht. Allerdings ging er davon aus, dass Lara gefunden werden würde, sobald Peyer entlarvt war.

Als Benedict vor dem Schulgelände eintraf, erwartete ihn ein herzlicher Applaus seiner Mitschüler. Niemals hätten sie gedacht, dass er unentschuldigt dem Unterricht fernbleiben würde. Wenig begeistert zeigte sich Rektor Richter, was den spontanen Beifall seiner Schüler betraf. Er holte den Jungen sofort zu sich und zitierte ihn dann in sein Büro. Das gleiche Schicksal ereilte Monika, die keine fünf Minuten nach Benedict eintraf. Ivan Wunderlich wies Monika sofort in Richters Büro. Dort übernahm der Rektor sofort die Gesprächsinitiative.

»Ich nehme an, ihr wisst, warum ich euch herbestellt habe.«

»Sie wollen sicherlich wissen, warum wir gestern im Unterricht gefehlt haben und wo sich Herr Weber befindet«, sagte Monika.

»Dies sind nur zwei von vielen Fragen, auf die ich heute eine Antwort haben möchte.«

Benedict wollte Richter eben antworten, aber Monika unterbrach ihn.

»Wir haben uns gestern nicht so gut gefühlt. Und wo sich Herr Weber aufhält, wissen wir leider auch nicht.«

»Das sind zwei freche Lügen!«, donnerte Richter los. »Ich werde mir eure Spielchen nicht länger gefallen lassen! Sagt mir nun, wo sich Herr Weber befindet!«

»Wir wissen es wirklich nicht«, log Benedict mit ruhiger Stimme. »Gestern haben wir gefehlt, weil wir dachten, dass wir den Aufenthaltsort von Weber kennen würden. Leider war er aber nicht in Zürich.«

»Ihr wart in Zürich?«

»Im Niederdorf, genau gesagt. Wie wir zum Schluss gekommen

sind, dass sich Herr Weber dort aufhalten würde, können wir Ihnen in so kurzer Zeit leider nicht erklären.«

Die Schulglocke ertönte. Die erste Unterrichtsstunde hatte soeben begonnen.

»Ihr habt schon genug Unterrichtsstoff verpasst. Wir werden uns um elf Uhr wieder miteinander unterhalten. Damit ihr nicht abhaut, stehen die beiden Polizeibeamten vor eurer Zimmertür Wache.«

Mit diesen Worten entließ Richter die zwei Schüler und übergab sie in die Obhut der beiden Polizisten.

Das Interesse für die Photosynthese in der Biologiestunde wie auch für die binomischen Formeln in der Mathematik hielt sich bei Benedict in Grenzen. Obwohl er normalerweise einem Lehrer von der ersten Sekunde an volle Aufmerksamkeit zukommen ließ, konnte er sich an diesem Dienstagmorgen nicht für den Schulstoff begeistern. Immer noch beschäftigte er sich gedanklich mit dem Gespräch des Vortags.

Ramon Peyer musste der gesuchte Mann sein! Das Fischsymbol und die Engelsfigur wiesen auf eine kirchliche Komponente hin. Zudem hatte Peyer bestätigt, dass er die Kirche von schädlichen Einflüssen erlösen wollte.

Benedict wurde jäh aus seinen Gedanken gerissen, als Mathematiklehrer Oliver Schulz seinen besten Schüler nach der Lösung einer Aufgabe fragte.

»Keine Ahnung!«, antwortete Benedict frech, wohl wissend, dass er sich im Ton vergriffen hatte.

»Obwohl du in der Mathematik zu den Klassenbesten gehörst, solltest du dem Unterricht folgen. Du hast in den letzten Tagen schon genug Unterrichtsstoff verpasst.«

Benedict wusste genau, dass dies nicht der Fall war.

»Und dich, Monika, frage ich schon gar nicht. Du kennst die Antwort sowieso nicht.«

Die provokative Äußerung des Mathematiklehrers interessierte Monika nicht. Deshalb ignorierte sie die verbale Entgleisung von Schulz und kritzelte weiterhin willkürliche Zeichen auf die Vorderseite ihres Mathematik-Übungsheftes. Gleichzeitig machte sich Benedict heimlich unter dem Pult an seinem Handy zu schaffen. Er schrieb eine SMS. Als er diese beendet hatte, blickte er zu Monika nach hinten und zwinkerte ihr zu. Monika wusste, dass Benedict etwas im Schilde führte.

Kapitel 92

Winkelried näherte sich der Fensterscheibe und blickte nach unten. Auf dem Gehsteig tummelten sich an diesem Dienstagmorgen vor allem ältere Menschen und Mütter mit ihren Kindern. Das rege Treiben vor seinem Büro veranlasste Winkelried, ebenfalls aktiv zu werden. Zu lange hatte er zuvor in seinem Bürostuhl gesessen und auf die Unterlagen gestarrt, die vor ihm lagen.
Er schuldete Weber noch einen Anruf, da er alles unternehmen musste, um seinen Gegner ruhig zu halten. Nichts würde größeren Schaden anrichten, als wenn die Geschichte um Tell an die Öffentlichkeit gelangen würde. Deshalb hieß es, Weber noch etwas bei Laune zu halten. Nachdem er seine Ziele erreicht hatte, konnte er Weber beseitigen. Auch dessen Tochter sollte dann endlich aus dem Weg geräumt werden.
Winkelried wusste, dass er Lara lange nicht mehr besucht hatte. Deshalb entschied er sich an diesem Morgen, Webers Tochter aufzusuchen und damit zu bezeugen, dass diese noch am Leben war. Zuvor aber musste er noch Stauffacher anrufen. Der Plan, den er ihm telefonisch vermittelte, tönte simpel. Entsprechend erwartete er von seinem Edelhelfer, dass er diesen ohne Zwischenfall umsetzte. Dass auf Proletarier 1 und 2 kein Verlass war, hatte inzwischen auch Winkelried feststellen müssen.
In seinem Mercedes nahm er den Weg Richtung Kirchberg in Angriff. Auf den Autobahnen war kaum Verkehr, so dass er zügig vorankam. Nach einer halben Stunde stand Winkelried vor seinem Wochenendhäuschen und atmete die frische Luft tief ein. Lange hatte er sich nicht mehr in der freien Natur aufgehalten. Nach einem kurzen Augenblick trat er hinein. Lara lag am Boden und schlief.
»Aufwachen!«, schrie Winkelried und riss Lara damit aus ihren Träumen.

»Lassen Sie mich in Ruhe! Ich will weiterschlafen!«, antwortete Lara, welche die Augen immer noch geschlossen hatte.
»Es ist Zeit, dass wir deinen Vater anrufen. Ansonsten wird er sich noch mehr Sorgen machen.«
Winkelrieds Wortwahl nervte die Entführte. Natürlich hätte sich ihr Vater auch Sorgen gemacht, wenn Winkelried stündlich angerufen hätte.
»Dieses Mal werde ich dich allerdings nicht mehr ans Telefon lassen«, sagte Winkelried und wählte die Nummer.
Als das Handy bei Weber klingelte, lag dieser auf dem Sofa in Grafenbergs Wohnung. Die Gastgeber hatten ihm am Vorabend eine Übernachtungsmöglichkeit angeboten. Auf die leidige Suche nach einem Hotel konnte er somit verzichten. Stattdessen saßen er und Grafenberg bis kurz vor zwei Uhr nachts im Wohnzimmer und diskutierten über die aktuelle Situation.
Weber war an diesem Morgen schon einige Zeit wach, blieb aber auf dem Sofa liegen. Ein strenger Tag erwartete ihn. Deshalb konnte es nicht schaden, sich noch etwas Ruhe zu gönnen.
Er nahm den Anruf sofort entgegen.
»Ich habe Ihren Anruf schon gestern erwartet.«
»Termine, Herr Weber, Termine. Ihrer Tochter geht es im Übrigen gut. Sie sitzt neben mir.«
»Lassen Sie mich mit ihr sprechen.«
»Nach den Spielchen, die sie am Telefon immer treibt, ziehe ich es vor, persönlich mit Ihnen zu sprechen. Jetzt hören Sie mir gut zu! Weder Polizei noch Presse dürfen von dem Tell-Mythos erfahren. Ansonsten werden Sie Ihre Tochter lebend nicht wieder sehen. Ist das klar?«
»Das haben Sie mir nun schon zehn Mal gesagt. Ich kann es langsam nicht mehr hören. Niemand kennt den genauen Inhalt der Abbildungen. Und nun will ich mit Lara sprechen!«
»Leider ist das nicht möglich! Sie kann Ihnen aber kurz Bescheid geben, dass ich ihr nichts angetan habe und sie noch am Leben ist. Ist doch so, Lara?«
Ein lautes «Ja» ertönte aus dem Hintergrund. Weber atmete erleichtert auf.

»Leider läuft nicht alles nach Plan. Bald aber werden Sie und ich das Ganze überstanden haben.«
»Was wollen Sie damit sagen?«, wollte Weber wissen.
»Das kann ich Ihnen im Moment nicht verraten. Sie werden aber bald erfahren, mit wem Sie sich angelegt haben.« Damit endete das Gespräch.
Winkelried schoss noch ein Foto von Lara und verabschiedete sich danach, ohne weitere Andeutungen zu machen. In Sissach erhob sich Weber vom Sofa, legte eine Fünfzigernote für Kost und Logis auf den Tisch und verließ die Wohnung. Die Fahrt führte ihn zunächst auf die Autobahn A2 Richtung Egerkingen.

Kapitel 93

Die Physikstunde fand im Erdgeschoss des in die Jahre gekommenen Schulhauses statt. Nach der Neun-Uhr-Pause bewegte sich die ganze Klasse ähnlich einer Herde vom ersten Obergeschoss nach unten und trieb in schnellem Tempo dem Physikraum entgegen. Alle wollten einen der hinteren Plätze im Zimmer ergattern. Auch Benedict hatte es für einmal eilig, wobei er von seinem polizeilichen Schatten dicht verfolgt wurde. Der Sitzplatz in der ersten Reihe, den er in der Regel besetzte, sollte dieses Mal für einen anderen bestimmt sein. Dieter Marti, der seit zwei Jahren Physik an der Sekundarschule Laufen unterrichtete, fiel schon nach seiner ersten Frage auf, dass sich Benedict nicht an seinen Paradeplatz gesetzt hatte. Als sich niemand zu einer Antwort hatte durchringen können, hatte er Benedict aufgerufen und in die erste Reihe geblickt. Dort aber saß nun Tim, der von Physik nicht den Hauch einer Ahnung hatte und unwissend mit den Schultern zuckte.
»Wie wäre es, wenn ihr euch ausnahmsweise für die mechanischen Prozesse interessieren würdet? Vor allem jene, die eine Lehre in einem handwerklichen Beruf machen werden, sehen sich bald wieder mit dieser Materie konfrontiert.«
Die Ruhe im Physikzimmer war so erdrückend, dass man eine Büroklammer auf dem Boden hätte aufschlagen hören.

»Gibt es wirklich niemanden, der etwas zum Thema beisteuern könnte?«
Benedict blickte unentwegt aus dem Fenster Richtung Straße.
»Herr Marti, darf ich das Fenster öffnen? Ein bisschen frische Luft schadet sicherlich niemandem hier im Raum.«
»Mach nur! Wenn ihr dafür etwas mehr Initiative zeigt«, lautete die Antwort des Lehrers.
»Sie kennen uns ja! Wir werden unser Bestes geben«, versprach Tim, obwohl er genau wusste, dass sich nichts an der Haltung seitens der Klasse ändern würde.
Auf dem Parkplatz nahe dem Schulhaus parkte ein Auto. Der Fahrer hielt nach allen Seiten Ausschau. Er schien jemanden zu suchen.
Jetzt war der Moment gekommen. Benedict stand blitzschnell auf und sprang durch das offene Fenster. Sanft landete er auf dem grünen Rasen. Er eilte zum Fahrzeug und wies den Fahrer an, sofort loszufahren. Die Klasse, die sich inzwischen vor den Fenstern versammelt hatte, verfolgte die Szenerie und applaudierte energisch. Ehe Marti die vor der Zimmertür wartenden Polizisten holen konnte, war das Taxi schon um die Ecke verschwunden.
Der Polizist, der Benedict bewachten sollte, stieß ein paar Fluchworte aus, bevor er sich besann, den Leiter der Sonderkommission zu benachrichtigen.
Unterdessen hatte auch Richter den Physikraum erreicht. Nachdem er von Marti kurz über den Vorfall orientiert worden war, wies er die Klasse an, sich an ihre Plätze zu begeben.
»Wo ist Benedict hin?«
»Er ist aus dem Fenster gesprungen.«
»Danke, Monika. Soweit bin ich auch schon im Bild.«
»Mehr wissen wir nicht«, fügte Monika an.
Wutentbrannt verließ der Rektor das Zimmer und rempelte beim Herauseilen noch den Polizisten an, der am Telefon den Zwischenfall Einsatzleiter Bieri beichtete.
Ein paar Kilometer weiter saß Benedict in einem Taxi, das Richtung Passwang fuhr.

»Es ist nicht das erste Mal, dass du mir aus einer brenzligen Lage hilfst, Pedro.«
Dieser blickte seinen Fahrgast an und wusste genau, was Benedict damit meinte. Zwei Wochen zuvor hatte Benedict mit ein paar Klassenkollegen eine Feier in Basel besucht. Da er nachts um ein Uhr zu Hause sein musste, aber den entsprechenden Zug verpasst hatte, besorgte er sich ein Taxi. Ein Kollege von Benedict kannte Pedro persönlich und bat ihn, die Gruppe in Basel abzuholen. Nachdem der Taxifahrer einen nach dem anderen zu Hause abgesetzt hatte, übergab er jedem seine Visitenkarte. Die Worte, die er in diesem Zusammenhang benutzte, hatte Benedict bis heute nicht vergessen.
»Ruft mich an, wann ihr wollt und woher ihr wollt. Ich hole euch überall ab. Ihr könnt mir auch eine SMS schreiben.«
An diese Worte erinnerte sich Benedict, als er im Unterricht saß und den Erläuterungen des Lehrers folgen sollte.
»Du hast mich wirklich gerettet, Pedro.«
»Immer wieder gern geschehen«, lächelte dieser. Ihn interessierte nicht, warum Benedict aus der Schule geflüchtet war. Irgendwie konnte er es sogar verstehen. Auch er war damals in Brasilien das eine oder andere Mal dem Unterricht unentschuldigt ferngeblieben.
In der Einsatzzentrale versuchten Bieris Männer den Taxifahrer ausfindig zu machen, der Benedict zur Flucht verholfen hatte. Pedro und sein Gast hatten zu diesem Zeitpunkt soeben den Ort Beinwil hinter sich gelassen.

Kapitel 94

Als sie etwa eine halbe Stunde später Solothurn erreicht hatten und Benedict aus dem Taxi ausgestiegen war, gab es kein Zurück mehr. Er wollte den selbst geschmiedeten Plan umgehend in die Tat umsetzen. Die letzte halbe Stunde hatte sich Benedict nochmals aller Fakten vergewissert und die Folgen seines Handelns abzuschätzen versucht. Er kam zum Schluss, dass er etwas unternehmen musste. Dass er damit Laras Leben in Gefahr bringen könnte, davon ging er nicht aus.

Diese befand sich ohnehin schon in Lebensgefahr. Also änderte sich durch sein Verhalten nichts an ihrer Situation, versuchte er sich einzureden.
In Gedanken versunken, verabschiedete er sich von Pedro und wählte die Nummer des Bischofssitzes. Der Anruf wurde von einem Mitarbeiter postwendend entgegengenommen und weitergeleitet. Benedict stellte sich mit dem gleichen falschen Namen wie am Vortag vor.
»Wir haben gestern miteinander gesprochen. Sie erinnern sich doch noch an mich?«
Peyer erkannte die Stimme sofort und bejahte die Frage.
»Für unsere Arbeit über die anstehenden Bischofswahlen hätte ich noch ein paar Fragen an Sie. Hätten Sie heute kurz Zeit für mich?«
In Peyers Agenda standen am Vormittag keine Termine.
»Ich kann mir ein paar Minuten für dich freischaufeln.«
»Das wäre super. Im Moment sitze ich vor dem Computer und schreibe einen kurzen Text über Ihre Haltung bezüglich Veränderungen in der Kirche. Sie wollen die katholische Kirche von den negativen Einflüssen erlösen. Habe ich dies gestern richtig verstanden?«
Peyer überraschte die Frage. Er hätte nicht gedacht, dass die beiden Schüler ein so großes Gewicht auf seine Ansichten legen würden. Da die Aussage im Wesentlichen aber zutraf, bestätigte er diese.
»Möchtest du mich für deine weiteren Fragen in meinem Büro besuchen?«
Benedict versprach, noch vor Mittag bei ihm im Büro zu sein.
Statt sich auf den Weg zum Bischofssitz zu machen, wählte Benedict die Nummer, auf deren Wichtigkeit ihn seine Eltern schon in seiner frühen Kindheit hingewiesen hatten.
Die Informationen, die er der Person am anderen Ende weiterleitete, verfehlten ihre Wirkung nicht. Kaum hatte er den Anruf beendet, raste ein erstes Polizeiauto mit Blaulicht an ihm vorbei. Die überhöhte Geschwindigkeit deutete darauf hin, dass er die Gesetzeshüter überzeugt hatte. Kaum war der erste Wagen an Benedict vorbeigerast, erschien am Ende der Straße bereits der nächste, ebenfalls mit Blaulicht und eingeschaltetem Martinshorn.

Benedict hoffte, dass der Spuk nun endlich ein Ende hatte. Er sehnte sich wieder nach einem geregelten Tagesablauf, der bis vor kurzem noch von Büchern und Hausaufgaben geprägt war. Lange hatte er nun keinen unterhaltsamen Roman mehr in Händen gehalten. Auf geistige Nahrung hatte er zuletzt mehrere Tage verzichten müssen.
Einige hundert Meter Luftlinie entfernt erreichten die ersten Fahrzeuge ihr Ziel. Vor dem Bischofssitz stellten sich die Beamten bereit. Dann stürmten sie in das Gebäude. In Handschellen, gefesselt wie ein Schwerverbrecher, verließ der Bischofsvikar nach einigen Minuten in Begleitung von Polizisten das Gebäude.
Peyer wusste nicht, wie ihm geschah. Sprachlos hatte er die Befehle der Beamten befolgt und nicht einmal daran gedacht, sich verbal zu verteidigen.
Er wusste, dass es keinen Sinn machte, vor Ort eine lange Diskussion mit den Männern zu beginnen. Deshalb fügte er sich in sein Schicksal und begleitete sie in den wartenden Kastenwagen. Er fragte sich nur, was er getan hatte, dass er so behandelt wurde. Allerdings fand er keine Antwort darauf. Eines aber wusste er genau. Für die anstehende Bischofswahl war die Verhaftung alles andere als eine gute Voraussetzung. Vielleicht kostete ihn diese gar die Wahl.
Weitere Einsatzfahrzeuge rasten Richtung Bischofssitz. Peyer hatte seine Verhaftung Benedict zu verdanken, der Minuten zuvor die Solothurner Polizei angerufen und seinen Verdacht geäußert hatte. Nun stand dieser alleine am Straßenrand und verfolgte das hektische Geschehen, als plötzlich eine Hand auf seine Schulter klopfte.
»So sehen wir uns wieder!«
Benedict erschrak und rannte los, ohne sich davor umgedreht zu haben. Er wusste nicht, wer der Mann hinter ihm war. Schnell hatte er einen kleinen Vorsprung herausgeholt. Er hetzte dem Bahnhof entgegen.
Mehrmals rempelte er bei seinem Sprint durch Solothurns Gassen Passanten an. Diese drehten sich fluchend um und wünschten Benedict nichts besonders Gutes.
Als er den Bahnhof erreichte hatte, nahm er die Treppe ins Visier. Mit langen Schritten rannte er dieser entgegen. Kurz vor dem Trep-

penende knickte er auf einer der letzten Stufen ein und fiel zu Boden. Mit schmerzverzerrtem Gesicht lag er da. Die Umgebung schenkte ihm wenig Beachtung. Die meisten Passanten waren so darauf fixiert, ihren Zug zu erreichen, dass sie Benedict gar nicht am Boden liegen sahen.
»So! Jetzt ist deine Reise beendet!«
Voller Angst schaute Benedict empor und blickte direkt in ein vertrautes Gesicht.

Kapitel 95

Keine zehn Minuten später saß Ramon Peyer in einem Büro der solothurnischen Kantonspolizei und wartete darauf, bis jemand dort auftauchte, um das anstehende Verhör zu beginnen. Seine beiden Handgelenke waren weiterhin in Handschellen gelegt. Peyer blickte sich im kleinen Raum um. An den Wänden hingen aktuelle Fahndungsbilder. Sein Foto konnte er allerdings unter den vielen gesuchten Personen nicht eruieren.
Ein Mann erschien und setzte sich an den Tisch in der Mitte des Raums, so dass er Peyer direkt in die Augen schauen konnte.
»Sie wissen sicherlich, warum Sie hier sind«, begann der Peyer noch unbekannte Kriminalbeamte das Gespräch.
»Nein. Aber Sie werden mir bestimmt verraten, warum ich mich in diesem Raum befinde«, sagte der Bischofsvikar in ruhigem Ton.
»Mein Name ist Gregor Bieri. Ich bin Leiter der Sonderkommission, die sich mit der aktuellen Mordserie in der Schweiz auseinandersetzt.«
»Ich verstehe nicht ganz«, zögerte Peyer. »Was habe ich damit zu tun?«
»Ihnen wird vorgeworfen, dass Sie der Drahtzieher einer Organisation sind, die für die Morde verantwortlich ist.«
Der Bischofsvikar faltete die Hände, als ob er zu einem Gebet ansetzen wollte. Wieder antwortete er leise und beherrscht.
»Ich weiß nicht, wie Sie auf diese wahnwitzige Idee kommen. Ich bin ein Mann der Kirche, der für Gerechtigkeit einsteht. Ich handle so, wie dic Bibel mir das vorschreibt.

Auf keinen Fall stehe ich irgendeiner kriminellen Organisation vor.«
»Was sagt Ihnen der Name Winkelried?«, wollte Bieri wissen.
»Wahrscheinlich so viel wie Ihnen auch. Winkelried war der Held der Schlacht bei Sempach, der sich in die habsburgischen Lanzen geworfen und so den Eidgenossen zum Sieg verholfen hat. Aber was hat Geschichte damit zu tun?«
»Wir gehen davon aus, dass sich der Drahtzieher mit dem Decknamen Winkelried tarnt. Dies hat unser Informant so bestätigt.«
»Darf ich fragen, wer dieser angebliche Informant ist?«
»Wir werden unsere Quellen auf keinen Fall preisgeben. Fakt ist, dass Indizien vorhanden sind, die gegen Sie sprechen.«
»Wovon reden Sie eigentlich?« In Peyers Stimme schwang Unsicherheit mit. Allmählich erkannte er, in welch ungemütlicher Lage er sich gerade befand.
»Hören Sie mir bitte gut zu! Weder bin ich Vorsteher einer kriminellen Organisation noch nenne ich mich Winkelried.«
Bieri wusste, dass er nicht weiterkam. Er musste direkter werden.
»Ihnen wird vorgeworfen, dass Sie Werner Mangold getötet haben.«
»Ich kenne den Mann nicht. Sein Name ist mir erst geläufig, seit die Zeitungen über dessen Tod berichtet haben.«
»Und was sagt Ihnen der Name Heinrich Hertig?«
»Ebenso wenig wie der vorherige Name.«
Da Peyer weiterhin den Unschuldigen mimte, befragte Bieri ihn nach dem Alibi zum Zeitpunkt der Morde. Dass Peyer sich nicht mehr genau daran erinnern konnte, was er zur besagten Zeit getan hatte, half ihm nicht, seine Unschuld zu beweisen. Vielmehr untermauerte dieser Umstand seine Schuld.
»Sie haben sicherlich nichts dagegen, wenn wir Ihre Wohnung und Ihr Büro etwas näher unter die Lupe nehmen. Vielleicht finden wir ja etwas, das Sie vom Vorwurf des Mordes befreit. Läuft es hingegen so, wie ich dies erwarte, geschieht eher das Gegenteil, und wir können Sie danach für die Verbrechen verantwortlich machen.«
Der letzte Satz versetzte Peyer in Rage. Mit lauter und erboster Stimme forderte er, einen Anwalt sprechen zu können.
»Dies ist Ihr gutes Recht. Allerdings wird Ihnen auch ein Anwalt nicht

aus der Patsche helfen können. Die Indizien sprechen gegen Sie. Und dass Sie kein Alibi haben, macht die Sache nicht einfacher.«
»Wenn Sie sich da nicht irren. Ich bin unschuldig. Das werden Sie noch früh genug erfahren.«

Kapitel 96

Der strenge Gesichtsausdruck des Mannes ließ Benedict erschaudern. Er hatte nicht damit gerechnet, dass sie sich ausgerechnet in Solothurn wieder über den Weg laufen würden.
»Was will die Polizei hier?«
Benedict hatte die Frage erwartet und war bereit, dem Mann reinen Wein einzuschenken.
»Die Mordserie wird ein Ende haben. Winkelried ist verhaftet!«
Ungläubigkeit widerspiegelte sich in Webers Gesicht.
»Was sagst du? Winkelried wurde verhaftet?«
»Ich versuche, Ihnen das Ganze kurz zu erklären. Nach intensivem Nachdenken kam ich zum Schluss, dass ich handeln muss. Ich glaube nicht, dass ich Ihre Tochter damit in Gefahr gebracht habe. Die Polizei wird von Winkelried sicherlich bald erfahren, wo er Ihre Tochter gefangen hält. Damit wird der Spuk endlich ein Ende haben.«
»Wer versteckt sich hinter Winkelried?«, wollte Weber von seinem Schüler wissen.
»Bischofsvikar Ramon Peyer«, antwortete Benedict kurz und trocken.
Weber schüttelte irritiert den Kopf.
»Ich weiß zwar nicht, wie du auf diese Idee kommst. Persönlich gehe ich aber nicht davon aus, dass Peyer unser gesuchter Mann ist. Ich hoffe, dass du mit deiner Aktion nicht einen großen Fehler gemacht und einen Mann zu Unrecht beschuldigt hast. Was eine falsche Verhaftung für meine Tochter bedeuten würde, muss ich dir wohl nicht sagen.«
»Peyer muss etwas mit der Sache zu tun haben. Die Indizien sprechen gegen ihn. Außerdem würde man ihn kaum verhaften lassen,

wenn man keinen Grund dazu hätte. Fahren wir zur Polizei und hören uns an, was Peyer dort zu erzählen hat.«

»Du verstehst wohl, dass ich es vorziehe, mich in der jetzigen Situation nicht bei der Polizei zu melden. Sollte mich diese in Gewahrsam nehmen, bin ich handlungsunfähig. Dies wäre spätestens dann eine Katastrophe, wenn sich herausstellen würde, dass Peyer unschuldig ist.«

Weber half seinem Schüler beim Aufstehen. Erst jetzt merkte Benedict, dass er sich beim Sturz beide Hände aufgeschürft hatte und am Hosenbein ein großer Riss klaffte.

»Leider habe ich Ihre Stimme nicht erkannt, als Sie mich angesprochen haben. Ich musste davon ausgehen, dass es sich bei Ihnen um eine Person aus dem Kreis der Verbrecher handelte. Deshalb lief ich so schnell wie möglich weg. Hätte ich gewusst, dass Sie es sind, hätte ich mir die Fluchtaktion sparen können.«

»Ich war genauso überrascht, dich hier in Solothurn zu treffen. Im Gegensatz zu dir führte mich ein ganz anderer Grund an diesen Ort hier.«

Bis zu diesem Zeitpunkt hatte sich Benedict nicht gefragt, was sein Lehrer genau nach Solothurn verschlagen hatte.

»Ferdinand Hodler ist dafür verantwortlich, dass ich hier stehe.«

»Den kenne ich nicht!«, entschuldigte sich Benedict. Nur in seltenen Fällen konnte er einen Namen nicht einer Person zuordnen.

»Hodler hat Tell ebenfalls ein Gemälde gewidmet«, fuhr Weber fort. »Tells Porträt findet sich in vielen Geschichtsbüchern. Sicherlich hast du Hodlers Bild schon einmal in einem Buch gesehen.«

In seinen weiteren Erläuterungen sprach Weber über das neuerliche Treffen mit Grafenberg und die gewonnene Erkenntnis, dass Hodler der gesuchte Künstler sein musste.

»Dennoch verstehe ich nicht ganz, warum Sie hier sind.« Benedict wirkte ratlos.

»Hodlers Tell-Gemälde hängt im Kunstmuseum in Solothurn.«

Erst jetzt wurde Benedict klar, dass sein Lehrer ihn gar nicht auffinden wollte, sondern sie sich zufällig nur getroffen hatten.

»Wenn du schon hier bist, kannst du mich gerne begleiten.«

Benedict konnte Webers Bitte nicht ausschlagen. Zusammen nahmen sie den Weg Richtung Kunstmuseum unter die Füße.
Auf dem Weg an die Werkhofstraße, wo das Museum zu finden war, erledigten beide noch einen Anruf, den sie schon einige Zeit vor sich hergeschoben hatten.
Während Benedict seine Eltern anrief und ihnen versicherte, dass er am Abend wieder zu Hause sein würde, kontaktierte Weber seinen Rektor, um ihn über Winkelrieds Verhaftung in Kenntnis zu setzen. Dieser reagierte erbost auf die Nachricht.
Weber versprach, sich gleich nach seiner Rückkehr aus Solothurn in Richters Büro zu melden. Was er in der Stadt an der Aare genau vorhatte, darüber schwieg Weber.
Benedict und er hatten den Fußmarsch nach kurzer Zeit hinter sich gebracht. Eilig durchquerten sie den Eingangsbereich und erreichten sogleich das Foyer, wo «Jean Tinguelys Bettler» sie erwartete.
Die Figur aus Eisen lud die beiden ein, einen kleinen Unkostenbeitrag zu leisten. Weber verzichtete angesichts der Umstände darauf und hastete zum Ausstellungseingang. Wenig später standen sie vor Hodlers Gemälde.
Da war er also: Wilhelm Tell. Vielleicht verbarg sich in diesem Bild eines der größten Mysterien der Schweizer Geschichte. Hunderttausende von Menschen hatten sein Antlitz bereits gesehen, sei es in der Ausstellung oder in den verschiedenen Büchern. Aber niemand wusste bis anhin, welches Geheimnis er vielleicht in sich trug.
Unvermittelt wurde Weber aus seinen Gedanken gerissen. Eine dunkel gekleidete ältere Frau mit einem bunten Schal fragte Weber, ob er vielleicht Näheres zum Werk berichten könne.
Sie sei auf ihn aufmerksam geworden, weil er nun seit fast zwei Minuten unentwegt das Gemälde anstarre.
»In der Tat könnte ich dies«, erklärte Weber und fügte an: »Ich möchte nicht unhöflich erscheinen, aber der Zeitpunkt für lange Erklärungen ist leider äußerst ungünstig.«
Die ältere Frau nahm die Abweisung indigniert zur Kenntnis und zog zum nächsten Werk weiter. Weber wartete derweil nur noch auf den Zeitpunkt, mit Benedict endlich alleine im Raum zu sein.

Kapitel 97

Auf dem Schreibtisch hatten sich in den letzten Tagen einige Unterlagen angesammelt. Obwohl Richter Wichtigeres als die Alltagsgeschäfte zu erledigen hatte, musste er sich der pendenten Aufträge annehmen. Dem Rektor passte es überhaupt nicht in den Kram, dass ausgerechnet jetzt viele Schüler unangenehm auffielen und er deshalb entsprechende Elterngespräche organisieren musste.
Viel bedeutender erschien ihm die Sache mit Weber. Unverhofft waren er und seine Schule in die Schlagzeilen geraten. Mehrfach hatten zuletzt Polizei und Presse angerufen und ihn um eine Stellungnahme gebeten.
Eine Antwort auf ihre Fragen bekamen weder die Gesetzeshüter noch die Medienschaffenden. Richter schützte einerseits seinen Angestellten. Andererseits hielt sich seine Motivation in Grenzen, was die Kommunikation mit den Anrufern betraf.
Der Rektor dachte an die Vorfälle zurück, in die Weber in den letzten Tagen verwickelt war. Eigentlich war er es leid, sich stets schützend vor ihn stellen zu müssen.
Er donnerte mit seiner Faust auf den Schreibtisch und stieß lauthals ein Fluchwort aus. Allerdings konnte in diesem Moment niemand an Richters emotionalem Ausbruch teilhaben, da er alleine in seinem Büro saß.
Dieser verdammte Weber! Wenn Richter es nicht besser gewusst hätte, wäre er davon ausgegangen, dass sich Weber absichtlich in die Bredouille gebracht hatte. Vielleicht genoss er die mediale Präsenz? Oder wusste er gar nicht, in welch verzwickter Situation er sich befand? Auf jeden Fall war er sich niemals der Tragweite der Geschichte bewusst. Davon ging Richter aus.
Er hoffte aber, sich im Gespräch mit ihm ein detailliertes Bild der Situation machen zu können.
Kaum hatte sich Richter der ersten Schülerakte angenommen, surrte sein Handy. Der Rektor warf einen flüchtigen Blick auf das Display. Als er den Namen des Absenders erkannte, legte er die zu bearbeitenden Akten sofort zur Seite und widmete sich dem Inhalt der

Kurznachricht. Nicht lange hatte er auf die Antwort warten müssen. Entsprechend neugierig nahm er den Inhalt zur Kenntnis.

Was das Anliegen betrifft: Wir werden uns der Sache annehmen. Bitten um weitere Informationen.

Er hatte seinen Teil zum Gelingen des Vorhabens beigetragen. Voller Elan eilte Richter zum Schrank, aus dem er zwei Gegenstände herausnehmen wollte. Nur er selber besaß einen Schlüssel. Im Schrank waren wichtige schulische Dokumente abgelegt, zu denen nur er Zugang haben durfte. Die zwei Gegenstände, die er suchte, befanden sich in einer Kartonschachtel im hintersten Winkel. Er nahm sie heraus und musterte sie. Nach einer kurzen Prüfung legte er sie in die Schublade seines Schreibtisches.
Er atmete tief durch und dachte an Weber, der sich noch immer auf der Flucht befand. Nochmals nahm er sein Handy hervor, um dem Absender der letzten Nachricht zu antworten.
Nachdem die wichtigsten Informationen übermittelt worden waren, widmete er sich wieder den Büroaufgaben. Dieses Mal wurde er nicht mehr durch äußere Umstände an der Arbeit gehindert.

Kapitel 98

Nochmals drehte sich die ältere Frau um und nahm Weber ins Visier. Noch immer fragte sie sich, warum der Mann sie so abweisend behandelt hatte. Weber schenkte ihr keine Beachtung. Wenig später hatte die frustrierte Dame alles gesehen, was sie wollte, und verließ den Raum. Jetzt war der Zeitpunkt zum Handeln gekommen.
Weber schickte Benedict ans andere Ende des Raumes. Dort sollte sich sein Schüler vergewissern, dass sich niemand Weber näherte. Schließlich ging der Lehrer direkt zum Gemälde und begann leicht daran zu zerren. Prompt löste es sich aus seiner Verankerung an der Wand, so dass er es mit beiden Händen zu fassen bekam. Er drehte Hodlers Werk um, konnte aber auf dessen Rückseite nichts Spezielles erkennen.

Sollte er wirklich versuchen, nach einem Schriftstück im Innern des Gemäldes zu suchen?
Er hielt kurz inne. Für einen Moment fragte er sich, ob er sich wirklich an Hodlers Werk zu schaffen machen sollte. Dann suchte er nach dem Schraubenzieher, den er in seiner Jackentasche hatte. Vorsichtig zwängte er das Werkzeug an einer Ecke zwischen den Rahmen und die dünne hölzerne Rückwand. Diese löste sich leicht, und ein Gegenstand kam zum Vorschein. Weber stellte das Gemälde an die Wand und musterte das aufgetauchte Papierstück. Genau in diesem Moment machte sich Benedict durch ein Räuspern bemerkbar. Weber wusste nun, dass Gefahr im Anmarsch war. Er faltete den Papierfetzen zusammen, steckte ihn in seine Hosentasche und eilte zu seinem Schüler. Schnellen Schrittes näherten sie sich dem Ausgang. Sie wussten, dass bald Alarm ausgelöst werden würde. Schließlich lag eines der bekanntesten Schweizer Kunstwerke beschädigt auf dem Boden des Solothurner Kunstmuseums.
Rasch hatten die beiden das Foyer erreicht. Vorbei am «Bettler» gelangten sie nach draußen, wo sie zur Hauptstraße hetzten und in der Menschenmenge untertauchten. Einige hundert Meter weiter setzten sie sich auf eine Parkbank. Aus seiner Hosentasche kramte Weber das Papierstück hervor.
Sein Herz begann schneller zu pochen. Wieder einmal stand er kurz davor, in der Angelegenheit einen großen Schritt weiterzukommen. Sollte er abermals enttäuscht werden, wusste Weber nicht, ob er dann noch die Kraft aufbringen konnte, um sich weiter mit der Geschichte zu beschäftigen.
Die Zeilen waren in mittelhochdeutscher Sprache verfasst. Weber adaptierte diese sofort in modernes Deutsch. Er las:

Hiermit bestätige ich, Hans Schriber, Landschreiber von Unterwalden ob dem Wald, dass ich gezwungen worden bin, Wilhelm Tells Geschichte, wie sie sich wirklich zugetragen hat, zu ändern. Eine Gruppe Männer empfindet es als Zumutung, Wilhelm Tell in ein schlechtes Licht zu rücken, zumal wir ihrer Meinung nach als löbliches Volk von Eidgenossen eine Galionsfigur brauchen, zu der wir mit Achtung emporschauen können. Ich weiß aber aus sicheren Quellen, dass Tell seinen Sohn auf dem Gewissen hat. Die von mir revidierte Geschichte entspricht einer großen Lüge. Ich entschuldige mich für die Verbreitung dieser Unwahrheit, kann aber nicht anders, weil mir mein Leben lieb ist.

Darunter befand sich Schribers Unterschrift.
Ehe sich Benedict zu Wort melden konnte, hatte Weber bereits die nächsten Schritte überlegt.
»Wir sollten den Text prüfen lassen, da wir klären müssen, ob wir hier ein Dokument mit Schribers Originalunterschrift vorliegen haben. Wenn dem so wäre, gälte es zu prüfen, ob die Unterschrift und der aufgesetzte Text von der gleichen Person stammen. Gegebenenfalls interessiert uns auch der Zeitpunkt der Entstehung des Schriftstücks.«
»Grundsätzlich ist dies alles wichtig. Allerdings möchte ich zu bedenken geben, dass die Frage nach der Authentizität dieser Dokumente uns weder direkt zu den Verbrechern führt noch einen Hinweis auf das Versteck Ihrer Tochter bringen wird.«
»Was willst du damit andeuten?«
»Vergeuden Sie nicht Ihre Kraft, um herauszufinden, ob das Schriftstück echt ist. Vielmehr müssen Sie den Fokus darauf legen, den Namen des Entführers zu erfahren. Es ist doch zweitrangig, ob Schriber Tells Geschichte umschreiben musste oder nicht. Sie kratzen mit Ihren Recherchen einzig am Image unseres Nationalhelden. Lassen Sie Tell Nationalheld bleiben, so dass die Schweizer weiterhin eine Figur bewundern können, die stellvertretend für die Eidgenossenschaft steht.«
Weber wusste, dass Benedict Recht hatte. In der jetzigen Situation erschien es unwesentlich, ob Tell seinen Sohn auf dem Gewissen hatte oder nicht. Deshalb musste er aufhören, darüber nachzudenken, ob die gefundenen Dokumente die «Wahrheit» erzählten. Weber erkannte in den beiden Schriftstücken vielmehr einen anderen Zweck. Sie waren ein Mittel, um mit den Verbrechern in Kontakt zu treten.

Zufrieden nahm Benedict zur Kenntnis, dass Weber den Fokus wieder auf das Wesentliche richten wollte.
»Dann widmen wir uns wieder Fisch und Engel sowie dem falschen Geburtsdatum meiner Tochter«, erklärte Weber seinem Schüler.
»Was wollen wir tun?«, fragte Benedict.
»Die Verbrecher müssen erfahren, dass wir im Besitz beider Schriftstücke sind. Es steht wohl ein weiteres Treffen mit den unbekannten Männern an.«
»Sie wollen sich also wieder mit diesen kriminellen Elementen treffen?«
»Mir bleibt nichts anderes übrig. Dem wäre nicht so, wenn es uns gelänge, eines der beiden Rätsel zu lösen und so einen Schritt weiterzukommen.«
Da Benedict diesem Plan nicht widersprach, ging Weber davon aus, dass er einverstanden war.
»Dann lass uns nach Hause fahren«, resümierte Weber.
»Ja! Gehen wir nach Hause!«

Kapitel 99

Über den Passwang kehrten Weber und Benedict wieder an ihren Wohnort zurück. Auf der Fahrt informierte Benedict Monika über die Vorfälle in Solothurn. Anschließend überlegte er sich, wie er seinen Eltern erklären sollte, dass er der Schule erneut ferngeblieben war. Weber wiederum lag das bevorstehende Treffen mit Rektor Richter auf dem Magen.
Er erwartete nicht, dass er seinen Job als Lehrer an der Sekundarschule Laufen behalten konnte. Vielmehr wollte er die Möglichkeit wahrnehmen, sein Handeln zu rechtfertigen. Richter sollte verstehen, warum er in den letzten Tagen nicht im Unterricht erschienen war.
Vom Zuhause der Herrmanns, wo er Benedict aus seinem Fahrzeug aussteigen ließ, bis zur Schule brauchte Weber nur einige Minuten. Ausgerechnet jetzt fand er sich mitten im Feierabendverkehr wieder. Auf den Straßen rund um den Bahnhof bewegten sich die Fahrzeuge

nur im Schritttempo. Weber hatte sich abgewöhnt, sich darüber aufzuregen, dass es nicht vorwärts ging. Er wusste, dass es grundsätzlich nichts brachte, sich zu nerven.
Schließlich hatte er es geschafft. Die letzten paar hundert Meter bis zur Schule hatte Weber freie Fahrt. Wie immer stellte er seinen Ford auf dem hintersten Parkfeld ab. Er verriegelte den Wagen im Weggehen und sprang die wenigen Stufen hoch, ehe er vor der Tür stand. Es kam ihm unendlich lange vor, seit er diese Räumlichkeiten das letzte Mal betreten hatte. Er fühlte sich glücklich, nachdem er kurz darauf den Haupteingang passiert hatte.
Obwohl ihn ein unangenehmes Gespräch erwartete, empfand Weber ein Gefühl der Erleichterung. Er hatte sich entschieden, offen über die ganze Angelegenheit zu sprechen.
Leichtfüßig eilte er die Treppe hinunter und warf einen Blick auf die Tür des Lehrerzimmers. Ob wohl noch eine der Lehrpersonen den Unterricht des folgenden Tages vorbereitete?
Lange konnte er sich darüber nicht den Kopf zerbrechen. Schnellen Schrittes begab er sich in Richtung Rektorat. Dort angekommen, pochte er energisch an die Tür.
Der Gang in die Höhle des Löwen konnte beginnen.
Der Befehl aus dem Innern tönte resolut. Weber durfte eintreten. Der Schulleiter saß an seinem Schreibtisch. Vier leere Kaffeetassen standen um die Tastatur seines Computers herum.
»Ach nein, welche Überraschung! Wen haben wir denn da?«
Weber hatte sich eine etwas weniger zynische Begrüßung gewünscht.
»Ich weiß nicht, wie ich beginnen soll. Das Ganze fällt mir schwer«, eröffnete Weber das Gespräch.
»Am besten von vorne«, lautete postwendend die Antwort des Rektors.
»Wie viel Zeit habe ich?«
»Ich will alles wissen.«
Weber berichtete seinem Vorgesetzten detailliert von den Ereignissen der letzten Wochc.
»Warum hast du die beiden Schüler in die Angelegenheit hineingezogen?«

»Das habe ich nicht! Durch eine Unaufmerksamkeit meinerseits wurden sie auf die Geschichte aufmerksam. Jedenfalls kam ich in den Besitz eines Dokuments, dem ich lange hinterher gejagt war. Als ich den Inhalt der Schriftstücke prüfte, erkannte ich, dass ein wesentlicher Teil unserer Nationalgeschichte auf einer Unwahrheit beruht.«

»Woher weißt du, dass diese Schriftstücke die Wahrheit erzählen und nicht ein Ammenmärchen beinhalten?«

»Ich habe die Dokumente von einer Fachstelle prüfen lassen. Außerdem bin ich im Solothurner Kunstmuseum auf ein zusätzliches Schriftstück gestoßen, das die Authentizität des ersten Dokuments belegt.«

»Indirekt bringt man dich mit drei Morden in Verbindung. Kannst du dir vorstellen, wer für die Verbrechen verantwortlich ist?«

»Momentan geht Benedict davon aus, dass der Basler Bischofsvikar hinter den Morden steckt. Dieser wurde heute Nachmittag festgenommen. Ich glaube hingegen, dass wir nicht in Kirchenkreisen nach den Drahtziehern suchen müssen. Viele Puzzleteile habe ich im Laufe der letzten Tage richtig zusammensetzen können. Das finale Teil fehlt mir im Moment. Irgendetwas übersehe ich derzeit noch. Ich werde aufgrund der Gesamtumstände die Geschichte publik machen müssen. Es ist an der Zeit, dass die Öffentlichkeit Wind von der Sache kriegt.«

»Darauf würde ich verzichten, wenn ich an deiner Stelle wäre. Deine Tochter wird dir dankbar dafür sein.«

Weber blickte Richter ungläubig an.

»Was hast du gerade gesagt?«

Dem Lehrer stockte der Atem. Er spürte, wie sich seine Kehle zuschnürte.

»Woher weißt du, dass meine Tochter entführt worden ist?«

»Sagt dir der Name Stauffacher etwas?«

In Webers Gesicht widerspiegelte sich das nackte Entsetzen.

Kapitel 100

»Das Ganze hast du dir selber zuzuschreiben.«
Rektor Richter versuchte, die Schuld von sich zu weisen. Auch wenn er es nicht zugeben konnte, plagte ihn doch sein schlechtes Gewissen. Schließlich fand er bei der Beurteilung von Webers Arbeit stets nur lobende Worte.
»Hättest du dich nicht auf die Suche nach den Schriftstücken gemacht, hätten wir Lara nicht entführen müssen. So aber hast du uns keine andere Wahl gelassen.«
»Wo ist meine Tochter? Ich werde euch alle töten, wenn ihr Lara nur ein Haar krümmt.«
»Du kannst froh sein, wenn du die heutige Nacht überlebst. Außerdem haben wir ihr nichts angetan.«
Der Schulleiter zeigte Weber ein Foto, auf dem Lara mit der aktuellen Ausgabe der Neuen Zürcher Zeitung zu sehen war.
»Wie du siehst, handelt es sich um ein aktuelles Bild, das ich heute von Winkelried per Mail zugestellt bekommen habe.«
»Was seid ihr nur für Menschen? Ihr entführt und tötet Menschen wegen lächerlichen Papierstücken!«
»Wenn sie wirklich so lächerlich sind, kannst du uns die entwendeten Dokumente wieder zurückgeben.«
»Ich habe die beiden Schriftstücke an einem sicheren Ort deponiert. Deshalb bin ich zum Glück nicht in der Lage, diese dir auszuhändigen.«
»Wir werden schon herausfinden, wo du sie versteckst. Um auf deine Frage zurückzukommen: Unser Zirkel hat sich der Aufgabe verschrieben, Tells Erbe zu wahren. Aber dies wurde dir am Telefon vor einigen Tagen bereits ausführlich erklärt. Es gibt Enthüllungen, die man der Öffentlichkeit nicht zugänglich machen sollte. Dazu gehören auch deine Schriftstücke. Sie zerstören einen Mythos, der seit Jahrhunderten besteht. Die Schweiz braucht den Nationalhelden Wilhelm Tell und nicht eine Figur, die ihren Sohn auf dem Gewissen und deshalb viele Jahre später Selbstmord begangen hat.«
Richter blickte Weber streng an, ehe er seine Ausführungen fortsetzte.

»Das Ausmaß, das diese Geschichte angenommen hat, kannst du dir in keiner Art und Weise vorstellen.«
Richter kramte einen Revolver aus seinem Pult hervor und richtete ihn auf Webers Kopf.
»Du wirst mich doch nicht in deinem Büro töten?«
»Mit Sicherheit nicht! Meine Aufgabe ist es nicht, dich aus dem Weg zu räumen. Dafür haben wir andere Personen. Ich habe Wichtigeres zu tun, als mich um dein Schicksal zu kümmern. Schließlich steht bald unser großer Tag bevor.«
Richter wies Weber an, sich zu erheben. Dann zog er Handschellen aus der Schublade und manövrierte seinen Angestellten aus dem Büro hinaus. Die beiden passierten einen langen Korridor, ehe sie eine enge Treppe hinabstiegen. Nun standen sie vor einer verriegelten Tür. Oft hatte sich Weber gefragt, was sich dahinter verbarg. Gleich würde er es erfahren.
Richter warf den Schlüssel vor Weber auf den Fußboden und befahl ihm, die Tür damit zu öffnen. Schließlich betraten sie den dunklen Raum. Nachdem Weber ein paar Schritte gemacht hatte, flackerte das Licht auf.
Sie befanden sich in einem verlassenen und äußerst modrig riechenden Keller. An den Wänden des Raumes stand altes Schulmaterial, das längst nicht mehr in Gebrauch und von einer dicken Staubschicht bedeckt war. An den Wänden hingen überall Spinnweben. Obwohl Weber die Tiere nicht mochte, vergeudete er keinen Gedanken an sie. Zu verzwickt erschien die Situation, in die er hineingeraten war.
»Setz dich dort hinten in der Ecke nieder! Danach legst du die Handschellen um dein linkes Handgelenk und kettest dich mit dem anderen Teil am Metallrohr fest.«
Weber wusste, dass es keinen Zweck hatte, sich zur Wehr zu setzen. Deshalb tat er, was Richter von ihm verlangt hatte. Wenige Augenblicke später saß er angekettet in der Ecke des Raums. Richter steckte ihm einen Lappen in den Mund, damit er nicht um Hilfe schreien konnte.
»Ich muss dich leider verlassen. Die Pflicht ruft«, erklärte Richter.
Um Weber noch mehr zu quälen, legte Richter das Bild, das er von

Winkelried am Nachmittag erhalten hatte, neben seinen Gefangenen.
Nachdem der Schulleiter den Raum verlassen hatte, betrachtete Weber das Foto seiner Tochter nochmals genau. Das Bild zeigte Lara mit einem gequälten Lächeln im Gesicht. In ihren Händen hielt sie die aktuelle Ausgabe der Neuen Zürcher Zeitung, dessen Frontseite sich mit den Bundesratswahlen befasste. Ein großes Bild zeigte den Saal des Nationalrates, in dem am folgenden Tag die Wahl stattfinden sollte.
Weber erinnerte sich daran, dass die Nacht der langen Messer bald beginnen würde. Allerdings ging er nicht mehr davon aus, dass er den Namen des neuen Bundesrates je erfahren würde. Ebenso rechnete er nicht mehr damit, seine Tochter jemals wieder zu sehen, auch wenn diese die Geschichte heil überstehen würde.
Plötzlich fiel es ihm wie Schuppen von den Augen. Mit einem Mal durchschaute er die Zusammenhänge.
Er dankte Richter heimlich dafür, dass er ihm das Bild mit seiner Tochter überlassen hatte. Ungewollt hatte dieser ihm einen Gefallen erwiesen und ihn auf die richtige Spur geführt. Mangolds Hinweis auf die Verbrecher erschien nun plötzlich so klar.
Der Fisch und die Engelsfigur hatten gar keine religiöse Bedeutung, sondern standen vielmehr für eine andere Komponente. Bischofsvikar Peyer war unschuldig. Die Öffentlichkeit musste schnellstmöglich erfahren, welch immense Brisanz die Geschichte hatte.
Weber schaute sich im Raum um. Aufgeben kam für ihn nicht in Frage. Stattdessen galt es, sich rasch aus der Gefangenschaft zu befreien.

Kapitel 101

Monika saß mit ihrer besten Freundin Jasmin in einer kleinen Bar in der Laufner Altstadt und unterhielt sich mit ihr über die vergangene turbulente Woche. Jasmin hörte den Ausführungen ihrer Freundin gebannt zu. Schließlich kam es nicht alle Tage vor, dass eine Kollegin in einen Mordfall verwickelt war.

Während sie miteinander sprachen, verrann die Zeit wie im Flug. Schließlich beglichen die beiden gegen halb elf abends ihre Rechnungen und verließen gemeinsam das Lokal. Die Altstadt wirkte um diese Zeit wie ausgestorben. Kaum jemand war mehr auf der Straße. Einzig ein älterer Mann torkelte die Gasse entlang. Anscheinend hatte er an diesem Abend zu tief ins Glas geschaut.

Monika verabschiedete sich vor der Bar von ihrer Kollegin, da ihr Heimweg in die entgegengesetzte Richtung führte. Sie stieg auf ihr Fahrrad und machte sich auf den Heimweg.

Die Straße war an diesem Abend menschenleer. Monika trat in die Pedale. Sie war abends nicht gerne alleine unterwegs. Deshalb beeilte sie sich, nach Hause zu kommen. Ihr Weg führte wie immer am Schulhaus vorbei. Als sie dort ankam, entdeckte sie Webers Auto.

Merkwürdig! Was wollte Steven Weber so spät am Abend noch im Schulhaus? Monika konnte sich keinen Reim auf die Situation machen.

Obwohl sie am liebsten auf direktem Weg weitergefahren wäre, weckte dieser Umstand ihre Neugier. Sie umrundete das Gebäude und schaute von der Pausenarena aus ins Schulhausinnere. Weder in den Korridoren noch im Lehrerzimmer konnte sie Licht erkennen. Auch in den Klassenzimmern war kein Licht zu sehen.

Monika schlich seitlich der Hauswand entlang. Sie hoffte darauf, ihren Lehrer irgendwo zu erblicken. Vergeblich. Sie richtete ihren Blick zu den Fachräumen. Im Dunkel waren diese nicht zu erkennen. Auch wenn Monika die Angst tief im Nacken saß, hoffte sie, auf ein offenes Fenster zu stoßen. Sie fühlte, dass etwas nicht stimmte. Deshalb wollte sie der Sache auf den Grund gehen und Weber im Gebäude ausfindig machen.

Mit vollem Körpereinsatz stemmte sie sich gegen die Fenster, doch sie musste erfahren, dass alle gut verriegelt waren.

Also überlegte sie sich, wie sie sich auf andere Weise Zugang zum Gebäude verschaffen konnte. Den Hauswart zu kontaktieren, war keine gute Idee, weil dieser zu so später Stunde nicht gestört werden wollte.

Innerhalb einer Sekunde war schließlich der simple Plan gefasst und

nur Augenblicke später bereits in die Tat umgesetzt. Die Scherben lagen im Flur verteilt auf dem Boden. Monika griff durch das entstandene Loch, öffnete von innen das Fenster und kletterte hinein.
Der Bewegungsmelder sorgte sofort für Licht. Einerseits gab ihr dies ein Gefühl von Sicherheit. Andererseits wusste sie, dass es nicht lange dauern würde, bis der Hauswart einen Kontrollgang starten würde.
Monika schaute sich um. Welchen Weg sie einschlagen sollte, wusste sie nicht. Orientierungslos bewegte sie sich in Richtung Seitentrakt des Gebäudes. Sogleich erhellten die Lampen den langen Korridor. Auch hier schien niemand zu sein.
Plötzlich vernahm die Schülerin ein dumpfes Klopfen. Sie erschrak. Das Geräusch stammte von weiter unten.
Ihre Angst steigerte sich von Sekunde zu Sekunde. Sie hasste es auch zu Hause, einen Keller betreten zu müssen. Geschichten von Gespenstern, die sie in ihrer Kindheit von ihren Freundinnen erzählt bekommen hatte, hatten sich tief in ihrem Gedächtnis eingenistet. Doch da sie sich um ihren Lehrer sorgte, blieb ihr nichts anderes übrig, als sich ihren Ängsten zu stellen.
Schritt für Schritt stieg sie in den Keller hinunter. Da im Untergeschoss keine Bewegungsmelder montiert waren, musste Monika zuerst nach dem Lichtschalter suchen. Als sie diesen gefunden und betätigt hatte, erkannte sie eine Ansammlung von ausrangierten Pulten und Stühlen.
Sie stieg eine weitere kleine Treppe hinunter und fand sich vor einer geschlossenen Tür. Mit zittrigen Händen drückte Monika die Klinke hinunter und betrat zögernd den Raum. Sie befand sich in einer kleinen Zwischenkammer. Wiederum betätigte Monika den Lichtschalter. Sie konnte zwei weitere Eingänge erkennen.
Intuitiv entschied sie, sich dem näheren auf der linken Seite zuzuwenden. Doch dieser war verriegelt. Monika wusste nicht, ob sie sich darüber freuen sollte. Schließlich konnte sie nicht ahnen, welches Szenario sie dort erwartet hätte.
Mit schweißnassen Händen griff sie nach der anderen Klinke. Diese Tür ließ sich tatsächlich öffnen. Sofort trat sie in den Raum ein. Er

war hell erleuchtet. Nachdem sie Weber entdeckt hatte, eilte sie zu ihm und nahm ihm das Tuch aus dem Mund.
»Was ist passiert?«, wollte Monika wissen.
»Keine Zeit für Erklärungen! Wenn wir überleben wollen, müssen wir sofort von hier wegkommen!«
Einen Moment lang war Monika geschockt. Allerdings war es auch richtig, dass Weber so ehrlich zu ihr war.
»Du musst mich von den Handschellen befreien.«
Monika blickte im Raum herum. Außer ein paar alten Bananenschachteln und leeren PET-Flaschen sah sie nichts.
»In meiner Hosentasche findest du den Generalschlüssel. Lauf schnell in den Werkraum und besorge etwas, mit dem du meine Handschellen öffnen kannst!«
Monika rannte los. Da sie von Werkzeugen keine Ahnung hatte, wusste sie noch nicht, nach welchem Gegenstand sie Ausschau halten sollte.
Im Werkzimmer wurde sie schließlich schnell fündig. Sofort machte sie sich auf den Rückweg. Vor einer großen Fensterfront, bei der sie einen kurzen Halt einlegte, bemerkte sie plötzlich, dass genau in diesem Moment ein Auto vor dem Schulhaus parkte. Monika wusste, dass dies nichts Gutes zu bedeuten hatte. Trotz Atemnot quälte sie sich durch die Gänge ins Kellergeschoss zurück. Als sie kurz darauf dort eintraf, versuchte Weber immer noch, sich von den Handschellen zu befreien.
»Diese doofen...«
Monika fiel ihm ins Wort.
»Wir werden gleich ungebetenen Besuch erhalten.«
»Dann beeile dich!«
Monika schlug mit dem Hammer drei Mal mit voller Wucht auf die Handschellen. Nichts passierte. Wieder hämmerte sie auf die Metallfesseln.
Die beiden Verbrecher waren nur noch wenige Meter vom Kellergeschoss entfernt. Man konnte sie bereits sprechen hören.
»Rette dich! Du kannst mir hier sowieso nicht mehr helfen«, flüsterte Weber ihr zu.

Nochmals hämmerte sie auf die Handschellen und hoffte, dass etwas passierte. Als sie merkte, dass ihre Bemühungen nicht von Erfolg gekrönt waren, ergriff Monika die Flucht. Kurz vor der Tür hielt sie inne. Schnell erkannte sie, dass sie in einer Sackgasse steckte. Die Mörder würden in wenigen Sekunden den Raum betreten. Die Schülerin musste nicht lange warten, bis das Unvermeidbare eintraf.
»Nachdem Sie uns durch die ganze Schweiz gehetzt haben, ist es nun an der Zeit, miteinander abzurechnen.«
Der Lehrer erkannte die beiden Personen sofort.
Proletarier 2 richtete seine Waffe auf Steven Weber und zielte genau. Plötzlich sank er zu Boden. Der Treffer hatte seine Wirkung nicht verfehlt. Monika, die sich hinter der Türe versteckt und das Gespräch mitverfolgt hatte, schlug mit dem Hammer mit voller Kraft zu, so dass der Schütze außer Gefecht gesetzt war.
»Du kleines Miststück!« Proletarier 1 hatte sich sofort umgedreht, als er das dumpfe Schlaggeräusch vernommen hatte.
»Sie werden mir verzeihen, Herr Weber, dass ich Ihre Schülerin zuerst erschießen werde.«
»Tu das nur! Ich mag meine Schülerin sowieso nicht!« Die Antwort kam postwendend.
Ebenso schnell traf Webers Faust das Gesicht von Proletarier 1. Dieser taumelte kurz, bevor auch er bewusstlos zu Boden sank.
»Dein letzter Schlag hat den Schließmechanismus der Handschellen glücklicherweise geöffnet. Danke.«
Sofort packte Weber seine Schülerin an der Hand, zerrte sie aus dem Raum und schloss ihn sogleich hinter sich ab.
Auf ihrer Flucht rannten die beiden Hauswart Kummer in die Arme.
Weber ignorierte dessen Reklamationen. Stattdessen wies er ihn an, sofort die Polizei zu rufen, da sich im Keller zwei Verbrecher befänden.
Kummer schaute den beiden Flüchtenden irritiert nach. Weber setzte sich in sein Auto und raste davon. Monika blieb alleine zurück.

Kapitel 102

Fünf Polizeiautos standen mit eingeschaltetem Blaulicht vor der Sekundarschule Laufen. Auch Personen der Sonderkommission hatten sich inzwischen dort eingefunden. Einsatzleiter Bieri stand in regem Kontakt mit den örtlichen Polizeibeamten, die nach dem Anruf des Hauswarts sofort ausgerückt waren. Noch immer hatte keiner das Schulhaus betreten.

Monika stand neben Gregor Bieri und wiederholte alles, was sie eine Stunde zuvor schon den Laufner Polizeibeamten erzählt hatte.

»Bist du dir ganz sicher, dass es sich bei den im Keller eingesperrten Männern um gefährliche Verbrecher handelt, die auch für den Mord an Werner Mangold verantwortlich sind?«

»Ganz sicher. Außerdem sind sie auch in die Entführung von Webers Tochter involviert.«

»Seine Tochter ist entführt worden? Wieso habe ich davon keine Kenntnis?«

»Herr Weber durfte sich nicht mit der Polizei in Verbindung setzen. Sonst hätten die Entführer Lara etwas angetan.«

Nun verstand Bieri auch, weshalb Weber stets auf der Flucht vor der Polizei war. Er musste sich einer Festnahme entziehen, weil er sonst das Leben seiner Tochter in Gefahr gebracht hätte.

Bieri befahl seinen Männern, das Gebiet abzuriegeln und wies seine besten Leute an, die beiden Verbrecher aus dem Keller herauszuschaffen. Sogleich betraten sechs mit kugelsicheren Westen bekleidete Polizisten das Gebäude, während sich Bieri immer noch für Monikas Aussagen interessierte.

»Mir ist zugetragen worden, dass auch dein Schulleiter etwas mit der Sache zu tun hat. Was kannst du mir dazu sagen?«

»Herr Richter hat unseren Lehrer mit einer Waffe bedroht und ihn im Keller eingesperrt. Ebenfalls hat er veranlasst, dass die zwei im Schulhaus eingeschlossenen Männer Weber töten sollten.«

»Ich werde meine Leute in wenigen Augenblicken zu Richter schicken. Zunächst warten wir noch schnell ab, was die beiden Kriminellen zu sagen haben.«

Kaum eine Minute später wurde die Tür des Haupteingangs aufgestoßen. Die Beamten der Sonderkommission zerrten die beiden Verbrecher aus dem Gebäude. Die Ganoven waren mit Handschellen gefesselt. Bieri nahm sie sich sofort vor.
»Ich habe eine Menge Fragen an Sie. Bevor ich diese aber stelle, muss ich Ihnen mitteilen, dass Sie das Recht haben, zu schweigen, wenn Sie sich selbst belasten müssen. Haben Sie verstanden?«
Die beiden Männer waren benommen. Die Schläge, mit denen sie außer Gefecht gesetzt worden waren, wirkten immer noch nach.
»Ich habe Sie gefragt, ob Sie mich verstanden haben.«
Proletarier 1 und 2 blickten Bieri wutentbrannt an.
Schließlich fragte der Einsatzleiter seine Männer, ob sich die zwei Kriminellen ihnen gegenüber in irgendeiner Form geäußert hätten.
»Sie sprachen kein Wort«, lautete die Antwort. »Allerdings haben wir diese beiden Brieftaschen bei ihnen gefunden.«
Bieri schaute sich die beiden Geldbörsen genau an. Schließlich zog er je einen Personalausweis heraus.
»Dann hätten wir ja alles. Ich nehme Sie wegen Mordes fest.«
Die Männer reagierten regungslos auf die Anschuldigungen und auf ihre Verhaftung, während Bieri seine Einsatztruppe zu Richters Haus delegierte.
Nochmals wandte sich der Einsatzleiter der Schülerin zu.
»Für deine Auskünfte danke ich dir. Eine letzte Frage habe ich im Moment noch. Weißt du zufällig, warum die drei Männer sterben mussten? Immer wieder wird von einem ominösen Umschlag berichtet, der ein Schriftstück mit großer Brisanz enthalten soll.«
»Ich kann Ihnen dazu nicht viel sagen. Da müssten Sie sich schon mit Herrn Weber in Verbindung setzen, da nur dieser Kenntnis vom Inhalt hat.«
Da lag bereits das nächste Problem. Bieri wusste nicht, wo sich der Flüchtige zu diesem Zeitpunkt gerade aufhielt. Er musste hoffen, dass sich Weber mit ihm in Verbindung setzen würde.

Kapitel 103

Auf der Autobahn A1 fuhr Weber kurz nach Mitternacht in gemächlichem Tempo Richtung Süden. Er hatte es nicht mehr eilig, weil es keinen Sinn machte, etwas zu überstürzen. Vielmehr galt es, Ruhe zu bewahren und die weiteren Schritte genauestens zu überdenken. Seit er das letzte Puzzleteil richtig platzieren konnte, erschien ihm manches so klar. Er wusste aber auch, dass es trotz seiner finalen Erkenntnis einer noch etwas gründlicheren Analyse des Sachverhalts bedurfte, ehe er sich zum Handeln entschied. In welchen Kreisen er die Verbrecher suchen musste, wusste Weber nun.
Auf einem Autobahnparkplatz machte er einen Zwischenhalt. Der total verwaiste Rastplatz vermittelte einen schauerlichen Eindruck. In der Regel vermied er, sich nachts an solchen Orten aufzuhalten. Da er aber ungestört bleiben wollte, erschien ihm dieser Ort als äußerst geeignet.
Er parkte seinen Ford am Ende des Parkplatzes und zog sein Handy aus der Hosentasche. Schließlich schrieb er Benedict eine SMS.

Hallo Ben. Du hast dich geirrt, was Bischofsvikar Peyer betrifft. Er hat mit den Morden und der Entführung nichts zu tun. Auch hat die Sache keine religiöse Bedeutung, sondern vielmehr eine politische. Leider ist auch unser Rektor Richter in die Sache verwickelt. Bis bald. Gruß S. Weber.

Nachdem er die Nachricht gesendet hatte, klickte er auf das Internet Icon auf seinem Handydisplay. Die Oberfläche seiner Suchmaschine erschien. Weber gab vier Begriffe ein. Die Wörter gehörten zusammen und bildeten das letzte Puzzlestück in einer Angelegenheit, die letztlich Kreise zog, die sich Weber eine Woche zuvor nicht im Geringsten hatte ausmalen können.
Der Suchbefehl bezog sich auf den Begriff «Die Wiege der Eidgenossenschaft».
Auf dem Display erschien ein Bild, das er bereits mehrfach gesehen hatte. Es zeigte die Landschaft um den Urnersee. Am Seeende

lag der Ort Schwyz. Auf der linken Seite präsentierte sich dem Betrachter die Seelisberger Felswand, an deren Ende sich das Rütli anschloss.
Weber musste schmunzeln, als er mit seinen Fingern das Bild auf dem Display vergrößerte. Der Künstler hatte in der Seelisberger Felswand einen Fisch versteckt. Von diesem Umstand hatte Weber schon oft gehört. Darauf wies Mangold mit dem Fisch am Tatort also hin.
Wie sich der Fisch in das Bild schleichen konnte, darüber gab es eine Legende. Weber kannte die entsprechende Geschichte bestens. Das Gemälde wurde am 1. April 1902 eingeweiht. Es stammte vom Franzosen Charles Chiron. Weil sich die Franzosen als Aprilscherz jeweils gegenseitig einen toten oder falschen Fisch in die Jackentaschen steckten, integrierte Chiron aus lauter Jux einen Fisch in das Gemälde. Deshalb heißt der 1. April bei den Franzosen auch «poisson d'avril».
In den Nebelschwaden über dem Urnersee konnte Weber auf dem Bild auch die Engelsfigur eindeutig erkennen. Obwohl er die Frau schon Dutzende Male betrachtet hatte, faszinierte ihn der Anblick jedes Mal aufs Neue.
In diesem Moment erinnerte er sich an das Foto, das ihm Richter gezeigt und ihm in den Keller mitgegeben hatte. Die Zeitung, die Lara in der Hand hielt, zeigte im Aufhänger der ersten Seite ein Foto des Nationalratsaals, in dessen Hintergrund sich Chirons Gemälde majestätisch erhob.
Beim Anblick der imposanten Landschaft empfand Weber ein patriotisches, geradezu chauvinistisches Gefühl in sich. Am gezeigten Ort war einige Jahrhunderte zuvor die Schweiz entstanden. Der Ort bildete die Wiege der Eidgenossenschaft. Er war in diesem Moment stolz, Schweizer zu sein.
Die Symbole Fisch und Engel wiesen also auf das Bundeshaus hin. Da sich Winkelried mehrfach als Erlöser betitelt hatte, dessen großer Tag angeblich bald bevorstand, ging Weber davon aus, dass es sich bei der Person nur um eines der zukünftigen Exekutivmitglieder handeln konnte.

Schließlich sollte die bald beginnende Bundesratswahl im Saal mit dem großen Chiron-Gemälde stattfinden.
Weber dachte daran, dass die Mitglieder der Parteien anlässlich der Nacht der langen Messer vielleicht bereits einen neuen Bundesrat auserkoren hatten. Bevor dieser in wenigen Stunden gewählt werden würde, musste die Schweiz die Wahrheit erfahren. Weber wollte vermeiden, dass die Bundesversammlung auf das falsche Pferd setzte und der Bundesstaat in eine Krise schlitterte.
Schließlich legte er sein Handy zur Seite, und er machte es sich auf seinem Autositz bequem. Wenig später schlief er ein.

Kapitel 104

Im Büro der Sonderkommission in Bern langweilten sich drei Polizeibeamte vor ihren Computern und warteten auf weitere Befehle. Bieri saß unterdessen im Besprechungszimmer, wobei Richter ebenfalls im Raum anwesend war.
»Jetzt erzählen Sie mir, für wen Sie arbeiten.«
Bieri wollte nicht lange um den heißen Brei herumreden.
»Ich weiß nicht, wovon Sie sprechen.«
»Legen wir die Fakten auf den Tisch: Sie haben die beiden festgenommenen Männer beauftragt, Steven Weber zu töten. Wir werden Sie dafür für mehrere Jahre hinter Gitter bringen.«
»Auch wenn Sie mich ins Gefängnis stecken, werden Sie nicht verhindern können, dass unser Zirkel bald die Macht in der ganzen Schweiz an sich reißen wird.«
»Was erzählen Sie hier für einen Unsinn? Es gibt keinen Zirkel. Sie und ein Komplize tragen allein die Verantwortung für Ihr Handeln.«
»Sie werden unseren Plan nicht durchkreuzen können, da Sie mit mir nur einen kleinen Fisch gefangen haben. Warten Sie noch einige Tage ab. Dann werden Sie die Tragweite der ganzen Geschichte erkennen.«
Bieri schmunzelte und signalisierte damit, dass er Richters Worten keinen Glauben schenkte.
»Wenn Sie schon so dick auftragen, können Sie mir auch verraten, wer Ihr Anführer ist.«

»Den Namen werden Sie noch früh genug erfahren. Allerdings ist es dann bereits zu spät, und unsere Bewegung ist nicht mehr aufzuhalten.«
Richter überlegte kurz, ehe er seine Ausführungen fortsetzte. Er spekulierte darauf, dass ihm seine Kooperationsbereitschaft zu mildernden Umständen verhelfen würde.
»Lange ist es her, als ein Schweizer Geschichtsschreiber namens Schriber Abbildungen anfertigte, die Tells Apfelschuss nicht so zeigten, wie er sich in Wahrheit abgespielt hat. Tells Geschoss traf auf diesen Zeichnungen nicht den Apfel auf dem Kopf seines Sohnes, sondern Walters Kopf selber. Tells Sohn starb gemäß diesen Bildern an Ort und Stelle. Kurz nach Veröffentlichung dieser skandalösen Schriftstücke hat sich eine Gruppe gebildet, die Tells Bild als Nationalhelden, als Galionsfigur, bewahren wollte. Dieser Zirkel, dem heute auch ich angehöre, versteckte die brisanten Dokumente an einem sicheren Ort. Leider sind diese Lügengeschichten vor wenigen Tagen unerwartet Werner Mangold in die Hände gefallen. Deshalb mussten wir ihn töten.«
Ungläubig schüttelte Bieri den Kopf.
»Sie können dies nicht verstehen. Unser Zirkel ist darauf angewiesen, dass Tells Image keinen Makel aufweist. Deshalb jagten wir auch Steven Weber durch die ganze Schweiz. Er hat sich eigentlich nichts zu Schulden kommen lassen. Sein einziger Fehler war, dass er sich auf die Suche nach den Schriftstücken machte.«
»Ihr Verhalten ist ja krankhaft.«
»Sie müssen das Ganze nicht verstehen. Im Übrigen zeigen die Abbildungen, dass Tell schließlich den Freitod wählte. Viele Jahre lang hatte er vergeblich versucht, die Ereignisse jenes Nachmittags zu vergessen. Aus dem Lügenkonstrukt geht hervor, dass er dies leider nicht schaffte und sich aus Gewissensbissen schließlich das Leben nahm.«
»Sie töten wegen ein paar lächerlichen Bildern so viele Menschen?«
»Ich habe nur Professor Fröhlich auf dem Gewissen. Dieser hat den Tod verdient, weil er für den Mord an Heinrich Hertig verantwortlich ist.«

Wieder blieb Bieri nur ein Kopfschütteln. Richter hatte tatsächlich behauptet, dass er das Recht hatte, Fröhlich umzubringen, da dieser auch einen Mord begangen hatte.
»Da Sie nicht bereit sind, Ihre Auftraggeber zu nennen, habe ich vorerst keine weiteren Fragen an Sie.«
Damit verließ der Leiter der Sonderkommission den Raum und traf im Korridor auf Bischofsvikar Peyer. Die beiden würdigten sich keines Blickes.
Peyer empfand in diesem Moment ein Gefühl zwischen bitterer Enttäuschung und immenser Wut. Er wusste, dass ihn die ungerechtfertigte Verhaftung mit großer Wahrscheinlichkeit seinen Traum, Bischof zu werden, gekostet hatte.

Kapitel 105

Sein Auto hatte Weber in einer Seitengasse in der Berner Innenstadt geparkt. Dass er eine Parkbusse riskierte, weil er sein Fahrzeug in der blauen Zone abgestellt hatte, ohne die Parkscheibe zu stellen, interessierte ihn in diesem Moment nicht. Vielmehr eilte er schnellen Schrittes dem Bundeshaus entgegen.
Es war kurz vor sieben Uhr, als Weber auf dem Bundesplatz eintraf. Vor ihm erhob sich der gesamte Bundeshauskomplex, der aus drei Gebäuden bestand. In der Mitte erblickte Weber das Parlamentsgebäude. Im Innern der «Curia Confoederationis Helveticae», wie das Bundeshaus auch genannt wurde, stand an diesem Morgen der große Tag für einen der Bundesratskandidaten an.
Weber richtete seinen Blick auf den Giebel des Gebäudes, auf dem drei Statuen standen, welche die drei Staatsgewalten repräsentierten. Die Kunstwerke stammten vom Waadtländer Rodo de Niederhäusern. Die beiden Gebäude rechts und links des Bundeshauses weckten bei Weber kein großes Interesse. Das Bundeshaus West und Ost erschienen angesichts der imposanten Erscheinung des Parlamentsgebäudes in der Mitte nebensächlich.
Auf dem Bundesplatz herrschte bereits zu so früher Stunde rege Geschäftigkeit. Die Schweizer Fernsehstationen installierten ihre TV-

Wagen und verlegten die Kabel ins Gebäudeinnere, damit sie die bald beginnenden Wahlen live aus dem Nationalratssaal übertragen konnten. Im allgemeinen Durcheinander konnte Weber unerkannt untertauchen. Als er sich durch die Fahrzeuge der TV-Stationen schlängelte, stieß er auf einen Lastwagen, aus dessen Innern Fernsehmitarbeiter Kabelrollen und Kameras heraustrugen. Geistesgegenwärtig stieg Weber ins Fahrzeug, bemächtigte sich einer Weste, die das Logo des Schweizer Fernsehens zierte, fasste nach einer handlichen Kamera und sprang wieder aus dem Fahrzeug heraus. So ausgestattet eilte Weber um das Gebäude herum und fand sich schließlich, nachdem er die Passage durchquert hatte, auf der Bundesterrasse wieder. Von dort wollte er sich Zugang zum Gebäude verschaffen. Auf der Südseite des Bundeshauses lag der Eingang für Gäste.

Die Wandelhalle fungierte an diesem Tag als Medienzentrum. Dort, wo sonst Staatsempfänge stattfanden, reihte sich nun Kamera an Kamera zu kleinen Fernsehstudios.

Weber näherte sich dem Haupteingang, der von Polizisten gut abgeschirmt war. Ohne Akkreditierung war es ein Ding der Unmöglichkeit, ins Gebäude hineinzugelangen. Weber wusste, dass die Weste und die technische Ausrüstung alleine keine Zutrittsberechtigung garantierten. Einmal mehr kam ihm Kommissar Zufall zu Hilfe.

Kapitel 106

Die Schüler der 4F saßen alle bereits an ihren Plätzen, als Konrektor Ivan Wunderlich in das Zimmer trat. Dieser Umstand überraschte ihn, da er in letzter Zeit eher Negatives über die Klasse gehört hatte. Bildungsdirektor Wepf hatte ihn aufgefordert, den Jugendlichen noch nichts über Richters Verhaftung zu erzählen. Ebenso sollte er kein Wort über Weber verlieren.

Der Regierungsrat hatte inzwischen beruhigt zur Kenntnis genommen, dass zumindest dieser nichts mit den Morden zu tun hatte und folglich seinen Job demnächst wieder aufnehmen durfte. Anders sah die Sache bei Richter aus. Wepf wusste, dass dieser nicht mehr in

die Schule zurückkehren und die nächsten Jahre im Gefängnis verbringen würde.
Wunderlich beauftragte die Jugendlichen, ihre Geschichtshefte hervorzunehmen. Die Schüler gehorchten kommentarlos. Dann notierte der Konrektor zwei Seitenzahlen an die Wandtafel.
»Lest diese Seiten und beantwortet die entsprechenden Fragen, die ihr am Ende des Kapitels findet.«
Wortlos begannen die Schüler, im Geschichtsbuch zu lesen. Nach fünf Minuten verabschiedete sich Wunderlich von der Klasse.
»Ich werde am Ende der Lektion wieder vorbeischauen. Habt ihr noch Fragen?«
»Herr Wunderlich«, begann Tim, »heute finden doch die Bundesratswahlen statt. Wäre es nicht möglich, dass wir diese im Fernsehen mitverfolgen können?«
»Ich bin überrascht, dass ihr euch für Politik interessiert.«
»Sie kennen uns wirklich nicht gut. Im Grunde sind wir an politischen Dingen sehr interessiert«, antwortete Tim mit einem Lächeln im Gesicht.
Wunderlich verzichtete darauf, dem Jungen eine Antwort zu geben. Nun meldete sich auch Benedict zu Wort.
»Auch wenn ich oft nicht der gleichen Meinung bin wie du, muss ich dir beipflichten. Die Medien berichteten zuletzt ausführlich über die Wahlen. Deshalb haben wir uns alle mehr oder weniger mit der Sache beschäftigt. Folglich macht es durchaus Sinn, die Wahlen im Fernsehen mitzuverfolgen.«
Wunderlich wusste, dass Benedicts Aussage deutlich mehr Gewicht hatte als jene von Tim, weil er sich wirklich für solche Themen interessierte.
»Meinetwegen dürft ihr die Wahlen schauen.«
Mit einem Applaus quittierte die Klasse Wunderlichs positiven Entscheid.
Während der Konrektor begann, Computer und Beamer so einzurichten, dass eine TV-Übertragung möglich wurde, saßen Benedict und Monika in der hintersten Reihe und diskutierten die Vorfälle der vergangenen Nacht.

Dass sich die Klasse so zurückhaltend verhalten und kaum Fragen gestellt hatte, war das Verdienst der beiden. In einer längeren SMS, die alle Klassenkameraden am frühen Mittwochmorgen erhalten hatten, baten die beiden die Klasse darum, keine Fragen zu stellen, was die brisante Angelegenheit betraf. Die Bundesratswahl würde alle offenen Fragen beantworten, stand in der Kurznachricht. Aus diesem Grund war die Klasse an diesem Morgen so motiviert.
»Jetzt sollte die Übertragung ins Bundeshaus stehen.« Wunderlich hatte alles eingerichtet. Wenig später erschienen auf der Leinwand Bilder aus der Wandelhalle, wo gerade ein Interview mit einem Politologen anstand.
Der Konrektor drückte auf die Fernbedienung. Nun funktionierte auch die Tonverbindung.
»Ich lasse euch nun alleine. Hin und wieder werde ich vorbeischauen. Nehmt also nicht das ganze Zimmer auseinander!«
Schließlich verließ er den Raum, während die Klasse gespannt auf die Leinwand blickte. Alle warteten darauf, Antworten zu bekommen. Sie wussten nicht detailliert, was Weber und ihre beiden Mitschüler in den letzten Tagen gemacht hatten. Alle Informationen, die sie besaßen, hatten sie den Medien entnommen. Dort hieß es immer wieder, dass Weber die zwei Schüler entführt hätte. Benedict und Monika hatten dies mehrfach verneint. Wo sie sich in den letzten Tagen aufgehalten hatten, darüber aber schwiegen sie.
Und noch etwas irritierte die Klasse. Was hatte Webers Verschwinden und jenes der beiden Mitschüler mit der Bundesratswahl zu tun? Ein unheimliches Schweigen beherrschte das Zimmer. Es war Zeit, dass viele offene Fragen beantwortet wurden.

Kapitel 107

Als Weber seinen Blick gegen den Himmel richtete, erblickte er das Mosaik mit dem Schweizer Kreuz, auf dessen beiden Seiten in lateinischer Sprache der Spruch »Einer für alle, alle für einen« festgehalten war. Wieder empfand Weber diese patriotische Wärme in sich, die er in den letzten Tagen mehrmals gespürt hatte. In diesem

Gebäude würde also gleich über die Zukunft der Schweiz entschieden werden.
In der Kuppelhalle herrschte Hochbetrieb. Männer in Anzügen und Frauen in edler Garderobe huschten durch die Gänge. Weber nahm sich etwas Zeit und beobachtete interessiert das rege Treiben.
Zu seiner Rechten erkannte er Walter Fürst von Uri, Werner Stauffacher von Schwyz und Arnold von Melchtal von Unterwalden. Die Statuen der drei Gründerväter der Eidgenossenschaft, die beim sagenumwobenen Rütlischwur zu sehen waren, überragten alles andere im Raum. Sie verkörperten den Gründungsmythos der Schweiz. Ehrfürchtig blickte Weber in Stauffachers Antlitz. Der bärtige Mann, dessen Statue fast zehn Tonnen wog, hatte eigentlich überhaupt keine Ähnlichkeit mit Richter. Dennoch musste er in diesem Moment an seinen Vorgesetzten denken. Weber fragte sich, warum er sich so hatte täuschen lassen. Hatte es nicht irgendwelche Hinweise gegeben, die ihn darauf hätten führen können, dass Richter ein Mann der Gegenseite war? Er wusste, dass ein Konjunktiv hier gar nichts brachte.
Dass er sich gedanklich nicht nur mit seinem Chef beschäftigte, sondern auch mit dem Oberhaupt der Verbrecherbande, lag an der Figur, die ihn von der Nordwand der Kuppelhalle her anschaute. Weber erkannte die Person sofort. Es war Arnold von Winkelried, der Held der Schlacht bei Sempach. Der mythische Held stand aufrecht da, wobei er drei Lanzenspitzen eng umfasste.
Weber wusste nicht, wer sich hinter Winkelried wirklich verbarg. Auch fragte er sich, ob die anderen Männer des Zirkels ebenfalls historische Namen hatten. In der Halle fanden sich weitere Statuen von geschichtlich bedeutenden Eidgenossen wie beispielsweise Niklaus von Flüe, der beim Stanser Verkommnis entscheidend mitwirkte.
Weber verscheuchte diese wirren Gedanken aus dem Kopf. Er widmete sich wieder der entscheidenden Frage: Wer war Winkelried?
Noch hatten sich die Parlamentarier nicht in den Nationalratssaal begeben, um den neuen Bundesrat zu wählen. Viele Politiker standen in der Kuppelhalle herum und diskutierten über die anstehenden Wahlen.

Wenige Meter neben Weber ging Bundesratskandidat Erich Forrer vorbei. Dabei wurde er von einem Kamerateam auf Schritt und Tritt verfolgt. Forrer weigerte sich, den wartenden Medienvertretern Rede und Antwort zu stehen. Er schritt stattdessen energisch die Treppe empor und grüßte dabei alle Personen, die ihn kannten, indem er ihnen kurz und bescheiden zulächelte.
Für einen Moment hatte Weber überlegt, ob er Forrer den Namen «Winkelried» zurufen sollte. Er verzichtete darauf, weil er keine Aufmerksamkeit auf sich ziehen wollte.
Einige Meter entfernt entdeckte Weber eine Menschenansammlung, die sich um einen Gegenstand herum aufgestellt hatte. Weber konnte nicht erkennen, um welches Objekt es sich dabei handelte. Vorsichtig näherte er sich der Gruppe. Nun erkannte er, dass die rund ein Dutzend Personen auf einen eingeschalteten Fernseher starrten. Die Übertragung, die über den Bildschirm flimmerte, kam aus der Wandelhalle, die nur einige Meter von ihnen entfernt lag. Zwei Männer, die er nicht kannte, sprachen mit Martin Dürrer, dem Politexperten des Schweizer Fernsehens, über die Wahlchancen der Kandidaten. Schenkte man der kleinen Diskussionsrunde Glauben, stand eine offene Wahl bevor.
»Die gestrige Nacht der langen Messer hat meinen Recherchen zufolge keinen eindeutigen Favoriten hervorgebracht. Wer am Ende neuer Bundesrat werden wird, ist vollkommen offen. Einzig Patrick Zumbühl scheint aus dem Rennen zu sein«, orakelte der Mann im grauen Hemd. Sein Gegenüber im dunklen Polohemd und der hellen Stoffhose bestätigte die Aussagen seines Vorredners.
»Es wird zu einem Zweikampf zwischen Gustav Niederhauser von der Wirtschaftlich-Traditionellen Partei und Erich Forrer von den Volksfreunden des Mittellandes kommen. Das Zünglein an der Waage werden die Stimmen der kleinen Parteien sein. Die gestrige Nacht hat keine Antwort auf die Frage gebracht, wer Favorit ist.«
Weber hoffte, dass es sich bei Zumbühl um Winkelried handelte und dieser somit bereits aus dem Rennen gefallen war. Sollte sich hinter Niederhauser oder Forrer die besagte Person verbergen, war das Problem um einiges größer als erwünscht.

Der Mann im grauen Hemd legte nach. »Gehen wir davon aus, dass auch die Sozialdemokraten ihre Stimmen Forrer geben, da dieser eher soziale Anliegen vertritt, und die Politiker der Schweizer Rechtspartei Gustav Niederhauser wählen, ist Letzterer leicht im Vorteil, was die Anzahl an Stimmen betrifft. Allerdings gibt es weitere Parteien, die sich gestern Abend noch bedeckt gehalten haben, was die Wahl angeht.«
Kurz vor acht Uhr begaben sich auch die letzten National- und Ständeräte in den Saal, in dem gleich die erste Wahlrunde durchgeführt werden sollte. Weber blieb vor dem Fernseher stehen und harrte der Dinge, die nun folgen sollten.

Kapitel 108

Vor dem Beginn der Bundesratswahlen widmete sich Weber in Gedanken nochmals dem Wahlprozedere. Er rief sich in Erinnerung, dass in den ersten beiden Runden jedermann, der auf eidgenössischer Ebene stimm- und wahlberechtigt war, gewählt werden konnte. Auch er selber hätte sich demnach nominieren lassen dürfen. Er bereute es nicht, dass er dies nie ernsthaft in Erwägung gezogen hatte. Politik zu betreiben, überließ er lieber anderen.
Der Kommentator des Schweizer Fernsehens orientierte in diesem Moment darüber, dass ab dem zweiten Wahlgang alle Kandidaten mit weniger als zehn Stimmen ausscheiden mussten. Ab dem dritten Wahlgang falle schließlich jener Kandidat mit den wenigsten Stimmen aus dem Rennen, erklärte er.
Weber wusste, dass der heutige Tag wohl einen Showdown zwischen zwei Kandidaten bringen würde. Erst wenn nur noch diese beiden übrig blieben, würde die Entscheidung fallen. Dies jedenfalls glaubte die Mehrheit der Experten. Dass am Ende ein Duell zwischen Niederhauser und Forrer resultierte, davon ging Bundesbern zu diesem Zeitpunkt aus.
Weber konnte beobachten, wie sich ein erster Redner zum Mikrofon begab. Peter Kohler stellte sich im Bundeshaus ein letztes Mal vor das Parlament und begann seine Abschiedsrede, in der er einerseits

seinen Ratskollegen dankte, andererseits auch einen Blick auf die von ihm realisierten Projekte warf.
Nach knapp zehn Minuten würdigten die Parlamentarier das abtretende Exekutivmitglied mit Standing Ovations. Alle National- und Ständeräte erhoben sich von ihren Sitzen und zollten Kohler Beifall. Mit Tränen in den Augen verließ der 70-Jährige das Rednerpult und setzte sich an seinen zugewiesenen Platz.
Nationalratspräsidentin Elena Dietler überreichte Kohler im Namen der Schweiz einen Blumenstrauß und dankte ihm mit ein paar persönlichen Worten für seine Verdienste. Schließlich trat sie an das Rednerpult.
»Ich begrüße Sie alle hier im Saal an diesem denkwürdigen Wahltag. Uns stehen spannende Stunden bevor. Die Vereinigte Bundesversammlung wird heute den Nachfolger von Bundesrat Kohler wählen. Ich darf Ihnen mitteilen, dass alle 200 National- und 46 Ständeräte heute anwesend sind. Das absolute Mehr liegt damit bei 124 Stimmen. Gewählt ist, wer als Erster diese 124-Stimmen-Hürde knackt. Zu den genauen Modalitäten des Wahlverfahrens äußere ich mich später. Wir werden die Wahl beginnen, sobald die gemeldeten Redner ihre Voten abgegeben haben.«
Danach zählte sie die einzelnen Kandidaten auf. Schließlich verließ sie das Rednerpult und machte einem ersten Votanten Platz.

Kapitel 109

Das Interesse, das die Bundesratswahl in der ganzen Schweiz auf sich zog, war riesig. Schließlich bahnte sich Historisches an. Erstmals stand mit Erich Forrer von den VFM oder Gustav Niederhauser von der WTP ein Politiker einer neuen Partei kurz vor dem Sprung in den Bundesrat.
Bis zu diesem Tag war dies noch keinem Kandidaten gelungen, der nicht Mitglied einer der großen Schweizer Parteien war. Entsprechend saß die halbe Schweiz an diesem Mittwochmorgen vor den Fernsehgeräten und wartete darauf, dass einer der Kandidaten das absolute Mehr erreichte.

Die 4F der Sekundarschule Laufen verfolgte das Vorgeplänkel der Wahlen weiterhin in ihrem Klassenzimmer. Insbesondere Benedict und Monika erwarteten sehnsüchtig Antworten. Sie wollten wissen, wer als Drahtzieher hinter der Angelegenheit steckte.
Peter und Fabienne Oberli saßen in ihrem Wohnzimmer und schauten ebenfalls fern. Oberli hatte nach den jüngsten Zwischenfällen von seinem Chef ein paar freie Tage verordnet bekommen. Auch er wartete gespannt darauf, was noch folgen würde. Monika hatte ihrem Vater beim Verlassen des Hauses kurz mitgeteilt, dass er den Fernseher einschalten und sich die Wahl anschauen sollte.
Bildungsdirektor Wepf saß in seinem Büro in Liestal und verfolgte das Prozedere am Radio. Im Minutentakt läutete das Telefon. Journalisten aus der ganzen Schweiz riefen den Regierungsrat an und baten ihn um eine Stellungnahme im Fall «Richter». Er verwies diesbezüglich immer wieder auf das laufende Verfahren und vermied so, den Medienschaffenden eine Auskunft geben zu müssen. Auch er hoffte, dass er in den kommenden Stunden Richters Beweggründe für sein Handeln erfahren würde.
Ebenso neugierig verharrten in Sissach Felix und Heidi Grafenberg vor dem Fernseher. Grafenberg hatte seiner Frau erzählt, worauf Weber gestoßen war. An diesem Morgen schauten die beiden für einmal wieder gemeinsam fern, wobei die obligate Teetasse vor ihnen nicht fehlen durfte. Grafenberg freute sich innerlich, hatte er Weber doch entscheidend bei der Auflösung der verschiedenen Rätsel geholfen.
Nur in Gedanken befasste sich Lara mit der Wahl. Dass ihr Peiniger sie schon lange nicht mehr besucht hatte, machte ihr Angst. Würde sie tatsächlich in dieser zwar idyllischen, aber für sie dennoch verhassten Waldhütte ihr Leben lassen?
Die Nahrungsvorräte waren bereits am Vorabend ausgegangen. Auch das bisschen Eistee, das ihr noch übrig blieb, würde nicht mehr lange ausreichen.
Sie wäre am besten an jenem Nachmittag von den beiden Verbrechern umgebracht worden, dachte sie. Dann hätte ihr Leben ein jähes Ende genommen, und sie müsste nun nicht einen langsamen und schmerzvollen Tod erleiden.

So aber stand ihr Schicksal noch immer in den Sternen. Allerdings wusste Lara, dass sie mit jeder Minute, die verrann, dem elenden Tod durch Verhungern oder Verdursten einen Schritt näher kam.
Sie wusste nicht, warum der Politiker, der sie in diese Hütte verschleppt hatte, so lange nicht mehr bei ihr aufgetaucht war. Lebte er womöglich gar nicht mehr? Oder war er verhaftet worden? Lara wollte sich nicht ausmalen, welch bitteres Ende sie erwarten könnte. Sie kuschelte sich in die Decke und schickte einmal mehr ein Gebet zum Himmel.

Kapitel 110

Alle angemeldeten Redner hatten ihre Plädoyers gehalten, und Nationalratspräsidentin Dietler hatte das genaue Wahlprozedere erklärt. Nun wurde die erste Wahlrunde eingeläutet. Weber stand noch immer vor dem Fernseher, tief in Gedanken versunken. Nachdem die Fraktionsvertreter die Kandidaten über den Klee gelobt hatten, wusste er nun genau, welche Person hinter Winkelried steckte.
Eine Mischung aus Wut und Enttäuschung beschlich Weber. Dass Menschen so weit gingen, um ihre politischen Ziele zu erreichen, ließ ihn erschauern.
Nochmals dachte er an Lara, die vielleicht schon tot war. Ihr Hinweis auf den Geburtstag war im Nachhinein doch so einleuchtend. Kam für sie jede Hilfe zu spät, wusste er, dass er große Schuld an ihrem Tod hatte. Niemals würde er sich dies verzeihen, weil Lara ihm den entscheidenden Hinweis auf dem Silbertablett serviert hatte. Deshalb nahm er das Telefon zur Hand und rief bei der Polizei an. Er nannte dem Beamten einen Namen und bat ihn, dafür zu sorgen, dass dessen gesamtes Umfeld unter die Lupe genommen würde.
Schnellen Schrittes begab er sich in Richtung Nationalratssaal. Am Rednerpult verkündete Elena Dietler soeben das Resultat des ersten Wahlgangs.
»Eingegangene Wahlzettel: 246.« Wenige Sekunden später folgte sogleich die französische Übersetzung. »Leer: null.« Wieder gab es eine kurze Pause. »Ungültig: zwei.«

In diesem Augenblick hätte man eine Nadel auf dem Boden aufschlagen hören können, so gebannt warteten alle auf das Wahlresultat.
»Gültig: 244.« Der Augenblick der Entscheidung kam näher. »Absolutes Mehr: 123. Stimmen haben erhalten: Erich Forrer, 93. Gustav Niederhauser, 104. Patrick Zumbühl, 39. Alexander Kuenz, 5. Enzo Dreier, 3. Da keine Person das absolute Mehr erreicht hat, findet ein zweiter Wahlgang statt.«
Ein Raunen ging durch die Menge. Das erste Resultat war also bekannt. Kurz nach dessen Verkündigung erhoben sich die meisten Parlamentarier und wollten den Saal vor dem zweiten Wahlgang für weitere Absprachen rasch verlassen. Doch unvermittelt wurden sie von ihrem Vorhaben abgehalten.
Weber hatte eine Tür des Saals aufgestoßen und war hineingestürmt. Die Sicherheitsleute folgten dicht hinter ihm und versuchten, ihn zu stoppen.
Vor ihnen erhob sich die «Wiege der Eidgenossenschaft», Chirons Gemälde, das Weber letztlich ins Bundeshaus geführt hatte.
Als der Lehrer das Rednerpult erreicht hatte, beugte er sich zum Mikrofon und bat darum, ein paar Worte an die Versammlung richten zu dürfen.
»Wer sind Sie eigentlich und was machen Sie hier?«, fragte Dietler den ungebetenen Gast empört. Dieser aber drückte die Nationalratspräsidentin unsanft zur Seite und ergriff sofort das Wort. Er hatte sich nicht vorbereitet und entschied sich, frei von der Leber weg zu sprechen.
»Entschuldigen Sie, dass ich mich so in den Vordergrund dränge. Aber ich habe Informationen, die Sie interessieren dürften und den Wahlausgang entscheidend beeinflussen könnten. Es ist ein Mörder unter uns!«
Sofort waren alle verfügbaren Kameras auf Weber gerichtet. Die ganze Schweiz konnte am Fernsehen mitverfolgen, was Weber Brisantes zu erzählen hatte.
»Ich heiße Steven Weber. Vermutlich erinnern Sie sich an meinen Namen, der ja in den letzten Tagen groß durch die Schlagzeilen geis-

terte. Ich kann Ihnen versichern, dass vieles, was Sie aus den Zeitungen oder dem Fernsehen erfahren haben, so nicht stimmt.«
Die Parlamentarier saßen längst alle wieder an ihren Plätzen. Trotz großem Getuschel setzte Weber seine Ausführungen fort.
»Ich bin da in seine Sache hineingeraten, die ungeahnte Ausmaße angenommen hat und mich letztlich hierhin, in diesen Saal, vor die Wiege der Eidgenossenschaft geführt hat. Der Verantwortliche für die drei Morde, die für großes Aufsehen in der Schweiz gesorgt haben, sitzt hier im Parlament. Ich habe genug Beweise, um diese ungeheure Behauptung zu bekräftigen.«
Ein Raunen ging durch die Menge. Alle Politiker blickten verstört um sich. Schließlich ließ Weber die Katze aus dem Sack.
»Winkelried! Geben Sie sich zu erkennen!«
Niemand regte sich. Die National- und Ständeräte verstanden nicht, weshalb Weber eine mystische Figur bat, sich zu zeigen. Nach über einer halben Minute sprang Bundesratskandidat Gustav Niederhauser von seinem Sitz empor. Seine Miene war ernst.
»Nehmen Sie den Mann fest und führen Sie ihn ab!«, wandte er sich an die Sicherheitsleute. »Er hat keine Berechtigung, hier große Reden zu schwingen. Schließlich steht die Wahl des neuen Bundesrates an.«
»Geben Sie auf! Ich habe genügend Beweise, die Sie als Mörder entlarven.«
Zielsicher schritt der Bundesratskandidat Richtung Rednerpult. Dort angekommen, blickte er Weber direkt in die Augen.
»Was erzählen Sie hier für Märchen?«
»Ihr Freund Stauffacher hat mir alles erzählt.« Weber versuchte sein Gegenüber aus der Reserve zu locken. »Sie agieren unter dem Decknamen Winkelried. Ich kann Ihre kranken Taten beweisen.«
Niederhauser blickte zu den Saaleingängen und erstarrte. Im Hintergrund hatten sich Polizeikräfte positioniert. Er erkannte, dass die Situation aussichtslos war. Seit Richters Verhaftung war sowieso alles aus dem Ruder gelaufen.
»In der Tat trage ich den Namen Winkelried, wenn ich mich in anderen Kreisen bewege.«

»Sie haben drei Männer auf dem Gewissen. Dies streiten Sie kaum ab, oder?«, brachte es Weber auf den Punkt.
»Was sind schon drei Menschenleben im Vergleich zu dem Schaden, den wir durch unsere Taten verhindern konnten? Die Zukunft unseres Staates stand auf dem Spiel. Historische Werte wurden mit Füssen getreten. Wir konnten doch nicht tatenlos zuschauen.«
In der ganzen Schweiz stockte den Menschen vor den Fernsehern der Atem. Die Situation im Saal des Nationalrates schien außer Kontrolle zu geraten.

Kapitel 111

Mit hohem Tempo rasten die beiden Polizeiautos den Waldweg entlang. Einige Minuten zuvor hatten die Beamten den Ort Kirchberg verlassen.
Obwohl auf der schmalen Straße Vorsicht geboten war, drückten die Polizisten in ihren Fahrzeugen fest aufs Gaspedal, da sie keine Sekunde verlieren durften. Sie wussten, dass Laras Leben auf dem Spiel stand. Entsprechend eilig hatten es die Beamten.
Ihre wilde Fahrt durch die Kirchberger Wälder endete schließlich vor einer kleinen Hütte. Hier hofften sie, Lara zu finden. Sofort sprangen die vier Polizisten aus den Fahrzeugen und rannten zum Eingang der Hütte.
»Hier ist die Polizei!«
Vergeblich warteten die Polizeibeamten auf eine Antwort. Waren sie zu spät gekommen?
Weniger als eine halbe Stunde zuvor hatte sie Webers Anruf erreicht. Dieser erklärte kurz den Sachverhalt, ohne dabei auf Einzelheiten einzugehen, worauf die Polizei sofort alle Hebel in Bewegung setzte, um Lara ausfindig zu machen. Sie brachen die Tür von Niederhausers Privatwohnung auf, durchsuchten diese nach Spuren und befragten die Nachbarn, in der Hoffnung, einen Hinweis auf den Aufenthaltsort des Mädchens zu erhalten. Die ersten Nachbarn konnten den Polizisten nicht weiterhelfen. Erst eine ältere Frau erinnerte sich daran, dass Niederhauser ein kleines Wochenendhäuschen in Kirchberg besaß.

Ein Anruf bei der Gemeinde bestätigte diese Aussage, so dass die Gesetzeshüter davon ausgehen mussten, dass Lara vielleicht dort versteckt war.
Inzwischen hatten die Polizisten das Häuschen umzingelt.
»Hallo Lara, hier spricht die Polizei! Kannst du uns hören?«
Erneut blieb eine Antwort aus.
Schließlich versuchten sie, in das Gebäude zu gelangen. Die Tür war verriegelt und die Fensterläden geschlossen. Es blieb ihnen nichts anderes übrig, als sich mit ihrer gesamten Körperkraft gegen die Tür zu stemmen. Der erste Versuch war nicht von Erfolg gekrönt. Sogleich traten die Männer wieder einige Meter zurück, und der kräftigste Polizist schwang sich erneut mit vollem Elan der Tür entgegen. Es krachte. Danach stand den vier Männern der Zugang offen.
Zwei Männer stürmten ins Gebäudeinnere, wo sie Lara sofort entdeckten.
Wenige Augenblicke später lag Lara im Wagen des Notarztes. Die Fahrt führte sie direkt ins Krankenhaus nach Bern.
Das Mädchen blickte an die Decke des Fahrzeugs. Sie fühlte sich müde. Unentwegt musste sie an ihren Vater denken. Sie hoffte, dass es ihm gelang, Niederhauser und seine Männer zu stoppen.

Kapitel 112

»Wenn wir schon hier stehen, können Sie uns sicherlich ein wenig von Ihrem wahnsinnigen Zirkel erzählen.«
Weber forderte Niederhauser heraus. Er wollte, dass sich der Kopf der Verbrecherbande zu seiner Organisation äußerte.
»Sie sprechen von einem wahnsinnigen Zirkel? Ich muss Ihnen sagen, dass Sie die Situation verkennen. Unsere Gruppe vertritt keine irren Ideen, sondern wahrt historische Fakten. Viele eidgenössische Unternehmer möchten den Wirtschaftsplatz Schweiz wieder konkurrenzfähig machen. Diese Leute haben sich zum Ziel gesetzt, eine Marke ‚Schweiz' ins Leben zu rufen. Ein Schweizerkreuz mit einer Armbrust in dessen Mitte soll die Waren kennzeichnen, die

patriotisch und somit qualitativ hochwertig sind. In diesem Zusammenhang soll ein Label namens ‚Tell' geschaffen werden. Das Projekt ist längst in der Pipeline und soll demnächst umgesetzt werden. Als Bundesrat würde ich die Schirmherrschaft darüber übernehmen. Weil das Konzept auch politisch verankert ist, haben wir Firmen aus der ganzen Schweiz für unsere Idee gewinnen können.«

»Wollen Sie damit sagen, dass all diese Menschen die Morde gutheißen?«

»Von den Morden weiß nur ein erleuchteter Kreis, nämlich 20 sogenannte Proletarier, also unsere ausführenden Arbeiter, sowie deren Vorgesetzter, der mir untersteht. Den haben Sie diese Nacht ja schon dingfest machen können. Allerdings werden Sie unseren Zirkel nicht aufhalten können.

Als Bundesrat werde ich es nicht zulassen, dass wir von auswärtigen Produkten überschwemmt werden. Schweizer sollen zukünftig nur eidgenössische Qualitätsware kaufen. So hätten es auch unsere hehren Vorfahren wie Wilhelm Tell, Winkelried oder Stauffacher gewünscht.«

»Ihre Ideen sind wahnsinnig und zeugen von krankem Gedankengut.«

»Ich finde es schade, dass Sie unser Vorhaben immer noch als krankhaft bezeichnen. Mit der Veröffentlichung der Schriftstücke beschmutzen Sie das Image der Schweiz für immer. Die Darstellung des Apfelschusses auf den entsprechenden Abbildungen ist eine Lüge, deren Verbreitung es zu verhindern gilt.

Wir von der WTP setzen uns nicht nur für eine autarke Schweiz ein. Hinter der Abkürzung versteckt sich auch unser im 15. Jahrhundert gegründeter Zirkel, der sich ‚Wilhelm-Tell-Patrioten' nennt. Wir wollen das Bild des treffsicheren Schützen für immer bewahren. Letztlich gibt es keinen Beweis für die Authentizität der Schriftstücke, die Sie, Herr Weber, gefunden haben.«

»Gemäß meinen Abbildungen hat unser Nationalheld seinen Sohn auf dem Gewissen.«

»Tell hat nicht den Kopf, sondern den Apfel getroffen, wie es heute in allen Lehrbüchern vermerkt ist. Schließlich starb er viele Jahre

später, aber nicht allein und verlassen, wie Ihre Abbildungen zeigen. Ebenfalls hat unser Nationalheld nicht den Freitod gewählt. Auch das ist eine Lüge.«
»Das ist im Moment nebensächlich. Jedenfalls rechtfertigt dies keinesfalls Ihre schrecklichen Taten. Ich frage mich immer noch, warum es Menschen gibt, die Ihre Ideen und die Verbrechen gutheißen.«
»Unsere Mitglieder aus der Wirtschaft haben ihr ganzes Marketingkonzept auf dem Nationalhelden aufgebaut. Stellen Sie sich einmal vor, Tell wäre ein Mörder. Wer würde dann noch ein Produkt kaufen, auf dessen Verpackung ein Schweizerkreuz und eine Armbrust zu sehen ist? Sie verstehen nun also, warum es uns ein Anliegen ist, Tells Bild als Nationalhelden und Galionsfigur zu wahren.«
»Deshalb also haben Sie Mangold umgebracht?«
»Wir mussten vermeiden, dass die Abbildungen an die Öffentlichkeit gelangen. Also beseitigten wir all jene, die sie zu sehen bekommen haben.«
»Geben Sie auf! Die ganze Schweiz weiß jetzt von Ihrem Zirkel und kennt Ihre Wahnsinnstaten. Damit haben Sie nicht nur jegliche Chancen auf eine Wahl in den Bundesrat verloren, sondern auch dafür gesorgt, dass Sie die nächsten Jahre hinter Schwedischen Gardinen verbringen werden!«, schrie Weber.
Niederhauser startete einen letzten Versuch, die Parlamentarier doch noch von seinen Zielen zu überzeugen.
»Wenn nur ein Tropfen eidgenössisches Blut in Ihren Adern fließt, wählen Sie trotzdem unsere Partei. Ich garantiere Ihnen, dass Sie wieder stolz auf Ihre Heimat sein können. Meine Leute machen die Schweiz wieder zu dem, was sie einst war, auch wenn ich nicht mehr da sein werde. Wir verfolgen nur edle, patriotische Ziele.«
Die Kamera war in Nahaufnahme auf Niederhausers Gesicht gerichtet. Der Politiker griff in seine Jackentasche, zog in Sekundenschnelle eine Pistole hervor und gab zwei Schüsse ab.
Die eine Kugel galt Weber, die andere dem Schützen selber.
Sofort sackte er zusammen, und Blut schoss aus der Eintrittsstelle.
Voller Entsetzen verfolgten die Zuschauer zu Hause an den Bildschirmen das Geschehen.

Große Panik machte sich breit. Männer der Sonderkommission stürmten in voller Montur in den Saal, während draußen erste Martinshörner zu hören waren.
Die ganze Schweiz war soeben Zeuge eines fürchterlichen Amoklaufs geworden, der in einem Blutbad endete. Zwei Männer lagen regungslos auf dem Boden.

Kapitel 113

Ein Gewitterregen prasselte auf die Menschenmenge nieder, die sich auf dem Friedhof versammelt hatte. Regenschirme versperrten den Personen in den hinteren Reihen den Blick auf das Grab, das fast zwei Dutzend Kränze säumten.
Die Anteilnahme seitens der Bevölkerung war groß. Viele Menschen wollten dem Toten die letzte Ehre erweisen und waren auf dem Friedhof erschienen.
Lara fiel der Besuch der Trauerfeier schwer. Lange hatte sie mit sich gerungen, ob sie den schweren Gang ans Grab mitmachen sollte. Letztlich entschied sie sich dafür. Nur so konnte sie abschließen und die Vergangenheit hinter sich lassen. Beim Blick auf die vielen Kränze kullerten Tränen über ihre Wangen.
Musste wirklich alles so enden?
Schluchzend stand Helene Weber daneben. Auch sie fühlte sich schlecht. Beinahe hätte sie ihre geliebte Tochter verloren. Der Anblick des Grabs und der großen Trauergemeinde ließen tiefe Gefühle hochkommen. Sie erinnerte sich an die Stunden, die sie mit ihrem Ex-Mann verbracht hatte. Stunden, die sie niemals vergessen würde. Nein, es war nicht alles schlecht gewesen in ihrer Beziehung. Sie hatten sich eben auseinander gelebt. Helene hoffte, ihr Ex-Mann könnte ihr dereinst all ihre Fehler verzeihen. Sie würde ihn niemals ganz aus dem Gedächtnis streichen.
Lara und ihre Mutter kannten nur die wenigsten Trauergäste. Die Solidarität war groß, als man dem Toten die letzte Ehre erwies.
Die Niederschläge wurden stärker. Dem Geistlichen, der zuvor in der Kirche mit seiner Predigt für viele Emotionen gesorgt hatte, lief

der ganze Regen über sein kahles Haupt. Sein Gewand war durchnässt und wog schwer. Er verharrte im Regen und ließ sich nichts anmerken. In der Vergangenheit hatte er immer wieder feststellen müssen, dass Regen und Beerdigungen irgendwie zusammengehörten.
Lara wurde plötzlich schwindlig. Die Umgebung verschwamm zusehends vor ihren Augen, und sie verlor den Boden unter den Füssen. Sie sank nieder.
Sofort kümmerten sich ein Mann und eine Frau um das bewusstlose Mädchen. Sie brachten sie in Helenes Auto und legten eine dicke Decke über sie. Nach einer Weile kam Lara wieder zu sich. Für einen Moment dachte sie, die Ereignisse der letzten Tage seien nur ein böser Traum gewesen. Der Blick in das müde Gesicht ihrer Mutter verriet ihr aber, dass sie die Realität schnell wieder eingeholt hatte.
»Noch einmal werde ich dich nicht so vernachlässigen. Du bist das Wichtigste in meinem Leben, und das sollst du von heute an auch wieder spüren.«
»Danke für alles. Ich habe dich lieb.«
In Helenes Gesicht machte sich ein Lächeln breit. Aufgrund der Ereignisse war sie überglücklich, dass ihre Tochter noch lebte.
Den Rest der Heimfahrt sprachen die beiden nicht mehr. Die Gefangenschaft, aus der sie drei Tage zuvor befreit worden war, hatte Lara eine Menge Kraft geraubt. Sie schlief auf dem Beifahrersitz des Fiats ein und erwachte erst wieder, als ihre Mutter das Auto vor ihrem Haus geparkt hatte.

Kapitel 114

Im Berner Inselspital sorgten sich gleich zwei Krankenschwestern um das Wohl des Patienten in Zimmer 308. Die Chefetage wies das Pflegepersonal nach dessen Ankunft sofort an, dem Gast jeden Wunsch zu erfüllen, so speziell er auch sein mochte. Dem Patienten, der über leichte Schmerzen im Brustbereich klagte, war dieser Umstand unangenehm.
Er wollte wie ein normaler Patient behandelt werden. Die Zim-

mertür wurde geöffnet, und Schwester Lolita trat energisch herein. »Vor der Tür wartet Besuch auf Sie.«

Der Patient nickte und wies die Krankenschwester darauf hin, den Besucher hereinzubitten.

»Schön, Sie wieder zu sehen. Ich hätte nicht gedacht, dass Sie so gesund aus der Sache herauskommen. Ich habe im Radio alles live mitverfolgt. Schlimm, was passiert ist. Die Angelegenheit erinnerte mich an einen amerikanischen Action-Thriller.«

»Zum Glück schoss Niederhauser auf meinen Oberkörper und nicht auf meinen Kopf. Ansonsten läge ich jetzt nicht hier im Krankenhaus, sondern irgendwo auf einem Friedhof.«

Steven Weber stand noch immer leicht unter Schock. Dass Niederhauser im Bundeshaus vor laufenden Kameras eine Waffe gegen ihn richten würde, hätte Weber niemals für möglich gehalten. Der Bundesratskandidat hatte sie vorsorglich am Tag zuvor in einer der Toilettenanlagen versteckt. Würde nicht alles nach Plan laufen, sollte sie zum Einsatz kommen. Er wollte auch für den schlimmsten Fall vorbereitet sein.

Ruhig erzählte Weber schließlich Bildungsdirektor Wepf, was sich an diesem Morgen abgespielt hatte.

»In das Bundeshaus zu kommen, gestaltete sich als nicht so einfach. Die Polizeipräsenz in Bern war am besagten Tag immens. Der Zugang ins Bundeshaus war abgeriegelt. Kommissar Zufall wollte es, dass ich meinem einstigen Schüler Kevin Bucher in die Arme lief. Als Mitglied der Sonderkommission wurde er aufgrund der Ereignisse in den letzten Wochen auch nach Bern delegiert. Bucher erkannte mich zunächst nicht. Ich verwickelte ihn in ein Gespräch und zeigte ihm die Schriftstücke. Ebenso äußerte ich meinen Verdacht. Er glaubte mir zuerst nicht, bis ich ihm meinen Namen nannte. Erst jetzt dämmerte ihm, welche Tragweite die Geschichte besaß. Dass wir uns in diesem Zusammenhang wieder trafen, hätten wir beide nicht für möglich gehalten.«

»Die Polizisten zeigten sich also gesprächsbereit?«

»Zunächst nicht. Ich versicherte Kevin, dass ich mich im Innern des Bundeshauses ruhig verhalten würde, wenn er mich passieren ließe.

Mein Ziel war es, die Abstimmung des Parlaments mitzuverfolgen, in der Hoffnung, dass ich einen Hinweis auf den Entführer meiner Tochter erhalten würde.«

»Ihre Tochter ist entführt worden? Das wusste ich ja gar nicht.«

»Das konnten Sie auch nicht wissen. Ich durfte niemandem davon erzählen. Sie wissen ja, wie das bei Entführungen so ist. Jedenfalls ließ mich Kevin danach das Bundeshaus betreten, wobei mir unentwegt ein Beamter folgen sollte. Zunächst war dies jedenfalls so!«

»Sie haben sich von ihm loseisen können?«

»Ich musste etwas handgreiflich werden. Als überzeugter Pazifist fiel mir das nicht leicht. Ich erklärte dem Polizeibeamten, dass ich kurz auf die Toilette müsste. Er wartete fast zehn Minuten davor, ehe er sich entschied, nach dem Rechten zu schauen. Ich verharrte hinter der Tür und schlug ihn mit dem Spiegel nieder. Zum Glück verletzte er sich nicht schwer. Die Narbe am Hinterkopf wird mit der Zeit wieder verschwinden.«

»Eine Frage brennt mir immer noch unter den Nägeln«, fügte Wepf an. »Wie haben Sie schließlich herausgefunden, dass Gustav Niederhauser der gesuchte Mann war?«

»Nach den verschiedenen Reden erschien mir die Sache relativ klar. Nationalrat Thomas Brand aus den Reihen der SRP pries Niederhauser und die Werte der Schweiz in einem Maß, die mich stark an Winkelrieds Ideen erinnerten. Außerdem hatte ich schon vorher den Verdacht, dass Gustav Niederhauser der gesuchte Mann sein musste.«

»Wieso?«, wollte Wepf wissen.

»Meine Tochter hat mir während ihrer Anrufe aus der Gefangenschaft den entscheidenden Tipp gegeben. Sie nannte den 14. Juli als ihr Geburtsdatum, was allerdings nicht der Wahrheit entspricht. Ich erinnerte mich im Bundeshaus daran, dass es eine Zeit gab, in der die Jugendlichen statt Buchstaben Zahlen verwendeten, um zu kommunizieren. Dieser Trend war aber nur von kurzer Dauer. Meine Tochter hat diese Interaktionsmethode damals aber nahezu perfekt praktiziert.«

Ratlosigkeit machte sich in Wepfs Gesicht breit. Mit einem Beispiel verdeutlichte Weber ihm, was er soeben erklärt hatte.
»Sie tragen beispielsweise die Kennzahl 23-5-16-6. Verstanden?«
»Nicht ganz.«
»Die Zahlen stehen für Buchstaben. Der Buchstabe A entspricht der 1, der Buchstabe B der 2...«
»Und der 14. Juli?« Wepf schaute Weber fragend an.
»Der 14.7. 14 steht für den Buchstaben N, 7 für das G. Ich habe lange nach einer Person mit diesen Initialen gesucht, bis...«
»Sie die Initialen umgedreht haben. G. N. waren die gesuchten Initialen. Sie haben eine geniale Tochter.«
»Aber einen nicht so genialen Vater. Da sieht man wieder, wie wenig Eltern ihre Kinder verstehen.«
»Wie geht es eigentlich Ihrer Tochter?«, wollte Wepf wissen.
»Sie war heute Nachmittag mit meiner Ex-Frau an Niederhausers Beerdigung. Der Besuch sollte ihr helfen, die ganze Geschichte besser zu verarbeiten. Dies war ihre einzige Motivation, an der Trauerfeier teilzunehmen. Meine Tochter wird noch lange brauchen, bis sie die Sache verarbeitet hat.«
»Sie wissen ja gut, wie solche Dinge in diesem Alter sind. Die Jugendlichen erkennen bald, dass andere Mütter auch schöne Söhne haben.«
Wepf und Weber mussten beide schmunzeln.
»Tut mir leid, dass ich Ihnen nicht vertraut habe. Ich habe stets betont, dass Sie irgendwie in die Sache verstrickt sein müssten. Ich habe mich von Konrad Richter blenden lassen. Übrigens wollte ich Ihnen an dieser Stelle noch mitteilen, dass Sie Ihren Job natürlich weiter ausführen dürfen.«
»Alles andere hätte mich auch überrascht«, erklärte Weber lachend.
Wepf verließ das Zimmer, nicht aber ohne Weber für seinen Mut und seine Ausdauer gedankt zu haben.
Schwester Margrith betrat das Zimmer und fragte, ob sie für den Retter der Schweiz etwas tun könne. Weber verneinte.
Retter der Schweiz?
Ein Titel, den er gar nicht verdient hatte. Er hatte nur getan, was

jeder Vater für seine Tochter getan hätte. Außerdem hatte er sich fest vorgenommen, Mangolds Mörder ausfindig zu machen und so seinen Tod zu sühnen.
»Sie wünschen wirklich nichts?«
»Nein.« Er hielt kurz inne.
»Wobei«, fügte er an, »gehen Sie mit mir einen Kaffee trinken?«
Die Krankenschwester, die etwa im gleichen Alter wie Weber war, antwortete sofort.
»Wenn Sie das Krankenhaus verlassen haben, würde ich dies gerne tun.«
Sie verließ den Raum mit einem breiten Lächeln im Gesicht. Die Ärzte hatten Weber erklärt, dass er nur ein paar Tage im Krankenhaus bleiben müsste, da die kugelsichere Weste, die ihm Bucher vor dem Bundeshaus verpasst hatte, schwerwiegendere Verletzungen verhindert hatte.
Er wälzte sich zur Seite und nahm das Buch zur Hand, das er vor wenigen Stunden zu lesen begonnen hatte. Es handelte von der Entstehung des Schweizer Bundesstaates.

Epilog

Das Aprikoseneis im kleinen Café in Laufen schmeckte Weber ausgezeichnet. Margrith bestellte auf seinen Vorschlag eines der berühmten Erdbeertörtchen. Die beiden saßen an einem Tisch mitten in der Altstadt. Die Sonne zeigte ihr freundlichstes Gesicht. Die Krankenschwester aus dem Berner Inselspital nahm den Weg ins Laufental gerne in Kauf, zumal der Retter der Schweiz sie sofort angerufen hatte, nachdem er aus dem Krankenhaus entlassen worden war. Kaum hatten sie ihre Süßspeise erhalten, musste Weber den vorbeigehenden Kindern Autogramme verteilen. Über Nacht war er zu einer Berühmtheit geworden.

Weber musste nochmals an die Abbildungen denken, die er inzwischen namhaften Historikern überlassen hatte. Was diese nun damit anstellten, wurde ihm nicht mitgeteilt. Eigentlich interessierte es ihn aber auch nicht mehr. Er war nur froh, dass die Mordserie nun ein Ende gefunden hatte und wieder Ruhe in seinem Leben einkehren konnte.

Besonders freute er sich darauf, demnächst wieder seine Klasse unterrichten zu dürfen. Zwar wusste er genau, dass seine Ausführungen zu Vietnam weiterhin nicht auf besonders offene Ohren stoßen würden. Aber dies hatte inzwischen für ihn keine so große Bedeutung mehr. Er wusste, dass es Wichtigeres gab, als den Jugendlichen Unterrichtsstoff zu vermitteln. Benedict und Monika hatten ihm bewiesen, dass er sich in jeder Situation auf seine Schüler verlassen konnte. Dies war definitiv mehr wert als gute Noten im nächsten Geschichtstest.

Kaum hatte er den ersten Löffel Eis zu sich genommen, klingelte Webers Handy. Die größte Schweizer Tageszeitung erkundigte sich nach den Schriftstücken und bot eine horrende Summe für eine Exklusivstory.

Weber lehnte dankend ab. Er war auch so sehr glücklich.

Mein Dank

Mythos wäre ohne die Hilfe verschiedener Personen
gar nie erschienen.

Ein großer Dank gebührt zunächst neben dem diversum-Verlag,
der mir die Veröffentlichung meines Thrillers ermöglicht hat,
auch dem Verlagsvertreter Joe Fuchs für die Vermittlung
meines Werkes im Buchhandel.
Nur dank ihm fand Mythos den Weg in die Bücherregale.

Danken möchte ich meiner guten Freundin und Lektorin
Denise Jost-Cueni für die professionelle
Korrektur meines Manuskripts.
Ohne ihre wertvolle Hilfe wäre das Buch nicht das
geworden, was es jetzt ist.

Weiter möchte ich auch meiner ganzen Familie, insbesondere
meiner Frau Katharina für ihr Verständnis für meine
Schreibpassion sowie Urs für das aufwändige Korrekturlesen,
danken.

Nicht vergessen möchte ich alle meine Deutschlehrpersonen,
die mir die Freude am Wort vermittelt sowie alle Schülerinnen
und Schüler, die mich während des Schreibens
immer wieder inspiriert haben.

Eine bewegende Reise zu Dir selbst

Völlig ausgebrannt und überarbeitet trifft David zu einem Ayurveda-Urlaub auf der tropischen Insel Sri Lanka ein. Bereits am ersten Tag begegnet er der charmanten und geheimnisvollen Urlauberin Jeanne du Moulin. Diese und andere Begegnungen konfrontieren David mit einer jenseitigen Welt, welche die Sicht der Dinge auf sein bisheriges Leben komplett verändert. Auf der Suche nach Wahrheit und Selbstfindung wird der Aufenthalt anstrengend, teilweise schmerzvoll und endet schließlich mit einem Befreiungsschlag.
In seinem spirituellen Roman nimmt der erfolgreiche Autor Joerg Kressig den Leser mit auf eine fesselnde Reise voller Erkenntnisse und Inspirationen.

www.gigerverlag.ch

diversum

diversum -Verlag
Marketing Joerg Kressig AG
Stallikerstrasse 8
8906 Bonstetten

www.diversumverlag.ch